암태도

송기숙 장편소설

암태도

창비
Changbi Publishers

차례

일러두기

1. 이 책은 1981년 창작과비평사에서 간행한 『암태도』를 개정한 것으로, 내용은
   그대로 두고 맞춤법에 어긋나거나 표기가 통일되지 않은 것들을 바로잡았다.
2. 맞춤법은 국립국어원 표기법을 따르는 것을 원칙으로 하되, 작가만의 독특한
   어휘나 사투리, 대화 등은 원문대로 두었다.
3. 초판에 수록된 '농사 및 소작관계 어휘풀이' '암태도 지도'는 싣지 않았다.

제1장   앞에 나선 사람

바다는 따가운 가을 햇살을 재재발기며 팽팽하게 힘이 꼬이고 있었다. 하늘도 째지게 여물어 탕탕 마른 장구 소리가 날 듯했다. 푸른 바다와 푸른 하늘이 맞닿은 수평선 위로는 뭉게구름이 한 무더기 탐스럽게 피어오르고 있었다.

먼지잼으로 소나기가 한줄기 지나고 난 다음이라 비거스렁이로 불어오는 생량머리 건들마가 등줄기가 자그럽게 시원했다.

"잡것. 기왕에 뺀 칼이니 한바탕 제대로 맞닥뜨려보게 문재철(文 在喆)이가 버티려면 끝까지 한번 버텨줬으면 쓰겠어."

"그러니까 자네 말은, 지금 우리 소작인들이 이러고 일어섰다고 해서 문재철이가 아이고 무서라 항복을 하고 나왔을 것 같아 하는 소린가?"

"자기도 눈이 있으면 신문을 볼 것이고 귀가 열렸으면 소문을 들을 것인데, 시국 돌아가는 형편을 모를 것이여?"

"재물에 가린 눈에는 삼강오륜도 안 뵈는 것인데, 시국 형편이 제대로 보일 것 같아?"

"아녀. 지난 만세 때 보면 백성들 앞에서는 왜놈들도 한풀 죽던데, 우리가 이렇게 독기를 품고 일어나는데야 제놈이라고 물때 짐작 못 하겠어?"

"글쎄, 두고 보세마는 원체 험한 작자들이라 일이 그렇게 쉽잖을 것만 같아."

암태도(岩泰島: 현 新安郡) 소작회 간부들이었다. 소작쟁의 조건을 들고 목포(木浦) 지주한테 담판을 하러 간 소작회장 서태석(徐邰晳)을 기다리고 있는 참이었다.

7, 8할의 무지한 소작료를 물고는 도저히 농사를 지을 수 없다, 소작료를 4할로 내려라, 그러지 않으면 금년 농사부터 다 지어놓은 농사지만 벼를 베어 들이지 않겠다, 이렇게 배수진을 치고 나선 것이다. 소작인들은 금년 봄부터 소작료를 4할로 내리라고 중간에 사람을 넣어 여러 차례 교섭을 벌였으나, 지주는 그때마다 콧등만 퉁기고 있었다. 이제 소작인들은 말로는 더 결고를 필요가 없다 싶어 마지막 수단을 쓰기로 한 것이다.

이 소작쟁의는 여기서 평지돌출로 일어난 것이 아니고 다른 지방에서는 작년부터(1922년) 일어나 소작인들의 주장을 관철하고 있었고, 금년 들어서는 거의 날마다 소작쟁의 기사가 신문에 안 나는 날이 없을 만큼 곳곳에서 일어나고 있었는데, 그때마다 소작인들이 승리를 거두고 있었다. 더구나 신문이 적극적으로 소작인 편이 되어 소작쟁의의 정당성을 강력히 주장하고 있어 소작인들은 큰 용기를 얻고 있었다.

전남 순천(順天) 지방을 중심으로 일어난 이 소작쟁의는 한번 불이 붙기 시작하자 글자 그대로 요원의 불길처럼 전국으로 번져나가고 있었다. 날이 갈수록 널리 번졌고 그 기세도 거세갔다.

삼일운동 때 다 터뜨리지 못한 농민들의 울분이 소작쟁의로 다시 불이 붙고 있는 셈이었다. 아니, 삼일운동에서 자신들의 처지를 새삼스럽게 자각하고 민중의 힘을 확인한 농민들이, 자신들의 생존 문제로 투쟁목표를 구체화시킨 것이라 할 수 있었다.

삼일운동의 결과, 일제의 그 무자비한 총칼의 힘이 누그러져 헌병통치가 경찰통치로 바뀌고, 무단정치가 문화정치로 바뀌었다 하여 세상이 크게 달라지기라도 한 것같이 떠들어댔으나, 농민들에게 구체적인 이익으로 돌아온 것은 아무것도 없었다. 만세를 가장 격렬하게 부른 것도 농민들이었고, 가장 처참하게 피를 흘린 것도 농민들이었으나, 세상이 달라졌다는데도 일본 지주와 한국 지주들의 그 탐욕스런 걸태질은 조금도 누그러지지 않았고, 그 무지한 수탈을 어디 호소할 곳이 생긴 것도 아니었다. 이렇게 되고 보니 삼일운동 때 자기들이 나라의 독립을 외친 것은 구체적인 자기들의 적을 향해서가 아니고, 남대문입납으로 공중에다 대고 주먹질을 한 것이나 마찬가지였다. 농민들은 이제 그들이 싸워야 할 구체적인 대상이 누구인가를 알게 된 것이다.

여기 암태도에서만 삼천여 석, 그러니까 암태도 농토의 거의 삼분의 이를 차지하고 있는 지주 문재철은 그 아버지 대부터 소작료

가 비싸기로 근동에 이름이 난 사람이었다. 그는 이웃 도초(都草)
며 멀리 경기도에까지 땅을 가지고 있는 칠천여 석의 대지주였다.

그 험한 걸태질에 이곳 소작인들은 평소에도 가슴에 불이 타고
있었기 때문에, 육지에서 소작쟁의 바람이 불어오자 삭정이 더미
에 불붙듯 쟁의 바람을 타기 시작했다. 더구나 칠 년 동안이나 이
곳 면장을 지내 면민들의 신망이 이만저만 두텁지 않은 서태석이
앞장을 서자 소작인들은 전봉준 뒤에 동학군 모이듯 일어서고 말
았다.

소작인들은 서태석이 나서고부터 자신이 넘쳤다. 제아무리 문재
철이라 하더라도 시국이 이미 소작인 편으로 기운데다, 서태석이
선봉에 선다면 이 싸움은 이미 이겨놓은 싸움이라고 그 기세가 산
이라도 무너뜨릴 것 같았다. 그러나 문재철 또한 다른 지주들 같은
예사 만만한 행내기가 아니었다.

"저것이 연락선 아녀?"

선창에 몰려섰던 사람들 눈이 저쪽 구름발치로 쏠렸다. 한참 눈
을 두렷거리던 사람들은 무슨 소리냐는 듯 말한 영감 쪽으로 눈을
돌렸다. 영감이 가리킨 쪽에는 외대박이 풍선 한 척이 떠 있을 뿐
이었다. 영감은 이마에 손차양을 바짝 붙이고 거슴츠레하게 뜬 거
적눈을 사뭇 썸벅이고 있었다.

"허허. 저런 것을 눈이라고 달고 다녀?"

같이 온 털보영감이 어이없다는 표정으로 웃으며 핀잔이었다.
소작위원은 아니지만 일하다가 같이 따라온 노인들이었다.

"하마 올 참이 됐는데, 오늘이 스무엿새 너물이면 물때도 나쁘잖

고······?"

주위의 핀잔에는 아랑곳없이 손가락까지 꼽아 무수기를 짚어보
며 중얼거렸다.

"눈이란 것이 겉으로만 멀쩡하다고 다 눈이 아니구만. 춘보(春
甫) 자네 눈은 그것으로 뭘 보라고 달아논 것이 아니라 본보기로
양쪽에 하나씩 뚫어논 것 아녀?"

털보의 말에 모두 와그르 웃었다. 춘보는 좀 헤프게 따라 웃었다.
듬성듬성한 써렛니를 누렇게 내놓고 웃는 것이 좀 어리눅어 보였다.

"어어. 와촌(瓦村) 사람들이 또 한패 오네."

단고리(短庫里) 박종유(朴鍾有)가 뒤를 돌아보며 말했다.

"허허. 영감님들도 나오셨소?"

와촌 소작위원 박종식(朴鍾植)이 두 영감을 보고 말했다.

"논에서 일하다가 묻어 나왔네."

"이번에 보니까, 와촌 사람들 알아 모셔야겠어. 먼저 난 털보다
나중 난 뿔이 우뚝하다더니 이러다가는 소작회 간판 떼다 와촌으
로 옮긴다는 말이 나오겠네."

기동리(基洞里) 서동수(徐東洙)가 농을 걸었다.

"그러니까, 지금 그 이야기는 기동리를 와촌보다 한풀 위에 놓고
하는 소린가?"

박종식이 받았다.

"소작회 사무실이 어디 있고 소작회장이 어느 동네 사람인가 생
각해보시오."

"허허. 소작회장 들때밑이 저러고 보면, 문가 지치라기들 곤댓짓

을 나무라지 못하겠그만."

"그래도 한 우물 파고 우리들만 먹지 않을 것이니, 그건 안심하십시오."

"하여간, 길고 짧고는 이 일이 여차해서 내중에 몽둥이 들고 나설 때 봐야 알 것이여."

"아무리 그때 봐도 와촌은 말뿐이고 실속이 없는 동네라 뻔해요."

서동수가 능청스럽게 받았다.

"아니, 우리가 말뿐이라니?"

박종식이 다그쳤다.

"와촌, 와촌 말로만 와촌이지 기와집 한 채 없는 데가 와촌 아닌가요?"

모두 웃었다.

"그런데 와촌은 동네가 가까워도 지주 동네하고 가까워서 도지섬 마질할 때, 오는 정 가는 정이더라고 쇠가죽 부채질에 사정이 좀 있었던 것 아닌가 했더니, 그놈의 쇠가죽 부채는 이웃사촌도 몰라봤던 모양이지?"

"허허. 냉수 마시고 냉돌방에서 땀 낼 소리 작작 하시오."

소작인들이 소작료를 지고 지주 집에 가면 다시 섬을 풀어 마질을 했는데, 마사니가 마질을 하기 전에 벼를 멍석에 널어놓고 쇠가죽 부채로 한바탕 세게 부채질을 했다. 이 쇠가죽 부채는 크기가 거진 도리멍석 반쪽만 했는데, 이것으로 한번 부치면 집에서 일껏 키질을 해 갔는데도 쭉정이가 불티 날아가듯 날았다. 마치 쭉정이가 살아 그렇게 붙어 있다가 쇠가죽 부채에 놀라 날아가기라도 하는 것 같았다. 마사니는 그 쭉정이 나는 것으로 어림잡아 두 되 혹은 석 되를 더 받아냈다. 그래서 소작인들은 그에 대비해서 오쟁이에다 그만큼씩 미리 벼를 더 담아 가야 했다.

그러나 이 쇠가죽 부채질은 소작료 걸태질하는 잔가락에 불과했다. 배메기 반타작(半打作)으로 소작료를 받다가 잡을도조(일명 看坪賭租)로 소작료 받아 가는 방식이 바뀌면서부터는, 이게 소작료라기보다 가만히 세워놓고 생골을 내간다 하게 무지했다.

타작마당에서 알곡의 반을 나누어 가던 배메기 때는, 마당쓰레기 한 주먹 안 남기고 아무리 손끝 맵게 훑어 간다 하더라도 전체 수확량의 반을 넘겨 받아 갈 수는 없었으나, 일인(日人)들이 논을 채뜨리면서부터 새로 생긴 이 잡을도조법은 이게 소작인들을 잡는다 해서 잡을도조가 아닌가 하게 무지막지했다.

가을에 벼가 익어 알이 여물어가면 지주가 현지에 나와서 간평(看坪)이라는 것을 했다. 작황을 보고 자기들이 받아 갈 소작료를 책정하는 일이었다.

이 잡을도조도 명목상으로는 5할이었지만, 타작을 해놓고 보면 지주가 내라는 소작료는 실제 수확량의 7, 8할이 넘었었다.

벼를 논바닥에 세워놓고 눈대중으로 어림짐작을 해서 소작료를 매긴다는 것부터 말이 안 되는 짓이지만, 비록 그렇게나마 소작료를 매기려면, 이 논에서는 얼마가 나겠으니 그 반인 얼마를 내라 이래야 우선 말이라도 될 것인데, 그런 것은 숫제 입에 올리지도 않고 자기들이 받아 갈 소작료만 이 논에서는 얼마, 또 저 논에서는 얼마, 이렇게 개 입에 벼룩 씹듯 내갈기고 다닐 뿐이었다. 자기들도 그것이 부당하다는 속은 있기 때문에 수확고나 소작료율은 처음부터 입에 올리지 못하는 것이다.

더구나 원(員)과 급창(及唱)이 거래를 해도 싸다 비싸다 흥정이 있고 보면, 아무리 억지일망정 이 논에서는 얼마가 나겠는데 네 의견은 어떠냐, 시늉이라도 이렇게 물어주는 것이, 그래도 땀 흘려 농사지은 소작인들 사람대접이라 할 것인데, 작인들 입은 짝을 못 하게 처깔을 시켜놓고 제 밭에서 가지 따듯 논바닥을 마음대로 휘지르고 다니면서 이렇게 간평이라는 것을 했다.

작인들은 울며 겨자 먹기로 벼를 베어다가 마당질을 해서 작석을 해보면 7할은 양반이고, 8할이 휘청할 때가 대부분이었다. 이런 소작료를 안암팎으로 끙끙 앓으면서 지주 집에 지고 가면 여기서는 또 이 쇠가죽 부채로 창자를 뒤집어놨다.

그러나 속으로만 곯을 뿐, 지주 앞에서는 말할 것도 없고 지주가 없는 데서도 그 동네 쪽으로 두르고 구린 방귀 한번 뀌어볼 수 없었다. 만약에 그런 속내평을 했다가 누가 하리 놓는 놈이라도 있으면 그대로 소작이 날아가고 말기 때문이었다.

그런데 같은 지주라도 신석(新石) 쪽에 땅을 가지고 있는 천후빈(千後彬)은 문지주와는 아주 딴판이었다. 지금도 배메기로 도조를 받아 갈 뿐만 아니라, 타작마당에서 뒷목 접어주는 것이 활수하기가 액색한 소작인들을 상대로는 저래야 사람이겠다 싶었다. 작석하고 나서 마투리가 아홉 말이 남아도 무지로 쳐버릴 뿐만 아니라, 떨이가 일곱 섬이나 아홉 섬이 되면 섬을 쪼개는 법이 없이 남은 한 섬은 그대로 소작인 차지가 되었다. 문지주 본으로 마당쓰레기에 부검지 계산까지 촘촘히 하면 사실상 천지주가 받아 가는 소작료는 4할 푼수도 못 될 때가 있었다.

　신석 쪽에도 문지주 땅이 있어 두 집 소작을 같이 부치는 사람들이 있었는데, 소작료 받아 간 뒤에는 문지주한테는 욕설이 섬으로 쏟아지고, 천지주한테는 치사가 섬으로 부풀었다.

　"저것이 지금 어디서 저런 것을 달고 왔는고?"

　서동수가 뒤편 주막께를 보면서 뇌었다.

　문지주 집에 드난살며 가을에는 마사니로 소작인들한테 유세깨나 부리는 김서기란 자가 낯선 사내 하나를 달고 주막으로 들어서고 있었다. 김서기는 평소에도 그 떠세로 내노라 별대는 자라 소작인들은 그를 눈엣가시 보듯 했는데, 그가 달고 들어가는 사내는 당코쓰봉에 도리우치까지 삐딱하게 제껴 쓴 것이 어디서 잡되게 놀아먹다 굴러온 건달패가 분명했다.

　"통 못 보던 물건이 하나 들어왔네. 누구야?"

　"누구기는 누구야? 저런 것하고 짝하고 다니는 놈이면 개새끼 아니면 쇠새끼겠지."

　박종유가 쏘았다.

　여기 남강(南江) 선창에서 저쪽으로 해변을 돌아가면 후미진 도린곁에 문지주 집이 있었다. 목포에도 집이 있어 아들 문재철은 거기 나가 살고 있고, 그 아버지 문태현(文泰鉉)은 일가 지치라기나 김서기 같은 드난꾼들을 거느리고 머슴들과 함께 여기 살면서 소작지를 관리하고 있었다. 재산은 문영감 대부터 일으켰는데, 영감은 이제 팔십객이라 대부분 중요한 일은 아들이 실권을 쥐고 있었기 때문에 서태석은 그 아들을 만나러 목포에 나간 것이다.

"온다!"

"허허. 저놈의 배 물 가르고 오는 것 좀 봐."

"기선이 힘이 좋기는 좋다."

저쪽 아득히 섬 귀퉁이에 연락선이 모습을 내놓자 사람들은 한 마디씩 감탄을 했다. 한 마리 물새같이 정갈한 연락선이 허옇게 물을 가르고 오는 모습은 언제 봐도 시원하고 미더웠다. 물이랑을 크게 갈라 마치 목도리라도 늘어뜨리듯 하얗게 이물에 두르고, 앙바틈한 바다에 붙어 오는 연락선의 모습은 소복한 여인의 태깔 흐르는 몸매 같았다.

저 남일환(南一丸)은 그 기항지가 되어 있는 안좌(安佐), 여기 암태·도초·흑산(黑山) 그리고 그 외 자잘한 기항지의 섬사람들이 저마다 한 푼 두 푼 주(株)를 사서 사들인 배였다. 그래서 섬사람들은 저 연락선만 보면 거기에 자기 돈이 얼마가 들었건 모두가 나이 찬자식 본 듯 뿌듯한 보람이 안겨왔다.

취항식 날 남일환이 오색기를 휘날리며 고동 소리도 우렁차게 기항지마다 그 늠름한 모습을 나타내자 섬사람들은 꿈을 꾸듯 황홀한 눈으로 연락선을 건너다보며 환호성을 질렀었다. 연락선을 사들이자는 말이 처음 나왔을 때, 섬사람들은 자기들이 내는 하찮은 한두 푼의 돈으로 그런 어마어마한 일이 이루어질 것인가, 그것은 꼭 구름 위에다 대궐을 짓고 살자는 소리만큼이나 허황하게 들렸던 것인데, 그런 일이 거짓말처럼 이루어져 정작 이렇게 날렵하고 실팍한 연락선이 꿈결에 싸여 온 듯 오색기를 나부끼며 나타나자, 섬사람들은 이것이 꿈이어서 깨어질까 싶게 황홀했다.

자기네 같은 못난 사람들도 힘을 합해 일을 하기로 하면 이렇게 엄청난 일도 할 수 있는 것인가, 거기 돈 냈던 일이 세상에 나서 처음으로 한번 크게 사람 구실을 한 것 같아, 없는 수염까지 훑고 싶게 어깨판이 벌어지던 것이다. 그날 섬사람들은 발이 공중에 뜬 것 같은 기분으로 구름같이 몰려들어 풍물을 잡히고 환성을 지르며 마치 천지가 개벽이라도 한 것같이 북새통을 벌였다. 특히 여인네들은 여태까지 뜯기고 짓밟히고만 살아왔던 그 한없이 억울하던 인생살이가, 마치 이것으로 그만치 해원(解寃)이라도 된 것 같아 그냥 속절없이 눈물만 펑펑 쏟아놓고 있기도 했다.

격강이 천리라지만 풍선으로는 제 바람 만나 놓아가야 한나절, 대개는 하루 배질이 빠듯한 목포까지의 아득한 뱃길을 두 시간에 훌쩍 건네다 주니 육지가 그만큼 가까워진 것도 가까워진 것이지만, 저런 기선을 타고 다닐 수 있게 되었다는 것이 자기들도 그만큼 개명을 한 것 같아 이제 섬에 살아도 사람 축에 낀 것 같았다.

그뿐만 아니었다. 이 연락선은 육지사람들에게 기차나 자동차같이 단순한 교통수단만이 아니었다. 저 듬직한 연락선이 날마다 자기들의 섬과 육지를 오고 가고 있다는 것은, 바다 가운데 동떨어져 있는 자기들의 섬을 육지에다 단단하게 비끄러매놓은 것 같아 안도감이 들었다. 배가 빠르고 실팍한 만큼 자기들의 섬이 그렇게 단단하게 육지에 비끄러매어진 것 같았다. 마치 어린애들이 닻줄 매인 배에서 안심하고 노는 그런 안도감이었다.

사람이란 처음부터 육지에서 살기 마련인 모양이어서 바다로 둘러싸인 섬에서 살면 그만큼 바다 한가운데 동떨어져 있는 것 같은 단절감을 느꼈다. 그래서 남일환이 취항을 하고 나서부터는 날씨가 조금만 비뜩해도, 오늘 배가 다니느냐 못 다니느냐에 온 섬사람들의 관심이 집중했다. 당장 육지에 나갈 일이 있다거나, 그것으로 생활에 무슨 위협을 받아서가 아니었다. 육지와 무연하기로 하면, 처음부터 여기서 나서 육십 칠십이 되기까지 육지에는 발 한 번 디려본 일이 없는 할머니들까지도 그랬다.

이런 현상은 이런 작은 섬뿐만 아니라 진도(珍島)나 제주도같이 큰 섬에서 사는 사람들도 마찬가지였다. 섬사람들의 육지사람에 대한 열등감은 보기에 민망스럴 지경인데, 그들이 육지사람 앞에서 자기를 비하하는 것은 촌사람들의 도시사람에 대한 그것과도 비교가 안 될 지경이었다. 일본 사람들이 자기들의 섬을 군이 내지(內地)라고 부르고 그런 엉터리없는 소리를 필요 이상으로 강조하는 것도 그런 열등감의 표현임이 분명했다. 그것은 한국을 꼭 반도(半島)라고 격하시켜 부르는 것으로도 그들의 마음 밑바닥에 깔려 있는 속내를 알 수 있는 일이었다. 한국을 반도라고 즐겨 부르는 것은 중국 사람이나 한국 사람들이 아니고 일본 사람들이었다.

남일환이 이 섬의 저쪽 끝인 벗섬(伴島) 머리에서 속력을 줄이며 그쪽으로 가볍게 방향을 잡아 섰다. 그 앞에는 종선이 한 척 나와 있다가 이제 걸음발 탄 어린애처럼 사뭇 뒤뚱거리며 바쁘게 저어 갔다. 종선은 마치 어미 만난 송아지가 젖을 찾아 어미 뱃구레에 달라붙듯 허위허위 연락선 옆구리에 달라붙었다. 선객 둘을 떨구었다. 연락선은 다시 제 방향을 잡아 서며 고동을 울렸다.

"갑판 위에 나와 있는 것이 서면장 아닌가?"

갑판 위에 검은 양복 입은 사람 하나가 나와 있었다. 서태석은 삼일운동 때 만세를 부르다가 감옥에 가기까지 면장을 지냈기 때문에 이곳 사람들은 아직도 그를 면장이라 부르고 있었다.

"모자 쓴 것은 주재소 순사 같그만."

"아녀. 뭣을 들고 있는 것이 체전원(遞傳員) 같어."

"그것은 체전원 체전가방이 아니고 전서구(傳書鳩) 새조롱일 거네."

"맞네. 보기는 자네가 잘 본 것 같네."

"전서구라니?"

기동리 김연태(金淵泰)가 물었다.

"허허. 전서구를 몰라? 이 사람이 지금 어느 임금 때 살다가 깨난 사람이지? 저놈들이 급할 때 편지 전하는 비둘기도 모른단 말인가?"

박종유가 어이없다는 표정으로 말했다.

"편지 전하는 비둘기?"

"개명해서 남폿불 켜고 사는 세상에 아직도 이렇게 깜깜한 사람이 있어? 목포경찰서 앞에 안 봤어. 경찰서 처마 밑에 줄줄이 달아매논 비둘기집 있지? 그것이 화초밭에 꽃 가꾸듯 지나다니는 사람 눈요기하라고 달아매논 것이 아니고, 다 그만한 실속이 있어서 키우는 거야. 그 비둘기를 미리 저렇게 이런 섬에 잡아다놨다가, 제놈들끼리 급하게 알릴 일이 있으면 얼른 편지를 써서 발목에다 묶어가지고 날려 보낸다는 거야."

"허허. 그놈들 꾀 한번 흉악하네. 그런데 저 짐승이 배를 타고 이런 먼 데까지 와도 제대로 집을 찾아갈까?"

"배가 뭐야. 일본까지도 영락없이 찾아간다는데."

"일본까지? 예끼."

"이 사람아, 제비는 그만 못해도 강남을 간다잖던가?"

"제비는 제비지마는."

"가만있자, 그리고 보니 그저께 우리 소작회에서 결의한 일을 저 놈들이 저렇게 비둘기로 날렸다가, 지금 그 비둘기를 찾아온 게 아닐까?"

서동수였다.

"어어, 맞네. 저 죽일 놈들이 그런 야료속이 있는 모양이그만."

모두 깜짝 놀랐다.

"그러니까 저놈의 짐승이 우리 내막을 그 죽일 놈들한테 발쇠 섰단 말인가?"

김연태였다.

"비둘기야 미물인데, 제가 뭣을 알아서 발쇠 서고 말고 할 것이여. 제놈은 처자식 찾아간다고 죽자 살자 날아간 것이지만, 이름이 전서구라 마음에 없는 역적이 되었겠지."

춘보가 말했다.

"허긴 그려. 비둘기야 제 발목에 묶어진 것이 편진 줄을 알겠어, 놀부놈이 제비 발목에 묶었던 것이 민어 껍질인 줄 알겠어?"

박종식이었다.

"허허, 나는 경찰서 앞에 비둘기집이 울긋불긋하기에 호랑이도 얼굴 다듬을 때가 있더라고 저것들도 간혹가다가는 저렇게 사람 같은 구석도 있구나 했더니, 그리고 보니 웃음 속에 칼이었그만."

김연태가 헛웃음을 쳤다.

"그놈들 하는 짓이 매양 그 꼴 아닌가? 겉으로는 뭐라고 번지르 해도 지나놓고 보면 속은 모두가 그런 험한 짓뿐이잖어."

배가 저만치서 속력을 죽였다. 안에서 선객들이 쏟아져나왔다. 서태석의 훤칠한 모습이 선객들 사이에서 두드러지게 나타났다. 서태석은 어디서나 그 헌걸찬 허우대 때문에 그것만으로도 한결 돋보였다.

기관이 멈추며 배는 오던 속력으로 천천히 밀려오고 있었다. 간부들은 서태석을 향해 꾸벅 고개를 숙였다. 서태석은 가볍게 손을 흔들어 답례를 했다. 간부들은 서태석의 표정에서 무슨 낌새를 알아보려고 그 얼굴을 열심히 더듬고 있었으나, 서태석은 그냥 담담한 얼굴일 뿐, 이렇다 할 표정이 나타나지 않았다.

"형님 아니요?"

선객 가운데서 이쪽으로 소리를 지르는 사람이 있었다. 그러나 아무도 이쪽에서 대답하는 사람이 없었다. 선창에 몰려섰던 사람들은 서로 돌아보며 한참 두럿거렸다.

"형님 나요. 나 춘만(春萬)이요."

"엉? 춘만이?"

그때야 춘보가 소리를 지르며 거슴츠레한 눈을 사뭇 썸벅였다.

"예. 나요."

"허허, 어서 오게. 오늘 올 줄 알았네. 그런데 언제 나서서 이러고 오는가?"

"순천서 어제 밤차를 탔습니다."

"어제 나서서 오늘 여기 떨어져? 빠르다."

"집은 다 무고하시오?"

"어이, 아무 탈 없네. 자네 집도 아이들 다 성하고?"

"예. 다 성하요."

춘보 형제가 떠들썩하게 수작을 부리는 사이 배가 천천히 좌현을 선창에 댔다.

"순천 사는 우리 동생인데, 오늘 저녁이 아버님 제사라 지금 저러고 오는그만."

춘보는 자랑스럽게 곁의 사람들한테 말했다.

배에 삼판이 걸렸다. 몰려섰던 사람들이 서태석에게로 모두 길을 내주었다. 서태석은 사양하지 않고 성큼성큼 삼판을 밟으며 내렸다. 그 뒤를 도창리 순사가 따르고 있었다. 그가 들고 내리는 비둘기 조롱 속에는 비둘기가 똥그란 눈을 껌벅이고 있었다.

"잘 다녀오십니까?"

간부들은 서태석 앞으로 다가서며 새삼스럽게 인사를 했다.

"별일 없었지?"

"예. 문재철이는 만났습니까?"

서동수가 성급하게 물었다.

"응. 만났는데 짐작대로야."

서태석은 맥없이 웃으며 말했다.

"안 듣더란 말입니까? 나락을 안 벤다고 해도."

"되레 배짱이 더 두둑해진 것 같아."

"개새끼!"

"죽일 놈. 어디 두고 보자."

모두 한마디씩 악담을 퍼부었다. 실망하는 표정이라기보다 두고 보자고 결의를 다지는 소리들이었다. 순사는 조롱을 들고 횡하니 제 길을 가고 있었다.

"여기서 막걸리나 한잔씩 해 목을 축이고 갑시다."

박종식이 주막을 가리키며 말했다.

"가만있자. 이것 수가 너무 많은데."

서태석이 멈춰 서며 일행을 돌아봤다.

"출출한데 한잔씩만 하고 갑시다. 아까 보니 문저리(망둥이)가 싱합디다. 이번 술은 와촌서 낼 테니까, 다음에는 또 다른 동네서 내야 혀."

일행은 주막으로 들어섰다.

"나는 손님이 있으니 먼저 가겠소."

춘보였다. 같이 한잔씩 하고 가자고 했으나 춘보는 그냥 돌아섰다.

"제까짓놈이 잘났으면 얼마나 잘났냐 이게야. 어느 놈 배때기에는 쑤시면 칼 안 들어가나?"

일행이 술청에 들어서서 자리를 골라 앉고 있는데, 느닷없이 저쪽 안채에서 악다구니가 쏟아져나왔다. 간부들은 깜짝 놀라 그쪽으로 고개를 뺐다. 아까 김서기하고 들어갔던 도리우치였다.

"거기 좀 조용조용히 마십시다. 자기들만 술손님 아녀."

술집 영감이 망둥이 썰던 손을 멈추고 안에다 대고 소리를 질렀다. 바깥 낌새를 눈치챘는지 김서기가 뭐라고 말리는 것 같았다.

"나락을 안 베겠다는데도 그 자식이 버텨요?"

박종유가 서태석 잔에 술을 따르며 다시 물었다.

"하하."

서태석은 혼자 한번 웃고 나서 꿀꺽꿀꺽 잔을 들이켰다. 간부들은 서태석의 입만 건너다보고 있었다.

"누 배에서 먼저 꼬르르 소리가 나는가 보자고 하더만."

서태석은 아까 그 웃음을 입가에 남긴 채 안주로 손이 가며 남의 이야기처럼 말했다.

"뭣이라고?"

"그 죽일 놈!"

"그 개새끼!"

간부들은 들었던 잔을 놓고 주먹을 쥐며 사금파리 씹는 소리를 했다.

"내가 곁에 있었더라면 그놈의 아가리를 칵 찢어버리는 건데."

서동수였다.

"잔들이나 들게."

서태석이 웃으며 망둥이 대가리에다 초장을 듬뿍 찍어 와삭와삭 씹었다. 그는 문재철의 그런 소리쯤 비뚤어진 아이 아망 부리는 것쯤으로 씨식잖게 여기는 담담한 표정이었다.

"있는 놈하고 싸우면 배에서 꼬르르 소리는 없는 놈 배에서 먼저 나겠지만, 곡괭이 들고 나서기로 하면 누 대가리가 먼저 빠개질지는 두고 봐야 알걸."

박종유가 객기를 부렸다. 그때 또 안에서 악다구니가 터져나왔다.

"어느 놈이든지 내 앞에서 건들거리다가 내 손에 한번 걸려봐. 이것들이 아직 사람 구경을 제대로 못 해서 지금 천지가 몽땅 제놈들 세상인 것같이 날뛰고 있는데, 진짜 사람이 어떻게 생겼는가 한번 구경을 시켜주겠다 이게야."

"저 새끼가 지금 어디다 주둥이를 두르고 하는 소리지?"

서동수가 눈심지를 돋우었다.

"저것이 어디서 굴러들어온 새끼요?"

박종유가 영감에게 물었다. 놈이 지껄이는 소리가 틀림없이 이쪽으로 올려가라고 들떼놓고 하는 소리 같아 작인들은 눈꼬리를 세웠다.

"어디서 굴러먹던 개차반인고 문가 푸네기 같은데, 저것이 얼른 안 없어지면 선창가가 좀 시끄럽게 생겼그만."

영감도 몹시 아니꼽다는 투였다.

"문저리가 뛰니까 절간 빗자루도 뛴다더니 세상이 덩덩하니까 제 할애비 메밀떡 굿인 줄 알고 덤벙거리는데, 시국이 지금 어느 시국이라고 섬놈의 새끼들까지 건들거리냔 말이야?"

꼭 이쪽 말이라도 듣고 대거리하는 꼴이었다.

"저 새끼가 지금 뒈질려고 환장을 해도 여러 벌로 했네. 뭣이, 섬놈의 새끼들?"

박종유가 발딱 일어섰다.

"아서!"

박종식이었다.

"여보시오. 거 조용조용히 마셔요."

영감이 이쪽 서슬을 받아 몰풍스럽게 쏘았다.

"제미, 술 마시면서 이야기도 못 해?"

"뭐이?"

영감이 시퍼렇게 쏘아보자 김서기가 말리는 것 같았다.

"하여간 나는 한번 수틀렸다 하면 어느 놈이고 쑤셔놓고부터 보는 성질이다, 이게야. 이 새끼들, 하여간 껍죽대기만 껍죽대보라고 해."

"저 새끼가 지금."

박종유가 다시 자리를 박차고 일어섰다.

"상관 말어!"

서태석이 낮으나 힘진 소리로 쏘았다. 박종유가 그쪽을 한참 노려보다가 눈길을 거두어들였다.

"자, 일어서지."

서태석이 먼저 일어섰다.

맨 뒤에 주막문을 나오던 박종유가 영감을 돌아봤다.

"저 새끼가 어디서 굴러먹던 새낀지 모르겠는데, 그런 아갈창을 더 놀렸다가는 암태도 갯물 맛이 어떤지 한번 보여주겠다더라고 하시오."

저 안에서도 들릴 만큼 큰 소리로 한바탕 얼렀다.

일행은 남강 뒤 옅은 고갯길에 붙었다.

"모두 결의한 일이니 나락 안 베는 일에 엄발나는 사람은 없겠지?"

서태석이 입을 열었다.

"그런 염려는 조금도 없습니다."

"전하고 사정이 조금 달라진 것 같기는 하지만, 단단히 뭉치기만 하면 문재철이도 별수 없을 거야."

"사정이 달라지다니요?"

김연태가 물었다.

"지주들도 물러서지 말자고 자기들끼리 단단히 통을 짠 것 같아."

"지주들이요?"

"며칠 전 문재철이 집에서 이 근방 지주들이 모였다는 것 같아."

"그러면 어떻게 되는 겁니까?"

"싸움이 더 커지고 오래간다는 이야긴데, 그렇게 되면 결국 승패는 소작인들이 얼마나 단단히 단결을 하느냐에 달려 있지."

"그것이라면 문제 아닙니다. 지금 소작인들은 불속으로 뛰어들라 해도 뛰어들 것입니다."

서동수가 장담을 했다.

"아무렴. 굶어 죽으나 싸우다 죽으나 이판사판인데 눈에 보이는 것이 있겠어? 이번에 물러서면 우리는 다시는 싸워볼 수도 없을 거야."

박종식이 나섰다.

"하여간, 이제부터 시작이니까 소작인들 단속을 잘해얄 거야."

"그거야 여부 있겠습니까?"

잠깐 말이 끊겼다.

"홧김에 서방질하더라고 저놈의 비석이나 콱 부숴버리고 말까?"

서동수가 건너편 동뫼산 산자락에 서 있는 문태현 영감 공덕비를 건너다보며 객기를 부렸다. 칠 년 전에 소작인들이 세워준 공덕비였다.

"저놈의 비가 요새 와서는 더 눈에 갈신거리는 것이 어느 놈 손에 어긋나도 어긋나고 말지, 무사하든 못할걸."

박종유였다.

"부애 난다고 걸리는 족족 결딴을 내기로 하면 어쩌자는 거지? 호랑이 사냥 가는 포수는 노루가 눈앞에 나타나도 불질을 하지 않는 걸세. 강아지 새끼가 짖는다고 그놈 배때기 걷어차고, 돌부리가 걸린다고 그것 걷어차고 이러다가는 아무것도 못 해. 아까 그 주막에서 객기 부리는 놈도 그렇고, 저런 비석도 마찬가지야. 저런 비석을 부수더라도 그럴 만한 짬을 보아서 부숴야지 성질대로 나대다가는 되감겨. 저자들이 그런 걸로 경찰을 불러들이는 날에는 얼마나 귀찮겠어. 지금 그런 트집이 없어 못 잡는 판인데, 행여 섣부른 짓 말아!"

서태석이 점잖게 타일렀다. 그런데 듣고 보니 공자 왈 맹자 왈로 무작정 참으라는 소리가 아니었다. 부숴도 짬을 보아 부수라는 말이 얼핏 귀에 엉겨왔다. 이 소작쟁의와 관련해서 깊은 맥이 있는 말 같아 박종유는 얼핏 서동수를 돌아봤다. 두 사람 눈에 긴장이 흘렀다.

그 말의 속뜻은 무엇인지 알 수 없었으나, 엇부루기 뜸베질하듯 성질대로 날뛰다가는 되감길 것이 틀림없으니, 백번 옳은 말이었다. 원체 이물스런 자들이라 무슨 까탈을 잡아 흥증을 부릴지 모르는데, 그들에게 그런 언턱거리를 주어 재장바르게 일이 딴 데로 버르집히면 그만큼 이쪽이 지고 들어가는 것이 될 것이다. 그러고 보면 아까 그 도리우치도 그런 속으로 어디서 그런 발김쟁이를 데려다놓은 것은 아닌지 모를 일이었다.

사실, 저 비를 보면 소작인들은 누구나 오장이 뒤집혔다. 처음부터 사람들 눈에 잘 띄라고 잡았던 자리라 여기 남강을 드나들 때마다 눈에 갈신거렸고, 그때마다 그 비가 자기들을 웃고 있는 것 같아 밸이 뒤틀렸다. 없는 돈을 모아 저렇게 어리총총한 짓을 했던 것을 생각하면 칠 년밖에 안 된 일이지만, 화냥년 앞에 열녀비도 아니고 어쩌면 그렇게도 못난 짓을 했던가, 저 비를 볼 때마다 자신들의 못난 꼴을 본 것 같아 더 화가 났다.

실은 저 비에 누구보다 골이 붉어지는 것은 서태석이었다. 저 비를 세울 때 자기가 앞장을 섰기 때문이다. '지주 문태현공 공덕비 건립 기성회 위원장'이라는 직함을 달고 저 일을 추진했던 것이다. 더구나 비를 세우던 날은 위원장으로서 인사말을 한답시고, 문태현공의 공이 어떻고, 덕이 어떻고, 터도 없는 공치사를 그들먹하게 늘어놓기까지 했다. 한마디도 제 근중에 나가지 않을 희떠운 소리들을 낯도 붉히지 않고 지껄여댔던 것이다.

면민을 위하는 일이라면 물불을 가리지 않고 뛰어다니던 때라 깜냥으로는 그것이 소작인들을 위하는 일이거니 해서 그런 얼뜬 짓을 했었고, 그러다보니 그렇게 마음에 없는 염불까지 했던 것이다.

지주의 무지한 늑탈에 견디다 못한 소작인들이 그렇게라도 지주의 환심을 사서 소작료 받아내는 손끝을 조금이나마 누그려보자고 궁리 끝에 지질하게 비벼낸 의견모가 기껏 그런 것이었다. 그때 작인들은 이런 일 말고는 옴치고 뛸래야 뛸 수가 없었다. 지주의 손아귀에서 꼼짝달싹을 할 수가 없다보니 그냥 묶여 앉아 생골을 내느니보다 그렇게라도 수를 써보자는 것이었다. 소작료 눅고 되기가 오로지 지주의 온정 하나에 달렸을 뿐, 나라 명색이라고 들어앉아 있는 것이 처음부터 한국 농민들 뜯어 가자는 것을 가장 중요한 정책으로 삼고 있는 총독부다보니 지주의 횡포를 어디다 호소해볼 곳도 없었다.

그런 판에 육지 어디에서부터 이런 공덕비 바람이 불기 시작했다. 시국 형편에서 비져나온 일이라 이 공덕비 세우는 일도 유행을 타, 충청도 어디서는 신작로 내놓고 그 일을 독찰했던 헌병대장 공덕비까지 세워주고 있던 판국이었다. 사실 육지에서는 이런 공덕비를 세워주고 효험을 본 데가 많다는 것이어서, 여기 소작인들도 딱따구리 부적도 귀신 쫓는 법이 있느니라 싶어 일을 시작했던 것이다. 자기도 인두겁을 뒤집어쓴 사람이다보면, 피폐로운 애옥살이 살림에서 마른나무에 물 내듯 뼈를 깎아 이런 비를 세워 호사를 시켜주는데야, 소작료 결태질하는 손끝이 전 같으랴 싶던 것이다. 지금까지는 아무리 그악스러웠다 하더라도 팔십을 바라보며 남의 나이를 먹어가는 마당에서는 저승사자가 눈앞에 아른거리기도 할 것이니, 이런 일 뒤에는 사람이 좀 달라질지 모르겠다 싶기도 했다.

하여간 귀신 접대하여 그른 데 없는 것이니 거짓말하고 뺨 맞는 것보다 낫겠지 하고, 기왕에 그러기로 하면 흔연스럽게 하자 해서 소작인들은 한 사람도 엄발나는 사람이 없이 너도나도 돈을 냈고, 서태석도 이것이 내가 할 부조겠구나 싶어, 떳떳하지 못한 공사였으나 내색을 하지 않고 앞 교군을 섰던 것이다.

고맙게도 문공께서 우리에게 땅을 주어 우리가 이렇게 농사를 지어 먹고살고 있으니 그 공을 어찌 기리지 않을 수 있으며, 사해에 떨칠 그 덕을 어찌 우러르지 않을 수 있겠느냐는, 거창한 비문을 새겨 저렇게 사람들이 오며 가며 눈에 잘 띌 수 있는 데다 자리를 잡아 비를 세웠다.

호랑이도 굽실거리면 앙군다고, 비를 세우는 날 문태현씨는 항상 앙상하기만 하던 얼굴을 활짝 펴고 너털웃음을 웃으며 돼지고기야, 막걸리야, 이 영감도 손을 쓰기로 하면 이렇게 활수할 때가 있는가 싶게 푸짐한 잔치를 베풀었다.

소작인들은 평생에 이만한 잔치가 쉽지 않던 터라, 뱃구레가 바람 탄 차일같이 불쑥 일어서게 술과 안주를 양껏 욱여댔다. 영감의 너털웃음이 예사로 푸짐한 것이 아니어서 소작인들은 이미 일은 효험을 본 것이다 싶어 마음도 뱃구레같이 거늑했다.

그러나 그런 기분도 그때뿐, 소작료 거두어들이는 손끝은 조금도 누그러지지가 않았다. 비를 세워준 것은 비문에 새겨진 대로 그만한 공이 있고 덕이 있으니, 그런 일을 한 것은 당연하다고 생각하는지 비만 똑 따먹어버리고 언제 그런 일이 있었느냐는 태도였다. 소작인들은 잉어낚시에 곤지만 떨군 꼴이어서 두 벌 세 벌 속이 곯아터졌으나 그게 지주가 당겨서 했던 일이 아니고 제출물로 차 치고 포 치고 했던 일이라 누구를 원망할 수도 없었다. 처음부터 지주로서는 원치 않은 치사에 청치 않은 공사였으니, 이런 비를 세워주면 소작료를 어찌하겠노라 명토 박아 다짐을 두지 않은 다음에는 소작인들이야 냉가슴으로 속이 곯든 창자가 오그라붙든 그 것은 어디까지나 댁네 사정일 뿐이었다.

속 쓰린 대로라면 댓바람에 쫓아가서 비를 박살 내도 시원치 않을 지경이었으나 이제 저것이 이름이 붙은 돌덩어리다보니, 그것이 복은 안 줘도 동티를 내기로 하면 생사람이 결딴날지도 모를 일이어서 소태 먹은 속으로 우거지상이 되어 속절없이 그 앞을 지나다닐 뿐이었다.

저 비를 세웠던 일이 서태석한테 가장 비참하게 느껴지던 때는 그 삼 년 뒤 삼일운동이 일어났을 때였다. 칠 년 동안 면장을 지내는 사이 자기 깐에는 면민을 위해서 일을 한답시고 진 데 마른 데 가리지 않고 부나비처럼 뛰어다녔던 것이, 만세 사건을 당해서 되돌아보니 총독부 밑에 있는 면장이라는 그 자리부터가 그대로 왜놈의 주구질하는 자리였고, 그렇게 열심히 뛰어다닌 만큼이 실상은 왜놈의 주구로서의 열심이었으며 기껏 저런 비석이나 세우는 따위 어리석은 일뿐이었던 것이다.

아무리 부지런히 일을 해도 그것이 도둑놈의 심부름일 때, 그것은 그만큼 세상을 배반하는 일이 된다는 이 간단한 이치를 깨닫지 못했던 것이다. 세상 사람들의 만세 소리에 잠을 깨고 보니 면민을 위한다고 뛰어다녔던 그 칠 년이 고스란히 역적질이던 것이어서 서태석은 허탈한 심정이었다. 이 치욕을 어떻게 씻을 것인가 아뜩하기만 했다. 그렇게 해서 된다면 자기 살이라도 깎아내고 싶었고, 그것이 어디 바위에 새겨진 오명이어서 그것을 갈아 없앨 수 있다면 일생 동안이라도 갈아 없애고 싶었다.

그런데 당장 할 일이 하나 있었다. 뒤늦게나마 만세를 부르는 일이었다. 서태석은 동지 세 사람을 규합해서 목포로 나갔다. 목포에서 만세 사건이 있었던 며칠 뒤였다. 한동네 사는 조카뻘 되는 서동오(徐東吾), 단고리 김은두(金殷斗), 안좌면 김창섭(金昌涉), 자신을 합쳐 네 사람이었다.

서태석은 목포 선창에 내리자 아무 집에나 들어가 긴 간짓대를 하나 구해 왔다. 거기에 태극기를 잡아맸다. 집에 빨아 다려놓은 요 홑청을 자르지 않고 제 크기대로 온장에 그렸던 것이라 엄청난 크기였다.

네 사람은 이렇게 큰 태극기를 앞세우고 선창에서부터 거리를 누비면서 당당하게 경찰서 앞으로 갔다. 만세의 폭풍이 한바탕 지나고 난 다음이라 목포의 거리에는 아직도 그 공포가 남아 있는 판에 난데없이 멍석만 한 태극기가 나타나자, 사람들은 그 자리에 우뚝우뚝 말뚝이 박히며 넋 나간 표정으로 멍청하게 건너다보고 있을 뿐이었다.

걸음걸이가 그 이상 당당하고 의젓할 수는 없었으나 달랑 네 사람이 이런 엄청난 국기를 앞세우고 가고 있으니, 혹시 미친놈이 아닌가 의아해하는 표정들이기도 했다. 어찌 보면 꼭 풍각쟁이들이 거리 도는 꼴이어서 모두가 입만 벌리고 있는 속에 골목 조무래기들만 겁먹은 얼굴로 뒤를 따랐다.

네 사람은 경찰서 앞에 멈춰 서자 거기에 태극기를 세웠다. 경찰서 앞에 파수 서 있던 순사는 너무나 어이없는 광경에 한참 멍청하게 건너다보고만 있었다.

"대한 독립 만세!"

"대한 독립 만세!"

서태석의 선창으로 네 사람은 부루기 영각 켜는 소리로 목이 찢어져라 만세를 불렀다. 그때까지도 순사는 멍청하게 서 있었다. 경찰서 안에는 엊그제 만세 부르다 잡혀 온 사람들이 사쿠라 몽둥이와 쇠좆 몽둥이에 피나무 껍질 벗겨지듯 곤죽이 되어 피범벅이 된 비명 소리가 거리까지 비져나오고 있는 판에, 지금 여기가 어디라고 달랑 네 놈이, 더구나 어디 유달산 꼭대기에나 꽂으려고 만든 것같이 엄청난 태극기를 앞세우고 만세를 부르고 있으니, 이놈들이 지금 총한 정신 가진 놈들인가 잠시 기가 막혀 있는 꼴이었다.

"대한 독립 만세!"

"대한 독립 만세!"

두 번째 만세를 불러서야 순사는 어깨에 멨던 총을 따서 앞세우며 겁먹은 표정으로 다가왔다.

"당신들 뭣이오?"

겨우 이런 소리로 대들었다.

네 사람은 아랑곳없이 만세만 불렀다. 한참 만에 경찰서 안에서 순사들이 쏟아져나왔다. 그들은 더 크게 만세를 불렀다. 서태석은 나라의 독립보다 자기의 치욕스런 과거를 그렇게 날려버리겠다는 생각으로 불러대는 만세 소리라, 본시 거쿨진 소리가 우렁찼다. 한마디 한마디가 발끝에서부터 배 속을 뒤틀고 올라와 터지는 소리였다. 네 사람은 개 끌리듯 끌려가면서도 접신한 무당처럼 만세 소리만 쏟아냈다.

놈들은 만세 소리가 그칠 때까지 무지하게 후려갈겼다. 사쿠라 몽둥이와 각목으로 뼈가 맞으면 부러지고 골이 맞으면 박살이 나는 무자비한 서슬이었다.

서태석은 그 무자비한 매에 살이 찢기고 뼈가 으스러지는 것 같았으나, 그런 매가 떨어지는 순간순간 아픔보다는 자기 몸뚱이에 더덕더덕 엉겨붙은 오욕의 더뎅이가 벗겨져나가는 것 같은 생각에 되레 가슴속에서는 어떤 신선한 감동이 물결치고 있었다.

제2장　깊은 뿌리들

　일행이 고개를 넘어섰다. 암태도 들판이 한눈에 들어왔다. 처서가 지나자 덤불 밑이 훤해지면서 들판은 하룻볕이 다르게 벼가 익어가고 있었다. 이 넓은 들판에 이렇게 풍성하게 익어가고 있는 이 많은 곡식이, 그 7, 8할이 지주 한 사람 몫이고, 몇천 명 소작인들은 겨우 그 나머지 2, 3할에다 목줄을 대고 늘어져 창자를 죄고 있다는 데 생각이 미치면, 도대체 어디서부터 어떻게 연유한 것인지 모르는 이 엄청난 배리(背理)가 숨을 꺽꺽 막아왔다. 철 따라 비 내려주고 눈 내려주며, 더러는 우쾅쾅 뇌성벽력을 울리기도 하는 하늘이 이런 엄청난 배리에는 무심하다 생각하면, 무슨 환희의 합창처럼 들판에 눈부시게 쏟아지고 있는 햇살도, 초상난 집에 남의 잔치의 노랫가락처럼 생소하게 느껴졌다.
　암태도는 이 들판을 가운데 두고 양쪽으로 어깨처럼 뻗어내린 산줄기가 빙 둘러 섬을 싸안고 있어, 어찌 보면 이 섬 전체가 아구리가 펑퍼짐한 소쿠리같이 보였다. 뒤편에 솟아 있는 되봉산(乻峰山)을 정점으로 양쪽으로 나지막하게 흘러내린 산줄기가 소쿠리의 테에 비길 수 있었다. 그 테의 저쪽 끝이 아까 남일환이 손님 둘을 떨구었던 벗섬이고 이쪽이 남강이었다. 다만 이쪽 남강 끝은 안쪽으로 동뫼산이 뭉퉁하게 뭉쳐 있어 테 끝이 안쪽으로 굽어들었다 할까? 그러니까 이 들판의 간석지를 막을 때 욕심대로 막으려면 이쪽 테가 굽어든 동뫼산의 마명(馬鳴) 머리에서 내처 저쪽 벗섬으로 막았어야 할 것이었으나, 수심 사정이 있어 그렇게 욕심대로는 막을 수 없었고 마명 머리에서 소쿠리 안쪽으로 대각선을 질러 막아 개펄의 반밖에는 논을 만들지 못했다.

간석지 제방이 끝난 과녁빼기 되봉산 자락에 붙어 있는 동네가 보통학교가 있는 단고리고, 거기서 되봉산을 왼쪽으로 끼고 두어 마장쯤 돌아가면 소작회 사무실이 있는 기동리가 나왔다. 거기서 곧장 더 가 소쿠리 테에 해당하는 조그마한 등성이 하나를 넘어가면 천후빈의 소작지가 있는 신석리(新石里)가 나왔다. 다시 아까 그 단고리에서 이번에는 되봉산을 오른쪽으로 끼고 돌면 면사무소가 있는 도창리, 거기서 아까 신석리 넘어가듯 이번에는 좀더 가풀막진 고개를 넘으면 문지주 일가들이 자작일촌을 이루고 있는 수곡리(水谷里)였다. 본디는 문지주도 수곡리에서 살았다. 이 수곡리 사람들은 모두가 문지주와 가까운 일가들이라 소작회에 가입하지 않고 있었다. 수곡리에서 도창리를 지나 남강을 가자면 그 중간이 와촌이었다.

이 들판의 거의 전부가 문지주 땅이기 때문에 이번 소작쟁의에는 이 들판에 목줄을 대고 있는 기동리·단고리·도창리·와촌리 이 네 마을 사람들이 가장 열을 올리고 있었다.

일행이 단고리에 들어서자 동구 앞에 몰려섰던 사람들이 다가왔다. 소식을 듣자 그들도 아까 소작위원들이 선창에서 그랬던 것처럼 욕설을 퍼부었다. 여기서도 실망하고 맥이 풀리는 것이 아니고 두고 보자는 식이었다.

"박복영(朴福永)씨는 지금 소작회 사무실에 있습니다."

젊은이 하나가 서태석에게 고개를 숙이고 나서 말했다.

박복영은 이곳 청년회장으로 이번 소작쟁의에서 서태석의 오른팔과 같은 사람이었다. 삼일운동 때 여섯 달 동안 감옥살이를 한 다음 상해에 가서 독립운동을 하다 독립자금을 마련하려고 나왔다가 또 여섯 달 동안 감옥살이를 하고, 지금은 여기 고향에서 청년운동을 벌이고 있는 사람이었다. 지금 서른넷이니 서태석보다 여섯 살 손아래지만, 목포에서 성경학교를 다녀 신식교육을 받은데다가 외국 바람까지 쐰 사람이라 생각이 깊고 뜻이 높았으며, 행동거조 또한 여간 드레지지 않아 서태석은 무슨 일에나 박복영의 조언을 들었고, 어지간한 일은 거의 그의 뜻을 따랐다. 그는 자기 집에서 소작을 벌고 있는 것은 아니므로 소작회원으로 일을 하는 것은 아니었으나, 밖에서 돕는 그의 힘은 누구보다 컸다. 그는 소작인들의 머리를 깨우쳐나가기도 하고 지주와 소작인 사이에서 중재자로서 지주와 교섭을 벌이기도 했다. 박복영과 함께 고백화(高白花)라는 칠십객 여인은 부인회를 만들어 또 부녀자들을 이끌어가고 있었는데, 암태도 소작회가 지금과 같은 튼튼한 조직을 가질 수 있었던 것도 이런 밑거름이 미리 주어졌었기 때문이다.

"어떻게 이빨이 좀 들어가던가요?"

서태석이 들어서자 박복영이 웃으며 물었다. 서태석은 빙긋이 웃어놓고 냉수를 한 대접 벌컥벌컥 들이켰다.

"개꼬리 황모 못 된다더니 옛말 그른 데 없습디다."

서태석은 박복영이 내민 부채를 활활 부치며 말했다.

"죽일 놈!"

여기서 기다리고 있던 소작인들이었다.

"전에는 사람이 그렇게 막힌 것 같지 않더니 이번에 보니까 막혀도 크게 막혔습디다."

"미련한 놈 똥구멍에는 불송곳밖에 약이 없어요."

단고리 박필선(朴弼善)이었다.

"내가 지금 쇠귀에 경 읽는다 하면서도 시국 형편을 저저히 설명하고 조용히 일을 끝내자고 아무리 일러도, 바람 불어 산 무너지랴는 배짱이야. 그런데 나와서 들으니까 엊그제 문재철이 집에서 이 근동 지주들이 일본인 지주까지 모여 지주회(地主會)를 결성했다는 소문인데, 이자들이 단단히 통을 짠 게 아닌가 싶어요."

"배짱이 두둑해진 것이 까닭이 있군요. 지주회를 결성했다면 왜놈들이 설두를 했을 것이고, 문재철이한테는 우리가 뒤를 봐줄 테니까 단단히 버텨라, 네가 넘어지면 전국 지주가 다 넘어진다, 이렇게 꼬드겼을지 모르지요."

박복영이 새겼다.

"허허. 동족을 뜯어먹자는 데 이 자식이 앞메꾼 선단 말인가?"

박필선이었다.

"뒤를 봐준다면 끝판에는 경찰을 몰아붙인다는 얘깁니까?"

평소에 별반 말이 없는 김용학(金龍學)이었다.

"이 일에는 어지간해서는 경찰을 몰아붙이지는 못합니다. 이 일은 어디까지나 개인 간의 민사관계니까 명분이 없기도 하지만, 만세 사건 뒤에는 문화정치다 뭐다 제놈들이 떠벌려논 소리가 있거든."

박복영이 자신 있게 말했다.

"저놈들이 설사 총칼을 앞세우고 나온다 하더라도 우리가 단단히 단결만 하면 이 싸움은 우리가 틀림없이 이기는 싸움이니까, 모두 자신을 가지고 부락별로 단단히 뭉쳐요."

서태석이었다.

"그런데 이쪽은 소가 밟아도 안 깨지겠는데, 신석리 쪽은 문지주 땅을 버는 사람이 얼마 안 되니까 한 다리가 뜨는 셈인데 그쪽 사정은 어떻소? 지주 쪽에서 어떤 농간을 부리고 나올지 모르는데, 혹간에 그런 농간에 놀아나는 사람이 한 사람이라도 있었다가는 큰일입니다."

서동수가 신석리 소작위원 김일곤(金一坤)을 보며 말했다.

"그렇지. 지주 쪽에서 소작인들을 꼬드겨 자기 사람을 만들기로 하면 어지간히 곧은 사람이 아니고는 이쪽저쪽 다림 보아 두 길마 보자고 지주 쪽에 속다리 걸치고 나오는 사람이 없으란 법도 없거든. 그런 놈들이 끼여서 하리놀기로 하면 그런 골병이 없을 거야."

손학진(孫學振)이었다.

"그러니까 지주 쪽에 붙어서 이 일에 탐새기줄 사람이 신석리 쪽에서 나올 것 같다 이 말인가?"

김일곤이 눈살을 세우며 되받았다.

"꼭 그런다기보다도 그쪽에는 문지주 땅을 버는 사람이 적으니까, 그런 사람이 있을지도 모른다는 소리 아닌가?"

"수가 적으니까 그런 사람이 나올지 모른다는 소리는 무슨 이면으로 하는 소리여? 그런 곰배팔이 왼새끼 꼬듯 되잖은 소리는 자네 동네 쪽으로나 두르고 해!"

김일곤이 몰풍스럽게 쏘아붙였다.

"피차에 조심하자는 소리를 가지고 뭘 그렇게 살쐐기 쏘는 소리를 하는고?"

김연태가 너울가지 있게 웃고 나왔다.

"하여간, 일은 갈 데로는 다 갔으니까 너나없이 정신 바짝 차립시다. 아직 그런 낌새가 보이는 것은 아니지만 문지주가 여기 토박이로 오래 소작인들하고 낯이 익은 사이니, 사람이라는 것이 미우면 미운 대로 고우면 또 고운 대로 두루 얽히는 것이라, 마음먹고 제 사람 만들기로 하면 소작인이 몇백 명이라고 총중에서 그럴 사람 못 골라낼 거요. 만약에 그렇게 하리가 들어봐. 겉으로 낯 내놓고 어쩌지는 않는다 하더라도 이쪽 속 이야기만 물어내도 그게 어렵니까?"

와촌 박종식이었다.

"그렇지요. 모두들 조심합시다. 그리고 오늘 저녁에는 마을마다 소작인들을 모아가지고 내가 목포 다녀온 이야기도 전하고 다시 한번 결속을 다지시오. 오늘 저녁에 나하고 박복영씨는 와촌하고 단고리에 나가서 이야기를 하겠고, 다른 동네도 계속해서 차차 나가겠소."

서태석이 말했다. 소작인들은 돌아갔다.

"어제저녁 와촌서는 부인회가 제대로 모였던가요?"

서태석이 김용학에게 물었다.

"성과가 아주 좋았습니다. 여자들 열의가 남자들 웃때리던데요. 서동오형 인기는 대단했습니다. 하하."

김용학은 곁에 있는 서동오를 치켜세웠다.

서동오는 지난번 만세 사건 때 서태석과 함께 목포에 나가 만세를 불렀던 사람이었다. 지금은 장산면(長山面)에 새로 생긴 보통학교에 선생으로 있는데, 지난번 추석 쇠러 와서 소작쟁의가 한창 불이 붙고 있는 것을 보고 갔다가 며칠 전에 다시 나와 거들고 있었다. 목포 영흥(永興)학교 고등과를 거쳐, 전주 신흥(新興)고등보통학교를 나온 청년으로 이 섬에서는 근대교육을 가장 많이 받은 사람이었다. 그는 소작쟁의에 누구보다 관심이 커, 지금 이 소작회 사무실도 자기 집 행랑채를 내놓아 사무실로 쓰게 하고 있을 정도였다.

"허허. 동오는 선생 내놓고 이 일 해야겠그만. 전에 만세 부를 때 봐도 동오는 선생으로 눌러 있기는 성이 안 차겠던걸. 매도 나보다 더 잘 참더라구. 하하."

서태석은 껄껄 웃었다.

"서형, 다른 것은 몰라도 여자들 개유하는 데는 서형만 한 구변이 없겠습디다. 학교를 며칠 쉬더라도 마을마다 한번씩 돌아줘야 겠소."

김용학이 은근하게 나왔다.

"그러지 않아도 고백화씨한테 발목을 잡혔습니다."

"하하. 그랬던가? 역시 고백화씨답군."

"이런 일에는 남자들보다 속살은 여자들 힘이 더 크거든. 마누라 란 것이 폐인이 되어 아랫목에 구들 지고 누워 있어도 남자 움직이 는 데는 온몫 한다는 것 아닌가? 베갯밑 송사가 그러기 무섭다는 거야."

서태석이 웃으며 말했다.

"앞으로 배신자를 방지하는 데도 여자들의 서릿발 치는 입살이 크게 한몫할 거요. 그런 낌새를 알아내는 데도 여자들의 눈치가 무 서운 것이고, 또 그런 사람이 생겼을 때 여자들의 그 험한 입으로 왜장쳐봐요. 누가 감히 그런 험한 입쌀 앞에서 엄발날 생심을 먹겠 어요?"

세 사람은 한참 웃었다.

"하여간, 어제저녁 그런 식으로 동네마다 돌아다니며 개유하면 효과가 크겠습디다."

어제저녁 서동오는 여자들의 자존심을 적당히 살려가면서 상당 히 선동적으로 이야기를 했었다.

"여태까지 여자들은 아무리 억울한 일이 있어도 남자들 뒷전에 서 생가슴만 뜯어왔습니다마는, 지금은 시대가 달라지기도 했고 또 이런 큰일에는 남자들 혼자 힘만 가지고는 안 됩니다. 생각해봅시다. 우리 집에 지금 강도가 들어 우리 것을 빼앗아가려고 한다면, 여자들도 같이 나서서 싸워야지 남자들 싸우는 것을 멀찐멀찐 보고만 있어야 하겠습니까? 일본놈들이 우리나라를 빼앗은 것은 그대로 나라를 강도질한 것이기 때문에 지난번 삼일운동 때는 여자들도 나서서 만세를 불렀고, 감옥살이까지 한 사람들이 많습니다. 지금 우리가 지주한테 소작료 뜯기고 있는 것도 강도질을 당하고 있는 것이나 마찬가집니다. 우숫물 지고부터 오뉴월 지옥 속에서 뼈다귀 곰 과서 농사지어 놓으면, 지주들은 그대로 제 것 가져가듯 다 뜯어가버리고 소작인들한테 남은 것은 무엇이었습니까? 새도록 농사지어 다 빼앗겨버리고 쌀강아지 같은 새끼들은 시래기죽도 제대로 못 먹여 누렇게 부황이 들어갔어요. 이렇게 빼앗기고 앉아서 새끼들 배 곯리고 있는 것이 부모 된 도리겠습니까, 그것을 안 뺏기고 새끼들 먹여 살리는 것이 도리겠습니까? 아무리 땅이 중하다고 합시다. 그래도 우리가 땀 흘려 농사지은 만큼은 차지해야 할 것 아닙니까? 땀 흘린 만큼 안 뺏기겠다고 나서는 것은 사람의 당연한 도립니다. 내 것 강도질해가는데 내가 나서서 싸워야지, 그냥 그대로 앉아 있으면 남강 주재소 순사가 와서 빼앗아줄 것입니까, 절간에 앉아 있는 부처님이 빼앗아줄 것입니까?”

새끼들 시래기죽도 제대로 못 먹인다는 대목에서는 여기저기서 훌쩍훌쩍 눈물 짜는 소리가 났다.

“그리고 이런 일일수록 동네 사람들은 동네 사람들끼리 단합을 잘해야 하고 또 가정에서는 가정대로 화목해야 합니다. 집에서 조금 속상하는 일이 있더라도 부인네들 쪽에서 접어 생각하고 남자들이 밖에 나가서 활발하게 일을 할 수 있도록 하는 것이 지금 당장은 여자들이 하실 일 같아요. 이런 일은 한번 시작했을 때 본때 있게 해야지, 그르치고 나서 뒷북치고 통곡을 해보아야 소용이 없습니다. 내가 지금 여기 가지고 온 신문에는 우리보다 더 험한 일을 당한 사람들 이야기가 나와 있는데, 도대체 이런 일을 당하고도 통곡만 하고 있어야 할 것인가요? 이것은 남의 이야기가 아니라 바로 우리 이야기니 한번 들어보십시오.”

서동오는 가지고 온 신문을 펴 들었다.

“전수 2석 9두에 소작료가 2석 4두라. 그러니까 수확이 통틀어 두 섬 아홉 말이 났는데, 거기서 소작료를 두 섬 너 말 받아 갔다는 이야깁니다. 경기도 관수동 민병승의 소유인 강원도 원주군 문막리 등지에 있는 토지는 매우 척박할 뿐 아니라 소작료를 8할 이상이나 되게 도조로 징수하므로 그 지방 주민들의 원성이 부절하던 바, 작년도에는 마름으로 있는 장대형이란 사람을 시켜서 그중에서 최상등답 5두락을 그 동리 임상옥이란 사람에게 병작으로 부치게 하여놓고, 그러니까 배메기로 짓게 했다는 소립니다. 작년 추수 시에는 다른 사람을 시켜서 전기 임상옥에게 다시 도조로 소작료를 받은바 전기 답 5두락의 수확 2석 9두에서 2석 4두를 강제 징수한 결과 임상옥에게 배당된 것은 겨우 5두라는데, 그중에서 종자대와 그 이자 2두 5승, 그러니까 두 말 닷 되지요, 그 두 말 닷 되를 제하면 실상 임상옥의 차지는 두 말 닷 되에 불과하므로 전기 임씨 가족들은 일 년 동안 힘써 경작하고 벼 두 말가웃이 웬 말이냐고 슬피 통곡한다더라.”

서동오는 기사를 다 읽고 나서 다시 목청을 가다듬었다.

"이 사람한테 처음에는 배메기로 주었다가 내중에는 잡을도조로 받아 가면서 이렇게 험한 짓을 한 모양인데, 이렇게 빼앗기고 앉아 통곡만 한다고 지주가 왼눈 하나나 깜짝할 것 같습니까? 닷마지기에서 두 말 닷 되 남겨놓고 뜯어 갔다면 이것은 사람을 그대로 가만히 세워놓고 껍데기를 벗겨 간 것인데, 이런 놈은 성질대로 하자면 몽둥이로 대갈통을 까야 하지만 그럴 수는 없는 일이고, 우리는 다행히 소작인들이 소작회를 만들었으니까 서로 힘을 합해서 싸웁시다. 모기도 천이 모이면 천둥소리를 낸다고 하잖던가요. 내 목구멍도 내 목구멍이지만 늙은 부모 공양하고 생때같은 자식들 안 굶기자는 일이니까 이것은 그대로 자식 된 도리고 부모 된 도립니다. 그런 도리도 도리지만 사람으로 생겨가지고 이렇게 험하게 뜯기고 살아서야 어디 그것을 사람이라 할 수 있습니까?"

서동오의 말에 여인들은 모두 감격했다. 그러나 그중에서 꺼지게 한숨을 깔아 쉬며 중얼거리는 사람이 있었다.

"일이 말같이 되려는지……"

춘보 아내였다. 옛날 하도 험한 일을 당했던 기억이 눈앞에 어른거리고 있었기 때문이었다. 동학농민전쟁 때의 처참한 기억이었다. 지금 여기서 기세를 올리고 있는 것도 꼭 그때만 같아 살얼음을 밟은 듯 조마조마하기만 했다.

춘보 아내는 동학농민전쟁 때 갓 시집온 새댁이었다. 그들은 바로 고부(古阜)에서 살았었는데, 전봉준이 일어나자 시아버지와 남편 형제를 합한 삼부자가 죽창을 깎아 들고 나섰다. 살기 돋친 서슬에 겁이 나기도 했으나, 여태까지 굽죄여만 살아오던 사람들이 그러고 나서니 그제야 그들도 사람같이 느껴져 한없이 자랑스러웠다. 그는 부모들이 너무도 험하게 뜯기던 것을 보아오고 있었다. 누구한테 큰소리 한번 쳐본 적이 없는 친정아버지가 동네서 분란군이라는 얼토당토않은 죄목으로 두 달 동안이나 감옥에 갇혀 무지하게 매를 맞고 그 장독으로 반폐인이 되었던 원한이 가슴속에 차돌같이 뭉쳐 있던 춘보 아내였다.

그때 동학군의 기세는 하늘을 찌를 듯했고 전주에 집강소를 차렸을 때에는 이제 농민들 세상이 다 된 줄 알았다. 그런데 홍계훈(洪啓薰)이 전주성을 공격할 때 시아버지가 총상을 입어 남편 등에 업혀 왔다. 시아버지는 그길로 앓다가 세상을 떴다. 그해 가을 서울로 쳐올라간다고 동학군들이 다시 모였을 때 두 형제는 이제 아버지의 원수를 갚을 때가 왔다고 이를 갈고 나섰다. 그러나 이차 봉기도 공주 세성산(細城山) 전투에서부터 왜놈들의 신식 총 앞에 풍비박산이 되어 두 형제는 거지꼴로 돌아왔다.

왜놈들의 그 무지한 토벌작전이 시작되었을 때 춘보 아내는 즐비하게 누워 있는 시체 더미 속을 헤치고 남편에게 손목을 잡혀 밤길을 타고 도망을 쳤다. 동생 춘만이와는 길이 엇갈려 헤어지고 배를 타고 제주로 도망을 친다고 가다가 바람에 밀려 이 섬에 닿았었다.

"이렇게들 야단인 것이 또 난리가 나려는 것이 아닌가 모르겠소?"
춘보 아내는 애가 끓는 목소리로 춘만이에게 물었다.
"이번 일은 동학이나 기미 만세 때하고는 달라요. 지주하고 소작인들 간에 싸우는 일이니까 개인 싸움이나 마찬가집니다. 우리게 조용현(趙容鉉)이라는 지주는 자진해서 소작료를 4할로 내리면서 다른 지주들한테 소작인 보호 취지서라는 것을 돌려, 이 일은 소작인들의 주장이 백번 옳으니 지주들도 시대에 따라야 한다고 권유를 하기까지 했습니다."

"그래도, 여기 사람들 들고일어나는 것이 나는 가슴이 떨려 죽겠소. 저이는 나이를 자셔도 이런 일이라면 젊은 사람들보다 되레 앞장을 서니 통 마음이 놓여야지요."

춘보 아내는 춘보의 성깔을 타박하며 애를 끓였다.

"하하. 옛날부터 싸우던 가락이 있지 않습니까?"

춘보는 곰방대를 물고 배시시 웃고 있었다. 춘보는 얼핏 어리눅어 보였고, 사실 평소에는 누구와 시비가 붙어도 어지간한 일은 그냥 몇 마디 하다가 헤무르게 거적눈을 썸벅이며 물러서버렸으나, 이런 일에는 한번 신명이 씌었다 하면 먹던 밥도 내던지고 나서는 성미였다.

"자네 지방에서는 신통하게 이겼더구만."

"처음에는 소작료만 4할로 내려도 다행이다 했지요. 그런데 이놈들이 한번 겁을 먹고 나니까 장마에 흙담 무너지듯 합디다. 하하."

"여기서도 그렇게 쉽게 일이 끝난다면 오죽 좋겠소만."

"소작쟁의가 제대로 일어나기로는 전국에서 우리 낙안면(樂安面)이 맨 선봉이랍디다. 신문에도 다 났지요. 팔백 명이 모여노니까 무서운 것이 없습디다. 무엇보다 시원한 것은 지주 콧대를 팍 꺾어논 거였지요. 여기서도 기왕 나섰으니까 다잡을 때 단단히 다

잡아노시오. 제놈들이 한번 그렇게 꺾인 다음에야 다시는 또 전같이 설치겠습니까?"

"암은. 기왕 일을 하기로 했으면 뿌리를 뽑아야지."

순천 낙안면은 춘만이 말대로 소작인들이 조직적인 투쟁을 벌인 것으로는 전국에서 맨 처음이었다. 팔백여 명의 소작인들이 소작상조회를 조직하고 일단 군청에다 진정을 하는 방식으로 일을 시작했다.

1. 소작료는 4할로 하고 두량(斗量)에는 두개(斗槪: 평미레)를 사용할 것.
2. 지세 등 공과금은 지주가 부담할 것.
3. 소작은 무리하게 이동하지 말 것.
4. 천재지변으로 비용이 1원 이상 될 때는 지주가 부담할 것.

이런 요구 사항은 소작쟁의가 다른 지방으로 번져가면서 더 구체화되고 더 강해져갔는데, 소작료를 일 리(一里) 이상 운반할 때에는 지주가 운반비를 부담하라거나, 짚은 소작인이 갖는다거나 또 소작을 이동할 때에는 소작회의 동의를 얻어야 한다는 등이었다.

"우리는 너무 일찍 일어나서 다른 데같이 요구할 것을 다 못 했다가 다른 데 하는 것을 보고 다시 추가로 결의를 했는데, 소작료 운반은 바로 동네 앞까지만 내다놓기로 했어요. 이제 네놈들 집까지 꺼덕꺼덕 소작료를 짊어져다 주지 않겠다는 소리지요. 하하."

"그러니까 지주가 뭐라든가?"

"뭐라 하고 자시고가 있습니까? 그렇게 결의만 해서 목침단자 내던지듯 지주한테 통지만 했지요. 네놈 집에까지는 못 쳐 주겠으니 그리 알아라, 이것이지요."

"허허. 거 시원하게 했네. 우리도 그 조목을 넣자고 해야겠그만."

"그런데 여기 지주는 보통내기가 아니라 쉽게 수그러지지 않을 것 같아요. 꼭 무슨 일이 일어나고야 말 것 같다니까요."

춘보 아내가 노상 같은 소리를 했다.

"배에 오면서 들어보니까 여기 일에 앞장선 서태석인가 하는 사람은 보통 똑똑한 사람이 아니라던데, 얼핏 보아도 허위대부터가 드레져 보입디다."

"똑똑하다마다. 지난번 기미 만세 사건 때 이야긴데, 만세를 부르고 재판을 받는 도중에 누구라더라, 응, 김상옥(金相玉)이라는 조선놈 경부가 증인으로 나와서 너 어쩌고 해라를 하자 댓바람에 의자로 대갈통을 부숴 실신을 시켜버렸어. 그 때문에 징역을 삼 년이나 살았는데, 그런 결기도 결기지만 전에 면장을 할 때도 보면 무슨 일이든지 한번 손댔다 하는 날에는 끝장을 보고 마는 사람이야. 아까 봤으니까 말이지만, 그만한 인물에 배짱 좋고 구변 좋고 섬에서 살기는 아까운 사람이지."

"면장을 지냈어요?"

춘만이는 좀 뜻밖이라는 표정이었다.

"스물아홉 살 때부터 칠 년이나 지냈어."

"그런 사람이 어떻게 이런 일에 앞장을 섭니까?"

"서태석이는 예사 사람이 아니야. 자기 집부터가 소작을 벌고 있지만, 소작인들 위하는 것이 친형제도 그리 못 할 걸세."

"면장까지 지낸 사람이 소작을 벌어요?"

춘만이는 점점 모르겠다는 표정이었다.

"자작도 여남은 마지기 되지만 소작도 벌고 있지. 작년에 감옥에서 나오자마자 박복영이나 고백화씨 같은 이들을 거느리고 소작인들 개유에 나서더니 소작회를 만들었구만."

"겉보기에도 신실하고 똑똑해 뵈기는 합디다만."

"못난 놈이 가난에 찌들어노면 새 옷을 입어도 새물내가 안 나는 법인데, 사람이 원체 똑똑하면 그러는가, 그 사람 앞에서는 몇천 석지주가 되레 저만치 아래로 보이더라구."

"여기 싸움은 지주하고 소작인들 싸움이 아니고, 지주하고 서태석이 싸움이라고 하더니 그렇게 말하게 됐구만요."

"지주도 보통내기가 아니고 서태석이도 그렇게 똑똑해노니 그렇게 말할 법하지."

"그래도 그런 사람 너무 믿어서는 안 될 겁니다."

춘만이는 좀 엉뚱한 소리를 했다.

"믿어서는 안 되다니? 누구? 서태석이 말인가?"

"아무리 어쩐다고 해도 칠 년이나 면장을 지낸 사람이면 일본놈들하고도 긴상 복상 고개 끄덕이던 사람이고, 또 지금은 소작인들한테 마음을 둔 것 같아도 돈 있고 잘난 놈들이야 끝판에 가서 위아랫물이 지기로 하면 그런 놈들끼리 한물로 얼리지, 없는 놈들 편에 붙박일 것 같습니까? 그런 사람들이 없는 놈 업고 덤벙거리다가 지주 쪽으로 기울어지기로 하면 이쪽에서는 두 벌 세 벌로 곯아요.

만세 사건에 가담했던 놈 가운데 똑똑한 놈치고 왜놈들한테 안 붙은 놈 있는 줄 아십니까?"

"이 사람아, 자네가 뭣을 안다고 그런 소리를 함부로 하고 있는가?"

춘보가 툭 쏘았다.

"서태석씨는 그럴 사람 아녀요. 우리가 하루 이틀 겪어본 사람인 줄 아세요?"

춘보 아내였다.

"그랬으면 오죽이나 좋겠습니까마는, 아닌 말로 몇백 원 뚝 떼어주고 자기 사람 만들기로 하면 요새 세상에 돈 앞에 부처님 있답디까?"

"허허. 이 근방 사람들 들었다가는 몽둥이 맞을 소릴세. 그 눈에는 재물은 안 뵈는 사람이여."

"그렇게 듣고 보니 그렇기도 합니다마는……"

춘만이는 그래도 꼬리를 남겼다.

"마는이 아니래도."

춘보는 자기가 지금 무슨 모욕이라도 당하고 있는 것같이 다잡았다.

그때 열댓 살쯤 되어 보이는 사내아이가 누이인 듯한 계집아이와 함께 큼직한 장닭 한 마리를 안고 들어서고 있었다.

"저것이 누구냐? 아이고 내 새끼들!"

춘보 아내가 반색을 하며 뛰어내려가 닭을 받았다.

"누구요?"

"만석(萬石)이 아이들이그만. 허허. 제상에 노라고 보내더냐?"

"예."

사내아이는 대답을 하면서 춘보에게 절을 꾸벅했다.

"꼭 제 아비를 빼다박았그만."

춘만이가 대견스럽다는 얼굴로 건너다보며 말했다.

"인사해라. 순천서 오신 아저씨다."

오누이는 춘만이에게도 꾸벅 절을 했다.

"이 계집아이 이쁜 것 좀 보시오. 어쩌면 이렇게도 이쁘게 낳았을까?"

춘보 아내가 치맛귀를 잡아 계집아이 코를 닦아주면서 설레발이었다.

"제 어미가 그 얼굴이 보통 일색인가. 이런 데 묻혀 있어 그렇지 그런 일색도 쉽지 않지."

춘보가 말했다.

"그때 저 큰놈이 돌을 갓 넘었었지?"

"그랬던 것 같습니다."

이 아이들의 아버지 이만석은 의병(義兵) 봉기 때 나섰다가 일인들의 토벌을 피해서 여기 숨어들어와 살고 있는 사람이었다. 그는 보성(寶城) 복내(福內)서 살다가 의병에 가담했었다. 능주(陵州)까지 올라갔다가 일인들의 토벌작전에 밀려 의병부대가 해산하는 바람에 돌아서고 말았었는데, 그때 우연히 춘만이를 만난 것이 연이 되어 그 끈으로 춘보를 찾아 여기 깊숙이 들어와 지금 신석리서 살고 있었다.

아이들은 식혜를 한 그릇씩 먹고 춘보 아내가 쥐여주는 찐 고구마를 하나씩 손에 들고 춘보 형제한테 다시 고개를 숙였다.

"아버지보고 순천서 손님이 오셨더라고 내일 아침에 일찍 조반 잡숫지 말고 오시라더라고 해라. 순천서 손님이 오셨다면 알 것이다. 조반 잡숫지 말고 일찍 오시라고 해, 알겠냐?"

"예."

아이들이 집을 나갔다.

"크는 아이들을 보니 세월이 빠른 줄을 알겠습니다."

"그렇지. 세월이 빠르지."

그때 소작위원 박종식이 들어섰다.

"오늘 저녁에 소작인들 회의가 있는데 알아볼 것이 있어서 왔소. 우리 동네 사람들이 소작지 나락을 안 건드리고도 언제까지나 먹고 견디겠는가, 그러니까 지금 살림 속을 조사하러 나왔소. 하하."

춘보는 무슨 말인지 얼른 가닥이 안 잡히는 표정이었다.

"자작논에서 나온 쌀하고 서숙이나 감자 같은 밭곡식만 가지고 얼마나 먹고 살겠는가 집집마다 촘촘히 한번 조사를 해야겠습니다."

"밭에 세워논 곡식을 가지고 어떻게 짐작을 할까?"

춘보 아내가 웃었다.

"내가 묻는 대로 대답만 하시오. 이 집은 텃논 말가웃지기가 자작 아니요? 그런데 그 논에서 지금까지 풋바심을 얼마나 했소? 아까 오면서 보니까 닷 되지기 푼수나 베어 들인 것 같습디다만……"

"올벼신미하고부터 지금까지 뜯어다 먹었으니까 닷 되지기가 아니고 반은 뜯어 왔을 거요. 신곡머리 풋바심이란 것이 오죽이나 헤퍼야 말이지요."

소작료라도 매기려고 간평이라도 나온 것처럼 춘보 아내가 방색을 했다.

"그래도 나머지가 쌀로 한 섬 턱은 되겠지요?"

"가망도 없는 소리요. 전에 쓰러지게 되었다 할 때도 나락으로 석 섬을 못 훑어봤는데, 쌀로 한 섬요?"

"그럼 여덟 말은 착실하겠그만요?"

"여덟 말은 무슨 여덟 말이요?"

"이 사람아, 뺏어갈라고 조사하는 것 아니니까 방불하게 대답해줘!"

춘보가 뛰겼다.

"여덟 말 잡고, 한 사람 한 끼니에 넉넉잡아 한 홉 반이면 다섯 식구니까, 가만있자."

"없는 살림에 쌀만 삶아 먹으란 소리요? 깔깔."

춘보 아내 말에는 대꾸하지 않고 박종식은 구새 먹은 삭정이 매듭같이 뭉퉁한 손가락으로 밤알만큼씩 굵은 수판 고동을 퉁겼다.

"잡곡도 이따 이렇게 따로따로 계산할 테니까 쌀밥만 잡수시든지 섞어서 잡수시든지 그것은 알아서 하시오. 하여간 쌀이 삼십오 일분이고, 서숙은 얼마 나겠소?"

"가만있자, 서숙은 닷 마지기가 모두 서숙인데, 전에 거둬들인 짐작으로 하면 금년에는 더 잘됐으니까 찧어서 한 섬 폭은 실할 거야."

이번에는 춘보가 말했다. 박종식은 또 한참 수판 고동을 퉁겼다.

"서숙은 사십사 일 먹겠고, 감자는 얼마나 캐겠소?"

"그것은 참말로 캐봐야 알지 땅속에 있는 것을 어떻게 알겠소?"

"땅속에 있어도 밭두둑에 들었겠지 제가 어디 있겠소."

고구마가 열다섯 가마니에 칠십오 일분이 나와 전부 합치니까 백오십사 일분이었다.

"수수·메밀·콩·녹두 같은 것은 우수리로 접어두고도 다섯 달치니 명년 정월까지는 대겠그만요. 제 논밭 것만 가지고 세안 넘기는 사람은 몇 집 안 되는데 이 집은 부잡니다. 하하."

"그렇게 촘촘히 따져보니까 영락없이 계산이 나오기는 나오네요."

춘보 아내는 신통하다는 듯 웃었다. 사실 촌사람들 계량(繼糧) 짐작이라는 것이 거개가 부엉이셈으로, 세안을 대겠느냐 보릿동을 대겠느냐는 정도의 어림짐작이라 먹다 떨어지면 그러는 줄 알 뿐, 이렇게 촘촘히 계산하고 살림하는 사람은 거의 없었다.

부엌으로 들어갔던 춘보 아내가 개다리소반에 술상을 차려 내왔다. 톳나물 한 접시에 새우저냐 한 접시의 조촐한 술상이었다.

"우리 집 살림 계산해준 값이오."

"어허. 내가 발복 있게 왔네."

"오늘이 우리 선친 제일이라 한주먹 부벼 넣었던 모양이야. 마침 먼 데서 동생도 오고 해서 웃국 질러놓고 우리는 벌써 한잔씩 했네. 인사하게. 여기는 우리 동네 소작위원 박종식씨고……"

둘은 인사를 했다.

"순천서 오셨으면 거기는 소작쟁의가 젤 먼저 일어난 데 아닙니까?"

"그렇지. 신문에도 말짱 난 모양인데, 들어보니 그 사람들이 소작쟁의는 본때 있게 했그만."

춘보가 아까 들은 이야기를 대충 했다.

"여기서도 몽그리는 것이 일이 볼만하게 벌어지겠습니다마는 일을 해봤으니까 말씀인데, 그 신문 말입니다, 그 신문이란 것이 신통합니다. 전에는 아무리 큰일이 나도 입에서 입으로만 전해지니까 소문이 산 하나를 넘는 데도 하루가 걸렸잖습니까? 그런데 그 기자란 사람들이 와서 적어 가기만 하면 그것이 신문에 나서 그 뒷날이면 조선 팔도에 좍 퍼집니다그려. 하하."

"그렇지요. 여기도 이틀 만이면 신문이 당도합니다."

박종식이 맞장구를 쳤다.

"우리에게 일이 그렇게 쉬웠던 것은 실상 반은 신문 덕택이었습니다. 신문을 보고 지주가 정신이 없었어요. 아무 데 사는 지주 아무개는 소작료를 이렇게 험하게 뜯어 가는 통에 소작인들이 살 수가 없어, 지금 이렇게 들고일어났다고 조선 팔도 사람들한테 왜장을 치면서 죽일 놈 잡죄듯 하니 지주가 겁을 안 먹고 견디겠습니까? 세상 개명했다는 것이 고무신 신고 남폿불 켜는 것보다 이런 것입디다."

"그렇지요. 신문이 아니면 이런 섬구석에서 어떻게 육지 소식을 그렇게 소상히 알겠소. 전에는 육지 소식이 바다를 제대로 건너오자면 한두 달이 걸렸는데, 이삼 일 뒤면 그런 데서 소작인들이 했다는 말 한마디까지 소상히 알 수 있으니 세상 많이 개명했지요."

박종식이 춘만이한테 술잔을 건네며 말했다.

"여기서도 일을 제대로 하자면 어떤 수를 쓰든지 신문기자를 불러와야 할 겁니다. 이런 섬에서 아무리 큰 난리가 난들 밖에서야 신문에 안 나면 무슨 수로 알겠습니까? 암태도 아무개는 이렇게 험한 사람이라 지금 암태도 사람들은 이렇게 싸우고 있다, 이러고 신문에 좍 내야 해요. 신문이 그렇게 지주를 몰아세워보시오, 제가 낯바닥에 쇠가죽 뒤집어쓴 사람이 아닌 다음에야 그 앞에서 소작료를 안 내리고 어떻게 배깁니까?"

"듣고 보니 그렇기도 합니다마는 이런 섬구석에까지 쉽게 신문 기자가 올 것 같지 않은데요."

"아닙니다. 그래도 무슨 수를 쓰든지 신문에 나게 해야 합니다. 요새 세상에는 싸운다는 것이 그냥 이렇게 버티는 것만 싸우는 것이 아닙니다. 한쪽에서는 이렇게 버티면서 또 한쪽으로는 신문으로 세상에다 대고 왜장을 치고, 양수겸장으로 몰아쳐야 해요. 개명한 세상에 산다는 것이 뭡니까? 연락선 놔두고 풍선 타고 다니던 생각만 하면 그만큼 세상에서 뒤떨어지는 것이 됩니다."

"그렇기는 합니다마는……"

박종식은 아쉬운 표정을 지었다.

"서태석이나 박복영이 이런 일에는 환한 사람들이니 그런 일은 그 사람들이 다 알아서 할 거네."

춘보가 말했다.

"옛날 동학난리 때도 요새같이 신문만 있었더라면 일이 그렇게 전라도 쪽에서만 일어나다 말지는……"

"가만있자, 거 뭐냐."

춘보가 춘만이 말을 채뜨렸다. 동학 이야기를 하다가 자기들의 본색이 드러날까 싶어서였다. 이미 삼십 년 저쪽의 일이니까 그때의 일이 드러난다 하더라도 이제 와서야 그 까탈로 묶어 가지는 않겠지만, 세상이 지금도 왜놈들 세상으로 뒤숭숭하다보면, 혹시 무슨 일이 있을 때 그런 과거가 좋잖은 빌미가 될지도 모른다는 생각에서 그들은 지금까지 자기들의 본색을 숨기며 살아오고 있었다.

"거 뭣이냐, 그러니까."

춘보는 말을 채뜨려놓고도 얼른 다음 말을 붙잡지 못하고 허텅지거리만 하고 있었다.

"신문이 지금 소작인 편을 들어 지주들을 그렇게 몰아쳐도 꼼짝없이 당하고 있는 것을 보면 세상 대세가 농민들 편으로 기울기는 기운 것 같은데, 그래도 저놈들이 어떻게 나올지 모르니까 이럴 때 농민들이 한바탕 제대로 힘을 쓰고 나서서 세상을 바를 만큼은 발라놔야 할 것 같아."

"그러기 서태석씨가 하는 말이 그 말이지요. 아무리 시국이 농민들 편으로 기울고, 신문이 이치를 발라 따진다 하더라도 농민들이 가만히 죽어 있으면 뭐가 되겠느냐는 것인데, 지금 왜놈들이 이만큼 죽어 있는 것도 기미 만세 사건 때문에 혼이 나서 그렇지 제 출물로 그런 것이 아니거든요. 농민들도 이럴 때 지주들을 콱 휘어잡아놓지 못하면 영영 종노릇만 하고 말 것 같아요. 지금 왜놈들이 들어와서 되레 덕 본 것은 지주 말고 누가 있습니까? 그 무지한 왜놈들 총칼 그늘에서 같은 동포를 뜯어먹을 대로 다 뜯어먹으면서도 호령하고 사는 것은 그놈들뿐이거든요."

박종식이었다.

사실 그랬다. 일본의 침략으로 사실상 가장 큰 덕을 본 것은 지주들이었다. 처음부터 일제는 한국의 지주들을 적극적으로 옹호하고 나왔는데, 여기에는 두 가지 목적이 있었다. 지주들의 이익을 옹호하여 그들의 지지를 얻음으로써 한국 민족을 분열시키려는 정치적인 목적이 그 하나였고, 지주들 위주로 한국 농업정책을 수립함으로써 속살로는 일본 자본을 끌어들여 한국의 농촌을 효과적으로 수탈하자는 경제적인 목적이 그 두 번째였다.

이러한 일본의 기본정책이 가장 잘 나타난 것이 토지조사사업에서였다.

이미 대만에서 토지조사사업으로 농촌 수탈에 이력이 난 일제는 한일합방 전부터 한국 황실로 하여금 토지조사사업을 벌이도록 종용을 했었고, 1910년 합방을 한 다음부터는 이 사업을 총독부에 이관, 조선 통치의 가장 중요한 역점사업으로 추진했다.

일제는 이 사업을 시작할 때 논밭의 경계를 제대로 그어 지적도(地籍圖)를 만들어놔야 네 것 내 것이 확실해지고, 국가가 토지문서를 만들어 법으로 소유권을 인정해주어야 토지의 소유 자체가 명백해질 뿐만 아니라 매매할 때도 말썽이 없을 것 아니냐고 떠들어댔다. 토지에 대한 이와 같은 소유권의 재법인(再法認)은 경제적인 면에서 토지를 자본화하는 기본적인 조건이 되기 때문에, 이것은 한국 농촌 근대화의 기틀을 잡는 일이라고 선전하면서 농민들의 적극적인 참여를 요구했다.

그러나 일제의 근본적인 동기는 토지소유권의 법률적인 이동을 용이하게 하여 일본의 대자본을 한국 농촌에 끌어들여 한국의 농촌을 효과적으로 수탈하자는 수작에 불과했다.

관부연락선에 나돈 한국 농촌 소개의 전단만 봐도 그 속셈은 환했다. 동양척식회사(東洋拓殖會社)가 뿌린 것으로 거기 나도는 여러 가지 전단 가운데서 가장 일인들의 눈길을 끈 이 전단에는 한국에서 농업투자를 하는 것이 얼마나 수지맞는 일인가를 선전하고 있었는데, 그것이 증권투자보다 수익성이 높다는 것을 통계 숫자까지 제시하며 설명하고 있었다. 이들은 이런 선전을 하면서 실제로 그만큼 수지를 맞춰주기 위한 기초공작으로 토지조사에 열을 올리고 있었던 것이다.

사실 한국 농촌에는 전부터 토지 경계에 대한 말썽이 많았고, 역둔토(驛屯土)의 경우 공유지와 사유지의 한계가 모호한 것도 있었으며 은토(隱土) 등 문제가 많기는 했다. 우리에게도 강희 양안(康熙量案)이라는 공적인 토지등기 비슷한 것이 있기는 했지만, 우리도 그런 것이 있다고 우기면 그렇기도 하겠다 싶은 시늉만의 것이었지 국가의 공권력에 의한 토지소유권의 표시로서는 아무런 힘이 없는 것으로, 실제 소유권 분쟁이 생겼을 때 그것이 전혀 힘을 발휘하지 못했고 또 일반 사람들은 그런 것이 있는지조차 모를 지경이었다.

그러나 농민들은 그런 것의 필요를 그렇게 깊이 느끼지 못하고 있었는데, 토지 신고를 하지 않으면 그대로 국유지가 되어버린다고 공갈을 치는 바람에 마지못해 하라는 대로 따랐다. 원체 험한 놈들이라 여기에도 무슨 야로속이 있는 것 아닌가 찜찜한 기분이었으나, 제놈들이 아무리 도둑놈들이기로서니 제자리에 붙박여 있는 땅덩이까지야 떼메 가겠느냐 싶어 마음을 누그렸다. 더구나 처음부터 제 땅이 없어 신고하고 자시고 할 건덕지도 없는 소작인들은 남의 집 사위 들고 나는 것만큼이나 무관하게 생각하고 있었다.

그런데 토지조사가 끝나고 보니 진짜 골병이 든 것은 땅 가지고 있는 사람들이 아니고 소작인들이었다.

토지조사 결과 소작인들이 누리고 있던 경작권(耕作權)이 부정되고 소멸되어버린 것이다. 전에는 소작을 한번 부쳤다 하면 소작인들이 게을러 논밭에 곡식을 들이지 않는다면 모를까, 그러지 않은 다음에는 지주가 마음대로 소작을 떼어 옮기지 못했다. 이것은 무슨 법으로 그렇게 정해진 것이 아니고 오랫동안 내려온 관습이었는데, 토지조사 뒤로는 이런 소위 영소작권(永小作權)이라 할 권리를 인정하지 않고 소작기간을 일 년으로 못 박아버린 것이다. 그러니까 전에는 비록 소작으로 부치고 있는 땅일망정 자기 땅처럼 대를 물려줄 수도 있어 그 점은 안심이었는데, 경작권이 일 년으로 되어버리자 소작인들은 일 년 농사짓고 나면 소작이 다른 데로 옮겨 가지 않나 지주나 마름 눈치 보기에 정신이 없었다.

그러지 않아도 지주나 마름한테 쥐어 살던 소작인들은 완전히 그 손아귀에 들어가, 도지 바치고 나서는 떡시루에 씨암탉이 담을 넘어갔고, 지주나 마름 집에 무슨 일이 생겼다 하면 다투어 일을 해주지 않을 수 없었다.

지주한테 알랑거려 다른 사람 소작을 넘보는 사람이 생기고, 지주는 조금만 자기 비위에 맞지 않으면 소작을 떼어 옮겼다. 소작을 옮긴다 해도 땅덩어리를 어디로 떼어다가 옮긴 것이 아니기 때문에, 새로 버는 사람은 바로 이웃 사람이다보니 이웃사촌으로 오손도손하게 살던 사람들이 눈에다 불을 켜고 물고 뜯고 싸우는 처참한 광경이 벌어졌다. 사는 것이 사는 것 같지 않은 소작인들이었지만 그래도 없는 사람들끼리 쑥떡 하나라도 담 너머로 서로 넘겨주면서 살던 이웃사촌들이 하루아침에 원수가 되어버린 경우가 허다했다.

그래서 혹시 누가 지주 집에 들락거리는 사람이라도 있으면 그런 야료속으로 무슨 꿍꿍이수작을 부리는 게 아닌가 싶어 신경을 곤두세우고 뒤를 잴 지경이 되고 말았다.

이 통에 재미를 본 것은 지주들이었다. 소작료를 마음대로 올려받을 수 있게 된 것이다. 혹시 소작료가 비싸다고 투그리는 사람이 있으면 너 아니라도 소작 벌 사람 많으니 내놓으라고 배짱을 부리고 나왔다.

이보다 더 억울한 것은 역토나 둔토의 경우였다. 여기 암태도에는 그런 논은 없었지만, 이 역둔토에는 경작권과도 다른 도지권(賭地權)이란 것이 형성되어 있었는데 일제는 토지조사 뒤에 그것도 소멸시켜버렸다.

이 역둔토는 그 해의 풍흉에 상관없이 대충 평년작의 삼분의 일에 해당하는 비교적 싼 소작료인 소위 정조법(定租法)으로 도지를 물었을 뿐만 아니라, 그 땅을 버는 도지권은 경작권과는 달리 매매 대상이 되어 있었다. 이것은 음성적인 것이 아니고 공공연하게 매매되는 당당한 물권(物權)으로서 그 가격은 토지가격의 삼분의 일이었다. 그러니까 역둔토를 벌고 있는 사람들은 그 토지의 삼분의 일을 소유하고 있는 셈이었다.

농민들은 조선왕조같이 험한 속에서도 그냥 나약하기만 한 것이 아니고, 지주들의 권리를 꾸준히 잠식해들어가 지주들의 소유권 속에 경작권과 도지권을 형성시켜 전근대적인 토지제도 속에 그만큼 자기들의 권리를 확보해가고 있었던 것이다.

　농민들은 그런 방식으로 성장해가고 있었던 것이고, 역사적 의미에서 본다면 우리 농촌 속에서는 그런 식으로 근대화의 싹이 자라고 있었던 것이다.

　총독부는 토지조사를 하여 소유권을 재법인하는 과정에서 소작인들의 유일한 권리인 이 경작권과 도지권을 말살해버리고 소유권 하나만을 인정함으로써, 소작인들의 액색(阨塞)한 권리를 박탈해다가 그대로 고스란히 지주한테 안겨줘버린 것이다. 토지소유권에 이런 곁가지가 붙어 있으면 일본인들이 토지를 사들이기가 그만큼 어려울 뿐만 아니라 마음대로 수탈을 할 수가 없었기 때문이다.

　총독부는 이 토지조사가 한국 근대화의 기초작업이라고 거창하게 떠들어댔지만, 근대화는커녕 되레 자생적으로 자라고 있는 근대화의 싹까지 짓밟아버리고 말았으니 토지조사의 목적이 어디에 있는가를 알 수 있었다.

　이렇게 소작인들이 손해 본 그만큼은 그대로 지주들의 이익이었고, 지주들은 이런 특혜 위에서 일본 지주들과 함께 살쪄가고 있었다.

　박종식이 소작위원으로 쟁의에 앞장서서 열을 올리고 있는 것과는 달리, 그 아들 만재(萬載)는 일이 거칠게 치닫고 있는 것을 불안하게 바라보고 있었다. 지금 어머니들 사이에서는 수곡리 문씨 집

안과 자기 혼담이 오가고 있었기 때문이었다.

"이 일이 쉽게 풀려야 너나없이 두루 좋을 것인데, 일이 어찌 돼 간답니까?"

"글쎄, 남정네들 설치고 나서는 것이 아무래도 심상치 않을 것 같아 걱정이오."

만재는 돼지우리를 손보면서 자기 어머니와 이웃집 아낙네가 이 야기하는 것을 듣고 있었다. 아낙네는 지금 혼담이 오가고 있는 처 녀 연엽(蓮葉)이의 이모였다.

"그 집은 문지주하고 가까운 일가랬지요?"

"문영감이 바로 우리 형부 당숙 아닌가요. 문영감은 집안 조카들 중에서도 유독 그 양반을 곱게 보아 띠앗머리가 친부자간보다 더 하답니다."

"그 아범 성질이 꽤나 괄괄하시다더니 일가들 사이에서는 우애 하는가보네요."

"아무렴요. 어쩌다가 성질이 나서 한번 고개를 숙이면 그런 황소 고집이 없지만, 집안 거두는 것이나 일갓집 대소사에 자상하기는 그만 한 이가 없는가봅디다."

"그 아범도 우리 만재를 알고 있겠지요? 무슨 일로 오셨던가, 우 리 집에도 한번 오신 일이 있었습니다만."

"형부한테까지는 아직 입을 열지 않은 모양입니다만, 우리 언니 는 흡족하게 생각하는 눈칩디다. 언젠가 만재가 남강 선창에서 누 구하고 티격이 붙어 따지는 것을 본 모양인데, 자기보다 손윗놈들 을 꼼짝 못하게 닦달을 하더라고 칭찬을 합디다. 형부도 자식이 오

뉘뿐이라서 그 딸을 끔찍이도 위하시는데, 나 같은 살붙이 곁에 둔
다면 그것만으로도 한결 미더워할 것이오."

"나도 아직 애아범한테는 자세한 말을 안 했소마는 그 처자 인물
이나 행실이 그만했으면 무얼 더 고르겠소?"

"글쎄, 이런 일만 아니면 일이 걸릴 것이 없겠는데, 이렇게 감정
들이 딩딩한 판에야 어디 더 입을 열겠어요?"

"그래도 그 일은 그 일이고, 이 일은 이 일이니 이왕 나선 김에
수곡댁이 마무리를 지으셔야지요."

"이야기하기야 뭐가 어렵겠소만, 지금 덤벙거리는 것이 되레 가
만있는 것만 못할까 싶어서……"

"이런 일일수록 마음먹었을 때 다그쳐야 해요. 아무래도 소작쟁
의는 오늘낼 새 쉽게 풀리지 않을 것 같은데, 일이 더 꼬이면 차츰
더 어렵지 않겠어요. 한번 발걸음을 더 해보시오. 어지간히 웃물이
돌면 사성을 걸어버립시다. 일이 성사만 되면야 어디 버선 한 켤레
로 인사 끝나겠소."

두 아낙네는 한참 깔깔거렸다.

만재는 담장 곁에 서 있는 석류나무로 눈이 갔다. 가지마다 탐스
럽게 달린 석류가 빨갛게 골을 붉히고 있었다. 연엽이의 얼굴이 눈
앞에 어른거렸다.

만재가 열두어 살 때였다. 그때도 이렇게 추석이 갓 지나 석류가
발그레 입을 벌리고 있었다. 만재 또래의 연엽이가 이모 집에 다니
러 왔었다. 추석빔을 예쁘게 차려입고 있었다. 만재는 거기 놀러 갔
다가 연엽이를 처음 봤다. 진고사 옥색 저고리에 자주 치마를 입은

연엽이를 본 만재는 황홀하게 눈이 부셨다. 만재는 멍청하게 서서 한참 동안 연엽이를 바라보고 있었다.

"얘야, 저 석류가 쟤네 것이란다. 갖고 싶으면 하나 따달라고 해봐라."

연엽이 이모는 자기 예쁜 조카가 만재 앞에 몹시 자랑스러운 모양이었다. 만재는 자기를 바라보고 있는 연엽이의 까만 눈과 부딪쳤다. 연엽이는 방실방실 웃기만 할 뿐 말을 하지 못했다.

만재는 눈을 돌려 석류나무를 쳐다봤다. 홱 돌아서서 자기 집으로 달려갔다. 어른들의 눈을 그어 살금살금 뒤란으로 갔다. 감나무에 사다리가 걸쳐 있었다. 사다리를 옮겨다 담에 기댔다. 큼직한 사다리였으나 무거운 줄을 몰랐다. 그중 열매가 탐스럽고 많이 달린 가지를 골랐다. 한 가지를 꺾었다. 탐스런 석류가 세 알 달려 있다. 그중 하나는 방싯 수줍게 입을 벌리고 있었다. 그 안에는 보기만 해도 입안에 침이 괴는 시고 붉은 알이 송알송알 박혀 있었다.

만재는 석류가지를 연엽이한테 내밀었다. 연엽이의 까만 눈이 만재의 눈과 부딪쳤다. 산머루같이 까만 눈이었다. 이내 석류가지로 눈을 떨쳤다.

"예쁘기도 해라."

연엽이는 살포시 보조개를 지으며 손을 내밀었다.

"가시에 찔릴라."

만재가 주의를 주었다.

"어머, 네가 찔렸구나."

만재의 오른손 집게손가락에 피가 내배고 있었다. 만재는 그제야 제가 가시에 찔렸다는 것을 알았다.

"괜찮아, 이까짓 건."

만재는 손을 바지에다 쓱 문지르며 아무렇지도 않다는 시늉을
했다.

"덧나면 어쩌려구. 어디 보자!"

만재는 손을 뒤로 감췄다. 연엽이의 고운 손에 비해 자기 손이
너무 시커멓다고 생각됐다.

"이리 내봐!"

"괜찮대두."

"아냐, 덧나면 큰일 난다."

만재는 하는 수 없이 손을 내밀었다. 연엽이는 만재의 손을 잡아
들여다봤다. 연엽이의 손결이 몹시 부드러웠다. 만재는 실없이 골
을 붉혔다. 손가락을 들여다보던 연엽이는 석류가지를 고추 멍석
위에 놨다. 손가락을 입으로 가져가 빨기 시작했다. 만재는 기겁을
해서 손을 잡아당겼다. 그러나 부드러운 손이 생각보다 되알지게
붙잡고 있었다. 연엽이는 손마디를 잘근잘근 두어 번 힘주어 물었
다가 세게 빨았다. 만재는 꼼짝없이 손을 맡긴 채 벌겋게 골을 붉
히고 있었다. 연엽이는 손을 놓고 한쪽에다 침을 뱉었다.

"이봐, 나쁜 피가 나왔지?"

연엽이는 만재를 쳐다보며 환하게 웃었다. 살포시 패는 보조개
가 아까보다 더 예뻐 보였다.

그때부터 만재의 가슴속에는 연엽이의 모습이 들어앉고 말았다.
산머루같이 까만 눈에 살포시 패던 보조개며, 되알지게 자기 손을

붙잡았던 그 부드럽고 뿌듯한 손결이며, 손가락을 잘근거리던 이빨의 감촉이며, 이 모든 것이 그대로 남아 있었다.

연엽이의 모습은 가을 하늘의 밝은 달빛 속에서도 방실거렸고, 여름 한낮 장대같이 내지르는 말매미 소리를 타고 내려와 갑자기 달려들기도 했고, 봄 들판의 아지랑이 속에서 가물가물 손짓을 하기도 했다.

더구나 석류가 이렇게 익을 무렵이면 만재의 가슴속에는 석류 속에 송알송알 들어박힌 속알처럼 연엽이 생각으로 가득 차버렸다.

만재의 일 년은 이른 봄 석류나무에 거름을 하고 북을 주는 데서부터 시작했다. 가을에 석류가 탐스럽게 열리면 그것을 연엽이에게 안겨줄 꿈을, 나무뿌리에 북 주듯 가슴속에 가꾸며 나무를 돌봤다. 여름철에 벌레가 꾀면 아침저녁으로 정성스레 잡고, 태풍이라도 불어오면 석류가 다 떨어져버릴까 잠을 설치기도 했다.

처음 삼사 년은 매년 오다시피 했으나 그 뒤로는 안 오는 해가 더 많았다. 그럴 때면 일 년을 허탕 친 것같이 허전했다.

제3장 동요

"천지주가 소작료 내리겠다고 말한 것이 어느 상년이라고 새삼스럽게 그런 사람까지를 싸잡아서 그 논에도 나락을 베지 말자니, 그런 소리를 어디가 이치에 닿는 소리라고 하고 있어?"

"지금 까탈이 붙어 있는 것은 문재철이 한 사람이지만, 애초에 암태도에는 문재철이 소작인들 소작회 따로 있고 천후빈이 소작인들 소작회가 따로 있는 것이 아니고, 암태도에 사는 사람들은 누구 소작을 벌든지 한꺼번에 싸잡아서 소작회를 만든 것입니다. 그러니까 지금 문재철이 한 사람이 말썽이 되어 있기는 하지만, 우리 암태도에 땅을 가지고 있는 지주가 한 사람이라도 소작회 요구에 응하지 않는 사람이 있으면 다른 사람 논에도 나락을 벨 수 없다, 그러니 문재철이 너 때문에 다른 사람에게까지 피해를 주지 않으려면 빨리 결단을 내려라, 이러고 몰아붙이자는 것이지요."

주로 천후빈이 소작을 많이 벌고 있는 신석리 사람들이 자기들의 쟁의 참여방식을 놓고 이야기를 하고 있었다. 천지주는 사전 교섭단계에서 이쪽 조건을 들고 가자 앉은자리에서 선선히 응낙을 했을 뿐만 아니라, 자기가 문지주한테도 권유를 해서 저쪽 일도 쉽게 되도록 하겠다고까지 나왔던 사람이었다.

이쪽 사람들의 일은 싱겁다면 이렇게 싱겁게 끝나버렸기 때문에 그들은 처음 소작회에 가입해야 한다고 할 때부터 좀 엉뚱하게 느껴졌었다. 자기들이 할 일이 없다보니 이것은 슬인 춤에 지겟작대기 짚고 나서는 어설픈 꼴이 아닌가 싶었기 때문인데, 그래도 같은 고장에서 살면서 저쪽 사람들이 문재철같이 강밭은 사람과 싸우는 마당에 그렇게라도 힘이 된다면, 남의 잔치에 부조하는 셈 치자는 가벼운 생각으로 엉거주춤 나섰던 것이다. 그런데 이런 엉뚱한 소리가 나오니 모두 어리둥절하지 않을 수 없었다.

"남의 초상에 단지(斷指)도 유분수지 저쪽 사람들 돕자고 그렇게까지 업혀 가기로 한다면, 다른 것은 그만두고라도 이것은 천지주한테 인사가 아닐 것 같아. 저쪽 사람들 돕지 말자 해서 하는 소리가 아니라 천지주는 근본부터가 문지주하고는 다른 사람이고, 이번 일만 하더라도 군말 한마디 얹지 않고 우리 요구를 입 벌린 대로 들어준 사람인데, 이런 사람을 문지주하고 도거리로 싸잡아서 일을 벌인다면 이것은 은혜를 원수로 갚는 야박한 짓이 아니고 뭣이겠어."

"그래요. 하늘에서 떨어진 벼락은 제절로 떨어진 벼락이니까 혹여에 애먼 사람도 맞는달 수가 있지만, 문재철이가 그렇게 손끝 맵

게 소작료 뜯어 갈 때 뒷목 접어주고 마투리 접어주던 사람이 그
사람인데, 그런 사람한테 떡은 못 쪄 갈망정 이런 생벼락을 때린다
는 것은 사람 도리가 아닐 것 같아요. 저쪽 사람들 도와줄 방도는
달리 궁리하기로 하고 천지주 인심 궂힐 일은 하지 맙시다."

여기 소작인들은 대부분 천지주 논만 벌고 있었지만, 문지주 소
작도 같이 부치고 있는 사람이 더러 있었다. 이렇게 앞에 나서서
가로막고 있는 사람들은 천지주 논만 벌고 있는 사람들이었으나,
문지주 논을 같이 부치고 있는 사람들도 천지주까지 끌어들이자는
데는 마뜩잖게 여기는 눈치들이었다.

"천지주하고 싸잡아서 하자는 것이 소작위원회에서 결정한 일
인가?"

"소작위원회에서 결의한 것이라기보다 그런 말이 나오고 있어
하는 소린데, 거꾸로 입장을 바꾸어놓고 생각해봅시다. 지금 버티
고 있는 것이 문재철이가 아니고 천지주고 또 그 소작인이 한 열
사람밖에 안 된다고 할 때, 그런 적은 수가 버텨봐야 무슨 힘이 있
겠습니까? 애초에 소작회를 만들 때 지주별로 소작회를 만들거나
마을 단위로 소작회를 만들지 않은 데는 이런 이면이 있는 것인데,
이럴 때 아까 그 열 사람을 위해서 암태도 소작인들이 전부 그러고
버티고 나온다면 얼마나 큰 힘이 되겠소? 지금 이쪽 수가 적기는
합니다마는 같이 도와야 한다는 이치는 마찬가집니다. 천지주도
이런 사정을 이해할 사람이니까 체면만 가지고 너무 따지지 않더
라도 다 그만한 짐작이 있을 것입니다."

소작위원 김일곤이 조리 있게 따졌다.

"그렇게 말을 해서 듣고 보니 그 말에도 일리가 없잖은데, 일을 다른 쪽으로 생각해볼 수는 없을는지 몰라. 우리가 제대로 가을걷이를 하면 같은 섬에 땅을 가지고 있으면서도 천지주는 소작인들의 요구를 들어주었기 때문에 소작인들이 제대로 가을걷이를 하는데, 문지주는 하도 악독한 사람이기 때문에 저 꼴이다, 이렇게 세상에 소문이 날 것이니 문재철이도 세상 체면 생각하는 사람이라면 생각이 있을 것 아니냔 말이야? 그러면 우리는 우리 일을 제대로 하면서도 되레 저쪽을 도와주는 것이 되거든."

"그 사람이야 이미 내논 역적으로 너울 쓰고 나온 것이 언제부터라고, 그런 사람한테 체면 타령이 개한테 메스꺼미지 당할 소리라고 그런 소리를 하고 있어?"

만석이가 핀잔을 주고 나왔다.

"처음부터 그렇게 광대 쓰고 나온 사람이라면 천지주가 자기 때문에 손해 본다고 해서 왼눈 하나나 깜짝하겠어요? 당하는 사람이 나 하나뿐이 아니구나 하고 되레 고소하게 생각할 겁니다. 그러면 돕자는 것이 되레 친구 만들어주는 셈이지 무엇이겠소?"

"그러면 들고 치나 메고 치나 마찬가지 아니오. 기왕에 그러기로 하면 우리 일이라도 제대로 해야 하잖겠어요?"

"일이 어느 쪽으로 해도 마찬가지라면 아직 가을이 들려면 조금 멀었으니, 기왕 말 나온 김에 우리도 천지주 논에 나락을 베지 않는다고 저쪽 사람들한테 우선 생색이라도 내놓고 봅시다. 그 안에 일이 결판이 난다면 생색만 나는 것이고, 만약에 일이 제대로 안 되는 날에는 그때 가서는 또 그때대로 새로 의논을 하기로 하고 말입니다. 하하."

"남의 큰일을 앞에 놓고 우리 생색내자고 재장바르게 그런 바투 보기로 어정쩡 물탄꾀를 써서는 안 돼. 그런 식으로 남의 휘장걸음 섰다가 끝까지 못 버티고 중간에서 엄발나버리면 얼마나 맥이 풀리겠어. 처음에 좀 섭섭해버리고 마는 것이 낫지, 생색내자고 그런 짓 했다가 욕을 먹기로 하면 섬으로 먹어."

만석이가 젊은이에게 눈을 칩뜨며 말했다.

"그래요. 죽든지 살든지 같이 싸우겠다는 각오가 아니라면 처음부터 나서지 말아야지, 싸움이 대마루판으로 넘어가는데 자발없이 뒤내고 나서면 뭐가 되겠소?"

김일곤이 다시 휘갑을 치고 나왔다.

"하여간 우리도 같이 나서야 한다는 것이 소작위원회에서 결의한 일도 아니고, 또 저쪽 사람들 수가 부치는 것도 아니니 이번 일에는 천지주를 싸잡아넣지 말고, 그 말 이르고 저쪽 사람들을 더 크게 도울 방도나 생각하는 것이 좋을 것 같소."

모두가 그 의견에 동조하고 나섰다. 이것은 어디까지나 천지주가 소작인들에게 인심을 얻고 있었기 때문에 그 보답인 셈이었다. 소작위원 김일곤이나 만석이는 별반 탐탁한 표정이 아니었으나, 더 우겨봤자 결과가 뻔할 것 같아 그런지 더 따지지 않았다.

"그러면 오늘 저녁에는 이만큼만 이야기를 하고 저쪽 사정을 더 보아가면서 양단간에 결정을 짓기로 하겠습니다. 그러니까 오늘 저녁 이야기는 이러고저러고 아직 결말이 안 난 셈이니 그렇게 아십시오."

김일곤은 뒤를 남겨두었다.

"그런데 알아둘 것이 하나 있습니다. 이치로는 너무 뻔한 일이니까 따지고 자시고 할 것도 없는 일입니다마는, 이런 데까지는 미처 생각을 못 하고 있다가 내중에 일이 닥쳤을 때 다른 말 하고 나오실 분이 혹간에 있을지도 몰라서 미리 드리는 말씀인데, 아까도 말했지만 우리 암태도 소작회는 어디까지나 암태도 소작회 하나뿐입니다."

"그거야 다 알고 있는 일이지."

"더 들어보십시오. 각 마을이나 각 지주에 따른 소작회가 따로 있어가지고 그것이 모여서 암태도 소작회가 된 것하고, 처음부터 암태도 소작회 하나뿐인 것하고는 얼핏 별 차이가 없을 것같이 생각됩니다마는 내중에 이해상관에 큰 차이가 있습니다. 어느 집에 다섯 형제가 있다고 할 때 그 다섯 형제가 장가를 들어 제금을 나가지고 각살이를 하는 것하고, 장가를 들어서도 한집에서 네 것 내 것 없이 한 살림을 하는 것하고, 이 일이 지금 이치가 같은데, 만약에 그 형제 중에서 한 사람이 병이 났다고 합시다. 그들이 각살이를 하고 있었다면 그 치료비는 자기 살림에서 물어야겠지만 한살림을 하고 있었다면 그 전체 살림에서 치료비를 물 것입니다. 우리 암태도 소작회가 암태도 전체로 되어 있는 것은 그 다섯 형제가 한집에서 살고 있는 것하고 같아요. 저쪽 사람들이 지금 문재철이하고 티격이 붙어 싸우고 있는데, 그 일로 경비가 난다거나 딴 돈이 든다면 그것은 당연히 암태도 소작회에서 나가기 때문에 그 경비를 우리도 물게 된다 이것입니다. 경비가 얼마나 날는지는 가봐야 알겠습니다마는 서회장이 목포 나다니는 경비야 뭐야 다 그런 것을 같이 물어야 하는데, 지금 문재철이 버티고 나오는 것이 구새 먹은 삭정이 부러지듯 하지는 않을 것 같으니까, 우리가 나락 안 베는 데까지는 저쪽 사람들한테 업혀 가지 않는다 하더라도 이런 것은 미리 각오를 하자 이 말입니다."

"허허. 이치가 그런가?"

동네 사람들은 그때야 좀 의외라는 표정이었다. 이것은 벼를 같이 베지 말자는 것과는 달리 이치가 너무 환했으나, 당장 돈으로 닥쳐들 손해라 좀 떠름하게 느껴지는 모양이었다.

"허허. 그러면 우리는 할 일 없이 볼일 보려다가 남의 추렴에 중놈 횟값 무는 격이그만……"

모두 헤무르게 따라 웃었다.

"꼭 그런 것만도 아닙니다. 우리가 소작회 혜택을 전혀 안 본 것 같아도 지세 같은 공과금도 우리 개인으로 말하기 어려운 것을 소작회에서 나섰기 때문에 지주한테로 넘어간 것이고, 앞으로도 그런 일이 많을 것입니다. 아닌 말로 천지주가 문지주한데 여기 땅을 전부 팔아넘긴다고 생각해보십시오. 하하."

"이 일의 끝판이 어떻게 날는지 지금으로서는 알 수 없는 일이지만 경비가 나면 얼마나 나겠소. 제가 아무리 많이 난다고 하더라도 팔백 가호가 넘는 소작인 수대로 쪼개놓고 보면 그게 사돈네 잔치에 부좃돈을 웃돌지 않을 것 같소. 우리가 지주들한테 뜯기는 것에 다 대면 이것은 우리가 제사날로 이름 지어 내는 돈이라는 것만도 얼마나 기분 좋은 일입니까? 세상일이란 것이 음지가 양지 되고 양지가 음지 되는 것이 물레바퀴 돌듯 하는 것이다보면, 이럴 때 좀 애운한 기분이 있더라도 한 손 접을 때는 접어 앙구는 맛이 있어야, 우리가 내중에 곤경에 처했을 때 오는 정 가는 정을 바랄 수 있는 것 아니겠소?"

만석이가 너울가지 있게 나왔다.

"아무렴. 그까짓 경비 몇 푼이야 대들보 썩는 데 기왓장 한 장꼴로 생색이 나는 돈인데, 절 모르는 중놈한테 시주도 하는 인심에 그런 걸 가지고 따지고 자시고 할 사람이야 있겠어? 이런 정이야 되로 주고 말로 부풀지."

모두 흔연스럽게 나왔다.

"젠장. 다른 동네 사람하고 정만 정이고 한동네 사람하고 정은 정이 아닌가?"

한쪽에서 느닷없는 소리가 튀어나왔다.

"무슨 소리요?"

김일곤이 무춤해서 물었다.

"정 찾고 생색 찾는 사람한테 하는 소린데, 지주한테 빌붙어 동네 사람 생눈 뜨여놓고 논 떼어 가는 것은 그것이 정이 담뿍담뿍 담긴 일인가?"

"허허, 지금 자기 잘못은 어디다 얹어놓고 누구한테 언걸인고?"

"언걸? 그 집 쇠뿔이 아니면 내 각담이 무너져?"

"그런 터도 없는 생청은 아무 데나 대고 부리는 것이 아녀. 그때 자네 논 떼인 사정은 동네 사람들이 알 만큼은 다 알고 있는 일이니까, 아무리 흉하적을 해보아야 하늘 보고 침 뱉기여. 내 것 잃고 인심까지 잃지 말고 그런 소리는 거둬들이는 것이 좋을 것이여."

　문재철이 소작을 떼어 옮긴 뒷터격이었다. 그때 김일곤이 나섰다.

　"이 일은 내가 나서서 이러고저러고 할 일이 아닙니다마는 이왕 이런 말이 나온 김에 이런 일에 대한 소작회 대책을 말씀드리겠습니다. 다른 데서도 소작쟁의 조건 가운데 지주 마음대로 소작을 떼어 옮기지 말라는 것이 들어 있습니다마는, 우리 소작회에서도 그 문제를 결의하자고 말이 되고 있는 중입니다. 우리는 지주한테 소작을 떼어 옮기지 말라 어째라 할 것이 아니고 우리 소작인들끼리 단결을 해서 지주가 그런 짓을 할 수 없도록 해버리자는 것입니다. 무슨 말이냐 하면, 만약에 지주가 무리하게 소작을 떼어 옮기려 하면 우리 소작인들이 그런 소작은 아무도 벌지 말자는 것입니다. 지주가 아무리 소작을 떼어 옮기려고 발버둥을 쳐도 이 암태도 안에서 벌 사람이 없으면 못 옮길 것 아닙니까? 면 단위로 소작회를 만들어놓으니 이런 존 점도 있습니다. 하하."

　김일곤은 이야기를 면 단위 소작회로 끌어다 붙이며 웃었다.

　"그렇지. 이 섬 안에서 소작을 벌겠다는 사람이 없는 담에는 제가 땅덩어리를 떼어서 배에다 싣고 나가지 않는 도막에야 떼어 옮길 수가 없지. 하여간 우리가 단결만 잘하면 지주한테 큰소리 꽝꽝 쳐가면서 살겠어. 하하."

　"그러면 작년에 옮긴 것도 발라야 할 것 아니요?"

　"소작회에서 그런 일을 결의하기 전에 있었던 일은 간섭을 못 할 것 같소. 하여간 앞으로 소작회에서 할 일 가운데 이런 일도 중요한 일이니까, 혹시 그럼직한 사단이 있더라도 남의 논에는 처음부터 군눈 뜨지 말아야 할 겁니다."

동네마다 이런 결의를 굳히며 날마다 초조하게 지주 쪽 동정을 살피고 있었으나 가을걷이가 시작될 때까지 지주 쪽에서는 아무 소식이 없었다.

문지주 소작지만 남겨놓고 모두 가을걷이가 시작되었다.

가을일이란 미련한 놈이 잘한다는 것인데, 이런 경우는 반드시 그런 것만도 아니었다. 부지런히 거둬들이기만 하면 되는 것이 가을일이라 요령 찾고 두서 찾을 필요가 없기 때문에 그런 말이 나왔을 것이지만, 너무 큰일을 남겨놓고 잔일부터 하자니 도무지 마음이 그쪽에만 묶여 건성건성 제대로 일손이 잡히지가 않았다.

만재는 따로 연엽이 때문에 마음이 건둥거렸다. 수곡리 갔던 연엽이 이모가 좀더 두고 보자는 어정쩡한 소리를 했기 때문이다. 그런데 거기 갔다 오고 나서는 날마다 들락거리다시피 했던 연엽이 이모의 발길이 뜸해졌다.

만재도 말수가 줄어들었다. 기껏 소 곁에서 소가 꼴을 먹는 것을 망연히 바라보거나, 소의 등을 쓸어주는 등 요사이는 버썩 소한테만 가까이했다. 지난봄에 새끼를 친 소의 배가 이제는 제법 불러오고 있었다.

지난봄 이 소가 암내가 나 수곡리에 교미를 붙이러 갔을 때 연엽이를 본 것이 지금까지 마지막이었다. 그때의 거북살스럽고 얄궂었던 자기의 꼴은 지금도 생각하면 골이 붉어졌다.

수곡리에는 종자가 좋은 부사리가 한 마리 있었다. 절구통같이 앞가슴이 발그라지고 몸피가 우람한 황소였다. 좀처럼 보기 드문

종자였다. 그래서 이 근동에서는 소가 암내가 나면 그리 끌고 가 종자를 받았다.

소가 암내가 나서 짓둥이가 몹시 사나운 판에 하필 아버지가 몸살이 나서 하는 수 없이 만재가 소를 끌고 가게 됐었다. 새파란 놈이 암내 난 소를 끌고 교미를 붙이러 간다는 것이 남 보기에 쑥스러웠으나 더 두면 때를 놓칠 것도 걱정이려니와 소가 워낙 나대는 통에 어쩔 수 없었다.

만재는 수곡리에 갈 핑계가 생긴 것은 좋았지만 일이 얄궂다보니 연엽이를 만나면 너무 거북살스러울 것 같았다. 그렇다고 그의 얼굴을 보지 못하고 오면 또 너무 섭섭할 것 같아, 연엽이를 만날 기대와 면구스럽겠다는 생각이 야릇하게 뒤얽힌 기분으로 그 동네에 들어섰다. 동네 앞 텃밭에서 무슨 모종을 내고 있는 것이 틀림없는 연엽이였다. 전에도 저 밭에서 일하는 연엽이 곁을 몇 번 지나친 일이 있었다. 거의 자기 어머니하고 함께 일을 하고 있었으나 더러는 오늘처럼 혼자 일을 하고 있을 때도 있었다. 그럴 때면 한두 마디씩 말을 걸어볼 수도 있었다. 언제 이모 댁에 안 오겠느냐느니 또 연엽이 편에서는 우리 이모님 잘 계시느냐느니, 남의 눈을 그어서로 한두 마디 건네는 것이었다. 오래오래 애타게 보고 싶었던 사람을 벼르고 벼르다가 이렇게 한번 만나는 것인데, 기껏 이런 한두 마디로 지나칠 수밖에 없는 것이 너무나 안타까웠다. 그러나 이렇게 말이라도 한마디 건넬 수 있는 경우란 요행 중에서도 요행이었다. 여기까지 왔다가 얼굴마저 못 보고 가는 경우가 태반이었고, 기껏 면발치로 눈이나 한번 맞대고 가는 것이 고작이었다.

수곡리는 어디 다른 데로 가는 길처도 아니고 뒤에 산을 지고 있는 막바지 동네였으므로 이 동네에 정작 볼일이 없고서는 올 수가 없었는데, 여기 올 수 있는 핑계라는 게 도무지 쉽지가 않았다. 일년 가다 한두 번, 잘해야 서너 번뿐이어서 그런 핑계가 생기면 두근거리는 가슴을 붙안고 오는 것이지만, 그것이 겨울철 같은 때여서 바깥출입이 뜸할 적이기라도 하면 한껏 가슴을 죄며 왔다가 허탕을 치고 돌아가기가 일쑤였다. 어떤 때는 마음을 다져먹고 연엽이 집 앞을 실없이 한두 번 지나치며 울타리 너머를 기웃거리기도 했으나 매양 그러기도 거추없어 허전한 마음을 안고 하염없이 돌아서고 말았다. 그럴 때면 동구 앞 산모퉁이를 돌아설 때까지 몇 번이고 뒤를 돌아보는 것이었는데 또 그럴 때에는 어쩌면 그리도 돌부리는 발끝에 많이 채던지 몰랐다.

"소 흘레붙이러 온다아."

골목에서 조무래기들이 와 소리를 지르며 쏟아져나왔다. 낯선 암소가 들어오자 이놈들은 뭣 하러 오는지 대번에 알아차린 것이다.

연엽이가 얼핏 고개를 들어 이쪽을 봤다. 만재와 눈이 부딪쳤다. 연엽이는 이내 고개를 거둬갔다. 조무래기들은 만재 뒤에 붙어서며 와글와글 떠들어댔다. 가뜩이나 심심하던 판에 신나는 구경거리가 생기자 구렁이 본 참새떼 같았다.

만재는 그러지 않아도 쭈뼛거리며 들어왔는데 소갈머리 없는 놈들이 큰 소리로 왜장을 치고 있으니, 더구나 연엽이가 마음에 쓰여 견딜 수가 없었다.

부사리 주인한테는 미리 얘기가 되어 있었는데, 어느새 알고 나오고 있었다.

"네 아비는 뭘 하길래, 새파란 놈보고 흘레를 붙이러 가라더냐?"

부사리같이 우락부락하게 생긴 주인은 골이 벌게 있는 만재에게 또 변모없이 핀잔이었다. 새파란 놈하고 소를 붙잡고 꼴사나운 수작을 부리기가 쑥스럴 법도 했다. 조무래기들이 낄낄거렸다.

저만치 도랑가에 부사리가 매여 있었다. 암소는 벌써 부사리를 발견하고 정신없이 내달았다. 만재는 경황 중에도 연엽이를 한번 훔쳐봤다. 연엽이는 고개를 숙인 채 일손만 놀리고 있었다.

"이놈들 어디를 떼몰려오느냐?"

부사리 주인이 깡 고함을 지르자 놈들은 우케 멍석의 참새떼처럼 와크르 도망쳤다. 그러나 멀리 내뺄 놈들이 아니었다. 놈들은 여기저기 흩어져서 눈에 불을 밝히고 서 있었다.

"거기다 소를 세우고 코뚜레를 단단히 붙잡아라."

만재는 시키는 대로 냇둑 밑에 소를 세운 다음 코뚜레를 붙잡고 발을 버텨 섰다. 부사리는 코를 씩씩거리며 달려들었다.

"와아."

조무래기들이 함성을 질렀다.

"에끼 바보, 빗나갔다."

조무래기들은 음충맞게 낄낄거렸다.

부사리는 다시 올라탔다.

"와아, 됐다."

놈들은 다시 낄낄거렸다. 만재는 지금 자기 꼴이 도무지 꼴 같지 않아 부쩝을 할 수 없었다. 연엽이는 또 얼마나 거북살스러울 것인가를 생각하면 얼굴에 화덕을 뒤집어쓴 것 같았다.

"션하게 몸이 풀렸을 것이다."

부사리 주인은 부사리 고삐를 잡아매며 껄껄 웃었다.

"이놈아, 이제 네네 집하고는 남이 아냐. 소사둔이야 소사둔. 네 아버지보고 이담에 남강서 술이나 한잔 걸쭉하게 사라더리고 해라."

소는 정말 몸이 풀렸는지, 그렇게 정신없이 나대던 놈이 수줍은 색시처럼 얌전해졌다. 만재는 연엽이 밭둑을 지나면서도 이번에는 그쪽으로 눈을 돌리지 못했다.

동구 앞 산굽이를 돌 때야 겨우 뒤를 돌아봤다. 연엽이도 이쪽을 보다가 눈을 부딪치고 말았다. 연엽이는 후딱 얼굴을 거두어가버렸다.

만재는 요사이, 죽은 중도 꿈쩍거린다는 가을일인데도 일을 하다가 저도 모르게 먼 산을 바라보거나 수곡리 재를 건너다보고 있기가 일쑤였다.

또 실없이 연엽이 이모 집을 드나들었다. 이 집 숫돌은 날이 잘 선다고 낫을 갈러 가기도 하고, 별반 필요도 없는 연장을 빌리러 가기도 하며 엉뚱한 핑계를 만들어 드나들었다. 그러면 연엽이 이모는 이모대로 안절부절 실없는 소리나 한두 마디 하고 말 뿐이었다.

소작인들은 들일이 끝나고 마당일을 하면서부터는 마음이 더 건둥거려졌다. 콩이며 수수·메밀 등 발바심할 것은 발바심을 하고 도리깨질할 것은 도리깨질을 하여 밭곡식 마당질을 끝내고 고구마까지 두 대통을 짜서 재어놓고 나도 문지주 쪽에서는 소식이 없었다.

전 같으면 이엉 엮을 한가한 일만 남았을 판인데, 논바닥에 벼를 세워놓고 손이 놀게 되니 소작인들은 마음이 초조해지기 시작했다.

가을 해가 토막날로 짧아지고 베잠방이 속으로 싸늘한 늦가을의 냉기가 스며들자 소작인들의 얼굴에는 수심이 짙어갔다. 제비들도 강남 갈 채비로 수십 마리씩 떼 지어 앉고 고추잠자리가 마당 가득히 어지럽게 휘지르는 스산한 해거름이면, 들녘과 남강 쪽을 몇 번씩이나 속절없이 건너다보다가 저녁밥만 먹고 나면 행여나 해서 동네 사랑방으로 내달았다.

"이놈의 일이 기둥을 치면 서끌이 울리든지 들보가 울리든지 해야 무슨 가늠이 잡힐 것인데, 길 모르고 밤길 걷기그만."

"버티는 것도 한도가 있지, 이러다가 가을장마라도 지는 날에는 나락이 그대로 논바닥에 깔리고 말 판인데, 이 일이 어떻게 되는 거여."

"그 죽일 놈들은 나락이 이렇게 고스라져가는데도 마음이 편하단 말인가? 악독한 종자들."

자작논의 벼 그루에 퍼렇게 돋아났던 움벼도 서리를 맞아 고스라지기 시작하자 소작지의 벼 이파리가 하얗게 꼬여들고 모가지가 제 무게를 이기지 못해 허리 밑으로 처져 내렸다.

"나락이 저렇게 땅에다 고개를 처박기로 하면 그 속에 들어 있는 알이 제대로 제 꼴 갖추고 있어주려는지 모르겠어."

"그러기 말이야. 물속에 들어갔다 나온 떡쌀 꼴로 토막쌀이 되기로 하면 일 년 농사지은 것이 말짱 헛일 아닌가?"

단고리 사람들은 소작위원 박종유 눈치 보아가며 벙거지 시울 만지는 소리를 하고 있었다.

"나락이 제대로 귀를 물고 있는 담에는 아무 일 없어요. 베어서 논바닥에 눕혀놓고 사흘 나흘 물속에 잠겨 있던 것을 꺼내도 아무 일이 없는데, 제 그루에 붙어서 고개 좀 숙인 나락이 뭐가 토막쌀이 되고 말고 하겠소?"

박종유가 퉁기고 나왔다.

"중년에도 그런 일이 있었지마는 느닷없이 가을장마라도 들어봐. 저렇게 자리진 할망구 덩덕새머리같이 헝클어져 있는 것이 그때는 논바닥에 파지가닥으로 늘어붙고 말 거여."

"비도 비지마는 만약에 눈이 와서 얼어붙었다 녹아놓는 날에는 나락이 방앗공이 밑에서 떡쌀이 되고 말지 쌀 구실 못 할 거여."

"맞네. 얼었다 녹아놓으면 그냥 물에 잠겼다 나온 것하고도 또 다르지."

"그때는 알도 알이지마는 짚은 그것을 어디다 쓸 것이여. 논에서 그대로 썩은새가 되고 말 것인데, 그것으로 새끼를 꼬겠어, 이엉을 제대로 엮겠어?"

"허허. 그렇게 되고 보면 지붕 해 이을 일도 일이지마는 당장 신고 나설 신은 뭣으로 삼을 거여?"

"아직은 거기까지는 멀었으니 참는 김에 더 참아봅시다. 우리가 이럴 때 지주도 속이 타지 잠잠하든 않을 겁니다. 만약에 여기서 우리가 헤무르게 물러선다고 생각해보시오. 땅땅 큰소리치고 나왔다가 병신 사는 것은 둘째고 우리는 영영 지주 종이 되고 맙니다."

박종유가 달래고 나왔다.

"어떻게 달리 궁리는 없을까 몰라."

"달리 궁리라니요?"

"나락은 나락대로 거둬들여놓고 버텨도, 버티기는 일반인 것 같은데……"

"나락을 베요?"

박종유가 눈꼬리를 치켜올리고 노려봤다.

"애초에 이 일을 시작할 적에 이런 것 생각 못 하고 따라나섰던 가요? 나락이 고스라져 논바닥에 썩어가는 한이 있더라도 베지 말고 버티자고, 부루기 영각 켜듯 옳소 좋소 할 적이 언젠데, 이제 와서 이렇게 꺼진 짚불 사그라지듯 뒤내고 나서면 우리만 믿고 앞에 나서서 일하는 사람들은 어쩌라는 소리요?"

"아무리 처음에 다짐이 어쨌다고 하더라도 그때그때 형편 보아서 변통을 부릴 때는 변통을 부려가면서 일을 해도 해야지, 하늘 쳐다보고 농사지어 먹고사는 놈들이 논바닥에서 나락이 싹 날 지경인데, 손 개얹고 앉아 있자니까 하는 소리 아닌가?"

"그러니까 생각을 해보시오. 소작인들이 전부 모여서 그러자고 찰떡같이 결의를 했고, 그래서 앞에 나선 사람들은 그 결의만 믿고 지주한테 다니면서 큰소리 꽝꽝 치고 있는데, 지금 일이 대마루판 으로 가는 마당에서 우리가 파임내고 나서면 일이 뭣이 되겠소? 남자가 한번 결의를 했으면 설사 개인 일이라 하더라도 모가지가 끊어지는 한이 있어도 버티는 맛이 있어야지, 칠팔백 명 소작인들이 모여가지고 결의한 일을 가지고 변사스럽게 이랬다저랬다 요변덕을 부리고 나오면 서태석씨나 박복영씨 같은 사람들을 나무에다 올려놓고 흔들자는 것이오?"

박종유가 몰풍스럽게 쏘아붙였다. 사람들은 곁에 앉아 있는 김용학의 얼굴을 자꾸 보았으나 그는 아무 말도 않고 앉아 있었다.

"유언에도 하루 치가 있고 열흘 치가 있더라고, 형편 보아서 바꿀 때는 바꾸고 변통을 부릴 때는 부려가면서 일을 해야지 아무리 한번 정한 것이라고 그것이 남강 선창에 쇠말뚝이관데 백년 천년 거기 묶여 있자는 말인가?"

이런 동요는 어느 한 동네뿐만 아니었다. 도창리나 와촌 사람들도 마찬가지였고 텃골 사람들도 냉가슴 앓는 표정이 완연했다.

소작위원들은 그때마다 얀정머리 없이 통바리를 놓았지만, 일이 일이다보니 그들도 속살은 마음이 산란했다. 베어놓고 버티자는 것이 그대로 항복을 하자는 소리가 아니다보면 그러는 쪽이 되레 일이 차근할 것 같았으나, 서태석이나 박복영 앞에 그 말을 꺼낼 수가 없어 서로 눈치만 보고 있었다. 사실 소작인들을 더 몰아붙이기도 어려웠지만, 비라도 많이 오는 날에는 일이 죽도 밥도 아닐 것이었다.

"오늘도 무슨 소식 없는가?"

기동리 김연태가 넌지시 서동수에게 말을 걸었다.

"이놈들이 지금 작인들이 발싸심하는 속을 환히 뽑고 앉아서 한수 웃때리고 있는 것 같아요."

그런 소퉁이가 괘씸하다는 가락이 아니고, 우리가 지금 한수 지고 있는 것이 아닌가 모르겠다는 소리였다. 엊그제까지 강경하기만 하던 서동수도 그만큼 한풀 숙어진 셈이었다.

"논에서 거둬들이는 것은 언제 거둬들여도 작인들 손으로 거둬

들일 것, 일이 조금이라도 더 감사나워지기 전에 거둬들여놓고 버
티는 것이 나을 것 같아."

김연태는 서동수 눈치 보아가며 다음 말을 이었다.

"나락을 베어다가 마루에 처재놓고 버티면 이번에는 지주 쪽에
서 받아내자고 나올 것이니까, 그때는 발싸심할 놈들은 그놈들이
되거든. 그러면 작인들은 세워놓고 생가슴 뜯는 근심이 없어지고,
에헴 하고 배짱 하나로 가만히 앉아서 버티고만 있으면 되잖은가
말이야."

"그럴 것도 같아요. 고스라져가는 나락을 보고 손 개웠고 앉아
있으라니까 꼭 불난 데 손발 묶인 사람들같이 부접을 못 하는데,
서회장이나 다른 간부들이 어떻게 나오는지."

"누가 말이라도 한번 꺼내봤던가?"

"아직 그런 사람은 없는 것 같은데, 이 일은 처음부터 계획이 잘
못된 것 같습니다."

"문재철이가 이렇게까지 버티고 나올 줄은 몰랐던 거지."

"한번 이야기를 해보아야겠습니다. 이러다가 눈이라도 와노면
죽도 밥도 안 될 것 같습니다. 직접 농사 안 지어본 사람은 속을 몰
라요."

"김용학이하고 한번 이야기해보세."

이런 말을 제대로 할 수 있는 사람은 김용학이었다.

"이런 일일수록 물때썰때를 잘 봐서 변통을 부릴 때는 여축 없이
변통을 부리고 발발게 일을 해야지 한 구멍만 들여다보고 있다가
탑새기 맞는 날에는 뒷북을 쳐보아야 소용없어."

김용학도 같은 생각이었다. 세 사람은 저녁을 먹고 소작회 사무실로 나갔다. 오늘 저녁에도 소작회 사무실에는 각 동네 소작위원들이 거의 나와 있었다.

이들이 들어서자 모두 이쪽으로 고개를 돌렸다. 얼마 전까지도 이렇게 모여 앉으면 문재철이 험담과 욕설로 요란스러웠으나 요 며칠 사이에는 모두가 가지밭에 든 사람들처럼 말이 없었다. 박복영이 이야기를 하다가 중동이 끊겼던지 다시 이야기를 계속했다. 세 사람은 한쪽에 슬그머니 비벼들어 엉덩이를 내려놨다.

"외국에서 활동을 하자니까 국내에서보다 훨씬 돈이 많이 필요했던 것입니다. 임시정부라는 것이 누가 돈 한푼 주는 사람이 있겠습니까? 그래서 나도 윤치호(尹致昊) 선생을 따라나섰던 것인데, 전국에서 돈 가진 사람들이라는 것이, 장사하는 사람들은 처음부터 상대를 않기로 했으니까 천생 지주밖에 없는데 만나보니까 싹수가 틀렸습디다. 윤선생은 지주를 한 사람 한 사람 만나고 날 때마다 한숨이 땅이 꺼졌어요. 나라가 독립이 되어야 하지 않겠느냐고 하면, 그러니 마니 하고 말로는 맞장구를 치는데 정작 돈 이야기가 나오면 하나같이 꼬리를 사려요. 세상에 이런 죽일 놈들이 있는가 분개를 했더니 내중에 깨득을 하고 보니 우리가 미친놈들입디다. 처음에는 돈이 아깝고 발각될까 두려워서 그러는 줄만 알았더니 알고 보니 그것만도 아녀요. 지주들은 나라가 독립이 되는 것을 속으로는 별반 바라는 것이 아니더라 이 말입니다. 일본놈들이 지주들은 옹호를 하고 있으니까 이 세상이 되어가지고는 옛날 양반들보다 지주들이 더 떵떵거리고 살게 되었거든. 옛날에는 돈을 가지고 있다 하더라도 양반이나 관리들한테 험하게 빼앗기기가 일 쑤였는데, 일본놈들은 그런 식으로는 빼앗지 않을 뿐만 아니라 되레 보호를 해주니 지주들 살기는 얼마나 좋은 세상입니까? 상해에서는 국내 지주들만 돈줄로 믿고 있는데 지주들이 이 꼴이니 뭐가 되겠소? 사실 상해에 있는 사람들도 나라가 독립이 되면 한자리 차지할 생각이나 하고 있는 사람들이 대부분인데다 국내 지원세력이 이 꼴이니 이미 싹수가 틀렸더군. 감옥에 들어앉아서 가만히 생각해보니 일본놈들하고 싸울 사람은 누구니 누구니 해도 그놈들한테 짓밟히고 있는 농민들밖에 없더라 이겁니다. 사실 지금 우리가 싸우는 것은 직접 왜놈들하고 싸우는 것은 아니지만 이것을 한발 더 내쳐 생각하면 그대로 독립운동이 되는 것입니다. 이것은 단순히 소작쟁의만이 아니라 독립운동이 되는 거니까 그렇게들 알고 마음 단단히 먹어야 합니다. 하하.”

늘 듣던 이야기이기도 하지만 소작인들은 오늘 저녁에는 그 이야기에 처음부터 말려든 표정도 아니었고 감동하는 것 같지도 않았다. 작인들의 무표정 속에서 박복영의 거쿨진 웃음소리가 겉돌고 있었다.

“오늘 저녁에는 모두 무슨 할 말이 있는 것 같은데……”

서태석이 소작인들의 어리눅은 표정에서 무슨 낌새를 눈치챘는지 말머리를 돌렸다. 이때 김용학이 나섰다.

“실은 좀 의논을 드려봤으면 하는 일이 있기는 합니다마는, 이것이 처음 이야기하고 달라노니 말을 못 하고 눈치만 보고 있는 것 같습니다.”

김용학이 평소의 그답지 않게 떠듬떠듬 말했다.

"무슨 일인데 이야기가 그렇게 어려워?"

서태석이 가볍게 웃으며 분위기를 누그러뜨렸다.

"지금 나락이 논바닥에다 고개를 처박고 고스라져가니까 작인들은 마치 자식이라도 한데다 내놓고 있는 것같이 부접을 못 합니다. 날씨도 이렇게 추워오고 하니 이러다가 갑자기 눈이라도 쏟아져놓는 날에는 큰일이거든요. 그러니까, 기왕에 버티기는 마찬가지니까 나락을 베어 들여놓고 차분하게 배짱을 부리면서 버티는 것이 어떠냐는 것이 작인들의 의견입니다. 이것은 작인들 한두 사람 이야기가 아니고 동네마다 그런 공론이지요."

"나락을 베 들이자고?"

박복영이 빠듯 눈심지를 돋우며 김용학을 건너다봤다.

"하루가 지나면 그만치 일이 더 헝클어지는데, 이렇게 천장만장한 일을 논바닥에다 놔두고 애를 태우는 것보다 베어 들여놓고 버티는 것이 훨씬 마음 든든할 것 같습니다. 이것은 지주한테 굴복하자는 것이 아니고 일 가닥을 추려놓고 배짱 있게 싸우자는 것이지요."

서동수가 거들고 나왔다.

"굴복이나마나 한참 모둠힘을 써야 할 판에 이렇게 나오면 일판을 뭣을 만들자는 거요? 모두가 좋다고 결의한 것을 가지고 그새를 못 참아서 이 모양이면 베어 들여놓고 버틴다는 것은 어떻게 믿겠소?"

박복영이 퉁겼다.

"앞에 나서서 일하시는 분들한테는 면목 없게 되었습니다마는 베어 들인 다음의 일은 우리들에게 맡기십시오. 만약에 거기서 엄벌나는 놈이 있으면 가만두겠습니까?"

박종유가 어르고 나왔다.

"생각들 해보시오. 우리가 여기서 물러서고 나면 지주는 소작인들을 더 만만하게 볼 것이고, 또 그때 가서는 별의별 농간을 다 부릴 것인데 그런 농간을 쉽게 이겨낼 수 있을 것 같소? 돈으로 매수를 하기로 해서 한 동네서 한두 사람만 넘어가봐요. 장마에 흙담 무너지듯 할 거요."

소작인들은 잠시 말이 없었다.

"지금 보기에는 그럴 사람은 없을 것 같습니다."

김연태가 말했다.

"사람 속은 모르는 것입니다. 소작인들 수가 몇백이요? 지금 말하는 사람들은 철석같이 믿으니까 말이지만, 이렇게 베어 들이자는 소리도 문지주 농간이 끼어들어 나온 소릴 수도 있어요."

말을 하던 사람들은 느닷없는 소리에 무춤했다.

"그 말씀은 듣기에 너무 거북합니다. 하하."

김용학이 웃으면서 가볍게 퉁겼다.

"말을 하자면 그렇다는 거요."

"어떤가? 지금 작인들의 거개가 베어 들여놓고 버티자는 쪽인가?"

여태 말없이 앉아 있던 서태석이 나섰다.

"그렇습니다."

거의 모두가 한꺼번에 대답했다.

"소작인들 전부의 의사가 그렇다면 거기 따르는 것이 옳을 것 같소. 싸움을 하는 것은 작인들이니까 그들의 의사를 존중하는 것이 순리지요."

서태석은 대수롭지 않게 말을 부러뜨리고 나왔다. 서태석의 말에 박복영은 의외라는 얼굴이었다. 소작인들은 박복영과 서태석을 번갈아 봤다.

"내일 저녁에 소작위원회를 열겠소. 베어 들이기로 한다면 빠를수록 일손이 덜어질 테니 지금 밤이 늦었지만 빨리 돌아가서 동네마다 회의를 붙여가지고 의견들을 들어보시오. 그리고 베어 들여놓고 버티기로 한다면 아까 박선생이 말한 지주 농간에 어떻게 대처할 것인가도 의논을 해서 내일 저녁에 말해주시오."

박복영은 서태석의 너무도 갑작스런 결정에 어리둥절한 표정이었다. 여태까지 무슨 일이든지 자기하고 타협해왔으면서, 이런 중대한 결정을 소작인들 앞에서 자기의 반대도 무시하고 변모없이 독단적으로 아퀴 지어버리는 것이 못마땅한 표정이었다. 그러나 따지고 보면 자기는 소작인도 소작위원도 아니니 서태석의 이런 결정에 이의를 달고 나설 수는 없는 입장이었다.

"어서들 가봐!"

너무도 갑작스런 결정인데다 박복영의 난처한 입장에 마음이 눌려 멍청하게 앉아 있다가 서태석의 채근을 받고서야 마치 잠에서 깨난 사람들처럼 부스스 일어섰다. 문밖에 나서면서야 살았다는 활기가 도는 것 같았다.

그들이 나가고 나자 서태석이 박복영에게 차근히 말을 꺼냈다.

"이 일은 처음부터 우리들 생각이 너무 짧았습니다. 농사짓는 사람들 곡식에 대한 애착이라는 것이 자식 죽는 것은 봐도 곡식 타는 것은 못 본다는 것 아닙니까? 그래서 지금 논바닥에다 고개를 처박고 고스라져가는 것을 못 봐 발싸심입니다. 나락이 저렇게 고스라져가는 것에 애닳는 심정은 직접 손에 흙을 묻혀 농사짓지 않는 우리는 모릅니다. 봄부터 논 갈고 씨 뿌리고 자기들 손으로 매만져온 곡식이 고스라져가는 꼴을 보는 저 사람들의 심정은 꼭 병난 자식을 보고 있는 심정일 것입니다. 그에 비하면 지금 우리는 남의 자식 앓는 것을 구경하는 꼴이라 할까요? 지주 입장도 우리 두 사람과 마찬가집니다. 농민들은 곡식을 볼 때 저것은 우리들이 먹고 살 양식이라는 생각 이상의 이런 깊은 애착이 있지만, 지주야 어디까지나 탐욕스럽게 걸태질해 갈 욕심만 있지 작물에 대한 애착 같은 것은 있을 까닭이 없지요."

박복영은 말없이 서태석의 말을 듣고 있었다.

"사람이 자식을 낳아 기를 때 거기에는 이놈을 키워서 말년에 의탁을 해야겠다는 생각도 없지 않을 것입니다마는, 실제로 자식을 키우는 정이란 이런 이해타산으로 뉘 볼 생각을 하는 것과는 전혀 상관없는 것 아닙니까? 농민들이 농사짓는 것도 이런 것하고 같을 것입니다."

박복영은 이내 가볍게 고개를 끄덕였다.

"농사를 지어봤자 지주한테 다 빼앗기면서도 봄이면 논밭 갈아 씨앗 넣고 그것을 땀 흘려 가꾸는 것이 농민들에게는 거의 습성이 되어버린 셈이지요. 꿩을 잡는 매라는 놈이 항상 개암에 속으면서도 열심히 꿩을 잡아주는 꼴이랄까요. 우리가 논에다 나락을 세워놓고 서로 오래 견디기로 승부를 내려 했던 이번 싸움은 꼭 아픈 아들을 놔두고 친어머니와 의붓어머니에게 오래 버티기 내기를 시킨 것이나 마찬가지의 어리석은 생각이었습니다. 하하."

서태석이 호탕하게 웃었다.

"옳은 말씀입니다. 듣고 보니 내가 그들을 너무 푸접 없이 몰아쳤던 것이 부끄럽습니다."

박복영은 아까의 좀 마뜩잖았던 표정을 이내 수습하고 스스럼없이 말을 했다. 이렇게 자기 잘못을 얼른 인정하고 나오는 것은 박복영다운 솔직성이었다.

"그 이야기를 들으니까 성경 한 대목이 떠오릅니다. 구약성경에 나오는 이야깁니다마는 옛날 솔로몬이라는 지혜로운 왕이 있었습니다."

박복영은 차근하게 이야기를 시작했다.

"한집에 살던 창녀 둘이 비슷한 날 서로 아들을 하나씩 낳았습니다. 그런데 그중 한 창녀가 밤에 자다가 어린애를 깔아 죽여버리고 다른 여자의 아이를 훔쳐 갔습니다. 두 여자 사이에는 싸움이 붙었는데, 얼른 결판이 안 나자 임금한테 재판을 청했습니다. 서로 자기 아들이라고 주장하는 소리를 듣고 난 임금이 신하에게 칼을 가져오게 했습니다. 저 여자들이 저 아이를 서로 자기 아기라고 우기니 그 칼로 그 아이를 두 조각을 내서 한 조각씩 나누어 주라고 명령을 내렸습니다. 그러자 한 여자는 기겁을 하며 내가 양보할 테니 그 아이는 죽이지 말라고 하는데, 한 여자는 어차피 이렇게 됐으니 그렇게 해달라고 했습니다. 그러자 임금이 그 아이를 저 여자에게 주어라, 그것이 진짜 어미다, 이렇게 판결을 내렸어요."

"하하, 정말 지혜로운 임금이었습니다."

서태석은 재미있다는 듯이 한참 웃었다.

"그러니까 지금 소작인들이 나락을 베자는 것은 아까 그 여자가 자식에 대한 사랑 때문에 자식을 포기했듯이 곡식에 대한 애착 때문에 그런 것이니, 이것은 자연의 순리를 따르는 것이고 또 그것은 하나님의 뜻에 순종하는 것이기도 합니다."

"그러면 여기에는 하나님의 은총이 내리겠습니다그려. 하하."

"그렇습니다. 하나님의 은총이 꼭 내릴 것입니다. 마음이 가난한 자는 복이 있다고 했는데, 이렇게 마음이 깨끗한 농민들한테 하나님의 은총이 내리지 않고 어디에 내리겠습니까?"

"하나님의 은총까지 내리기로 하면 이 싸움은 영락없이 이겨논 싸움입니다."

두 사람은 호탕하게 웃었다.

"그런데 이 일로 우리가 크게 새로 생각해야 할 일이 생겼습니다."

서태석은 웃음을 거두고 정색을 했다.

"내가 이번에 소작회장을 맡은 것은 농민들을 위하는 일이라면 무엇이든지 하겠다는 생각만으로 맡았으나, 이런 경우를 당해서 생각을 하니까, 내가 이런 자리에 앉을 자격이 있는 사람인가 하는 생각이 새삼스럽게 듭니다. 농민들 앞에 나서서 지주하고 담판을 하거나 농민들을 끌고 나가는 데는 내가 그들보다 나을 수도 있지만, 나는 실제로 손에 흙을 묻혀 농사지어본 체험이 없었기 때문에 이 일을 추진하는 데 있어서 그 일차적인 계획을 바꾸지 않을 수 없는 과오를 범하고 말았습니다."

"하하. 우리끼리 하던 일인데, 그까짓 거야 달걀에 제 똥 묻은 격이지 과오랄 것까지야 있습니까? 그것이 설사 과오라 하더라도 한 번 실수는 병가상삽니다. 그리고 아까 작인들의 낌새를 나보다 먼저 알아차리고 그런 결단을 내렸다는 것부터가 그런 자격이 충분하다는 것을 말해줍니다. 대명당(大明堂)을 쓰려 하면 초년 패(初年敗)가 꼭 있더라고, 이런 정도는 괘념할 것 없어요. 비 온 뒤에 땅이 더 굳어집니다."

박복영이 웃으면서 너울가지 있게 감싸고 나왔다.

"이것은 그렇게 단순한 문제가 아닙니다. 우선 박형이나 내가 너무 앞에 나서니까 작인들이 우리만 너무 쳐다보고 의지해버리는 것 같아요. 우리가 자기들보다 도뜨기 때문에 평소부터 높은 사람 앞에서는 무작정 엎쳐뵈고 굽실거리기만 하던 버릇으로 우리들 말이라면 무조건 복종만 하려들지, 우리 같은 촌놈들이 뭣을 아느냐는 식으로, 자기들의 생각은 해망쩍은 것으로만 여겨 처음부터 자신들의 의견을 가지려들지 않아요. 바로 오늘 저녁만 하더라도 그동안 안달이 나고 애가 닳았으면서도 그것을 우리한테 말을 못 하고 있다가 도저히 더 견딜 수 없는 지경에 이르러서야 죽을 용을 쓰고 말을 한 것 아닙니까?"

"그런 점은 앞으로 우리가 고쳐나가면 되겠지요."

"내 생각은 이때 소작회장을 아주 김용학이 같은 사람한테 넘기는 것이 어떨까 싶습니다. 그리고 우리는 뒤로 한 걸음 물러서서 곁에서 돕는 것이 어떨까 싶어요. 나는 그동안 농촌에서 살아왔지만 면장을 하는 동안은 농민 속에서 살아왔다기보다 농민들의 테 밖에서 그들을 내려다보면서 이래라저래라 위세만 부려왔기 때문에 어느새 그런 버릇이 내 몸에 배어 있습니다. 이런 사람이 회장 자리에 더 버티고 있으면 그만큼 일이 더 위각만 날 것 같아요.”

서태석의 거쿨진 목소리가 어느 때 없이 진지했다.

“서회장님 말씀은 마디마디가 옳은 말씀이고 그것은 꼭 나를 두고 하시는 말씀 같아, 여태까지 소작인들을 대했던 내 태도가 부끄럽게 느껴집니다마는 회장직을 내놓겠다는 말씀은 가당찮은 말씀입니다. 간단한 일을 너무 크게 생각하는 것 같아요.”

박복영은 대수롭지 않은 일로 넘기려 했으나 서태석은 굳은 표정을 펴려들지 않았다.

“아니지요. 일이 틀렸으면 빨리 바로잡는 것이 그만큼 일을 더 그르치지 않게 하는 최선의 방법입니다. 이번 실책은 겉으로 보기에는 별것 아니게 보입니다마는 뿌리가 있는 실책이니까 문제지요.”

“그러나 지금 와서 소작회장직을 내놓는다면 소작인들의 동요도 동요지만, 지주 측에서는 소작인들 내부에 무슨 분열이라도 있는 것으로 오인하여 더 배짱을 가다듬을 것입니다. 더구나 서회장이 없는 암태도 소작회란 문재철이한테는 손골목에 모인 강아지들보다 만만하게 보일 것입니다.”

박복영도 정색을 하고 나왔다.

“박형도 서태석이 없는 암태도 소작회란 상상할 수 없다는 생각인데, 그것이 소작인들은 더할 것입니다. 바로 그것이 문젭니다. 서태석이나 박복영이가 없는 다른 데서는 어떻게 우리보다 먼저 일어나서 그렇게들 승리를 했습니까? 내가 보기에는 이 싸움은 여러 가지 조건이 우리 두 사람이 없더라도 이미 이겨논 싸움입니다. 이런 싸움이니까 소작인들이 자발적으로 나서서 자기들의 의사로 모든 것을 결정하고, 싸우기도 자기들이 싸워서 그 승리도 자기들의 승리가 되어야 합니다. 다시 말하면 이런 싸움에서 자발적으로 싸울 수 있는 훈련을 쌓게 하여 그들이 얻은 승리에서 자신들의 힘에 자신을 가지게 해야 한다고 봐요. 여기서 우리가 계속 앞에 나서서 이래라저래라 한다는 것은 그들이 자발적으로 싸울 수 있는 기회를 박탈하는 일이 될 뿐만 아니라, 승리의 영광까지도 우리가 차지해버리는 결과가 됩니다. 박복영이 서태석이가 나섰으니까 이겼다, 모두가 그 두 사람 덕분이다, 이렇게 우리의 공만 찬양할 뿐 자기들은 여전히 아무것도 아닌 무지렁이로 생각할 것입니다. 그러다가 언젠가 우리 두 사람이 없을 때 이런 싸움이 또 벌어진다면 그들은 박복영이 서태석이 없는 것만 한탄하고 있을지도 모릅니다."

"저도 그 점에는 동감입니다마는 지금까지 전국적으로 벌어지고 있는 소작쟁의의 추세를 보면, 지금은 초판하고는 여러 가지로 조건이 달라지고 있습니다. 우선 지주들이 왜놈들하고 한 덩어리가 되어 지주회(地主會)를 만들고 나오는 것만 보더라도 일이 어렵게 되어가고 있다는 생각이 들어요. 지난번에도 말씀하셨습니다마는 문재철이 저렇게 버티고 나오는 것부터가 왜놈들이 그만큼 뒷배를 보아주겠다는 다짐을 했기 때문인 것 같고, 그러다보면 총독부의 정책이 또 어떻게 바뀔지도 모르거든요."

"그렇습니다. 앞으로 싸움은 점점 더 어려워질지도 모릅니다. 그래서 나는 지금 이 싸움을 암태도 소작쟁의로만 보지 않습니다. 지주들이 단결하여 문재철이를 앞에 내세운 결과가 되었기 때문에 시기나 싸움의 대상이 적어도 전라남도에서는 이것이 한 고비가 될 것입니다. 문재철이만 우리가 이겨놓으면 다른 지주들은 버텨볼 생각을 못 할 테니까요."

"이런 큰 싸움에서 싸움이 대마루판으로 넘어가고 있는데 회장을 바꾼다는 것은 결전을 앞두고 장수를 바꾸는 것이지 뭡니까?"

"아니지요. 이런 싸움이니까 자기들끼리 싸우게 해야 더 의의가 있습니다. 내가 회장직에서 물러선다고 하여 어디로 가는 것이 아니고 뒤에서 박형과 버티고 있으니까 아무 일 없습니다. 이 싸움은 틀림없이 이깁니다."

"그러나 아무리 생각해도 회장직을 바꾼다는 것은 안 될 것 같습니다."

박복영은 끝내 수긍할 수 없다는 태도였다.

"아직도 내 말을 이해하지 못하는 것 같은데, 이야기가 처음으로 다시 돌아갑니다마는 생각해봅시다. 박형도 그렇습니다마는 나는 전부터 면장이다 뭐다 해서 작인들이 늘 쳐다보기만 했고, 또 나는 내려다보기만 했던 터라 어느새 그런 거탈이 몸에 배어 있기 때문에 작인들과는 위아랫물이 너무 져서 그들의 가려운 곳을 발밭게 가려내지 못하고 있습니다. 그래서 이번에도 벼를 베지 말아야 한다는 것을 우리 입장에서만 생각했고, 그러다보니 그만큼 일감만 더 헝클어놨을 뿐 아니라 그동안 그들에게 큰 고통을 주었습니다.

다시 말하면 그동안 우리는 본의 아니게 그들을 압제해온 셈입니다. 총칼로 누르는 것만 압젭니까? 상해까지 갔다 오고 징역살이를 두 번이나 한 독립투사, 스물아홉 살에 면장이 되고 만세 때는 재판정에서 서릿발 치는 경찰 간부를 때려눕히고 삼 년간이나 징역을 산 똑똑한 아무개, 이런 위세 때문에 이 위세에 눌려 그들은 꼼짝을 못 했어요. 총칼이 아니라 이런 위세로 그들을 눌렀지요. 왜놈들과는 다른 모양의 더 나쁜 압제자였습니다.”

서태석은 계속했다.

“내가 면장을 하는 동안, 솔직히 말해서 나는 면민을 위해서라면, 아니, 내 능력이 닿는 한도 안에서 우리 민족을 위하는 일이라면 무엇이든지 하겠다고 진 데 마른 데 가리지 않고, 상말로 맨손으로 밤송이를 까라고 해도 깔 만큼 열심히 일을 한다고 했습니다. 일본제국주의의 식민지 통치 자체를 근본적으로 거부하지 않고는 그 속에 들어가서 별짓을 해보아야 역적질밖에는 안 된다는 이 간단한 이치를 기미 만세 때까지 까맣게 깨닫지 못하고 있었습니다. 그런 역적질의 과오를 씻자는 열심만으로 이번에 소작회장을 덜렁 맡았더니, 여기서는 또 내 분수를 모르고 덤빈 결과 이번에는 그들의 압제자가 되어버렸군요. 여기에서 내 개인으로 느끼는 것이 큽니다마는 그거야 어떻든, 이 소작쟁의에서 박형이나 내가 할 일은 뒤에 서서 그들을 일깨워주고 부추겨줄 입장이지, 앞에 나서서 차치고 포 치고 해서는 안 될 것 같습니다. 아까도 말했지만 이 싸움은 어떻게 싸워도 이긴다는 것은 다른 지방의 싸움에서 증명이 되었습니다. 그러니까 그들 스스로가 싸워 이기게 함으로써 이런 투쟁의 훈련을 쌓고, 그 승리를 자기들의 것으로 가지게 해서 자기들 힘에 자신을 갖게 하는 것이 무엇보다도 중요합니다. 바로 이런 훈련과 자신감은 이 소작쟁의 하나가 이기고 지고보다 더 중요한 성과라고 생각합니다. 먼 장래를 내다볼 때 말입니다."

서태석은 마치 신살 잡힌 무당처럼 입에서 저절로 말이 쏟아져 나오고 있는 것 같았다.

"정 그러시다면 더 말리지는 않겠습니다마는 지금 당장은 작인들의 충격이 클 테니까 얼마간 그런 쪽으로 생각을 깨우친 다음 기회를 보아서 넘기도록 하면 어떻겠습니까?"

어쩔 수 없겠다 싶었던지 박복영이 타협 조로 나왔다.

"그건 그렇게 해도 상관없겠습니다. 그러나 우리는 어디까지나 후견인 이상이 되어서는 안 되고, 더 하면 어떤 경우에 불쏘시개 역할 정도가 고작이라는 것을 명심해야 할 것 같습니다."

서태석은 선선히 나왔다. 불쏘시개라는 말에 서태석은 힘을 주었으나, 박복영은 서태석이 누그러진 것만 다행이다 싶어 그런지 그 말은 새겨듣지 않고 귀 너머로 흘리는 것 같았다.

"그것은 그렇고, 지금까지 박형은 중재자라는 어려운 일을 해왔는데 앞으로도 그 일은 계속해주셔야겠습니다. 어떻습니까? 나락을 베자면 지주의 마지막 의사를 한번 들어봐야 할 것인데, 발걸음을 한 번 더 해주셔야 될 것 같습니다. 이번에는 번거롭게 목포까지 나갈 것 없고 남강까지만 갔다 와도 될 것 같습니다만."

박복영이 다음 날 문태현씨 앞에 나타나자 영감은 대뜸 눈꼬리부터 치켜올렸다.

"자네는 나하고 무슨 원수가 졌길래 작인들을 꼬드겨가지고 생사람을 잡을라고 하는가? 내 땅에서 내가 소작료 받는데 자네가 무슨 억하심정으로 헤살을 놓는가 말이야?"

영감은 들이당짝 삿대질까지 하면서 내질렀다.

"하하. 영감님께서 저한테 섭섭한 일을 하신 적이 없는데 제가 무슨 억하심정이 있겠습니까? 저보고 소작인들 꼬드겼다는 말씀은 누가 잘못 전해드린 말씀 같고, 저야 어디까지나 시끄러운 일에 중재하자는 것뿐입니다. 영감님께서도 직접 하시기 곤란한 말씀이 계시면 저를 통해서 해주십시오."

박복영은 상대가 팔십객 영감인데다 자기가 내세우고 있는 중재자란 입장이 있다보니 맞받아 가시 세게 따질 계제가 아니었다.

"중재? 흥, 말이 좋군. 지금 서태석이하고 자네가 한속으로 통을 짜가지고 앞벽 치고 뒷벽 친다는 것을 내가 모르고 있는 줄 알아?"

영감은 박복영과 서태석을 괜히 남의 일을 버르집어 쓸데없이 구듭 치고 나서는 못방치기로 몰고 있었다.

"소작료 관계로 시끄러운 것이 어디 이 암태도뿐이던가요? 이미 일본서부터 불어온 바람이고 시대가 그렇게 흘러가기 때문에 동척(東洋拓殖會社)에서도 소작료 문제를 검토할 눈치가 보인다는 소문입니다. 저보고 소작인들 꼬드겼다고 말씀하셨는데, 조선 천지가 떠들썩하는 일에 암태도 사람들이라고 그런 소문 못 듣겠습니까? 결과가 뻔한 일을 가지고 이렇게 아웅다웅하고 있으니 곁에서 보기에 민망스러워 피차에 서로 잘 타협을 해서 시끄럽지 않게 하자고 나선 것뿐입니다. 금년 봄에 순천서는 군수가 나서서 중재를 하기도 했습니다. 싸움은 말리고 흥정은 붙이라 했습니다. 하하."

박복영이 엉너리를 치고 나왔다.

"싸움이라니? 싸우기는 누가 누구하고 싸운단 말이야? 그놈들이 지금까지 뉘 땅에다 목줄을 걸고 자식새끼들 키워온 놈들인데, 그런 놈들이 나한테 배은망덕하고 나오는 것이 싸움이란 말이야?"

박복영은 마치 흙담이라도 대하는 것같이 칵 막힌 기분이었다. 그러나 기왕 내친김이니 처음부터 다시 사리를 발라 이야기할 것은 대충 이야기하는 것이 이쪽 입장을 세우는 것이겠다 싶어 마음을 차분하게 가다듬었다.

"농사란 것이 땅에다 짓는 것이니까 땅이 중요하기는 합니다마는, 땅이 있다고 거기서 저절로 곡식이 자라는 것이 아니고, 피땀 흘려 땅을 갈고 김을 매야 되는 것 아닙니까? 가색지간난(稼穡之艱難)이란 말이 있다시피 농사일이라는 것이 피땀으로 뼈를 저미는 일이라는 것은 새삼스럽게 말하잘 것도 없을 것입니다. 그래서 왜놈들이 농토를 채뜨리기 전까지 우리 조상들은 소작료를 소출의 반을 넘게 받아 간 일이 없었습니다. 이것은 말하자면 땅하고 농사 짓는 것을 반반으로 본다는 것이겠지요. 7, 8할 소작료는 어디다 내놓아도 말이 안 됩니다. 짐승도 부려먹을 때는 먹이를 먹여야 힘을 쓰는 것인데 7, 8할 소작료를 내고는 소작인들이 우선 목숨을 지탱할 수가 없습니다."

박복영은 더 조근조근 이야기를 하자고 생각했었으나 7, 8할 대목에 이르자 말이 짧아지면서 제물에 결이 올라 말마디에 감정이 묻어나고 말았다.

"뭣이? 7, 8할? 그것이 누구한테 하고 있는 말인가? 누가 7, 8할을 받아먹었단 말이야?"

영감은 대통으로 놋쇠 재떨이를 깡 치면서 앉은걸음으로 한 걸음 다가왔다. 팔십객 영감의 어디서 이런 기력이 나는가 박복영은 잠시 당황했다. 더구나 너무도 뻔한 일을 가지고 이렇게 의뭉을 떨고 나올 수도 있는가 어이가 없기도 했다.

"눅어야 7할이고, 거개가 8할이었습니다. 이것은 타작마당에서 제 눈으로 똑똑히 본 일입니다."

박복영은 결김에 말을 밤송이 까놓듯 까뒤집고 말았다. 아무리 패려궂은 영감이라고 도둑의 집에도 되가 있다는데 이런 의뭉을 떨 수 있는가 싶자, 이런 의뭉집을 까뒤집어 맞서지 않고는 다른 소리 해보았자 소용없겠다는 생각이 든 것이다.

"그것이 지금 농사를 제대로 지었다는 놈 상대하고 와서 하는 소린가? 아무리 남의 땅이더라도 농사 명색을 짓는다고 하는 놈들이면, 땅에다 살을 붙일 만큼은 붙여가면서 진을 빼먹어도 빼먹어야지, 두엄 한 주먹 제대로 비벼 넣지 않고 종자만 뿌려두었다가 메추리가 드러누워서 따 먹게 된 것을 오소리 검불 뜯어들이듯 하는 것을, 그것이 농사짓는 것이라고 그런 날강도 같은 놈들을 상대하고 와서 지금 뭣이 어쩐다? 한 마지기에서 마바리 양 섬씩이 마당통으로 치면치면하고도 마투리가 두 말 서 말이 착실하던 논에서 반수확도 못 내는 놈들이, 절로 찢어진 입이라고 7할이 어쩌고 8할이 어쩐다고 아가리를 놀리고 있어?"

영감은 얼굴이 벌겋게 달아올라 무당 포함 주듯 내질러댔다.

"내가 지금 팔십을 넘어선 사람이지마는 엊그제까지도 어깨에서 개똥망태가 떨어져본 적이 없어. 지금 그놈들 사는 고샅에 가봐. 골목골목에 개똥이 무데기무데기 널려서 말라가고 있을 거여. 그것이 그냥 깔려 있으니까 개똥이지마는 주워 담으면 그대로 거름이고, 논밭에 비벼 넣으면 그대로 쌀이고 보리여. 석비레에 무텅이질을 해도 농사란 것이 가꾸면 나오는 것인데, 남의 논을 묵정밭으로 만들어 반수도 못 내는 놈들을 놓고 뭣이 어쩌고 어째?"

영감은 정신없이 퍼부어댔다. 영감의 말은 얼핏 들으면 농사꾼들이 얼굴 뜨거워할 말이었다. 그러나 이 말은 처음부터 번지수가 틀린 소리였다. 작인들이 잘 가꾸면 그 잘 가꾼 만큼 작인들 차지가 된다거나, 잘 가꾸고 못 가꾼 것에 따라 간평이 그만큼 눅거나 되다 해야 말이 되는 소리였다. 그러니까 이 말은 처음부터 그 논에서 정조법으로 도조를 받아 간다 해야 제대로 말이 되는 것이었고, 배메기 반타작이라도 한다 해야 조금은 씨가 먹혀들어가는 소리였다. 그런데 잘 가꾸어봐야 7, 8할을 뜯어 가버리는 마당에서는 그 잘 가꾼 만큼이 그 비율로 지주 것이 되는 것인데다 또 땅에 살을 올리재도 언제 남의 것이 될지 모르는 땅에 누가 깊은 살을 올리고 싶겠는가? 지주의 험한 걸태질에 신명이 풀리다보니 소작인들은 자연히 농사일에 등한해지지 않을 수 없었다.

사실 기생지주(寄生地主)들의 소작료 남집(濫執)의 결과로 나타난 소위 이런 약탈농법(掠奪農法)은 나중에 총독부가 농업생산성을 높이기 위해서 농업정책 전반을 재검토할 때 가장 큰 문제로 등장, 당시 소작제도의 모순점으로 지적되기도 했는데, 영감은 이

106

런 자기의 허물은 시렁에다 얹어놓고 자기는 물도 씻어 먹고 사는 사람처럼 소작인들만 강도놈들로 몰아치고 있었다.

자기가 엊그제까지 개똥망태를 짊어지고 개똥 주우러 다녔다는 것도 작인들을 몰아칠 때마다 두고 쓰는 소리였으나, 소작인들은 그것을 문영감의 부지런한 태도로 우러러보기는커녕 되레 재물에 걸떡이는 타끈스런 청승으로 비웃을 뿐이었다.

사람이 부지런하고 검약한 것이야 부자라고 해서 그런 것이 흉이 될 수는 없는 일이지만, 소작인들 뜯어 가고 오그라쥐는 것밖에는 어디 한 군데 손 따신 여줄가리가 없다보니, 그런 게 모두가 흉이었고 비소거리였다. 버선 한 켤레를 가지면 동을 대다 대다 볼이 무너져 볼이 발등으로 올라간다느니, 그 집 장광에는 제 볼 가진 바탱이 하나, 운두 바른 항아리 하나 볼 수 없다고 비웃었다. 오이장수 하나가 들어가더라도 우선 꼴 갖춘 머드러기는 처음부터 젖혀놓고 고자리 먹은 처진거리부터 골라 그런 것 몇 개 낱뜨기를 하면서도, 마수부터 파장 떨이 도거리 흥정하듯 터무니없는 억매흥정을 하는 통에 오이장수가 집만 보고 들어갔다가 울고 나온다는 거여서, 누가 어이없는 흥정을 하고 나오면 문영감네 오이 흥정하듯 한다고 웃을 지경이었다.

매사에 강밭기가 이 꼴이다보니 간평이나 쇠가죽 부채질이 그렇게 차고 매웠다. 억울함을 견디다 못한 작인들의 입에서 무슨 투그리는 소리라도 한마디 비껴나오면, 꼭 지금 박복영한테 하는 본새로 도둑놈 딱장받듯 그 말을 제 입으로 거둬들이게 하고서야 무사했다.

그동안 영감은 작인들을 이렇게 다좇아, 가는베 재워놓듯 곰살 갑게 굽혀놨는데, 그런 놈들이 7할이 어떻고 8할이 어떻고 버티고 나오니 복장이 잠잠할 리 없었다.

"다 들어보셔서 알고 계실 줄 압니다마는, 일본이나 육지에서 하는 것을 보면 시세가 이미 그렇게 기울었기 때문에 작인들이 그냥 물러서지는 않을 것입니다."

내리라는 권유라기보다 한마디 뒤를 눌러두자는 소리였다.

"시세가 아니라 땅덩어리가 기운다 해도 그런 까마귀 아래턱 떨어질 소리는 반귀에도 안 들어오네. 아무리 남의 땅에서 빌어먹고 사는 놈들이라고 하늘 쳐다보고 농사짓고 사는 놈들이 다 된 곡식이 논바닥에다 고개를 처박고 있는데도 손 개얹고 있다니, 그런 놈들이 벼락을 안 맞는가 봐!"

내가 부를 노래를 사돈이 부르고 있으니 할 말이 없었다.

"작인들을 전같이 무르게만 보지 마십시오. 먹고살자고 막판으로 나오는데야 눈에 보이는 것이 있겠습니까?"

박복영은 영감의 눈을 정면으로 건너다보며 뱃성 있게 한마디 뒤를 굴러 아퀴 짓고 일어섰다.

"그래. 잘들 꼬드겨봐."

패두 버릇은 원래 호기로만 내닫는 법이라 기왓골이 울리게 악을 썼다. 그러나 박복영은 대거리하지 않고 불똥 밟듯 총총걸음으로 뒤를 당겨 대문을 나서고 말았다.

처음부터 무슨 기대를 걸고 온 것은 아니었으나, 싸움은 싸움이더라도 조근조근 이야기할 것은 서로 해서 자기 입장은 세워놔야 가닥이 잡힐 것 아니냐는 생각이었던 것인데, 말 같은 소리는 한마디도 못 해보고, 백장고누로 억지소리만 뒤집어쓰고 나오니 허탈한 심정이었다. 전에 그 아들 문재철을 만났을 때도 이런 기분이어서 말로는 소용이 없겠다는 생각을 했었는데, 이런 사람들을 상대로 무슨 이야기를 해보자고 생각했던 것이 처음부터 잘못이었다고 자신의 어리석은 꼬락서니를 비웃었다. 그 아버지에 그 아들이라 전에 문재철도 이쪽 말 들을 귀에는 처음부터 마늘쪽을 박고 자기 말만 말살에 쇠살, 겻섬 털듯 하는 통에 마치 구정물이라도 뒤집어쓰고 나온 기분이었던 것이다.

제4장 위협

벼를 베는 날이었다. 얼굴에 잔뜩 구름이 끼어 있던 소작인들은 벼를 베기로 했다는 소식을 듣자 땅가뭄에 소나기 만난 푸성귀처럼 펄펄 살아나는 것 같았다. 얼굴에 금방 풍년이 들며 어디 갇혔다 풀려난 사람들처럼 논으로 나가는 발걸음이 둥둥 떠 있는 것 같았다. 어른 아이 할 것 없이 제 밥숟갈만 이기는 놈이면 모두가 낫을 들고 들로 나갔다.

"땅에다 고개는 처박았어도 알이 어디로 도망친 것은 아니고 모두가 제자리에 붙어 있네그랴."

"팥이 풀어져도 솥 안에 있더라고 제가 도망치기는 어디로 도망쳐."

고스라진 것이 꼭 며루 먹어 내려앉은 꼴이었으나 알은 제대로 물려 있었다. 너무 말라 귀가 엷어졌기 때문에 건듯하면 알이 쏟아지는 통에 일하기가 그만큼 조심스럴 뿐이었다.

"베는 족족 그대로 뭇으로 묶는 것이 수겠어."

제자리에서 마를 대로 다 말랐고, 두 손을 보면 그만큼 알만 더 쏟아질 것이기 때문에 베는 족족 볏주먹을 그대로 들고 가서 한군데 모아 뭇으로 묶었다. 더구나 덩덕새머리처럼 헝클어져 땅에다 주먹을 놓으면 그대로 재워지지가 않고 붕 하니 뜨기 때문에 논바닥에 그대로 놨다가는 실바람만 불어도 날아갈 판이라 제자리에서 묶는 것밖에 재주가 없을 것 같았다.

"숨도 크게 쉬지 말어. 달걀섬 모시듯 해야지 조금만 손 거칠게 했다가는 애기 양식은 쏟고 말겠어."

"나락 주먹 모시기를 옛날 문재철이 모시듯 해야겠그만."

"속없이 그 작자들은 오냐, 느그들이 나락을 베지 별수 있겠냐고 좋아할걸."

"냉수 마시고 맘 돌리라고 해. 하여간 타작을 해서 나락섬을 고방에 처재논 다음에는 돌아가신 우리 할아버지가 와서 사정을 해도 왼눈 하나도 떠보지 않을 거여."

"아무리 제절로 찢어진 입이라고 맨입으로야 무슨 염치로 소작료 내라고 하겠어. 만약에 맨입으로 그런 아가리를 놀리는 날에는 그놈의 입에다 곡괭이 날을 물려주고 말지 그냥 둬."

작인들은 경황 중에도 한마디씩 객담을 늘어놓으며 손을 놀렸다.

"조심조심 일들 하시오. 조금 손이 더 가는 상관이 있더라도 조심해야지 잘못하다가는 생논바닥에다 씨나락 붓는 꼴이 되겠소."

소작위원들은 자기들 일도 바쁜 판에 건성건성 돌아다니며 하나

마나한 이야기들을 하고 다녔다.

일하기가 헝클어진 실패 추리기였으나, 작인들은 날 받아놓은 큰애기 수틀 만지듯 정성스럽게 벼 이삭 하나를 아껴가며 일을 추려갔다.

이틀째 날이었다. 일하던 사람들이 얼핏 허리를 폈다가 단고리 쪽을 보고 깜짝 놀랐다.

"저것이 무슨 사람들이여?"

웬 사람들이 수십 명 텃골 쪽에서 넘어오고 있었다. 손에 낫들을 들고 있었으나 텃골 사람들은 벌써 나와 자기 논에 붙어 일을 하고 있었다. 이제 나오는 사람이 있다 하더라도 저렇게 떼몰려올 까닭이 없었다. 더구나 그들 손에는 낫과 함께 애호박만 한 보자기를 하나씩 들고 있었다. 점심을 싸가지고 어디 일판에 나가는 사람들 같았다. 그러나 여기에 저렇게 많은 사람들이 몰려가서 일을 할 만한 일판이 있을 까닭도 없었다.

넘어오는 것이 한이 없었다. 백 명도 더 되고 이백 명도 더 되는 것 같았다. 저렇게 많은 사람들이 무엇을 하러 가는 것일까? 이 들판에 논 가진 사람들은 아닌 것 같고 저쪽 신석리 사람들 같은데, 점심까지 싸가지고 갈 일이 무엇일까? 들에서 일하던 사람들은 행렬이 하도 진기하다보니 바쁜 손길을 잠시 멈추고 한참 그쪽을 건너다보고 있었다.

행렬 선두가 단고리 앞에 멈췄다. 앞서 나서서 그들에게 뭐라 말하는 사람이 있었다. 사람들은 잠깐 멈춰 서서 그 사람 말을 듣고 있는 것 같더니 들로 들어섰다.

"신석리 사람들이지요?"

"신석리 사람들만 아니고 그쪽 사람들은 다 나선 것 같그만."

그들은 아무 논으로나 흩어졌다.

"아니, 지금 무슨 일들이오?"

그들이 가까이 오자 모두 놀라 물었다.

"하하. 여기에 내동 지어논 농사를 내팽개쳐논 사람들이 있다고 해서, 그러면 우리들이나 가서 베어다 먹자고 나섰더니 와놓고 보니 한발 늦었그만."

그들은 걸쭉하게 너스레를 떨었다.

"저쪽 사람들이 말짱 다 나섰그만요. 아니, 이것 이렇게 감사할 수가……"

"그러니까, 논을 벌더라도 좀 사람 같은 사람 논을 버시오."

"그런데, 보자기는 그것이 뭐요?"

"하하. 이것 점심 밥그릇이오. 오늘 이것 안 싸 든 사람은 오고 싶어 안달을 해도 못 오고 있어요. 이것이 지금 이래 봬도 일 나오는 데는 평양감사 차첩보다 큰 구실을 한 물건이오. 하하."

그들은 자기들끼리 한참 웃었다.

"아무런들 이 가을에 남의 일을 거들러 오면서 점심까지 싸 들고 오다니 그런 야박한 인심이 어딨단 말이오?"

"말도 마시오. 어제저녁 회의 때, 남의 일 거든다고 그러지 않아도 바쁜 손에 놉겪이까지 시켰다가는 배보다 배꼽이 더 클 것이니 꼭 점심을 싸 들자고 했거든요. 그런데 그 말을 귀 너머로 들었던 사람들이 오늘 아침에 낫만 들고 한가하게 나왔다가 퉁바리깨나 뒤집어쓰고 쫓겨 들어가고 말았어요. 하하.”

“허허. 지독한 사람들도 다 보겠그만.”

“한참이 민망한데 이 판이 어느 판이라고 점심 곁두리까지 계제
추려 먹어가면서 천연 보살 할 형편이오. 야박이고 뭣이고 내일이
라도 비가 쏟아질지 모르니 인사치레는 다음에 정신 날 때 하기로
하고 어서 일들이나 합시다.”

모두 일손을 잡았다. 저쪽 사람들이 더 날파람 나게 일을 했다.
어제는 그쪽 사람들 일을 거들고 오늘은 이리 온 것이다.

“허허. 남의 일 한번 거들러 오기가 촌놈 향청 들어가기보다 더
어렵네.”

와촌 춘보 논에 신석리 만석이가 뒤늦게 달려들었다.

“아니, 어디서 밥을 싸 들었소?”

미리 와서 일을 하고 있던 만석이 아내가 남편 손에 들린 점심
보자기를 보며 물었다.

“하하. 일 한번 거들러 오자고 홍길동이 해인사 턴 만큼이나 궁
리를 했어.”

“한집안이 몽땅 나섰그만. 그런데 이렇게 와주는 것만도 고마운
데 점심 보자기는 그것이 무슨 청승이야?”

춘보가 반가이 맞으면서도 점심 보자기에 핀잔이었다.

“누가 아니래요. 암태도 천지가 들썩들썩하는 판에 집 안에 죽치
고 앉아 있었다가는 동학군 나간 동네 번정다리 꼴로 병신이 되고
말겠는데, 이 빌어먹을 점심 안 싸 들었다고 아무리 비대발괄을 해
도 막무가내요그랴. 어찌나 얀정머리 없이 다조지는지 옛날 그 무

지한 왜놈들의 불질 속에서도 발그물에 뱀장어 꿰어 다니듯 했던 내가 옴나위를 할 수가 있어야지요."

"허허. 객공잡이도 먹매는 칀네 구실인데, 거저 도와주러 오는 사람들이 이러기로 하면 도와주는 사람들만 인심 내고 우리 인심은 꼬챙이에 꿰서 뙤약볕에 매달라는 소린가?"

"하는 말이 그 말 아니오. 가을일에는 손톱 발톱도 먹는 것이고 아침저녁 곁두리까지 다섯 때를 먹어도 뱃구레는 늘 장대 빠진 차일인 것이 가을 식성인데, 먹자고 하는 일에 점심 한 끼에 살림 무너진다고 그 극성인지, 빌어먹을 와놓고 봐도 얄밉네."

만석이는 저쪽을 돌아보며 눈을 흘겼다.

"그런데, 그 점심은 어디서 싸 들었냔 말이오?"

만석이 아내는 그 점심 사연이 노상 궁금한지 그것만 채근했다.

"이것? 이 사람아, 팔도를 무른 메주 밟듯하고 다니던 자네 남편이 못 가게 한다고 손 개웠고 집 안에 틀어앉아 있을 사람이여? 홍길동이 빈 마패여. 하하."

만석이는 점심 보자기를 탕탕 때리면서 웃었다. 빈 유기그릇 소리가 났다.

"아니, 저이가 빈 밥그릇을 싸 들었단 말이오?"

모두 배를 쥐고 웃었다. 한참 웃고 나서 만석이도 일판에 어우러졌다. 만석이는 누구보다 일손이 쌌다.

"가만있자. 일하기가 이렇게 어려운데, 지주한테 줄 것은 그대로 논바닥에 세워뒀다가 소작료 내리겠다는 소리가 떨어진 담에 주섬주섬 검부나무 뭉뚱그리듯 묶어다 내던져주는 것이 어쩌겠소?"

만석이가 웃으며 말했다.

"아이구, 오기진 소리만 골라서 하고 계시네."

만석이 아내가 핀잔이었다.

"나야 세상을 오기 하나로 살아온 사람 아닌가? 놀부란 놈은 오장육부에다 오른쪽 갈비뼈 밑에 심술부 하나를 더 차서 오장칠부라는데 나는 거기다가 오기부 하나를 더 차서 오장팔부야. 그래도 마누라 하나 잘 둔 덕에 밥술 걱정은 없이 사는 것 같아. 하하."

"아이고, 저 청승 주머니를 또 풀면 바쁜 손에 남의 일 망쳐요."

"염불하는 입 따로 목탁 치는 손 따로야. 내가 입은 이도령 남원 행차에 군령 내리듯 하지만, 손은 또 번개에 콩 구워내는 솜씬 줄 임자는 아직도 모르나?"

"만석이 아저씨가 빈 밥그릇 차고 허위단심 달려온 것이 반은 마누라 못 잊어 그런 거지요?"

춘보 마누라가 끼어들었다.

"허허. 자식 보기는 아비만 한 눈이 없고, 제자 보기는 선생만 한 눈이 없다더니, 내 속 알기는 형수씨만 한 사람이 없어. 꽃 같은 마누라를 혼자 보내놓고 어떻게 집 안에 앉아 있겠소?"

만석이 아내는 골을 붉혔으나, 그도 호들갑스럽게 따라 웃었다.

"그러고 보니 만석이 삼촌 노랫소리 들어본 지도 오래됐습니다."

춘보 아들 정환(正桓)이가 은근히 만석이를 꼬드기고 나왔다.

"그러면 한가락 뽑아볼까?"

"지금 일머리가 어떤 일머리라고 그런 정신없는 말씀을 하고 계세요."

만석이 아내가 기겁을 했다.

"모르는 소리. 농투산이 농사일이라는 것이 신명으로 하는 것이라 석비레 천둥지기에 마냥모를 심어도 타령소리는 제격인 거야."

"소리는 이따 쉴참 때 해도 해요."

"제기랄, 의주 파천에도 곱똥은 누고 가는 것인데, 지금 소리가 막 기어나오는데 그것을 도로 넣어?"

"하여간 저 양반은 나 발 뻗쳐놓고도 소리라면 그쪽으로 달려갈 거여."

만석이 아내가 곱게 눈을 흘겼다.

"그래서 소리라는 것이 중모리 따로 있고 진양조 따로 있는 이치가 그거야. 가왕(歌王) 송흥록(宋興祿)이가 진양조를 처음 불러낸 내력도 모르나? 임자 죽어 내 설움 달래는 데야 소리 말고 뭣이 또 있겠나?"

"어서 뽑게."

"예, 형님. 그러면 기왕에 마누라 이야기로 말끝이 돌았으니 사랑가를 한 대목 뽑을라요."

만석이는 목청을 가다듬었다.

　　두웅둥둥 내 사랑, 어허 둥둥 내 사랑
　　저리 가거라 뒤태를 보자, 이만큼 오너라 앞태를 보자
　　아장아장 걸어라 걷는 모습을 보자
　　빵긋 웃어라 입 속을 보자
　　너와 나와 주절한 이 밤, 이 아니가 다정하리

제4장　위협　　　　　117

만석이는 낫을 부채 삼아 너름새까지 흐드러지게 넣으면서 흥겹게 가락을 뽑았다. 춘보는 그때마다 추임새를 넣어 흥을 돋웠다. 모두가 만석이 노랫가락에 맞춰 낫을 움직이고 있었다.

만석이는 옛날에 남사당패 소리꾼으로 따라다니던 사람이었다. 그러다가 지금 아내를 만나면서 소리꾼으로서의 생애를 청산하고 덤덤한 농군으로 살다가 여기까지 떠밀려온 것이다. 아내와의 기연도 이 노래로 맺어졌었기 때문에 만석이 아내는 남편의 노랫소리만 들으면 옛날의 그 꿈같은 추억이 눈앞에 그윽이 다가왔다.

만석이 아내는 전라북도 장수(長水) 어느 부잣집 막내딸이었다. 그 아버지는 의원을 하던 중인 신분이었으나 소리를 좋아해서 이따금 소리꾼들을 불러들였고, 겨울 같은 때에는 이런 잡색패들이 그의 사랑방에서 겨울을 나기도 했다.

여염집 처녀는 다른 데도 그렇지만, 더구나 이런 잡색꾼들 곁에는 얼씬도 할 수 없어 소위 아랫것들 틈에 끼여 담 너머로 넘어다보는 것이 고작이었다. 그러다가 만석이를 본 지금 만석이 아내 옥님이는 그만 넋을 잃고 말았다. 규방에 깊이 묻혀 있는 규수일수록 사내라고는 가까운 친척밖에 대할 수 없다가 이런 훤칠한 젊은이를 보면 마음을 홀딱 빼앗기는 것은 일쑤 있는 일이었다. 그런데 만석이는 소리도 거쿨졌을 뿐만 아니라 허우대도 헌걸차서 그가 양반집에 태어났다면 그야말로 헌헌장부로 그 허우대만 가지고도 한몫 볼 풍신이었다.

옥님이는 그날 저녁부터 만석이로 마음이 가득 차버렸고, 그는 어느새 만석이 등에 업혀 어디로 도망치는 환상에 젖고 말았다. 어떻게 그렇게 쉽게 그런 생각이 드는지 자신도 알 수가 없었다. 아무리 죽자 살자 한다 해도 딸을 잡색패한테 내맡길 이가 없는 판이다보니 그런 꿈같은 일로밖에는 달리 만석이와 결합할 방법이 없었던 것이기도 했다.

날이 갈수록 만석이는 바윗덩어리같이 무서운 힘으로 쩌눌러 이미 자기는 만석이한테서 꼼짝할 수 없다는 것을 알았고 만석이가 아니면 자기 생애는 끝장이라는 생각이 들었다. 만석이 이외는 아무것도 보이지 않았다. 먼빛으로나마 하루 저녁만 만석이를 보지 못해도 견딜 수가 없었다. 낮이면 낮대로 이 핑계 저 핑계를 잡아 집 안을 쏘다녔다. 만석이 앞에 자기 자태를 한번 나타내고 싶었던 것이다. 그러나 지척인 행랑채는 너무나 멀었다.

그러다가 하루는 꿈같이 만석이를 집 모퉁이에서 만나고 말았다. 옥님이는 대낮에 더구나 이렇게 만석이를 가까이 본 것이 처음이었고 만석이는 이 집에 이런 딸이 있는지조차 모르고 있었다. 둘은 넋 나간 사람처럼 서로 한참 건너다보고 있었다. 옥님이는 여태 간수하고 다니던 비단주머니를 꺼내 만석이 앞에 불쑥 내밀었다. 그것은 마치 자기 몸뚱이에 칼이라도 꽂는 것 같은 비장한 행동이었다. 만석이는 멍청하게 보고 서 있다가 엉거주춤 그것을 받아 들었다.

옥님이는 마음속에 강물이 굽이쳐 자기 인생이 그 강물에 휩싸여 어디로 둥둥 떠가는 것 같았다. 그것은 양갓집 규수로서는 도저히 있을 수 없는 일이었고, 그런 만큼 이미 자기 생애를 그 비단주

머니처럼 만석이한테 내던지는 일이었다. 이제 만석이가 밤중에 자기 방에 들어와 자기를 업어 가든지 어쩌든지 모든 것을 만석이한테 맡기면 되었다. 만석이는 틀림없이 그럴 사내로 믿고 있었다.

옥님이는 자기 어머니가 혼숫감으로 뭇 지어둔 패물 등속을 몰래 챙기기 시작했다. 자기한테 언제 이렇게 대담한 구석이 있었는지 자신도 깜짝깜짝 놀랐다.

겨울이 지나고 해토머리에 사당패들이 길을 잡아 나서려는 무렵이었다. 만석이는 옥님이와의 약속대로 사당패들이 떠난 며칠 뒤에 밤을 타고 옥님이 집에 스며들었다.

그들이 도망쳐 간 곳은 보성(寶城) 복내(福內)였다. 전에 한패거리였던 땅재주꾼이 다리를 다쳐 재주를 부릴 수 없게 되자 고향에 돌아가 남의 제각 제지기 노릇을 하고 있었다.

만석이는 거기에서 옥님이가 마련해온 패물 일부를 처분해서 두어 마지기 논도 사고 소작도 몇 마지기 부쳐 소꿉놀이 같은 신접살림을 시작했다. 옥님이는 손에 찬물 묻히지 않고 살던 규수였으나 어느새 그악스런 시골 아낙네가 되어버렸다. 그사이 그들은 돌잡이 옥동자도 하나 갖게 되었다.

그 무렵 전국에서 의병이 일어나 세상이 어수선해지기 시작했다. 복내에서도 의병이 일어난다는 소문이었다. 그러나 만석이는 그런 공론이 벌어지고 있는 자리는 일부러 피했다. 마음은 굴뚝같았으나 남의 집 귀한 딸을 까마귀 게 발 물어다 던져놓듯 이런 데다 데려다놓고 그런 데 뛰어들었다가, 만약에 자기에게 무슨 일이 생긴다면 꼴이 뭐가 되겠는가 하는 생각에서였다. 그래서 그 무렵

은 사랑방에도 아주 발길을 끊고 있었다. 사랑방에만 나가면 모두
가 의병 이야기로 결이 올라 있었기 때문이다.

"요새 무슨 일 있으세요?"

아내는 전 같지 않은 태도를 눈치채고 이렇게 물었다.

"아냐, 별일 없어."

마음이 눌려 있는 데가 있기 때문에 대답하는 만석이 표정은 어
두웠다.

"의병 때문에 그러지요?"

"아니, 어떻게 임자가?"

만석이는 뜻밖의 소리에 깜짝 놀랐다.

"나도 대강 짐작하고 있어요. 그렇게까지 마음이 쓰인다면 제 걱
정 말고 나가세요. 사내가 나설 자리에 못 나서면 내중에도 사내구
실을 못 하고, 그것이 한이 될 거예요."

만석이는 거듭 놀랐다.

"남편 구실보다 이럴 때는 남자 구실이 더 크거든요. 전에 친정
아버지가 큰언니 시집갈 때 하시던 말씀이 떠올라요."

옥님이는 너무 담담하게 말을 하고 있었다. 만석이는 이런 아내
가 너무 고마웠다. 이런 여자 같으면 자기한테 무슨 일이 생기더라
도 뒷갈망을 하고 살 것 같았다. 만석이는 어디 바위 밑에라도 눌
려 있다가 빠져나온 느낌이었다.

"그렇소. 내가 사당패를 따라 돌아다니기는 했소마는 사당패라
는 것이 무작정 남의 비위만 맞추고 돌아다니는 사람들이 아니고,
경위를 따질 때는 무섭게 따지는 사람들입니다. 하찮은 머슴들까

지도 설치는 판에 나는 당신 때문에 옴나위를 할 수가 없더니, 당신이 나를 놓아주는구려.”

만석이는 아내 손을 잡았다.

만석이가 동네 장정 다섯 사람과 통을 짜고 나섰을 때에는 한발 늦어 있었다. 의병들이 복내장에 있는 기병대를 이미 습격했다는 소문이었다. 그러나 지체하고 있을 수는 없었다.

광양(光陽)에서 일본 어부를 습격한 안규홍(安圭洪)이라는 의병장이 의병들을 끌고 올라오고 있다는데 능주(陵州)에서 이 근방 사람들과 합류하기로 했다는 것이다.

만석이 일행은 그대로 능주로 내달았다.

“꼼짝 말아!”

느닷없이 일본 군인들이 앞에 나서며 총을 들이댔다. 앞에 가던 사람들이 우뚝 멈춰 서고 말았다. 뒤에 따라가던 만석이는 무작정 뛰었다. 뒤에서 총소리가 콩 튀듯 했다. 두 사람은 그 자리에서 영락없이 죽는 것으로 알았다. 그러나 도망친 세 사람은 멀쩡했고 잡힌 놈들은 총 맞아 죽은 것이 아니고 손이 꽁꽁 묶여 있었다.

만석이는 나무 밑에 은신하고 앉아서 그들 동정을 살폈다. 전날 의병들의 습격으로 말을 몽땅 잃은 기병들이 그 보복으로 목을 잡아 매복을 하고 있었던 것이다.

만석이는 초조했다. 그들 목숨도 목숨이지만 그들이 잡혔으니 모두 정체가 탄로날 것이고, 그렇게 되면 식구들을 잡아다 가둬놓고 자수를 강요할 것 같았기 때문이다. 그러나 만석이는 당황하지 않고 곰곰이 혼자 계책을 궁리했다. 같이 나선 사람들은 말이 그래

의병이지 어제까지 논밭이나 갈고 땔나무나 하던 산골 무지렁이들
이라 그들 머리에서는 무슨 계책이 나올 까닭이 없었다.

만석이는 그렇게 한참 앉아 있다가 벌떡 일어섰다. 머리에 얼핏
스치는 생각이 있었다. 아까 오면서 보았던 측량대(測量隊)였다. 그
들을 납치하여 협상을 벌일 작정이었다. 측량대는 대개 대여섯 사
람으로 편성되는데, 그중에는 일본 측량기사 한 사람과 조선인 조
수 두 사람, 그리고 잔심부름을 하는 잡일꾼들 두어 사람이 한 대
를 이루고 있었다. 총 든 기병대한테 죽창을 들고 덤빈다는 것은
말도 안 되는 일이고, 길은 이것밖에 없다는 생각이었다.

지금 의병들이 이 측량대를 습격하러 오고 있으니 얼른 피하라
고, 일행 중 한 사람을 시켜 거짓말을 전했다. 그러자 놈들은 혼비
백산 측량 도구를 잡일꾼들한테 맡겨놓고 도망쳤다.

목을 지키고 있다가 놈들 앞에 죽창을 들이댔다.

"꼼짝 말아!"

모두 겁을 먹고 손을 들었다. 왜놈 측량기사의 손이 옆구리에 찬
칼로 가려 했다. 뒤에 섰던 사람이 그놈 등짝에다 죽창을 들이댔다.

"꽁꽁 묶어."

측량기사를 묶은 다음 조선인 조수를 향했다.

"야, 너희들은 일본놈들 밑에서 이런 짓이나 하는 강아지 새끼들
이지? 빨리 가서 금방 잡아간 우리 동지 두 사람을 저쪽 산 밑에다
풀어노라고 해. 그러면 이 사람을 살려주지만, 그렇지 않고 다른 수
작을 부렸다가는 이놈을 그대로 죽창으로 찔러 죽이고 말겠어. 알
았나! 빨리 가!"

조선인 조수는 벌벌 떨면서 달려갔다. 얼마 뒤 정말 기병 두 놈이 그들 둘을 데리고 산 밑으로 왔다. 기병을 둘만 보낸 것이 싸우지 않겠다는 의사표시인 것 같았다. 놈들은 그 두 사람을 풀어줬다. 그들을 맞고 나서 이쪽에서도 약속대로 측량기사를 풀어줬다.

"집이 어데냐고 묻지 않던가?"

만석이가 그것부터 물었다.

"묻더만. 그래 거짓말로 댔지. 저 광양서 왔다고. 하하."

"잘했네."

그들은 밤길을 도와 능주 쪽으로 달렸다. 새벽녘에 길가 숲에서 눈을 좀 붙였다가 일어나니 저쪽에서 행색이 초라한 사람 서넛이 이쪽으로 오고 있었다. 지게를 지고 있었으나 나무꾼 같지가 않았다.

"저 사람들이 필경 의병 같은데, 어데로 연락 가는 것이 아닐까?"

"그런지도 모르겠어. 어디 한번 수작을 붙여보지."

창을 들고 나서자 그들은 우뚝 멈춰 섰다.

"의병이지요?"

저쪽에서 먼저 물어왔다. 그렇다고 했다.

"이미 늦었습니다. 왜놈 토벌대가 떴어요."

그들은 풀이 죽어 있었다.

"토벌대요?"

그러면 이제야말로 한바탕 싸워볼 맛이 나지 않겠느냐는 생각이었다.

"꼭 옛날 동학군 토벌하듯 엄청나게 많은 군대가 쳐내려오고 있답니다."

"형씨들은 어데서 나선 사람들입니까?"

"그것은 차차 이야기하기로 하고 얼른 다음 일이나 결정하시오."

"그래도 한번 나섰다가 이대로 돌아설 수야 없지 않소."

"이런 싸움일수록 때가 있는 것이라 의기만 가지고는 안 됩니다. 돌아섭시다. 장성(長城) 어느 동네서는 제자리에서 열 명을 처치하고 서른 몇 명을 엮어 갔다는 소문입니다."

그들은 맥이 빠졌다.

이 일행 중의 하나가 춘보 동생 춘만이었다. 그들은 같이 되돌아오면서 모두 자기 본색을 내놨다.

"고향에서는 이렇게 의병 나간 것을 알고 있습니까?"

"대강 짐작하고 있을 겁니다."

"허허. 경솔했군. 이런 일에는 뒷갈망부터 해놓고 일을 하는 것입니다. 지금 저놈들이 이 잡듯 뒤지며 내려오고 있으니 아예 집으로 들어갈 생각은 마십시오."

만석이는 아뜩했다. 같이 나선 사람들은 거개가 머슴들이었고, 하나만 거기에 집을 지니고 사는 사람이었다. 그들은 모두 제 고향으로 가겠다고 했고 나머지 한 사람도 외가 동네로 가서 피해야겠다고 했다.

"그래도 이형은 여기저기 많이 떠돌아다녔다니 피할 만한 데도 작정이 쉽겠지요?"

춘만이가 물었다.

"노루 쫓는 포수 눈에는 산 경치가 안 뵌다더니, 잡색패로 안 다녀본 데가 없지만 정작 피할 데를 생각하자니까 그런 데가 쉽지 않습니다.”

사실 이것은 지난번 아내를 데리고 어디 가서 숨어 살아야겠다고 생각했을 때 막연했던 생각 그대로였다.

“어디 적당한 데가 있으면 아저씨가 한 군데 지시하십시오. 내가 잡색패로 떠돌아다니기는 했습니다마는 의리나 정분을 쉽게 저버리는 놈은 아닙니다.”

춘만이는 새삼스럽게 만석이 위아래를 훑어봤다.

“아저씨 사는 동네 따라가면 어데 드난살이할 집이라도 없을까요?”

춘만이는 얼른 입을 열지 않았다. 한참 길을 걷다가 무겁게 입을 뗐다.

“깊은 섬으로 박히고 싶은 생각은 없나?”

“섬이요?”

만석이는 섬이라는 말에 잠시 당황했다. 그는 여기저기 많이 돌아다니기는 했으나 섬에는 아직 한 번도 들어가본 적이 없었기 때문에 섬이라면 아주 사람 못 살 곳으로만 여기고 있던 다음이라 전에도 피할 곳으로 섬을 생각해보지는 않았었다.

“목포에서 깊이 들어가는 곳이야. 제 바람 만나면 한나절이면 가지만.”

만석이는 얼른 내키지 않았다. 그러나 한편으로 생각해보면 그런 섬은 이런 난리도 별로 타지 않을 것이어서 아주 그런 곳에 붙박여버리는 것이 나을지도 모르겠다는 생각이 들었다.

만석이는 그렇게 하겠다고 했다. 그제야 춘만이는 제대로 자기

본색을 드러내며 자기 형님이 거기 살고 있다고 했다.

그러니까 춘보는 무작정 배 닿은 대로 여기 주접을 했던 사람이지만, 만석이는 춘보 끈을 잡아 여기 안돈하게 된 것이다.

사실 이렇게 섬에 들어와 사는 사람들은 촘촘히 졸가리를 따져 올라가보면 춘보나 만석이처럼 육지에서 볕바르게 살 수 없는 도망꾼들이나 감사도배(減死島配)의 귀양다리들이 상당히 많았다. 모두가 그들 본색을 숨기고 있어 자세히 모를 뿐이었다.

이런 연이 있다보니 그 뒤 춘보와 만석이는 친형제처럼 지냈다.

춘보 며느리가 곁두리로 고구마를 쪄 내왔다.

"이럴 줄 알았더라면 좁쌀이라도 한 주먹 부벼 넣는 것을. 만석이 아저씨는 감자 좋아하지 않으니까 밥 한술 뜨시오."

"허허. 거 무슨 말씀이오. 점심도 자기 점심 싸가지고 와서 먹으라는 판에 곁두리까지 밥으로 먹었다면 뒤가 무사하지 않을 것 같소."

"만석이가 다 저렇게 기는 것을 보니 경은 되게 쳤그만."

"소문 안 낼 테니 뜨세요."

벌겋게 전 김장배추 겉절이가 썩 먹음직스러웠다.

"일도 일이지만, 소리는 밥 힘으로 하는 것 아닌가? 자, 같이 한 술 뜨세."

춘보가 숟가락을 들며 권했다.

만석이는 허텅지거리로 비쌔는 소리를 몇 마디 더 하다가 숟갈을 들며 자기 아내 쪽을 돌아봤다.

"임자도 한술 뜨지 그래."

"아이고, 만서이네는 서방이 저렇게 생각해줘도 늙을까? 저렇게 살다가 늙어서 누가 먼저 세상을 뜨게 되면 남은 사람은 혼자 어떻게 살지?"

"남 죽은 뒤까지 걱정 말고 우리나 살았을 때 남편 잘 모셔!"

춘보가 끼어들었다.

"아이구, 저렇게 멋대가리 없는 사람은 씨하재도 없을 거요. 허구한 날 여편네한테 이름 달린 옷 한 감 끊어다 주는 것을 못 봤그만."

춘보는 멋없이 웃었다.

춘보 내외는 만석이 내외의 금슬을 보면 새삼스럽게 자기들의 무덤덤한 꼴이 멋없이 느껴지는 모양이었다. 그들 사는 것을 보면 인생살이에 담뿍담뿍 알이 차 있는 것 같고, 생생하게 기름이 흐르는 것 같았다. 더구나 만석이 아내는 처음부터 바탕이 예쁜 얼굴인데다가 살결이 고와 사십이 가까운 나이에도 단장하고 나서면 초례청에서 갓 나온 새각시 같았다.

만석이가 다시 호남가를 읊조리며 일손을 잡으려는데 저 아래서 꼬마 하나가 올라왔다.

"신석리서 오신 이만석씨라는 분이 누구요?"

"네가 뉘 아들인데 나를 찾냐? 가진 것은 열 섬도 못 된다마는 마음은 항상 천석 만석, 성씨까지 보태서 이만석으로, 문지주 같은 사람을 저만치 눈 아래로 조카같이 내려다보고 사는 이만석이가 바로 나다."

"저기서 오시랍디다. 분남이 할아버지도 함께요."

저 아래 모여 앉아 곁두리 먹는 데를 가리켰다.

"저 집이 어제저녁 시아버지 제사였는데, 그 뒤끝이 좀 남았던 것이구나. 마침 잘됐소. 어서 가보시오."

춘보 아내가 반색을 했다.

"예. 술 있어요. 떡도 쪼금 있고요."

꼬마가 곧이곧대로 말했다.

"허허. 장비는 간 데마다 싸움이고 이태백이는 간 데마다 술이라 더니 만석이 뒤에는 술이 줄줄 따라다니는그만."

춘보가 너스레를 떨었다. 춘보와 만석이가 꼬마 뒤를 따라 내려 갔다. 춘보하고 가까이 지내는 털보영감 논이었다. 거기에도 신석 리 사람들 몇이 같이 앉아 있었다. 만석이는 다가가면서 청승을 떨 었다.

거 뉘가 날 찾나, 거 뉘가 날 찾아

날 찾을 이 없건마는 거 뉘가 날 찾아

술 잘하는 이태백이가 술 마시자고 날 찾나

상산사호(商山四皓) 네 노인이 바둑을 두자고 날 찾나

"좋다!"

만석이 노랫가락에 그들은 흥겹게 추임새를 넣었다.

한잔씩 걸쭉하게 술을 마시고 잡담을 하고 있을 때였다.

"어? 저것이 뭣들이여?"

털보가 남강 쪽을 보며 눈이 통방울만 해졌다. 느닷없는 광경에 모두 깜짝 놀랐다. 검은 제복을 입은 순사들이 여남은 명이나 떼를 지어 오고 있었다. 들판에서 일하던 사람들은 이 엉뚱한 광경에 허리를 펴는 족족 논 가운데 우뚝우뚝 말뚝이 되고 말았다. 겁먹은 눈들이 당겨놓은 활시위처럼 팽팽해졌다.

"무슨 일인고?"

"글쎄."

난데없는 순사들이 한두 명도 아니고 촘촘히 세어보니 열두 명이나 오고 있었다. 벼를 안 베고 버티었던 것이 죄라면 죄라고 할 법도 한 일이다보니, 그러지 않아도 순사들 옷자락만 보면 참새 가슴이 되던 촌사람들은 대번에 손발이 오그라붙지 않을 수 없었다.

그런데 저렇게 많이 몰려오는 깐으로는 그들의 걸음걸이나 태도에서 무슨 살기가 느껴지는 것은 아니었다. 옆구리에 시퍼렇게 늘어뜨린 칼이 햇빛을 반사하여 찬바람이 나는 것 같았으나, 천연스런 걸음걸이가 무슨 까탈이 있어 누구를 닦달하러 오는 것 같지는 않았다.

그러나 지금까지 저렇게 많은 순사들이 오는 것을 한 번도 구경한 일이 없다보니 가슴에서 쿵쿵 방아 찧는 소리가 그칠 줄을 몰랐다.

여기에 일이 있다면 소작쟁의 일밖에 없으나 그런 일에는 순사들이 나서지 않을 것이라 하지 않던가? 그러나 만약에 그 까탈로 나온 것이라면 큰일이 아닐 수 없었다. 혹시 그 일로라면 지금 벼를 베는 것이 마음은 어디에 두고 하는 일이건 당장은 저놈들 서슬을 피했다 싶어, 이렇게 일을 한 것이 백번 잘한 일이었다는 생각이 들었다.

무슨 일로 나오고 있는지 알 수는 없었으나 본색이 백정이라 저 자들 거동에 좋은 일 없을 것이어서, 모두가 쿵쿵거리는 가슴을 붙 안고 옹기전에 들어오는 황소 보듯 조마조마한 마음으로 순사들을 건너다보고 있었다.

순사들은 주재소 있는 도창리 쪽으로 오는 것이 아니고 단고리 쪽으로 길을 잡고 있었다. 그러니까 일이 있다면 저쪽 단고리 쪽에 있다는 것일까?

"저쪽으로 뭣 하러 가는고?"

"글쎄."

그들은 제방을 건너 단고리 쪽에 가까워지고 있었다. 손에 힘이 풀려 아무도 일손을 잡는 사람이 없었다.

"어어."

단고리로 들어서고 있었다. 단고리 사람들은 가슴이 쿵 내려앉 았다. 혹시 도창리에 볼일이 있었다면 이쪽 와촌을 지났어야 할 것 이다. 필시 단고리에 무슨 일이 있다고밖에 할 수가 없었다. 그러나 그들은 동네로 들어서면서도 발걸음이 전대로 천연했고, 어디를 살핀다거나 하지도 않았다. 그들은 단고리 골목을 들어서는 것이 아니라 그대로 지나쳐 도창리를 향하고 있었다.

단고리 사람들은 우선 숨을 내쉬었다. 죽은 중도 꿈적이고 고양 이 손도 빌린다는 가을일에, 더구나 늦게 잡고 한 일이니 뜨거운 것 집어내듯 해야 할 판이었으나 아무도 일손을 잡는 사람이 없었 다. 골목에서 컹컹거리던 강아지 새끼들도 숨을 죽이고 있는 것 같 았다.

소작인들은 녹 안에 든 두꺼비처럼 눈만 말똥거리고 서서 도창리에 가까워지고 있는 순사들을 바라보고 있었다.

순사들은 도창리도 지나쳤다. 순사들은 이번에도 다른 기색이 없이 아까처럼 그대로 천연한 걸음걸이였다. 이번에는 와촌 쪽으로 나오고 있었다.

"도로 가는 것인가?"

"어서들 일이나 해!"

늙은 축들은 옆 사람을 채근하며 굳은 손을 억지로 벼 모숨으로 가져갔다. 괜히 이렇게 보고 있다가 그것이 저놈들 비위라도 건드려 괜한 불집을 버르집을지도 모르겠다는 사위스런 생각에서였다.

그들은 와촌을 지나 남강으로 빠져나갔다. 소작인들은 순사들을 따라 제자리에서 해바라기처럼 한 바퀴 돌아 제 방향으로 돌아왔다. 그러나 그들이 사라지고 나서도 얼른 일손을 잡지 못하고 있었다.

"문재철이 입김으로 저놈들이 소작인들을 한바탕 족대기 치자고 나왔다가, 우리가 이러고 나락을 베고 있으니까 곱게 돌아간 것이 아닐까?"

"글쎄."

"저놈들이 할 일이 없어서 여기까지 산보 나왔을 리도 없고, 그 많은 수가 그렇게 한꺼번에 후질러 나올 적에는 그만한 사단이 있어서 나왔을 것이 분명한데, 그냥 저렇게 돌아갈 리가 있나 말이야."

털보 말에 춘보가 고개를 끄덕였다.

"문재철이가 지금까지 그렇게 배짱을 부리고 있던 것이 막판에는 저놈들을 저렇게 몰아넣을 꿍심이다가, 가는 날이 장날이라고 우리가 이렇게 나락을 베고 있으니 그대로 돌아간 것 같아."

"그러니까 들판을 한번 빙 돈 것은 네놈들 까불면 가만두지 않겠다는 위세를 그렇게 보인 것일까?"

"그러면 누구한테 으름장이라도 한마디 놓는 것이 아니고, 그냥 돌아갈 리가 없지 않아?"

"나락을 벤 것을 보고 설건드리지 않으려고 위세만 보이고 간지 모르지."

"그러면 막판에는 저놈들이 총칼을 들이댄다는 소린가?"

"총칼? 만약에 그러는 날에는 문재철이 집에다 불을 싸지르고 말지, 우리라고 가만있어요?"

곁에 섰던 털보 아들 삼식(三植)이가 객기를 부리고 나섰다. 털보가 소리를 질렀다.

"닥쳐, 인마."

"문재철이 저러고 나온다면 우리도 각오를 단단히 해얄 것 같네. 양쪽에서 몇 놈이 죽어야 일판이 풀린다는 소리가 나올 모양이야."

춘보가 대통을 탈탈 털면서 한마디 했다.

그날 저녁 소작회 사무실에는 각 마을 소작위원들이 어느 때보다 일찍 몰려들었다. 서태석이나 박복영도 침통한 표정이었다. 그들도 순사들이 출동한 이유를 알지 못하고 있었다.

"하여간 장담은 못 하겠습니다마는, 소작쟁의에 순사들을 몰아넣어 총칼로 윽대긴다는 것은 보통 일이 아니니까 그렇게 염려는 마십시오. 그렇게 나오려면 여기 목포경찰서장 단독으로는 결정할수 없는 일이고 적어도 총독부에서 결정할 정책이니까 신문이 가만있들 않을 겁니다. 일이 그렇게까지는 벌어지지 않을 것 같으니 우선은 안심하고 일들이나 합시다. 내가 내일 목포에 한번 나갔다 오겠소."

서태석이 소작인들을 안심시키고 나왔다.

만재는 저녁 밥숟갈을 빼자마자 제 방에 틀어박혀 이불을 뒤집어썼다. 오늘 신석리 사람들한테서 연엽이 혼담이 그 동네로 오가고 있다는 소리를 귓결로 들은 것이다. 그 말을 듣는 순간 하마터면 그 자리에 주저앉을 뻔했다. 혼담이 오간다는 신석리 그 아이는 만재도 잘 아는 사이였다. 현석(賢錫)이라고 보통학교 보습과(補習科)를 같이 다녔다. 그 집도 별반 넉넉한 편은 아니어서 소작을 부치고 있었으나 문지주 소작은 벌고 있지 않았다.

만재는 이런 기막힌 소식을 듣고도 누구하고 타협할 사람이 없었다. 아무리 생각해도 자기를 도와 나서줄 사람이 없었다. 세상 사람들이 단번에 자기한테 등을 돌려버린 것 같았다. 연엽이와 현석이만 떠안고 어디로 둥둥 떠가고, 자기는 뒷전으로 내동댕이쳐진 느낌이었다.

그럴 만한 사람이 있으면 다리라도 붙잡고 연엽이 부모들의 마음을 돌려보라고 통사정을 하고 싶었으나 아무리 씻고 맵슬러봐도 그럴 사람이 없었다. 세상이 원망스러웠다. 연엽이 이모도 이미 손을 떼버린 것이 틀림없었다.

내가 직접 그 집에 가서 그 아버지와 한바탕 담판을 하고 말까?

미친놈이라고 쫓겨나고 말 것이다. 연엽이도 내가 이러는 만큼 나를 좋아하고 있을까? 연엽이는 나한테 그랬듯 어느 사내한테나 헤픈 여자가 아니었을까? 그러면 신석리 현석이한테도 그랬을까? 만재는 자리에서 벌떡 일어났다. 아니다, 그럴 리가 없다. 연엽이는 틀림없이 나만 좋아한다. 어떻게든 그를 한번 만나야 할 것 같았다. 그가 그리 시집 안 간다고 버티면 그의 부모들도 어쩔 수 없을 것이다. 그 부모들이 기어코 우긴다면 같이 도망치자고 하자. 그녀는 다른 데로 시집가느니 나하고 도망칠 것이다. 전에 석류를 따다 주었을 때 내 손을 잡다가 뺄 정도로 대담한 구석이 있는 여자가 아닌가?

그러나 한번 만나자는 은밀한 심부름을 해줄 사람이 없었다. 만재는 그 궁리를 하느라 뜬눈으로 몸뚱이를 자반뒤집기하다가 닭을 울리고 말았다. 그러다 퍼뜩 떠오른 사람이 하나 있었다. 만재는 벌떡 일어나 앉았다. 갑자기 막혔던 숨통이 확 터지는 것 같았다. 문지주 머슴 판술이였다. 판술이라면 그보다 더한 일도 해줄 것이다. 만재는 지난겨울 거의 죽어가는 판술이를 구해준 일이 있었다. 나무를 해서 짊어지고 오다가 쓰러져 피투성이가 되어 나뒹굴고 있는 판술이를, 옷을 찢어 상처를 싸매 문지주 집에까지 업어다 준 것이다. 만재가 아니었으면 거기서 죽었을지도 모른다. 판술이는 지금의 목숨은 만재 때문에 새로 얻은 목숨이라며 장닭을 한 마리 싸 들고 만재 집에 오기까지 했었다. 판술이는 연엽이 집안 오빠뻘이었고, 그의 아내는 수곡리에서 살고 있었다.

만재는 다음 날 하루해를 원수같이 저물린 다음 어둡기를 기다렸다가 남강으로 내달았다. 문지주 집 앞에 이르자 실없이 썰렁한 기분이었으나 대문을 성큼 들어서서 행랑채 머슴방으로 다가갔다. 다른 머슴들도 지난겨울 만재 일을 알고 있었다.

"만재 아니야? 이 밤중에 웬일이야?"

판술이가 반색을 했다.

"의논할 일이 있어 왔소."

"의논할 일?"

만재가 문밖에 서성거리고 서 있자 판술이가 나왔다. 저쪽 바닷가로 갔다.

"부탁이 하나 있어 왔는데, 들어주겠소?"

"무슨 일인데?"

"연엽이가 집안 동생뻘 되지요?"

"그래, 왜?"

"요새 무슨 이야기 못 들었어요?"

"응, 그저께 집에 갔더니 신석리로 혼담이 있다던데."

"연엽이 집에서도 뜻이 있답디까?"

"글쎄, 상당히 익은 것 같더만."

"실은 연엽이하고 나는 오래전부터 좋아하는 사이입니다. 결혼하자고 명토 박아 약속한 것은 아닙니다만 실상은 그런 것이나 다름없습니다."

"그럼 이쪽에서 혼담을 넣어봤나?"

만재는 한숨을 꺼쉬었다. 자초지종을 모조리 털어놨다.

"지금 형편으로 자네 집하고 혼사가 터지기는 어렵지 않을까 싶어. 까놓고 이야긴데, 지금 도창·와촌·새터(新基) 이쪽의 소작인들을 손아귀에 넣고 쥐락펴락하고 있는 사람이 누군가? 연엽이 부모들이 설사 자네한테 마음이 있다 하더라도 여기 영감 체면이 있는데, 소작 간부들 중에서 유독 원수 보듯 하는 자네 집하고 혼사를 맺겠어. 더구나 요새 여기저기서 소작쟁의가 터지는 바람에 작인들 단속을 단단히 하려고, 다른 지방 마름을 모두 친척으로 갈아치울 눈치여서 연엽이 아버지 삼만(三晩)씨도 경기도나 어디 마름이 한 자리 자기한테 떨어지지 않나, 올깃한 속셈도 없잖을 거야."

"하여간, 한번 만나게만 해주십시오."

"우리 집 애어미한테 이야기하면 그거야 어렵잖은 일이지만 다른 데로 혼담이 오가고 있는 처녀가 쉽게 만나려 할까?"

"틀림없이 만나줄 것입니다."

"그럼 어디서 만나자고 할까?"

"형님 댁에서 만나면 어떻겠습니까?"

"우리 집에서?"

판술이는 깜짝 놀랐다.

"그래, 그래. 우리 집에서 만나는 것이 좋겠그만."

판술이는 다급하게 파의(罷意)를 하고 나섰다.

"집에 갔다 모레나 글피 아침 일찍 올 것이니, 길처 어디서 기다리고 있어."

"감사합니다."

제5장   배신

"저것이 뭔 불이여?"

어두운 골목을 빠져나오던 춘보가 깜짝 놀라 물었다. 뒤따라오던 털보도 우뚝 걸음을 멈췄다.

"어디?"

"저기 염전에서 불이 반짝했어."

두 사람은 제자리에 서서 들판 저쪽 제방 건너 염전(鹽田)을 건너다보고 있었다. 사랑방에 나갔다가 느지막이 돌아오는 길이었다. 털보는 혹시 도깨비불이 아닌가 하여 지레 등줄기가 써늘했다. 어제저녁 마명 쪽에 도깨비불이 켜졌더라는 소리를 들었기 때문이다. 한참 서 있어도 불빛은 다시 보이지 않았다.

"헛것불 아녀?"

"아냐. 불빛이 달랐어."

춘보는 눈이 시원찮기는 했으나 불빛을 보는 데야 헛볼 까닭이 없겠다 싶어 털보는 그대로 지켜보고 서 있었다. 염전에는 조그마한 움막이 하나 있었으나, 그곳은 소금 굽는 기구를 재어두는 곳이었기 때문에 거기에 사람이 갔을 까닭도 없었다. 소금철도 아닌 요즘 이렇게 밤이 깊었는데 거기에 무슨 일로 사람이 가겠는가?

그때 또 불이 반짝했다.

"저 봐!"

두 영감은 그 자리에 붙박인 채 어둠속에서 서로를 건너다보고 있었다.

"수상하잖어, 젊은것들?"

"수상하다니?"

"우리 집 새끼도 어젯밤 첫닭 울 무렵에야 돌아왔어. 젊은것들이 새벽 서리 맞고 싸다닌다면 탈붙었다는 기별이기 십상이거든."

"지금이 때가 어느 때라고 설마."

"설마가 사람 죽여. 고방에 나락섬깨나 재어놨겠다, 헛배가 빵빵해놨으니 못된 소가지에 골로 빠지기 꼭 알맞아. 들어가서 자네 집 것들 들어왔는가 보고 나오게."

춘보는 말을 던져놓고 휑하니 자기 집 골목으로 쏠려 들어갔다. 방금 삼아 온 짚신 두 켤레를 토방에 던져놓고 방문을 열었다.

"애아범 들어왔냐?"

어이며느리 명을 잣고 있다가 물레 돌리던 손을 멈추고 이쪽을 돌아봤다.

"아직 안 들어온 것 같은데요."

문바람에 할랑거리는 등잔불을 손바닥으로 가리면서 며느리가 대꾸했다. 춘보는 말없이 돌아섰다.

"왜 그러시오?"

아내가 문을 열며 물었다.

"왜는 왜야?"

춘보는 특 쏘아놓고 밖으로 나왔다. 털보도 벌써 나와 있었다.

"들어왔던가?"

"아까 종식이 사랑방에는 불이 꺼져 있었지? 이놈들이 요새 어디서 얼리는고?"

털보가 곰방대를 털면서 물었다.

"날 따라오게."

춘보가 앞장을 서서 골목을 저쪽으로 돌아들었다. 담을 넘겨다봤다.

"여기도 없그만. 염전에 한번 가보세."

"염전에를?"

털보가 깜짝 놀라며 벌레라도 터는 소리를 했다. 스무하루 조각달이 먹구름 사이로 얼굴을 희뜩이고 있는 겨울밤은 을씨년스럽기가 공동묘지 같았다. 더구나 어제저녁 도깨비불이 켜졌더라는 소리를 들은 다음이라 더 싫은 정이 들었다.

"가봐. 만당간에 우리 집 새끼들이 또 그 못된 병이 도졌다면 잡아도 우리 손으로 잡아서 족쳐야 해. 한겨울 긴긴밤에 할 일은 없겠다, 배워논 도둑질 아닌가? 작두로 손가락 잘라 맹세하고도 상처 싸맨 바로 그 손가락으로 투전짝 쥔다는 것이 그 짓이야. 염전의 불빛이 도깨비불이 아닌 다음에는 그 짓 내놓고는 없네."

"그놈들이라고 가슴속에다 무슨 호랑이 간을 찼관대 아무리 노름할 데가 없다고 귀신 나는 움막에까지 기어들어 판을 벌이겠어?"

"잔말 말고 날 따라와. 노름꾼이라는 게 당장 도망치면서도 억새풀이 투전짝으로 헷갈리고, 눈 그을 수만 있으면 송장 누운 초분(草墳) 속에도 기어들어 판을 벌인다는 게야."

춘보는 울타리를 더듬어 작대기 하나를 뽑아 곁가지를 훑어 꼬나쥐며 앞장을 섰다. 털보도 마지못해 따라나섰다.

"혹시 진구지(단고리) 것들도 섞였을지 모르니 가서 키다리 박가도 불러내세."

"잘 생각했네. 금년 봄까지도 그자는 자식놈 그 버릇 때문에 속깨나 썩였지."

두 영감은 단고리를 향해 들판을 휘질렀다.

자다가 깨어난 키다리 박가는 춘보의 말을 듣자 깜짝 놀랐다. 춘보 작대기를 보더니 자기도 거름 벼늘에 세워둔 지겟작대기를 집어 들었다.

"나도 요새 우리 집 것 거동이 예사롭잖아 긴가민가하고 있었어. 만당간에 또 그 판에 빠졌으면 앉은자리에서 패 죽여야겠그만."

키다리 박가는 아들놈이 이미 노름판에 빠지기라도 한 것같이 얼러멨다.

"젊은것들뿐만 아니라 요새 여편네들도 마음이 헤퍼져서 허연 쌀밥만 삶아대는 집구석이 한둘이 아닌 모양이야."

털보가 덩달았다.

"지금 우리가 4할이니 얼마니 하지마는 일이 끝나기 전에는 물엣고기 금 치고 알 속 병아리 셈인데, 오동나무 보고 춤추더라고 이것들이 미리 치마끈 허리띠가 풀어져서 우줄거리기부터 하니 큰일이야. 하여간 어느 놈이고 저기서 지금 그 짓만 벌이고 있다면 네 새끼 내 새끼 가릴 것 없이 그대로 요절을 내야 해."

"아무렴. 젊은것들 망령에는 몽둥이밖에 약이 없어."

춘보 말에 키다리가 맞장구를 쳤다.

제방을 넘어서자 스무하루 달빛에 저만치 움막이 보였다. 움막은 상엿집 같은 귀기를 풍기고 있었다.

세 영감은 쥐 노리는 고양이 걸음으로 숨을 죽이며 발을 옮겼다. 털보는 아까 그것이 도깨비불이었는지도 모른다는 생각에 저 시커먼 움막 속에서 도깨비라도 튀어나오는 것이 아닌가, 실없이 등줄기가 섬뜩섬뜩했다.

"가만!"

앞서가던 춘보가 무슨 낌새를 챘는지 발을 멈추며 손짓을 했다. 셋은 그 자리에 우뚝 서서 한참 귀를 쫑그렸다. 움막에서는 아무 기척도 없었다. 저 멀리 바다에서 해조음 소리만 은은하게 들려올 뿐이었다.

"가봐!"

뒤에서 키다리가 재촉을 했다. 다시 가만가만 잠자리 잡는 걸음으로 한발 한발 다가섰다. 안에서 무슨 기척이 있는 것 같았다. 셋은 다시 제자리에 멈춰 서서 터질 듯 숨을 죽이며 귀를 쫑그렸다. 춘보가 손을 들어 그대로 서 있으라는 시늉을 해놓고 혼자 가만가만 움막으로 다가갔다. 안에 분명 인기척이 있었다. 가려진 이엉 가닥을 슬그머니 헤집었다. 불빛이 쏟아져나왔다.

안을 들여다본 춘보는 허, 신음 소리를 낼 뻔했다. 예상했던 대로 노름판이 벌어져 있었다. 네 놈이었다. 다행히 와촌놈들은 아니었다. 키다리 아들 박이곤(朴利坤)을 포함해서 단고리놈들이었다.

마름으로 오소리 굴처럼 옴팍하게 자리를 틀어놓고 아주까리 접시 등잔불 밑에서 노름에 정신이 없었다. 네 놈이 고개를 맞대고 앉아 핏발 선 눈으로 투전짝을 쥐고 있는 모습은 어디 지옥에 험한 악귀들이 몰려 앉아 이 세상을 뒤집어엎을 무슨 음모라도 꾸미고 있는 것 같은 험한 표정들이었다. 어느새 두 사람이 다가왔다. 춘보 곁을 비집고 들었다.

"섰어!"

"따랐어!"

놈들은 조약돌을 지르며 호기 있게 나갔다.

"땅이면 먹어!"

한 놈이 꺼멓게 손때가 전 투전짝을 펴 보이며 수북이 쌓인 조약돌을 긁어 갔다.

그때 박영감이 이엉 가닥을 홱 들췄다. 순간, 네 놈의 눈이 한꺼번에 이쪽으로 쏠렸다. 주발통으로 벌어진 놈들의 눈이 딱 멈췄다. 악마라도 쳐다보는 표정이었다. 박영감이 성큼 안으로 들어섰다. 움막 속은 이쪽 말고는 어디로 튈 구멍이 없었다.

놈들은 됫박 속에 담긴 쥐새끼들처럼 오물오물 그 자리에 굳어 앉아 있었다. 영감은 기막힌 표정으로 그대로 한참 내려다보고 있었다.

"내라이 순!"

박영감의 작대기가 공중으로 치켜 올라갔다. 공기를 찢으며 등짝을 갈기는가 했으나, 갑자기 작대기가 스르르 밑으로 흘러내리고 있었다. 그렇게 어깨가 마비되어버리기라도 한 것 같은 꼴이었다. 숨을 헐떡거리고 있는 영감의 표정은 처참했다. 아주까리 등잔불이 바람에 할랑거리며 바지직바지직 타고 있었다.

"그 돌멩이 하나에 얼마씩이냐?"

놈들의 무릎 밑에는 조약돌이 한 무더기씩 모아져 있었다. 영감의 서슬에 그 조약돌도 오들오들 떨고 있는 것 같았다.

"그냥 닭 내깁니다."

박이곤이 이죽거렸다.

"에끼, 이 죽일 놈, 여기서도 거짓말이냐?"

영감은 버럭 고함을 지르며 작대기로 아들놈 등짝을 호되게 후려갈겼다. 놈은 졸지에 등짝을 맞고 구렁이처럼 몸을 뒤틀며 오만상을 찌푸렸다.

"뉘 앞이라고 의뭉을 떠냐? 닭 내기?"

영감은 거푸 한 대를 더 갈겼다.

"닭 내기 좀 하자고 여기까지 와서 판을 벌여?"

영감의 무서운 호령에 놈들은 사색이 되었다.

"바른대로 대라. 빈말이 나왔다가는 이 자리에서 다 패 죽이고 말겠다. 얼마씩이냐?"

놈들은 말없이 고개만 떨구고 있었다.

"어서!"

영감은 발을 구르며 고함을 질렀다.

"오 전(五錢)이오."

한 놈이 엉겁결에 불쑥 내뱉었다. 영감의 발에 배라도 밟혀 그렇게 소리가 튀어나온 것 같았다.

"오 전? 누가 따고 누가 잃었냐?"

놈들은 눈을 맞댔다.

"어서!"

영감이 또 작대기를 어르며 다그쳤다.

"제가 십 원 따고 잃기는 모두 그만그만……"

박이곤이 볼멘소리로 이죽거렸다.

"십 원이면 쌀이 한 섬! 허허."

영감은 헛웃음을 치며 뒤를 돌아봤다. 춘보와 털보는 이미 남의 동네일이 되어버린데다가 고자질한 꼴이 되었고 보니, 여기서 참견하고 나서기도 변모없어 그냥 구경하는 자세로 엉거주춤 서 있을 뿐이었다.

"어쩌자고 골라도 모두 이렇게 잘나빠진 박가 푸네기들만 쏙 뽑아 골랐냐? 이 단매에 패 죽여도 션찮을 놈들아, 갯바닥에 짱뚱이 새끼들도 물때썰때를 아는데 아무리 못돼처먹었기로서니 배때기에 오장을 지녔으면 지금이 때가 어느 땐지 짐작도 없더냐! 내 더 말하지 않겠다. 소작회에 내놀 것도 없이 박가 문중에서 결딴을 내고 말겠어. 맞아 죽기 싫거든 오늘 저녁에 저기 갯바닥에다 대가리를 처박든 바위벽에 골을 찍든 알아서 해라."

영감은 무당 포함 주듯 내질러놓고 돌아섰다.

"몸뚱이가 모두 아가리라도 할 말이 없그만. 지난번 소작회 총회 때 그만큼 단속을 했으니 그렇게 얼렀으면 겁먹었다는 시늉이라도 한다 해야 그것이 오장 가진 사람 종자랄 것 아니냐 말이야. 선대 부터 누구한테 적악한 바도 없는 것 같은데 무슨 죄밑으로 저런 못 돼먹은 종자가 내 속에서 빠져나왔을까?"

박영감은 앞장서 가며 장탄식에 땅이 꺼졌다.

"너무 상심 말게. 우리도 지금 이것이 남의 일 같잖어. 틈 난 돌이 터지고 태 먹은 독이 깨지더라고 손버릇 있는 놈들은 지나 새나 뒤 꼭지에 종주먹을 대고 있어야 하는데, 요새 모두들 소작쟁의에 기 쓰고 나서는 것만 믿고 설마하고 닦달이 부실했던 게 잘못이었던 것 같아. 울타리가 헐었으니 강아지 새끼가 드나드는 것 아닌가?"

털보가 위로를 하고 나왔다.

"울타리고 돌담이고 방불해야 샌님하고 벗한다고 지난번 총회 때 오죽이나 단속을 했나? 그만큼 정설을 해도 귀가 안 열렸다면 이제는 몽둥이찜질밖에는 약이 없겠어."

박영감은 단호했다.

"피 다 잡은 논 없고, 도둑 다 잡은 나라 없더라고 젊은것들 한번 실수를 가지고 천둥 칠 때마다 벼락 치기로 하면 어떻게 되겠어? 아까 그만큼 혼을 내놨으니 이제 조근조근 타이르게. 탕개도 되면 터지더라고 너무 심하게 다조지다가는 되레 뒤틀리는 수가 있어. 오늘 저녁 일은 우리 세 사람만 입 봉하고 있으면 그만인데, 제 속 으로 빠진 자식을 가지고 남한테까지 왜장칠 거야 있겠어? 그래서 자식은 애물이란 걸세."

털보는 일이 이렇게 되고 보니 박영감을 데리고 간 것이 민망스러운지 노상 위로를 했다.

춘보와 털보가 동네로 들어섰다.

"누구여?"

앞장서 가던 춘보가 느닷없이 깡 소리를 질렀다. 골목을 돌아오다 이들과 맞닥뜨린 그림자가 우뚝 섰다.

"누구여?"

다시 다그쳤다.

"만잽니다."

"만재?"

"예, 놀다 옵니다."

만재는 두 늙은이 곁을 빠져 자기 집 쪽으로 갔다.

"수상하잖아?"

"착실한 놈인데, 만재야 설마."

"아냐, 사람 속은 모르는 법이라구."

춘보는 의심을 풀려들지 않았다.

"내일 저녁부터 이놈들 뒤를 단단히 재봐야겠그만."

단고리 키다리는 울화를 참다못해 긴긴밤을 그냥 뜬눈으로 새우고 날이 밝자 박복영을 찾아갔다. 혼자 꿍기고 말기에는 일판이 너무 크다보니 같은 성바지인 박복영한테까지는 알리고 뒷갈망을 해도 해야겠다는 생각에서였다.

"뭣이, 노름을 했어요?"

박복영은 대번에 눈심지를 돋우었다. 지난번 소작회에서뿐만 아니라 엊그제 청년회에서도 이 점을 몇 번이나 강조했는데, 더구나 그런 일이 자기 집안에서 생겼다니 이중으로 배신을 당한 기분이었다.

　"그놈들 소통이를 보면 주리를 틀어도 션찮겠네마는 일을 크게 버르집으면 그만큼 집안 망신이고 자네가 혼찌검을 한번 내주게. 나 혼자만 알고 넘기려 했으나 자네한테까지는 알리지 않을 수가 없어 이렇게 광대를 무릅쓰고 왔네."

　영감은 이 일을 와촌 춘보나 털보가 알고 있다는 것은 밑자락에 깔고 말했다.

　"이것은 집안일이 아닙니다. 소작회에서 결의한 일이니 벌써 소작회 일이지요. 이런 일을 집안일로 우물우물하다가는 소작회가 무너집니다."

　"새끼를 저 꼴로 키워논 나로서야 입이 백 개라도 할 말이 없네마는 이것을 소작회에다 내노면 집안 우세가 보통 우세겠는가? 이 점이 마음에 한짐이어서 하는 말이네."

　"그렇게 생각해서는 안 됩니다."

　"정 그렇다면 조카 알아서 하게."

　영감은 박복영의 결의 앞에서 집안 타령을 더 늘어놓을 수 없었다. 자식에 대한 부모 정이란 흉보다 정이 부푸는 것이라 새삼 앵한 마음에 가슴이 쓰렸으나, 어차피 쏟은 물이다 싶자 한편으로는 마음이 홀가분하기도 했다.

　박복영은 그길로 내처 서태석한테로 갔다. 아까 초라한 뒷모습을 남기고 돌아간 집안 아저씨의 주눅 든 모습이 눈에 밟혀 마음이 착잡했으나, 소작쟁의의 성패가 이런 정신 상태에 달려 있다고 생각하며 마음을 다져 먹었다.

가을걷이를 하고 났을 때 가장 신경이 쓰이는 일은 물론 지주의 꾐에 넘어가는 사람이 생길까 하는 것이었지만, 그에 못지않게 신경이 쓰이던 것이 이 노름이었다. 생활에 의욕을 잃은 사람들이 항용 그렇지만, 유독 여기 암태도에서는 노름으로 살림이 거덜난 사람이 한둘이 아니었다. 금년에는 소작쟁의의 긴장이 있다보니 그런 점까지도 스스로 자제할지 모른다는 생각도 있었으나, 워낙 뿌리 깊은 고질이라 안심할 수가 없어 지난번 소작회 총회 때 이것을 결의사항으로까지 채택하여 못을 박아놓을 지경으로 단속을 했던 것이다. 노름을 한 사람은 그 당사자나 보호자를 소작회에서 축출하기로 한 것이다.

7, 8할씩 뜯기던 소작료를 4할만 내기로 한다니 바로 그만큼은 횡재를 한 셈인데, 그것이 횡재라면 그런 횡재를 알뜰하게 소화시켜 제 살림으로 챙겨 가질 분별보다는 마음이 허랑해질 사람이 더 많다고 생각되었던 것이다. 더구나 소출의 전부를 한 톨도 내지 않고 재어놓고 앉아 버티고 있으니, 여태 굽죄여만 살던 지주한테 큰소리치고 버티고 있다는 것에 되잖은 자만심까지 생겨 마음이 방만해지다보면 여편네들은 손이 헤퍼지고 남자들은 남자들대로, 더구나 그런 손버릇 있는 사람들은 그런 쪽으로 정신이 쏠리기 십상일 것 같았던 것이다. 그래서 청년회와 부인회에서는 길가에 검소한 생활을 권장하는 벽보를 나붙이는 등 일상생활에 대한 계몽을

하는 한편, 특히 이 노름은 소작회 총회에까지 부쳐 경계에 경계를
했던 일이었다.

지난번 벼베기 때 경찰이 시위를 하고 간 뒤 서태석과 박복영은
목포경찰서에 가서 그 이유를 따졌었는데, 경찰은 노골적으로 지주
편을 들고 있어 당황했었다. 그래서 이 일에 이기는 길은 그만큼 철
저한 정신무장과 단결이 필요하다는 결론을 내리고, 이 소작쟁의
에 대한 소작인들의 의식을 철저하게 일깨우는 한편, 이런 구체적
인 일상생활의 긴장에서 단결의 토대를 마련키로 했던 것이다.

그때 서태석과 박복영이 목포경찰서장 우에마쓰(上松)를 만나
그의 태도를 본 두 사람은 소작쟁의에 먹구름이 끼어 있다는 허탈
감에 잠시 멍청했었다.

"어제 암태도에 경찰이 출동했었는데, 혹시 소작쟁의와 관련된
일이 아닌가 하여 소작인들이 의아해하고 있기 때문에 궁금해서
나왔습니다."

박복영이 운을 뗐다.

"궁금하다니 몰라서 묻는 것입니까? 치안을 맡고 있는 경찰은
치안상 예방조치를 취해야 할 필요가 있다고 생각하면 언제든지
응분의 조치를 취해야 할 의무가 있습니다."

서장은 제자리에 버티고 앉아 고압적인 자세로 말했다.

"지금 암태도에서는 다른 지방과 마찬가지로 평화적인 방법으
로 쟁의를 벌이고 있을 뿐 하등 치안상의 문제가 없었고, 앞으로도
전혀 그럴 소지가 없습니다. 그런데 경찰이 그렇게 많은 수가 나와
시위를 한다는 것은 소작인들을 그만큼 정신적으로 위축시켜 소작

쟁의에 간접적으로 영향을 주자는 것이 아니고 무엇입니까?"

서태석이 만만찮게 따지고 들었다.

"당신들이 그런 점을 따지고 나온다는 것은 분수를 모르는 짓입니다. 치안상의 문제가 발생할 것인가 아닌가를 판단하는 것은 치안 책임자인 서장이 할 일이오. 까놓고 말해서 지금 암태도 소작쟁의를 주도하고 있는 사람들의 성분이 어떤 사람들입니까? 내가 어린앤 줄 아시오. 기왕에 여기 왔으니 말인데, 앞으로 주의하시오. 이것은 서장으로서 공식적인 경곱니다."

서태석과 박복영은 잠시 서로를 건너다봤다.

"지금 우리는 소작인들의 당연한 권리를 주장하면서 평화적으로 쟁의를 벌이고 있는데, 지주하고 대결하고 있는 마당에서 본인들의 성분을 가지고 소작회 간부로서의 활동에 경고를 한다는 것은 경찰권의 남용이며 소작쟁의에 대한 부당한 간섭입니다."

서태석은 일본말이 서툴렀으나 원체 거쿨진 목소리라 그게 되레 힘 있게 느껴졌다.

"소작쟁의든 무엇이든 치안상의 문제가 발생할 소지가 있으면 경찰은 언제든지 예방조치를 할 권리가 있어요. 그 예방조치로서 경고를 하는 것이오. 내 말을 못 알아듣겠소?"

서장은 버럭 언성을 높였다.

"본인들의 성분만 가지고 치안상의 문제 발생 여부를 판단하는 것은 인권침해입니다."

서태석이 지지 않고 대들었다.

"인권침해? 당신들은 요시찰 인물이라는 사실을 상기시켜도 그런 말을 허겠소?"

서장은 더 고압적으로 나왔다. 더 따지고 나서봤자 소용이 없을 것 같았다. 저쪽의 태도를 알았으면 그렇게 치부하고 따로 대처할 밖에 방법이 없었다. 죄라면 식민지 백성이라는 것이 죄였다.

경찰이 이렇게 노골적으로 나올 줄 몰랐다가 서장의 이런 태도를 대하고 나니 두 사람은 암담한 기분이었다. 지주 따위야 아무리 험하게 나온다 하더라도 지금 소작인들의 열기로 보면 그것은 되레 소작인들의 적개심만 불러일으킬 뿐이었으나, 경찰의 태도가 저렇다는 것은 간단한 문제가 아니었다.

경찰이라면 먼 데서 옷자락만 살랑거려도 죄 없이 간이 올라붙고 참새가슴이 되는 것이 식민지 백성이었다. 그 앞에서는 무조건 순종하고 굽실거려야 할 대상일 뿐 그 앞에 대항한다는 것은 생각도 할 수 없는 일이었다. 이 소작쟁의에 경찰까지를 대항의 대상으로 생각하도록 한다는 것은 거의 불가능한 일이었다. 오늘 있었던 서장의 고압적인 태도를 알린다는 것만으로도 소작쟁의는 끝장일 수도 있었다.

서태석과 박복영은 배 시각을 기다리며 선창가 허름한 술집에서 소주잔을 앞에 놓고 한참 동안 침통하게 앉아 있었다.

"돌아가서 소작회 총회를 엽시다. 소작인들의 결의를 다시 한번 다지고 우선 지주가 소작료를 강제로 수거하는 것에 대처하기 편리하도록 소작회를 개편합시다. 그리고 박형과 나는 오늘 저녁부터 밤낮을 가리지 말고 동네마다 돌아다니면서 소작인들의 의식을 철저히 일깨워 정신무장을 단단히 시켜요. 길은 이것밖에 없습니다."

추수가 얼추 끝나는 것을 기다렸다가 12월 4일 단고리 보통학교 교정에서 소작회 총회를 열었다.

여기서는 소작회 기구를 개편하는 것이 가장 중요한 안건이었다. 한 마을에 한 명이던 소작위원을 훨씬 늘리기로 했다. 상임위원과 통상위원으로 나누어 상임위원은 이전의 소작위원들이 맡기로 하고, 한 고을에 오륙 명의 통상위원을 두기로 했다. 동네별로 무슨일이 있을 때 각 동네 소작위원들이 모여 발밭게 대처하자는 것인데, 이 위원들이 모여 면 단위 소작위원회를 구성하고 총회에서 위임된 중요사항을 결의하기로 했다. 그리고 소작위원회에 위원장을 두기로 했다. 실상은 소작위원의 수가 더 늘어났을 뿐이므로 위원장은 따로 둘 필요가 없었으나, 서태석의 주장에 따라 따로 두기로 하고 서창석(徐倉錫)을 위원장으로 선임했다.

이렇게 되자 운영하기에 따라서는 소작회장은 총회의 의장과 대외적인 상징적 존재가 되고, 모든 일은 사실상 위원회로 넘길 수도 있게 된 셈이다.

그리고 여기서는 소작쟁의 조건에 새로운 내용을 보강하여 다시 결의했는데, 전에는 지주한테 요구하는 방식을 썼으나 이번에는 소작인들이 주체적으로 이렇게 실천하자는 식으로 방법을 바꾸었다. 표현부터가 훨씬 적극적으로 된 셈이다.

1. 금년 소작료는 답 4할, 전 3할로 할 사.
2. 전기 소작료에 불응하는 지주가 유할 시는, 본 회원 일동은

그 지주가 각성할 때까지 소작료를 불급할 사.

3. 지주와 분규가 유하여 익년 2월 15일까지 해결이 무할 시는 그 지주와의 관계 회원은 일동이 파작을 단행할 사.

4. 1리 이상 소작료 운반에 대한 운임은 지주가 부담할 사.

5. 사음(마름)은 불인할 사.

6. 본회 회원으로서 본 결의사항에 위배한 자가 유할 시는 총회는 물론 교제를 단절할 사.

이런 결의를 하면서 소작관계 결의와는 별도로 노름에 대한 결의를 따로 했던 것이다. 그리고 건실한 생활 일반에 대한 간곡한 연설을 박복영이 한 시간 이상이나 하면서 특히 노름 부분을 몇 번이나 강조를 했었다.

노름하던 놈들이 잡혔다는 소리를 듣자 서태석도 깜짝 놀랐다.

"제 집안에서 일어난 일이니 말씀드리기가 더 쉽기도 해서 말씀입니다만, 이런 놈들은 단단히 한번 본때를 보여놔야 될 것 같습니다. 이번에 어물어물했다가는 소작회 결의사항 전체가 유명무실해질 염려가 있습니다."

"소갈머리 없는 놈들이군. 소작위원회를 열어 결정하게."

곁에 있는 서창석에게 말했다. 서창석은 사건의 전말을 다 듣고 어리둥절한 표정이었다. 위원장직을 맡아 아직도 어리병병, 자기 직책에 대한 길속이 트이지 않은 판에 이렇게 큰일이 자기 앞에 떨어지고 보니 미상불 난감하지 않을 수 없었다.

소작위원회를 열어봤자 지난번 총회 결의가 있고 보니 물을 것도 없이 출회시킨다는 결론이 나올 것이 뻔한데, 네 놈이나 출회를 시킨다면, 더구나 그놈들이 만만찮은 젊은 놈들이다보니 이러다가는 쥐 잡자고 장독 깨는 일이 안 될까 하는 생각이 얼핏 스치기도 했다. 그러나 이 판에 그런 한가한 소리를 내놓는다는 것은 어줍지 않은 소릴 것 같아 그만두었다.

긴급 소작위원회가 소집되었다. 이 자리에는 서태석이나 박복영은 물론 부인회장 고백화씨도 나왔다.

"이렇게 나와주셔서 감사합니다. 오늘 긴급 소작위원회를 연 것은 지난번 총회 때 결의했던 노름에 관한 사항을 위반한 사람이 있어 그 처리 때문입니다. 같이 얼굴 맞대고 살면서 이런 이야기를 하게 되니 퍽이나 유감스럽습니다마는, 총회의 결의사항인데다 또 시기가 시기인 만큼 이 사건을 처리하지 않을 수가 없을 것 같습니다."

서창석은 너름새 있게 말머리를 추스르고 나서 사건 내용과 노름하다 들킨 사람들 이름을 댔다. 서창석의 말이 끝나자 박복영이 일어섰다.

"나는 소작위원은 아니지만 이것은 내가 고발한 일이니 여기서 참고로 내 의견을 말씀드리면 어떻겠습니까?"

모두 좋다고 했다.

"나하고 같은 일가 푸네기들이라 부끄럽기도 합니다마는 그 점 되레 이렇게 말하기에는 또 입장이 활발하기도 합니다. 한마디로 말해서 용서할 수 없는 일입니다. 지난번 총회에서 이 일을 결의할 때 박수 치면서 좋다고 외쳤던 바로 그 입에서 침도 마르기 전에 이런 일을 저질렀으니, 본인들도 이미 각오가 되어 있을 것입니다. 공든 탑도 개미구멍으로 무너지더라고, 이런 식으로 정신이 흐트러지기로 하면 큰일이 이런 작은 일에서 산통이 깨집니다. 이런 일에 인정 두고 사정 둘 것이 아니라 이런 일은 발각되는 족족 허리춤에서 뱀 집어내듯 해야 합니다."

박복영의 말은 점점 어조가 커졌다.

"지금 우리는 싸우고 있습니다. 싸우는 마당에서 우리가 해논 결의를 어긴다는 것은 전쟁마당에서 군사들이 군율을 어기는 것과 마찬가집니다. 전쟁마당에서 군사들이 군율을 안 지키면 그런 군대가 무엇이 되겠습니까? 이것은 비단 이 네 사람뿐만 아니라 우리 소작인들 정신상태가 모두 그만큼 풀어졌다는 것을 말하는 것 같은데 이것을 본보기로 우리 모두 정신을 가다듬어야겠습니다. 마당에 노적가리가 열둘이더라도 쌀 한 톨을 초판 쌀로 애바르게 여겨야 살림이 붙는 것이고, 그런 정신은 살림 속으로만 중요한 것이 아니고 이런 어려운 일을 당해서도 그런 어려움을 이겨나가는 바탕이 되는 것인데, 고방에 나락섬 재어논 것만 생각하고 마음이 헤퍼져서 양식을 장마에 빗물 쓰듯 하는 것 같고, 결국 이런 못된 일까지 생겨난 것입니다."

박복영의 말에 모두 숙연했다.

"다른 말씀 하실 분 있으시면 하십시오."

"더 할 말이 뭣이 있겠소. 어서 결정을 지어버립시다."

박응언이 툭 쏘았다. 평소 강직한 성격이라 더 견고틀어봐야 집안 망신만 되겠다는 생각인 모양이었다.

사실 서창석도 회의를 주재하면서 이 점에 마음이 쓰였다. 지금 암태도 성바지들 사이에 무슨 암투가 있는 것은 아니지만, 노름한 놈 넷이 다 박씨다보니 잘못하다가는 박씨들을 몰아치는 결과가 될 수도 있기 때문이었다. 모두 입을 봉하고 있었다. 박복영이 이미 강경한 입장을 내세워 이야기를 살세게 외곬으로 몰아붙여 아퀴 지어버린 마당에, 여기서 더 뭐라 달고 나선다는 것은 송장에 매질하는 것이었고, 또 어떻게 사정을 좀 두어보자고 한다는 것은 명분도 서지 않으려니와 속이 빤히 보이는 헛생색일 것이기 때문이었다.

　출회에 찬성하는 사람 손 들라고 하자 박씨들부터 손을 들었다.

　"모두 찬성입니다. 이 네 사람의 보호자를 암태도 소작회에서 출회시키기로 만장일치 가결이 되었습니다."

　서창석이 담담하게 출회처분을 선포했다.

　그때 박필선이 손을 들고 일어섰다.

　"우선 이런 사람이 박가 성 가진 사람 속에서 나왔다는 점과 또 이런 일이 단고리에서 일어났다는 점에 대하여 같은 성바지로서 그리고 단고리 소작위원으로서 미리 단속하지 못한 점 대단히 죄송스럽게 생각합니다."

　"한 말씀 하고 넘어갑시다."

　갑자기 서동수가 박필선의 말을 채뜨리고 나왔다.

　"지금 자꾸 박가, 박가 해쌓는데, 그런 말씀은 듣기에 대단히 거북합니다. 그 사람들이 소작회원이면 어디까지나 소작회원으로 따져야지 박가, 서가 한다는 것은 한 불당에서 네 사당 내 사당 따지는 격으로 서로 입장을 거북하게만 만듭니다. 다른 일도 그렇지만 더구나 이렇게 좋잖은 일에 박가 서가를 마음에 끼고 있으면 서로 그런 체면 생각하다가 할 말도 제대로 못 할 것 같아요. 일가들끼리 모여 앉았을 때는 모르지만 이런 자리에서는 성씨 따져 이야기 않는 것이 좋을 것 같습니다. 괴로운 심정을 몰라서가 아니고 자꾸 그런 말씀을 하시니까 다른 성바지로서는 어떻게 한마디라도 감싸주지 못하는 것이 거북살스럽기도 해서 하는 말씀입니다."

"잘 알았습니다. 고마운 말씀입니다. 하여간 그것은 그렇고 내 이야기는 무엇이냐 하면, 젊은것들이 밤은 길고 할 일은 없으니까 이런 못된 일을 한다 이 말입니다. 그들에게 무슨 일거리를 만들어주어야 할 것 같아요. 도초나 비금(飛禽)같이 해태발 하는 데는 일손이 많이 드니까 그런 데 가보면 얻어 올 일감이 있을는지 모릅니다."

"그것 참 좋은 생각입니다. 그런 데 가면 일감이 쉽게 있을까요?"

고백화씨가 나섰다.

"여자들 일로는 김을 떠서 말리는 발장을 치는 일이 있을 것입니다."

서민석이었다.

"허허, 내가 말하니까 엉뚱한 여자들 걱정하고 있그만. 여자들은 집 안 살림에 길쌈만도 밤샘을 하느라 눈자위가 짓무르는데, 어느 틈에 노름을 해?"

모두 와크르 웃었다. 고백화씨의 익살로 굳었던 분위기가 좀 누그러졌다.

이것은 소작회에서 차차 나서서 알아보기로 했다.

158

"하여간, 이 노름만은 단단히 단속을 해야겠습니다."

서태석이 입을 열었다.

"지난봄, 가보다, 땅이다, 하는 어린놈들 소리가 담 너머로 들려오기에 무슨 일인가 가만히 담을 넘어다봤더니, 그 집 뒤란 까대기 밑에서 투전짝을 가지고 열두어 살짜리 형제놈들이 그 짓을 하고 있어요. 가만히 보니 그냥 장난이 아니고 밥 내깁디다. 한 판 이기면 한 숟갈씩이고 땅이면 서너 숟갈씩인 모양인데, 형놈이 장땡이라고 투전짝을 내밀면서 동생놈 밥그릇을 통째로 들어 갔습니다. 동생놈은 멍청하게 앉아 형놈이 밥 욱여넣는 것만 쳐다보고 있더니 마지막 다 먹어치우자 앙 하고 울음을 터뜨리지 않습니까? 걔들 어미가 밭에 나가면서 점심밥을 못 지어주고 갔던 모양인데 쌀 한 톨 보이지 않는 좁쌀에 그나마 톳이 절반인 시커먼 톳밥 한 덩이씩을 놓고 어린것들이 형제판에 그 꼴입니다. 이걸 어디 그 어린놈들 나무라게 됐습니까?"

자리가 다시 숙연해졌다.

와촌 춘보와 털보는 손에 큼직한 몽둥이를 하나씩 꼬나쥐고 도창리로 가는 길목에 몸을 숨기고 있었다. 동네놈들이 도창리로 노름을 하러 다니지 않나 싶었기 때문이다. 그러나 밤이 이슥하도록 아무도 나타나지 않았다.

"이만 들어가세. 우리가 너무 넘겨짚었던 모양이야."

"기왕 나왔으니 좀 진득하게 눌러 있지 못하고 그새를 못 참아 자발없이 발싸심이야. 어제저녁 자네 집 새끼도 새벽에야 들어왔다며."

춘보가 핀잔을 주었다.

"밤중이 넘었을 거야."

"아직 달도 안 올랐는데 밤중은 무슨 밤중? 초여드레 달은 밤중에 지고 스무사흘 달은 밤중에 뜨는 건데, 오늘이 스무이틀 아닌가?"

"자라 보고 놀란 가슴 솥뚜껑 보고 놀라더란 격으로 우리가 너무 설치고 있는 것 같아."

"해마다 이맘때면 그 짓이 돌림병 한가진데 우리 동네놈들이라고 속에 부처님 앉았는 줄 아나?"

"쉿!"

저 아래서 누가 올라오는 것 같았다.

"뭐야?"

"누가 오네."

눈이 시원찮은 춘보는 아무것도 보이지 않았다. 두 영감은 숨을 죽였다. 오던 놈이 그들 앞을 지나고 있었다. 혼자였다.

"누군가?"

"만재 그 녀석 같아."

"만재?"

"허허. 얌전한 강아지 부뚜막에 오른다더니 저놈이 설마 이럴 줄을 누가 알았어."

"그러기 내가 뭐랬나? 설마가 사람 죽인다구."

두 영감은 만재의 뒤를 밟았다. 어두웠으나 별이 워낙 총총해서 어지간한 거리는 분간할 수 있었다. 뒤밟는 데는 달이 밝은 편보다 이게 되레 나았다.

"어어. 저놈이 수곡리로 넘어가는 모양이네. 저놈이 미쳤나?"

도창리 골목을 지나 수곡리 재로 붙고 있었다.

"환장을 해도 크게 했그만. 대낮에도 도깨비가 나는 이 재를 이 오밤중에 혼자 넘다니, 노름에 미치면 저 꼴이라니까."

"종식이 아들 잘 됐다고 칭찬이 자자하더니 이것 꼴이 꼴이 아니 그만. 동아 속 썩는 것은 밭 임자도 모른다고, 이런 꼴을 종식이가 꿈이나 꾸겠나."

"그런데 이 녀석이 노름판에를 끼어들어도 하필 수곡리 놈들 판 에 끼어들다니, 소작쟁의가 난리 속인 이 통에 그럼 그놈들하고 여 태 얼려왔단 말인가? 환장을 해도 여러 벌로 환장을 했그만."

"이 녀석이 여태 혼자만 그놈들과 얼려왔을까?"

"그려, 그려. 이 무서운 재를 여태 혼자 넘어 다녔을 리 없어. 여 태 다른 놈들하고 같이 떼몰려다니다가 오늘은 어쩌다 혼자 처진 모양이야. 그러니까 다른 놈들은 다른 길로 진작 새나가버렸그만. 그놈들은 지금 어디서 한창 불이 붙고 있을 거야."

"허허. 어제저녁에는 진구지 키다리 꼴이 헌 망건짝으로 초라해 뵈더니, 이러기 자식 둔 놈 막말 말랬구만."

"나는 오늘 저녁에 우리 집 새끼가 거기 끼어 있기만 하면 그 자 리에서 다리몽둥이를 부질러 앉히고 말지, 어제저녁 키다리 꼴로 무르게는 안 물러서네."

"그래도 남의 동네서 내 밑 들어 뵈며 왜장칠 거야 있나? 집으로 끌고 와서 죽이든 살리든 해야지."

"아이고 숨차. 그 녀석 발걸음이 이렇게 날랜가?"

"이 너석이 낭기는 데가 있다보니, 이 가풀막진 잿길을 부루기 암내 난 암소 타듯 하는그만."

두 영감은 숨을 헐떡이며 재를 올라갔다. 꼭대기에 올라서자 겨울바람이 매섭게 볼을 때렸다. 수곡리는 여기서도 한참 산자락을 감고 돌아야 하기 때문에 불빛이 보이지 않았다. 저쪽 개펄 건너 포도(浦島)에서만 불빛이 깜박였다.

포도로는 개펄을 가로질러 거진 오 리나 되는 긴 징검다리가 놓여 있었는데, 그 징검다리와 이 재는 도깨비가 자주 나기로 이름난 곳이었다.

그 징검다리는 바닷물이 들어올 때에는 양쪽에서 들어오기 때문에 자칫 물때를 잘못 맞춰 건너다가는 징검다리 한가운데서 물을 만나 죽는 경우도 많았다. 개펄을 훑고 들어온 시커먼 뻘물이 징검다리 디딤돌을 넘어버리기만 하면 그 꼴이었다. 시커먼 바닷물에 디딤돌이 안 보이기 때문에 앞발로 더듬거려 디딤돌을 찾아야 하고, 그렇게 한 발 떼고는 또 더듬거려야 하므로, 걸음걸이가 이건 자라 걸음도 아니어서 헤엄을 못 치는 사람은 꼼짝없이 죽고 말았다. 그래서 이 징검다리에서는 거의 해마다 사람이 하나씩 죽다시피 했는데, 징검다리가 그렇게 생겼다보니 여기에는 또 그럴싸한 전설까지 있어 물귀신이 해마다 생사람을 하나씩 그렇게 잡아간다는 것이었다.

수곡리에 가까워지자 두 영감은 행여나 놓칠세라 바짝 따라붙었다. 만재는 밭둑길로 동네 앞을 에워 돌았다. 동네 뒤로 가고 있었다. 달이 오르느라 동쪽 하늘이 벌게졌다.

"어어, 저녁이 당(堂)집으로 가는 것 아냐?"

"당집?"

"틀림없그만. 저리 가면 당집밖에 없어."

"허허. 이 죽일 놈들이 그럼 당할머니를 모신 당집에서 노름판을 벌인단 말인가? 오냐 이놈들, 네놈들은 이제 살았달 것이 없다."

춘보가 얼러뗐다. 당산집은 마을의 수호신(守護神)인 당할머니를 모시고 매년 당제(堂祭)를 모시는 곳이기 때문에 그만큼 신성하게 여기는 곳이었다.

만재는 당집 앞에 이르렀다. 한참 서성거렸다. 다시 돌아섰다. 두 영감은 날쌔게 몸을 숨겼다. 만재는 동네 쪽으로 내려가고 있었다. 그때 달이 떠올랐다.

"다른 데서 판을 벌이고 있는 것인가?"

"아냐, 저기 다시 오네. 저리 가서 숨세."

두 영감은 당집 뒤로 가서 몸을 숨겼다.

"이 죽일 것들이 달이 떠오를 때를 맞춰 모이자고 귀를 짠 모양이그만. 흉악한 것들."

영감들은 몽둥이를 꼬나쥐며 숨을 죽였다.

"아니 저건 계집 아닌가?"

"허!"

달빛에 나타난 두 남녀의 모습이 춘보 눈에도 환히 보였다. 두 남녀는 손을 잡고 당집 토방에 달빛을 받으며 나란히 앉았다.

"이렇게 늦게 와도 무섭지 않아요?"

"연엽이 만날 생각을 하면 무섬증 같은 건 싹 가서버려."

"원래 통이 큰가보죠?"

"아냐 어렸을 때는 변소길도 못 갔어."

"이제 한참 있다 만나요. 나는 여기가 여기지만 한번 나오기가 얼마나 조마조마한지 모르겠어요. 그리고 이렇게 자주 만나다가는 들킬지 몰라요."

"안 돼. 그러다가 슬쩍 시집가버리려구."

"……"

"아야야."

옆구리라도 꼬집은 모양이었다. 사내가 계집을 껴안았다. 계집이 안겨왔다. 계집의 윗몸을 두 무릎 위에 뉘었다. 사내의 얼굴이 계집의 얼굴을 덮쳤다.

"뉘 집 딸년이야?"

춘보가 물었다.

"모르겠어."

"천하에 저런 빌어먹을 연놈들이 있단 말이야."

"시변이야."

"에이 참, 어디로 나갈 데도 없고 이게 무슨 꼴이야."

두 영감은 거기 꼼짝없이 갇힌 꼴이었다. 그들 옆을 지나지 않고는 빠져나갈 곳이 없었다.

"어머니가 아버지한테 다시 얘기해봤나?"

"했지만 아버지는 막무가내예요. 되레 세안에 혼사를 치러버리자고 서둘고 계세요."

"정 안 되면 세안에 치르자는 것이라도 버텨. 그러면 소작쟁의도 끝날 것이고, 그때는 우리 집에서 다시 혼담을 넣을 수 있을 거야."

"저쪽에서 사성이 와버릴 것 같아 조마조마해요."

"그걸 막아야 해. 어머니한테 내 이야기 했지?"

"하긴 했어요. 어머니도 우리 편이긴 한데 아버지 앞에서는 꼼짝을 못 해요."

"어머니라도 그러기 다행이야."

"요새는 어디 아무도 안 사는 무인도에나 들어가 살아버렸으면 좋겠다는 생각뿐이에요."

"정 안 되면 그 수밖에 없지."

"말이 쉽지 어디 그게 쉬운 일인가요?"

털보는 기침이 나오려는 것을 손으로 틀어막았다.

"조심해!"

춘보가 옆구리를 꾹 찔렀다. 털보는 기침을 참느라 입을 떡 벌렸다. 목구멍에서 가래 끓는 소리가 고양이 갸르릉거리는 소리를 냈다. 원래 해소가 있는데다 갑자기 찬 바람을 쐬고 났으니 감기기가 있을 법했다.

"무인도 얘기를 하니까 생각나는데 어젯밤 묘한 꿈을 꿨어."

"무슨 꿈을?"

만재는 연엽이를 내려놓으며 차근히 이야기를 시작했다.

"아까 연엽이가 말한 그런 조그마한 무인도가 두 개 있는데 저쪽 섬에는 연엽이가, 이쪽에는 내가 있었어. 그런데 무서운 태풍이 불어 연엽이가 엄청난 파도에 쓸려 가려 하며 나한테 소리를 지르는 거야. 나는 대번에 파도 속으로 풍덩 뛰어들었지. 무시무시한 파도를 헤치고 연엽이 있는 섬에 닿으려는 찰나였어. 그때 집채만 한 파도가 덮쳐들어 그것에 휘말렸어. 그걸 헤치다보니 그게 파도가 아니고 그만큼 큰 구렁이야."

"어머."

만재는 웃었다.

"그래서 어쨌어요?"

"그놈과 싸우다가 잠이 깼어. 오늘 하루 종일 그 꿈 생각만 했는데 그게 지금 우리 처지하고 너무나 똑같기도 하고 또 이만저만 길몽이 아냐."

"길몽이요?"

"음. 우리가 지금 사람들 속에서 살고 있지만 우리 편에 서서 도와줄 사람이 하나도 없고, 더구나 이렇게 만나기도 어려우니 연엽이는 수곡리라는 무인도에 나는 와촌이라는 무인도에 갇혀 있는 거나 마찬가지 아냐? 더구나 소작쟁의가 일어나 일이 어렵게 돼버렸으니 소작쟁의는 일테면 태풍인 셈이고, 그 엄청난 파도는 연엽이 아버지의 반대 같은 것이지. 내가 파도에 뛰어든 것은 그 반대를 물리치려고 이렇게 덤벼든 것과 같거든. 너무나 신통하지?"

둘은 웃었다.

"그럼 그 구렁이는 뭐예요?"

"그렇게 큰 구렁이는 없을 테니 그것은 구렁이가 아니고 용일 거야. 용하고 싸우다 깼으니 이것은 용꿈이고, 이건 우리가 끝에 가서는 결국 이기고 만다는 것이겠지."

"꿈보다 해몽이 좋다더니 그 격이군요."

"맞아. 설사 꿈이 나쁘더라도 해몽이 좋아야 해. 아무리 어려운 일을 당해도 이겨내겠다는 자신을 가지고 닥뜨리면 안 되는 일이 없어. 실은 꿈에서는 내가 파도 속에 뛰어들었지만 지금 파도 속에 뛰어들어 싸우고 있는 것은 연엽이야. 아버지 말씀을 거역하며 버티자니 그게 얼마나 어려운 일이겠어. 연엽이가 앞으로 당할 고통을 생각하면 나는 살을 에는 것 같아. 그 고통을 내가 대신해줄 수 있다면 몸뚱이에 단근질이라도 당하겠어. 내가 얼마나 가슴이 찢어지는지 연엽이는 모를 거야."

"알아요."

사내는 다시 계집을 껴안았다. 사내 손이 가슴을 더듬었다.

"이러지 말아요. 여기서 이러면 당할머니가 노해요."

"그럼 저쪽으로 갈까?"

둘은 일어섰다.

"당할머니 앞에 절하고 가요. 우리 일을 성사시켜달라고 절을 해요."

둘은 당집 앞에 나란히 섰다.

"영험하신 당할머니, 우리 둘이는 떨어져서는 못 살겠어요. 우리 혼인이 성사되게 해주세요. 우리 아버지가 마음을 바꿔 잡수시게 해주세요. 소작쟁의도 무사히 끝나게 해주시고 그래서 우리 혼인이 꼭 성사되게 해주세요."

둘은 맨땅에 무릎을 꿇고 너부시 절을 했다.

"쳇, 방정맞은 것들, 별 요망을 다 떠는구만."

춘보가 핀잔이었다.

둘은 낭집을 나가 바로 옆 잔디 위에 앉았다.

"어허. 저 빌어먹을 것들이 하필 또 저기 가 앉네."

그 옆을 지나지 않으면 이번에도 빠져나갈 수 없었다. 사내가 계집을 또 껴안았다.

"만날 때마다 이러면 어떡해요."

사내는 대답하지 않고 계집의 윗몸을 뒤로 뉘었다. 거칠어진 숨소리가 두 영감의 귀에까지 들려왔다. 두 영감은 달빛 아래 벌어지고 있는 광경을 숨을 죽이고 지켜보고 있었다. 털보의 가래 끓는 소리도 멎었다. 춘보의 숨소리가 거칠어졌다.

"어이구, 늙은 주제에."

털보가 춘보 옆구리를 꾹 찔렀다.

노름 사건이 있고 며칠 안 돼서 또 느닷없는 소문이 나돌아 박씨들은 빠듯 긴장했다. 기동리에 사는 찌그리라는 별명의 박가 하나가 문지주 측 꾐에 빠져 소작료를 내버린 것 같다는 소문이었다. 다른 친척에게 내라고 꼬드기는 것이 틀림없이 자기는 이미 내버린 것 같다는 것이다.

박응언 등 몇 사람이 조용히 찌그리 집을 찾아갔다. 남의 집 방 한 칸을 빌려 살고 있는 가난한 사람으로 고개가 한쪽으로 삐딱하게 기울어 찌그리란 별명이 붙었는데, 외모가 이렇게 병신스런 만큼 변변치 못한 인물이었다.

박응언 일행이 들어서자 찌그리는 당황하는 표정이었다.

"소작료를 냈다면서?"

박응언의 표정에서 이미 사태를 짐작한 찌그리는 한쪽으로 삐딱하게 기운 고개를 아래로 떨구었다. 설마했던 일이 이렇게 되자 박응언 일행은 잠시 할 말을 잃고 있었다.

"어떻게 된 일인가?"

박응언이 차근한 목소리로 물었다. 사건의 내용을 자세하게 알아내야 했기 때문이었다.

"어떻게 된 일인지 사정이나 알고 보세."

찌그리는 얼른 입을 열려 하지 않았으나 몇 번 다그쳐서야 겨우 입을 열었다.

문지주 측 김서기의 장난이었다.

며칠 전 팔금(八禽) 처갓집 처제 혼사에 다녀오다가 김서기한테 붙들렸다는 것이다. 나룻배에서 내리자 주막에 앉았던 김서기가 술 한잔하자고 찌그리를 붙들었다. 요사이 일판이 일판이다보니 이래도 괜찮을까 싶었으나, 평소 잔뜩 굽죄여만 살던 처지다보니 모처럼의 호의를 뿌리치기도 쉽지 않아 여편네를 먼저 보내고 앉으라는 자리에 엉거주춤 앉았다. 김서기는 찌그리 잔에 술을 따랐다.

"이 사람아, 자네는 통 눈치가 없더그만."

"무슨 말씀이오?"

김서기와 이렇게 대면하고 앉는다는 것부터가 사돈네 안방에 들어온 것같이 만만찮아 잡아온 부엉이처럼 눈만 껌벅이고 있는 판인데 이런 알쏭달쏭한 소리를 하니 어리둥절하지 않을 수 없었다.

"내가 겉으로는 일을 건성건성 하는 것 같지만, 다 그만한 속살은 두고 있는 사람이라고. 간평 때도 약은 놈들한테는 도조를 되게 먹이지만 자네같이 꼼꼼하고 착실하게 농사지은 사람한테는 다 그만한 짐작을 두고 도조를 먹었나 이 말이야. 말감고 때는 또 어떻고? 짐작이 안 가거든 다른 사람하고 비겨 한번 곰곰이 생각을 해봐!"

찌그리는 눈을 썸벅이며 김서기를 건너다보고 있었다. 그렇게 생각하면 그런 것 같기도 했다.

"이 사람아, 인정도 품앗이더라고 오는 정 가는 정이래야지 일껏 생각을 해주어도 생각해준지도 모르고 있었으니, 나는 여태까지 절 모르고 시주했네그랴. 그렇지만 내가 지금 이런 소리를 하는 것은 자네보고 술 사라는 것은 아니야. 요새 남의 땅 부치고 있다는 작자들이 소작 준 본정은 모르고 제 세상인 듯 설치고 있으니 하도 기가 막혀서, 자네같이 착실한 사람은 그런 인사나 아는가 한번 물어봤을 뿐이네. 잔 비워, 쭉 들고 한 잔 더 받아."

찌그리는 이놈이 필시 무슨 야료속이 있으려니 싶어 마음을 도사리면서도, 정말 그랬다면 여태까지 인사도 모르고 살아온 놈이어서 미안한 생각도 조금은 없지 않았다.

"기왕에 그 이야기가 났으니 말인데, 도대체 자네 생각은 어떤가? 남의 땅을 부쳤으면 소작료는 내야 할 것 아니겠어? 7할이 어떻고, 8할이 어떻고 되잖은 소리 아갈대고 있지만, 소작료가 비싸면 이런 소작은 안 벌겠다고 내팽개쳐야 이치지. 소작료만 내리라고 염치 좋게 어거지를 쓰고 있으니, 그래 소작료가 제놈들 할애비 제상에 대추알이란 말인가? 어떤가, 자네도 소작회에 나가서 옳소, 좋소 박수 쳤을 것이니, 내 말이 틀렸다면 어디가 틀렸는가 한마디 해보게."

김서기는 느닷없이 언성을 높이며 다조지고 나왔다. 찌그리는 그냥 눈만 썸벅이고 있었다.

"어때, 내 말이 틀렸으면 틀렸다고 해봐!"

김서기는 거푸 다그쳤다.

"우리 같은 놈들이야 무얼 압니까? 모두 그래싸니까 그런가부다 하고 있지요."

김서기의 거벅스런 서슬에 찌그리는 꼬리를 사리지 않을 수 없었다.

"이 빠진 강아지 언 똥에 덤빈다더니, 그러니까 건잠도 모르고 깨춤이었그만. 끌끌. 자네한테니까 말인데, 두고 보라구. 이번 일판이 어떻게 돌아가나 두고 봐. 지난번 나락 벨 때 순사들 칼 차고 들이닥쳤던 것 못 봤어. 그때 다행히 나락을 베고 있었으니까 망정이었지, 하마터면 결딴이 났어도 여러 놈 날 뻔했다구. 지금 세상이 어느 세상이고 일본 순사들이 어떤 사람들인가? 덩덩하니까 제 할애비 메밀떡 굿인 줄 알고 민물 갯물 없이 한통으로 뒤얽혀 후덩거리고 있는데 머리를 가졌으면 생각을 좀 해보라 이거야. 순사들이 그 많은 수가 여기까지 칼 차고 올 적에야, 암태도가 어디 금강산이라고 구경 나왔겠어? 자는 범 코침을 주어도 유분수지, 두고 봐. 이번에는 칼이 아니고 총으로 쏴, 총! 뺑, 뺑, 총으로 갈긴단 말이야."

김서기는 손가락총으로 찌그리를 겨냥하며 뺑 뺑 쏘아댔다. 찌그리는 실없이 손을 들어 총을 막으며 가뜩이나 삐딱한 고개를 더 젖혀 한쪽으로 몸을 피했다.

"저것들이 지금 손바닥만 한 섬구석에서만 살아온 것들이라, 호랑이 없는 골짜기에 토끼가 선생이더라고 멍청지 맹자 왈로 되잖은 소리만 잘잘 째고 있는데, 제까짓 것들 그따위 말 같잖은 소리로 아무리 횃대 밑에서 호랑이 잡는 소리 해봤자 순사들이 뻥 뻥 총 쏘고 나오는데야 찾을 것이 쥐구멍밖에 뭐가 있어? 바윗덩이도 뚫는 총 서슬 앞에 서태석이 배때기는 그것이 살가죽이 아니고 쇠로 된 기차 화통이란 말이야? 순사들 총소리만 나봐. 할아버지, 할아버지, 호랑이 만난 놈 제 어미 부르듯 문재철씨 다리 안기를 부처님 다리 안듯 할 거라 이 말이야. 그 무서운 총 앞에서 제놈들이 무슨 손오공이라고 여의봉을 흔들어 도술을 부리겠어, 하늘을 불러 벼락을 치겠어? 정신 차려, 정신. 순사들이 그렇게 총 쏘고 나올 때는 이미 늦어. 그때 가서야 아무리 천둥에 개 뛰듯 해보았자 대가리 처박을 논두렁 하나 만만찮을걸.”

횃대에 동저고리 넘어가듯 너스레에 한창 기름이 오르고 있었다.

“그런 놈들 뒤에 멋모르고 나대다가 언제나 피 보는 것은 불쌍한 촌놈들이라 이거야. 옛날 동학난리 때도 죽은 것은 불쌍한 농투산이들뿐이었고 지난번 기미 만세 사건 때 소문 못 들었어? 잘났다는 놈들은 다 쏙쏙 빠졌다가 내중에 모두 왜놈들한테 붙어버리고 죽은 것은 누구였냐, 이 말이야? 그렇게 날뛰다가 죽으면 제놈 뒈지는 거야 제사날로 날뛰다 죽었으니 그런다 치고, 새끼들은 뭐가 돼? 이 험한 세상에 새끼들 내질러놨으면 새끼들 걱정은 해야 그것이 사람의 도리 아니냐 이 말이야, 내 말은.”

김서기는 속이 상해 견딜 수 없다는 가락으로 한쪽 다리를 홱 끌어다 다른 쪽 다리에 얹었다.

“기왕 내친김이니 말인데, 밀물에 짱뚱이 새끼들 뛰어다니듯 그놈들 가락에 놀아나다가 아차 했을 때는 이미 철 그른 동남풍이야. 내 말이 지금 무슨 말인지 알겠어?"

김서기는 음충맞게 능청을 떨었다. 찌그리는 뚝배기에 든 두꺼비처럼 눈만 말똥거리고 있었다.

"어때, 무슨 말인지 알겠어? 알겠으면 알았다고 말을 해봐."

김서기가 거듭 다그치자 찌그리는 당황하는 표정이었다.

"지금도 늦잖았으니 내 말 듣겠냔 말이야?"

찌그리는 그냥 눈만 썸벅이고 있었다.

"자네같이 착한 사람이 한물에 싸여 나대는 것이 보기에 안돼서 하는 소린데, 싫다면 그만둬. 돈피에 잣죽도 제 싫으면 말더라고 콩밥은 자네가 먹었는데 내가 배 앓을 게 뭐야."

김서기는 한껏 비쌔는 가락으로 상체를 뒤로 젖히며 말했다.

"말을 해봐야 알지요."

찌그리는 볼먹은 소리로 말했다.

"그렇게 남의 동티에 경문 듣듯 하고 있다가 내 말만 똑 따 먹고 말면 나만 병신 되라고?"

김서기는 담배를 태워 물면서 더 버티는 가락으로 나왔다.

"나를 생각해서 해주시는 말씀이라면 들을 것은 들어야지요."

"응. 그렇다면 자네 말이 고마우니 내 터놓고 말을 하지. 이런 말일수록 뒤를 두어서는 안 되는 것이니까 까놓고 말인데, 소작료를 내게. 이럴 때 소작료를 내면 문영감께서도 다 그만한 생각이 있을 거야. 문영감 눈에만 들어봐. 소작 같은 것은 스무 마지기고 서른 마지기고 자네 입 벌린 대로 줄 것이고, 자네만 좋다면 이때 이쪽으로 아주 이사를 와버려도 좋아. 자네 보나 마나 남의 곁방살이를 하고 있을 텐데 내가 들면 문영감 댁 행랑채 한쪽을 싹 비워주기는 어렵잖은 일이야."

찌그리는 멍청하게 김서기 입을 쳐다보고 있었다. 이번 처제 혼사를 보고 가난이 얼마나 처참한 것인가 뼈저리게 느끼면서 눈물을 찔끔거리는 아내를 앞세우고 오던 길이었다. 그 동네에서는 인물이 제일이라는 처제가 논 두 마지기에 팔리다시피 하여 오십대 늙은 사내에게 딸려 가는 것을 보았던 것이다. 아내는 자기 동생 신세가 가련해서 눈물을 흘렸겠지만, 찌그리는 그보다 자기 자식들 앞날이 험하게 눈에 밟혀 마음이 무거웠던 것이다.

"자네 소작료가 석 섬이지? 내가 그런 것까지 다 알고 있다구. 소작료 운반 같은 것은 걱정할 것 없어. 밤중에 머슴 세 놈만 데리고 가서 쓸쩍 들어내 오면 귀신도 모를 것 아닌가 말이야. 그리고 동네 놈들이 알고 설치면 이쪽으로 이사를 해버리면 그만 아닌가? 빌어먹어도 정승 집에서 빌어먹으랬다고, 문영감 같은 분 그늘에 가린 다음에는 하다못해 무슨 관청 상관이 있더라도 문지주 사람이라면 관에서도 사정을 두지 안 두고 배길 것 같아?"

김서기는 참새도 얼려 잡을 것 같게 살가운 소리로 꼬드겼다.

그때 도리우치가 들어섰다.

"마침 잘 오셨습니다. 이 사람이 기동리 사는 사람인데, 정말 착실한 사람입니다. 소작료를 내겠다고 해서, 이다음에 소작은 스무 마지기고 서른 마지기고 입 벌린 대로 주고, 집까지 문영감 사랑채로 이사를 해버려도 좋다고 했습니다. 어떻겠습니까?"

174

"아, 그래요. 그야 여부가 있겠습니까? 소작일이라면 김형하고 내가 들어 못 할 것이 무어겠소? 소작 그까짓 거야 내중에 저놈들한테서 소작을 말짱 떼어냈을 때는 줄 사람이 없어 한일 것이고, 문영감 눈에만 들어봐요. 행랑채가 뭐야, 안채로라도 받아들이려 할걸."

도리우치가 맞장구를 쳤다.

"동네 일가 푸네기들 체면 생각할지도 모르지만 친동기간이라도 죽을 자리에는 같이 뛰어들 수 없는 것 아닌가? 더구나 쥐뿔도 일가 푸네기들 덕이라고는 못 봤을 자네로서야 어차피 헌 갓 쓰고 똥 누기지. 소작 몇 마지기 들여다보고 해변 까마귀 골수박 파듯 해보아야 중뿔난 수가 있을 것도 아니고, 이럴 때 마음을 단단히 도사리는 거야. 활인불(活人佛)이 철마다 나는 것도 아니라구."

그날 밤 밤중이 이슥하여 김서기는 머슴 세 사람을 데리고 도둑고양이 담 넘어오듯 기동리에 들어와 찌그리 집으로 스며들었다. 큰방 사람이 깰까 싶어 숨소리를 눌러가며 볏섬을 지게에 지웠다. 칠흑같이 껌껌한 밤이었으나, 남모르게 하는 일이라 도둑놈 손발 맞듯 손발이 맞아 도망꾼 봇짐 챙기듯 순식간에 짐을 챙겼다. 머슴들은 골목을 빠져나오자 과부 방에 들었던 새벽 중 내빼듯 동네를 빠져 달아났다.

이 사건은 다음 날 박씨들 문중 시제 자리에서 표면으로 터지고 말았다. 해마다 음력 시월에 모셔오던 시제가 이해에는 소작쟁의로 추수일이 늦은데다 총회다 뭐다 해서 경황이 없다가 동짓달도 다 갈 무렵에야 숨을 좀 돌리게 되자 모시게 된 것이다.

되봉산 동남쪽에는 박씨들 입도조(入島祖)인 8대조가 묻혀 있었는데, 암태도 박씨들은 거개가 그 후손들이었다.

격식대로 제향이 진행되고 나서 퇴주 음복할 차례였으나 날씨가 추워 묏벌에서는 제대로 음식을 나눠 먹기가 어려웠다. 나이 먹은 축들은 산지기 집으로 내려가고 젊은 축들만 묏벌 한쪽에 불을 피우고 옹송그리고 앉아 막걸리를 나눠 마시고 있었다. 그렇게 술을 마시면서도 젊은 축들은 예사 시젯날 같지 않게 침울한 표정들이었다. 날씨 탓도 있었지만 찌그리 일 때문이었다. 여태 귓속말로만 오가던 이야기가 노골적으로 공개되고 있었다. 찌그리는 시제에 얼굴을 내놓지 않았다. 박응언이 젊은이 둘을 시켜 찌그리를 데려오라고 했다.

술이 두어 순배 돌고 나자 박응언이 일어섰다.

"이야기를 들어 다들 알고 있겠지만, 이번에 또 우리 박가들 속에서 조상 앞에 얼굴을 들 수 없는 일을 저지른 사람이 나왔는데, 이번 일은 소작회는 소작회고 우리 문중에서 그냥 두어서는 안 될 것 같네. 이번 소작쟁의는 암태도 소작인들 전부가 죽느냐 사느냐 하는 판인데 소작회 결의를 무시하고 소작료를 바쳐버린 작자가 우리 박가 성 가진 사람 속에서 나왔으니 이것이 무슨 꼴이야? 지난번 노름 사건만 가지고도 다른 성씨들 앞에서 얼굴을 들 수가 없을 지경인데 이런 일이 또 생겼으니, 이것은 조상 가진 후손의 도리랄 수가 없어. 조상 앞에서 후손의 도리라는 것이 이렇게 시젯날 모여 절이나 하는 것이 제 도리겠어? 가문을 빛내지는 못할망정 더럽히지는 않아야 그것이 올바른 후손의 도리라 이 말이야."

"잡아다가 물고를 냅시다."

"패 죽여요."

여기저기서 주먹을 쥐고 나섰다. 그때 저 아래서 찌그리를 데리고 올라오고 있었다.

"허허. 어물전 망신은 꼴뚜기가 시킨다더니 어디서 저렇게 꼴도 제대로 못 갖춘 것이 박가 속에서 삐져나와가지고 집안 꼴을 이 지경으로 걸레를 만들지? 예끼, 이 육시를 해도 션찮을 놈!"

젊은이 중에서 하나가 쫓아가 찌그리 엉덩이를 걷어찼다.

"가만! 저쪽 소나무에다 꽁꽁 묶어!"

우르르 달려드는 일가들을 제지하며 박웅언이 고함을 질렀다. 찌그리를 한쪽으로 끌고 갔다. 제물 묶어왔던 새끼 토막을 주워가지고 모두 달려들었다. 뭣벌 큼직한 도래솔 하나에다 찌그리 몸뚱이를 꽁꽁 묶었다. 찌그리는 사색이 되어 가뜩이나 삐딱하게 기운 고개를 축 내려뜨리고 있었다.

"이 죽일 놈아, 꼴값을 해도 유분수지 집안 망신을 이렇게 시켜. 어디 문중 사람들 앞에서 아가리나 한번 놀려봐라. 김서기란 놈이 뭐라고 하면서 소작료를 내라고 꼬드기더냐?"

박필선이 굵직한 소나무 가지 하나를 곁가지를 훑어 꼬나쥐며 닦달을 하고 나섰다. 찌그리는 그대로 고개만 떨구고 있었다.

"말을 해! 이 죽일 놈아."

박필선이 작대기를 들고 을렀다.

"일본 순사들이 총 들고 와서 소작인들을 다 쏴 죽인다고……"

찌그리 입에서 시르죽은 소리가 삐져나왔다.

"에라 이 죽일 놈, 그런 것을 말이라고 곧이들어?"

몰려섰던 사람들이 우르르 달려들며 발길질을 했다.

"또 뭐라더냐?"

달려드는 사람들을 제지하며 박필선이 다그쳤다.

"소작도 많이 주고 집도 준다고……"

"그러면 그리 이사도 갈 테냐?"

찌그리는 입을 다물었다.

"말을 해! 이사를 갈 테냐?"

"예."

"예끼 이 죽일 놈!"

또 우르르 달려들며 쥐어박았다.

"이놈아, 조 한 섬 가지고 시갯금 올린다더니, 소작료 석 섬으로 일가친척에 팔백 명 소작인들을 배반하고 너 혼자만 빠져나가 문 지주 똥강아지가 되겠다는 것이냐?"

"이런 놈은 그냥 둬서는 안 돼!"

"패 죽여!"

물러섰던 일가들은 분을 참지 못해 다시 우르르 달려들어 치고받고 난장판이 벌어졌다. 항렬이고 뭣이고 소용없었다.

"이놈들아!"

퍽퍽 얻어맞고만 있던 찌그리가 느닷없이 꽥 악을 썼다. 매에 못 이긴 단순한 비명이 아니었다. 찌그리 눈에 시퍼렇게 불이 켜져 있었다. 사람들은 무춤했다.

"네놈들이 일가라지만 내가 굶고 앉았을 때 밥 한술 싸다 줬더냐? 나는 일가도 소용없다. 죽일 테면 죽여라."

찌그리는 묶인 몸뚱이를 뒤치며 고래고래 악을 썼다.

"어어. 똥 싼 주제에 매화타령이라더니, 뭣이 어째?"

축들은 다시 달려들어 더 호되게 두들겨 팼다.

"아이고 사람 죽이네."

찌그리는 쩨지는 소리로 악을 썼다.

그때 저 아래 산지기 집에서 늙은 축들이 몰려나왔다.

"이놈들 무슨 짓이냐, 가만두지 못해!"

박복영이 맨 앞에 달려오고 있었다. 젊은이들은 한발 물러서기는 했으나 아직도 분이 덜 풀려 코를 씩씩 불고 있었다.

계속 악을 쓰고 있는 찌그리 코에서는 코피가 쏟아져 벌겋게 옷을 물들이고 있었다. 허연 바지저고리가 벌겋게 피에 젖으며 악을 쓰고 있는 찌그리의 꼴은 처참했다.

찌그리의 험한 꼴을 본 늙은 축들은 눈이 주발만 해졌다.

"소작료를 몰래 바쳐버렸어요."

"뭣이, 소작료를 바쳐?"

박복영이 깜짝 놀라며 다가섰다.

"문지주가 집을 준다고 이사까지 간답니다."

박복영은 몽둥이라도 한 대 언어맞은 꼴로 멍청하게 찌그리를 건너다보고 있었다.

"끌러줘!"

박복영은 착 가라앉은 소리로 내뱉었다. 새끼를 끌러주자 찌그리는 제대로 몸을 가누지 못하고 한쪽 다리를 땅에 꿇으며 피 흐르는 코로 손이 갔다.

"선조들 선산 앞에서 이게 무슨 지각없는 짓들인가? 조상 앞에서 못난 꼴을 두 벌로 보였그만."

박복영은 주위를 돌아보며 가볍게 나무랐다.

"우리들 불찰일세."

박복영은 신음 소리처럼 또 한마디를 내뱉고 돌아섰다. 사람이 원체 변변치 못한데다가 이런 처참한 꼴을 하고 있으니 어디다 대고 나무라고 어쩌고 할 구석도 없게 보였다.

다음 날 아침 기동리 앞에는 찌그리 이삿짐 행렬이 지나갔다. 문지주 머슴들이 와서 이삿짐을 져 간 것이다. 동네 사람들은 골목골목 몰려서서 이삿짐 행렬을 구경하고 있었다.

이삿짐이란 아무리 부잣집 이삿짐이라도 꾸려놓으면 지저분하고 엉성하기가 부서진 까치집 꼴인데, 더구나 궁기에 찌든 살림살이를 손 거친 머슴들이 얼기설기 꾸려 짊어진 것이라 더 험했다.

"찌그리 출세했네. 부잣집 그늘에도 들고 볼 일이야. 집 주고 이삿짐까지 져다 주니 이런 호사가 쉽겠어?"

"부러우면 소작료 내시오. 사람은 가마로 모셔 갈지 모릅니다."

머슴들은 바쁜 걸음을 치면서도 한마디씩 대거리를 했다.

"찌그리는 우리 동네에 하나만 키웠지 둘은 안 키웠어."

"내중에는 찌그리가 살찐 석숭이로 보일 테니 맘 돌려요."

"금승말 갈기 바로 질지 외로 질지 두고 봐."

"입은 비뚤어졌어도 줄래는 바로 불더라고, 찌그리가 고개는 틀어졌어도 앞일 하나는 제대로 내다보는 것 같습디다."

"야, 이 잡을 새끼들, 아가리 닥쳐. 병아리 새끼가 발 벗었으니 항상 오뉴월인 줄 아느냐? 대신 댁 송아지 백정 무서운지 모른다고 함부로 아가리를 놀리고 있는데, 더 까불었단 여차하는 날에는 네 놈들 모가지부터 풍뎅이 모가지 비틀듯 비틀어놀겨."

젊은 축들이 얼러메자 문지주 머슴들은 더 대거리하지 않고 채 맞은 족제비 담 넘어가듯 동네를 빠져나갔다. 그런데 이삿짐이 다 나갔는데도 찌그리 내외는 좀처럼 나타나지 않았다. 사람들이 그쪽으로 가봤다. 찌그리 내외는 이삿짐을 다 챙겨 간 빈 마루에 물 건너 손자 죽은 할애비 꼴로 우두커니 먼 산만 건너다보고 있었다.

찌그리는 어찌 생각했는지 그날 밤 다시 이삿짐을 옮겨 왔다고 했다. 눈물 콧물을 앞세우고 내외가 밤을 새워 이삿짐을 날라 왔는데, 그것을 보다 못한 이웃 사람들이 한 행보씩 거들어주기까지 했다는 것이다.

알고 보니 이런 일은 기동리에서만 있는 것이 아니었다. 신석리와 송곡리(松谷里)에서도 한 집씩 있었는데, 거기서는 밤중에 배를 타고 실어 갔다는 것이다. 그들은 이사 가는 소동까지는 없었으나 모두가 찌그리같이 어수룩한 사람들이었다.

소작위원회에서는 바짝 긴장했다. 상대가 모두 변변찮은 사람들 뿐이어서 출회처분을 하고 말 것도 없어 그냥 놔둔 채 그런 사람이 더 없게 철저히 경계를 했다. 밤마다 강연을 하고 벽보를 써 붙이는 등 마치 전쟁이라도 대비하는 것 같은 긴장이 감돌았다.

제6장 대결

"도리우치가 소작료 받으러 온다."

단고리 골목에서 느닷없는 고함 소리가 터졌다. 아침을 먹고 난 단고리 사람들은 깜짝 놀라 밖으로 튀어나왔다. 간석지 제방 저쪽에 십여 명의 장정들이 지게를 지고 이쪽으로 몰려오고 있었다. 어린애들이 골목골목 뛰어다니며 소리를 질렀다. 가까이 보니 맨 앞에 지게를 지지 않은 두 사람은 도리우치와 김서기였다.

당코쓰봉에 도리우치를 삐딱하게 젖혀 쓰고 우람하게 발그라진 앞가슴을 쩍 벌린 도리우치의 모습은 마치 군사들을 거느리고 적진에 결전을 하러 오는 장수와 같이 위풍이 당당했다. 그 뒤에 따르고 있는 머슴들도 머리에 수건들을 질끈질끈 동여맨 것이 관아라도 털러 가는 화적떼같이 설금차 보였다.

"이 자식들 올 테면 와봐라. 우리한테서 소작료 받아 가기가 찌그리 집 이삿짐 꾸려 가듯 쉬울 것 같으냐?"

"하늘이 두 쪽으로 뽀개져도 어림없다."

위세 당당한 도리우치 일행의 행렬을 보자 동네 사람들은 한마디씩 객기를 부리며 한바탕 닥뜨려 싸울 자세를 가다듬었다. 개들도 요란스럽게 짖어댔다. 평소에 별로 짖지 않는 개들이었으나 이놈들을 보자 무슨 살기를 느꼈던지 목뒤털을 곤추세우고 눈알을 번득이며 저만치 동네 앞까지 쫓아 나가 요란스럽게 짖어대고 있었다.

지난번 찌그리를 비롯한 몇 사람들의 소작료를 밤중에 들어내간 뒤로 거진 두어 달 동안이나 전혀 소식이 없던 놈들이었다. 세안에 무슨 일이 있을 줄 알았는데 음력설이 지나도록 아무 기척이 없었고, 지난번 총회 때 파작동맹 시한으로 정한 2월 15일까지도 아무 소식이 없어 별일이다 했었더니 3월 중순에야 이렇게 나타난 것이다.

그런데 놈들은 단고리로 들어서지 않고 곧장 기동리 쪽으로 갔다. 기동리에 들어선 도리우치 일행은 미리 작정한 집이라도 있는 듯 횡하니 큰 골목을 잡아 쏠려들었다. 서동수 집으로 들어섰다. 도리우치는 여남은 명의 머슴들을 뒤에 달고 마치 제집에라도 들어서듯 마당으로 쑥 들어섰다.

"소작료 받으러 왔소. 닷 섬 엿 말이오."

인사도 절도 없이 홍두깨 내밀듯 용건만 들이댔다.

손작두로 여물을 썰다가 작두가 말을 안 들었던지 고두쇠를 빼들고 있던 서동수는 느닷없는 소리에 앉은 자세로 뒤를 돌아봤다. 십여 명의 장정들 속에서 도리우치의 당돌한 모습을 본 서동수는

제6장 대결　　　　**183**

잠시 어리둥절했다.

"내기는 내야지만 어찌 소작료를 집에까지……"

졸지에 대꾸를 하다보니 이런 시르죽은 소리가 되고 말았다.

"안 가져오니까 집으로 받으러 온 것 아니냐 이게야. 소작을 그만 부칠 심보 같으니 소작료도 우리가 져 간다 이게야. 두말하면 잔소리고 소작료나 빨리 내요. 지금 시국이 어느 시국인 줄 아냐이게야."

도리우치는 감때사납게 나왔다. 김서기는 평소 안면이 있는 사이였으나 얼굴에 싹 대패질을 하고 버티고 서 있었다.

"문가들 머슴들은 남의 이삿짐만 잘 져다 주는 줄 알았더니 소작료까지 져다 주겠다고? 허허. 머슴놈들 설 쇠고 일복 터졌구나."

서동수도 만만찮게 버티고 나섰다.

"뭣이?"

뒤에 섰던 머슴들이 욱했다.

"당신하고 시비하러 온 것 아니니까 잔소리 말고 빨리 소작료나 내라 이게야."

"잔소리? 말버릇 한번 제대로 되어간다. 설음식에 뱃가죽에 기름기가 올랐거든 가서 여물방에 퍼지르고 낮잠이나 주무셔. 소작회에서 당신 같은 사람한테 소작료 내라는 소리 못 들었어."

동네 사람들이 사립문께로 몰려들고 있었다.

"소작회? 소작회가 뭐야. 당신 소작회 논 부쳤어?"

"당신 어디서 온 사람인데, 소작료 받으러 왔다는 사람이 암태도에 와서 소작회도 몰라? 보아하니 문지주 머슴 같은데, 소작회도 모르고 소작료 받으러 왔다면 지금 맥도 모르고 침통 흔들고 계시는그만. 그런 소작료는 당신네 동네 가서나 받으서. 여기는 무안군 암태도야. 번지수를 잘못 짚으셨어."

서동수는 잔뜩 비웃는 가락으로 구슬렸다. 그때 김서기가 깡 고함을 지르며 나섰다.

"뭣이? 번지수가 틀려? 이분은 암태도 도마름이오. 마름이 소작인 집에 와서 소작료를 내라는데 번지수가 틀리다니, 여기가 문지주 소작인 집이 아니고 뭐요?"

"도마름? 그러면 더구나 번지수가 틀렸그만. 지난번 우리 소작회 총회 때 마름은 인정하지 않는다고 했으니, 소작료 받으려면 당신네 상전보고 소작회로 나오라고 하시오."

서동수는 더 비꼬는 소리로 내갈겼다. 동네 사람들이 사립으로 꾸역꾸역 몰려들고 있어 더 기세가 올랐다.

"뭐라구? 지주가 마름 둔 것은 이 세상에 소작법 생기고부터 있는 일인데, 소작회에서 마름을 인정하고 말고 한단 말이야?"

도리우치가 삿대질을 하며 내지르고 나왔다.

"어허, 이 사람이. 어느 왕조 때 살다가 깨난 사람에 이런 사람이 있어? 지금이 어느 땐 줄 알고 이래? 지금은 지주 혼자 마음대로 소작인들 골 내고 피 내고 걸태질하던 세상이 아니고, 소작회가 생겨난 세상이야. 개다리쓰봉에 도리우치깨나 붙이고 다니니까 당신 혼자만 눈뜨고 개명한 줄 아서?"

"허허. 소작인도 개명했으니까 소작료를 못 내겠다 이겐가? 개명 한번 멋들어지게 했다."

도리우치는 개명이란 소리에 같잖다는 표정을 지으며 잔뜩 비꼬는 가락으로 나왔다.

"그래. 개명했으니까 당신 같은 사람한테는 소작료 못 내겠어."

"나는 지주 대리로 소작인한테 소작료 받으러 온 마름이라 이게야, 마름! 마름한테 소작료를 못 내면 어디다 낸단 말이야?"

"멀쩡한 허위대에 도리우치까지 붙이고 다니는 사람이 귀에는 말뚝을 박고 다니나? 다시 말해줄 테니 귀를 열고 똑똑히 들어보셔. 소작회에서는 마름을 인정하지 않기로 했고, 소작회 지시 없이는 소작료를 못 내도록 되어 있다 이게야. 알아듣겠나, 이게야?"

서동수는 도리우치 말꼬리를 흉내 내어 '이게야'에 힘을 주었다.

"소작회에서 마름을 인정하고 말고 하다니, 마름이 소작회 마름인가?"

"소작회 마름이건 지주 마름이건, 당신은 마름이 무슨 감툰 줄 알고 유세하려드는데, 우리한테는 강아지 새끼가 뒤집어쓴 짚벙거지만큼도 안 뵈니까, 마름 감투가 그렇게 소중하거든 나중에 당신 상여 나갈 때 명정(銘旌)거리로나 쓰셔."

"허허. 제절로 찢어진 입이라고 말 한번 곱게 나온다."

"그래, 고운 말로 다시 한번 말하지. 소작료 내라는 소리는 마름이 아니라 마름 할애비가 와서 찰시루떡 쪄놓고 석삼년을 아갈대도 같잖으니 바쁜 사람 붙잡고 익은 밥 먹고 선소리 작작 하고 꼴 치워. 일 바쁘니까."

서동수는 홱 돌아앉아 고두쇠를 박으려고 작두날을 들었다.

"배짱 한번 두둑하구나. 좋아, 그러면 법으로 이야기를 풀어주

186

지. 나는 지금 지주 대리로 나온 마름이니까 소작인한테 당당히 소작료를 받을 권리가 있고, 만약에 순순하게 안 내논다면 강제로 가져갈 권리가 있다 이게야. 이런 권리행사를 방해하면 어떻게 되는 줄 알아? 법에 묶여, 법!"

"뭣이, 법?"

서동수는 손작두날을 들고 벌떡 일어섰다.

"법이 당신 법인 줄 알아? 어디 강제로 한번 가져가봐."

손에 들린 손작두날이 파르르 떨고 있었다.

"모두 이리 와서 마루문 열고 있는 대로 들어내!"

도리우치가 머슴들을 향해 손짓을 해놓고 성큼성큼 마루 쪽으로 갔다.

"저것이 어디서 굴러온 개뼈다귀냐? 죽여!"

동네 사람들이 우르르 몰려들며 악을 썼다. 문지주 머슴들은 동네 사람들 서슬에 기가 죽어 제대로 달려들지 못했다.

"어서 와!"

도리우치가 뒤를 돌아보며 악을 썼다. 머슴들은 다가오지 못하고 동네 사람들만 몰려들었다. 도리우치는 다시 악을 쓰며 마루에다 성큼 한 발을 올려놨다. 순간, 군중 사이에서 나온 서동오가 도리우치와 함께 성큼 마루로 오르며 도리우치 뒷덜미를 나꾸었다.

"야, 인마!"

서동오는 도리우치 뒷덜미를 홱 잡아당겼다. 순간, 도리우치는 몸의 중심을 잃고 네 활개를 허공에 내두르며 뒷걸음질을 쳤다. 서너 걸음 뒤로 허우적거리다가 땅바닥에 픽 엉덩방아를 찧고 말았다.

"시원하냐."

웃음소리가 터졌다. 도리우치는 일어날 생각을 않고 그대로 주저앉은 채 이윽히 서동수를 쳐다봤다. 조금도 당황한 표정이 아니었다. 만만찮은 여유였다. 사람들은 숨을 죽이고 도리우치를 보고 있었다.

"너는 누구냐?"

도리우치는 침착하게 엉덩이를 일으키며 착 가라앉은 목소리로 물었다.

"이 동네 서동오다."

"똑똑히 일러둔다. 너 사람 쳤어."

도리우치는 손가락을 까닥거리며 다짐을 두었다. 놈은 얼굴빛이 하얗게 변해 있었고, 눈에는 시퍼런 독기가 솟고 있었다.

"치긴 누가 쳐? 못된 강아지 부뚜막에 오른다고 못 올라갈 데를 올라가니까 끄집어낸 거야. 저기는 사람 사는 집이고 조상 제사 지내는 마루야. 너는 네 할애비 제사 지내는 데도 신 신고 올라가냐?"

서동오가 삿대질을 하면서 내질렀다.

"이놈 잘 봐두겠다. 법이 있어, 법."

도리우치가 이를 악물었다.

"그래 안다. 세상에 법이 있으니까 그것이 몽땅 문재철이 법이고 너 같은 놈 법이라더냐?"

"철없이 깝죽대는 것을 보니 아직 법 맛을 제대로 못 봤구나. 내 똑똑히 말해주는데 그때 가서 후회하지 말어."

"오냐, 잘 알았다. 나도 한마디 똑똑히 일러둔다. 법 위에는 천도

(天道)가 있다. 저 뒤에 사람들 안 뵈냐. 저 주먹들 속에는 법보다 무서운 천도가 들었어. 문지주 같은 놈은 천도를 어긴 놈이야. 네가 어디서 굴러온 개뼈다귄지 모르겠다만, 천도를 어기고 있는 문지주 같은 놈 앞잡이로 설치다가는 어느 주먹에 맞아 죽을지 모른다. 그때 가서 후회하지 말어."

"하룻강아지 범 무서운 줄 모른다더니 잘 논다."

"내가 부를 노래를 사돈이 부르고 있구나."

"다시 묻는데 정말 소작료는 못 내겠다 이거지?"

도리우치는 서동오를 향해 다시 다그쳤다.

"허허, 샌님 물으시는 말씀이 바로 대답인데, 이럴 때는 어쩔 거나, 그냥 웃어나 주랴?"

"좋다. 두고 보자, 내가 누군 줄을 알려주겠다."

도리우치는 이를 물고 돌아섰다. 몰려섰던 사람들이 길을 내주었다.

"갓 쓴 망신이라더니 도리우치 쓰고 망신하니 더 못 보겠네. 하하."

"뚝비 맞은 강아지 같그만."

놈은 걸음을 멈추고 동네 사람들을 할기시 돌아봤다.

"보긴 어딜 봐? 곱게 보내줄 때 어서 꺼져. 뼈다귀를 발라 머슴놈들 지게 위에 지워놓기 전에."

도리우치는 그대로 나갔다. 머슴들도 골목에 가득 몰려선 군중들이 금방 몰매라도 칠 것 같은 두려움에 기죽은 강아지처럼 쭈뼛거리며 불뚱 디딘 걸음으로 골목을 빠져나갔다.

"야, 도리우치 쓴 개다리야, 문영감한테 가거든 소작료 받아낼

궁리 하지 말고 동뫼산에 서 있는 공덕비 지킬 궁리나 하라더라고
전해라.”

　놈은 다시 뒤를 돌아봤다.

　“많이들 깝죽거려. 순사들 총칼 밑에서 발발 떨 때는 내가 네놈
들 할애비로 보일 것이다.”

　“저 죽일 놈.”

　“가만!”

　젊은 축들이 욱 몰려가려는 것을 박응언이 제지했다. 젊은 축들
은 순사들이란 말에 대번에 눈에 불을 켠 것이다.

　“저 새끼 가만둬?”

　“어허!”

　박응언이 다시 얼렀다.

　동네 사람들은 소작회 사무실로 몰려들었다.

　“그놈들 혼 한번 되게 났다. 여기가 어디라고 함부로 까불어.”

　“하하. 그놈 코창 한번 야무지게 뗐지.”

　“삼 년 묵은 체증이 확 내려가는 것 같네.”

　동네 사람들은 통쾌하게 웃어젖혔다.

　“하하. 동수는 어디서 그런 구변이 나와. 서울 왈패들 속에 내놔
도 지지 않겠던데.”

　서태석이 웃었다.

　“그런데 싸움은 이제부터야.”

　서창석이 따라 웃고 나서 말했다.

　“이것이 지금 전초전인 셈인데, 전초전에서 이놈들 기를 그렇게

꺾어논 것은 통쾌한 일이지만 그자들 기세도 만만찮아. 이놈들이 제일 첫판 싸움을 여기 와서 걸어본 것부터가 그래. 와촌이나 단고리를 놔두고 바로 소작회 사무실이 있는 이리 닥쳤다는 것도 그렇지만, 그중에서도 소작회 간부 집을 택했다는 것도 그렇거든. 바로 심장부를 맹타하자는 수작이었어."

서창석이 새겼다.

"그렇지만 혼쭐이 나서 도망쳤으니 이제 섣불리 나오지 못할 걸요?"

"아냐. 그놈들이 물러가기는 했지만 기가 죽은 것은 아냐. 웃고 간 것 못 봤어? 사실은 여기 온 것이 소작인들 기세가 어떤가 배거리질을 한번 해본 거야. 두고 봐. 어디서 험하게 놀아먹던 놈 같은데, 그런 놈을 도마름으로 내세운 지주 속셈은 뻔하지 않아? 멋대로 한번 족쳐보라는 거지. 그런데 여기서 그 꼴을 당하고 갔으니 도마름 체면도 있겠다, 이놈이 기어코 일통을 한번 내고 말 거야."

서창석의 말에 모두 말이 없었다.

"그렇습니다. 지난번 남강 술집에서 봤을 때는 그냥 어깨판이나 내갈기고 다니는 놈 같았는데, 따지는 것 보니까 꼭 그렇지만도 않은 것 같아요."

서동수였다.

"소작위원회를 열어 단단히 대비를 하도록 합시다."

김용학이었다.

도리우치가 서동수 집을 골라 덮친 것은 서창석이 말한 이유도 있겠지만 실은 그보다 훨씬 깊고 비열한 속셈이 있었다. 서동수 아네는 수곡리에서 시집온 문가였고, 문가들 중에서도 문지주와 유독 촌수가 가까웠다. 그러니까 서동수의 이런 입장을 걸어놓고 그의 태도를 묻는 것이었다. 그래서 아까 누구보다 가슴을 죄며 애를 태웠던 것은 서동수의 아내였다.

소작위원회가 소집되자 뜻밖의 사실이 보고되었다. 도리우치 일행이 돌아가다가 새터 외딴집에 들어가 강제로 소작료를 빼앗아 갔다는 것이다. 두 집이 당했다고 했다. 예상하지 못한 일은 아니었으나 두 집이나 그렇게 맥없이 당했다니 충격적인 일이 아닐 수 없었다.

여러 가지로 대항책이 논의되었지만 별 뾰족한 수가 없었다.

"그놈들이 동네에 들어오면 동네 사람들이 전부 몰려들어 그놈들을 몰아내야 합니다. 어물어물하다가 한 집 두 집 먹혀들기 시작하면 큰일입니다. 특히 와촌은 동네가 가까운데다 새터·중흥(中興) 세 동네나 되니 더 정신을 바짝 차려야 할 것 같아요."

서창석이었다.

"그리고 지난번에도 말했지만 이것 하나는 단단히 명심해야 합니다. 저자들하고 실랑이가 벌어졌을 때 부애 난다고 혹시라도 저 작자들한테 손을 대서는 큰일납니다. 악담은 얼마든지 퍼부어도 좋지만 손을 대서는 절대로 안 돼요. 혹시 저쪽에서 먼저 손을 대더라도 그냥 맞아요. 저놈들은 내중에 가서는 이쪽에서 그렇게 손을 대도록 수를 쓸지도 모릅니다. 경찰을 불러들일 언턱거리를 만들자는 것이지요. 그러니까 부애 난다고 때리는 것은 저자들 수에 말려드는 것이고, 같이 치고 맞더라도 경찰을 불러들일 구실이 되기는 마찬가지니까 결국 이쪽이 지는 것입니다. 이 점 각별히 주의 해야 합니다."

손학진이었다.

"한 가지 문제가 있는데요. 지난번 총회 때 지주가 2월 15일까지 안 들으면 파작을 하기로 했잖습니까? 그런데 못자리 때가 가까워 오고 있는데 어떨까요?"

박종식이었다.

"아, 그렇군."

논의한 결과 파작을 공동경작으로 방침을 바꾸고, 이것은 총회 결의사항이기 때문에 다음 총회에서 추인을 받기로 했다.

도리우치의 소작료 강제수거는 맹렬했다. 외딴집만을 골라 느 닷없이 들이닥치는 작전을 쓰고 있었는데, 십여 명의 장정들이 들 이닥치면 주인 혼자로서는 속수무책이었다. 앙칼지게 버티며 악을 써서 동네 사람들을 불러들이는 사람도 있었으나, 이 작자들의 위 세 앞에 제대로 말 한마디 못 하고 장마에 흙담 무너지듯 헤무르게 빼앗겨버리는 사람도 적지 않았다. 소작위원들은 동네 사람들을 동원해서 지킨다고 지켰지만 날이 밝기도 전에 배를 대놓고 송곡·해당 같은 데 들이닥치는가 하면, 해거름에 박달산(朴達山) 기슭에 다 배를 대고 탄금 외딴집을 덮치기도 했다. 꼭 해적들처럼 기습적 으로 달려들어 매 꿩 덮치듯 소작료를 빼앗아 지고 달아나는 바람 에 번번이 허를 찔리고 말았다. 북강진(北江津) 옆 전포마을에서는 하루 저녁에 세 집이나 털리기도 했다.

"소작회에서 이번 일에 이긴다고 하자 이게야. 그렇지만 땅문서까지 차지해서 당신들 땅이 된다면 몰라도, 땅은 그대로 지주 땅이고 당신들은 그대로 소작인이라 이게야. 집에까지 이렇게 받으러 왔는데 안 낸다면 두고 보자구. 소작료를 안 내고 배길 것 같아? 문지주가 어떤 사람이야. 순사들을 몰아넣어 순사들 총칼 밑에서 벌벌 떨면서 내지 말고 순순히 내놔. 지금 내면 나중에 다른 놈들한테서 소작 떼였을 때 다 그만한 생각이 있지만, 총칼 밑에서 냈을 때는 소작료는 소작료대로 내고 소작이 날아가. 언제 떼도 기어코 떼고 만다 이게야. 내고 나면 소작회에 체면이 안 서겠지. 그래서 우리가 억지로 빼앗아가는 척할 테니까, 소작회에다 대고는 억지로 빼앗겼다고 우는 척만 해! 지금 겉으로는 소작인들이 모두 소작회 쪽에다 대고 고개 끄덕이는 것 같아도 우리한테 안 듯 모른 듯 소작료를 낸 사람이 지금까지 얼마나 되는 줄 알아?"

도리우치와 김서기의 이런 공갈과 꼬드김은 상당히 먹혀들고 있었다. 전부터 잔뜩 굽죄여 살아오던 사람들이라 순사를 몰아붙인다는 공갈도 공갈이지만, 소작회 간부들이 아무리 큰소리를 쳐도 상대가 문재철이다보면 이 일이 어떻게 결말이 날 것인지 확신이 서지 않았다. 이놈들한테 지금 당해봤자 그것은 금년 소작료뿐이지만 후장(後場)에 비가 올지 해가 뜰지 모르다보면, 소작이 송두리째 날아갈지 모른다는 불안감에 맥이 풀리는 것이다.

"도리우치 떴다."

와촌 골목에서 아이들이 소리를 질렀다. 도리우치 일행이 나타나기만 하면 동네 아이들은 마치 도둑떼라도 온 것처럼 소리를 질렀다. 도리우치 일행은 저쪽 마명 쪽으로 가고 있었다.

"이번에는 네 놈뿐이다."

동네 사람들은 도리우치 일행이 가고 있는 것을 멀리 건너다보고 있었다.

"도리우치만 가는 것 같은데 김서기는 어데로 갔을까?"

"그놈은 배를 타고 딴 데로 간 모양이지."

도리우치 일행은 마명 밑에 멈추더니 거기 한참 서성거리고 있었다. 그러다가 이내 마명 골목으로 들어서고 있었다.

"어어."

마명은 집이 여남은 채밖에 되지 않았다.

"쫓아가!"

골목에 몰려섰던 사람들 중에서 누가 소리를 질렀다. 와촌 사람들은 와크르 골목을 쏟아져 내려갔다. 와촌서 마명을 가려면 들판을 건너야 했으나 그래도 와촌이 가장 가까운 곳이었기 때문에 거기에 무슨 일이 생기면 와촌 사람들이 쫓아가기로 되어 있었다. 밤중에 놈들이 나타나면 불을 흔들어 신호를 하기로까지 해놓고 있던 참이었다. 와촌 사람들은 어제저녁 중흥에서 감쪽같이 한 집이 당했기 때문에 그 분이 남아 있었다.

동네 사람들은 허옇게 들판을 무질러 쫓아갔다. 그 집 주인은 도리우치를 붙잡고 시퍼렇게 악을 쓰고 있었고, 이웃집 사람들도 몰려 있었다.

와촌 사람들이 몰려들었을 때는 문지주 머슴 두 놈이 고방으로 들어서고 있던 참이었다.

"이 집에 반가운 손님 들었구나."

젊은 축들이 고방으로 몰려들었다.

"이 집 나락섬은 가져가는 것이 임잔가? 우리도 한 섬씩 져 가보세."

젊은 축들이 모두 고방으로 몰려들어갔다. 여남은 명이 몰려들자 고방이 가득 차버렸다.

"야, 이 새끼들, 여기서 뒈지고 싶냐? 얼른 못 기어 나가?"

젊은 축들은 문지주 머슴들 옆구리를 쥐어박으며 얼러댔다. 발길질이 들어가기도 했다. 문지주 머슴들은 겁을 먹고 나가려 했으나 사람이 가득 차버려 몸을 옴나위할 수가 없었다.

거기에는 판술이도 끼여 있었다.

"이 사람들은 새경 받고 사는 머슴들인데 무슨 죄야. 내보내!"

뒤늦게 들어온 만재가 소리를 질렀다. 젊은 축들은 막무가내로 욕을 퍼부으며 발길질을 했다.

"션찮은 짓들 그만하라구!"

만재는 악을 쓰며 길을 내주었다. 머슴들이 겨우 밖으로 빠져나갔다.

와촌 사람들은 마당에 가득 차고도 골목까지 메울 지경이었다.

"오냐. 콩 눌은밥은 눌을수록 좋다. 남의 소작료 받아가는 데 방해하면 어떻게 되는 줄 알아? 권리행사 방해야, 권리행사 방해. 잘 알아둬!"

도리우치가 마당에 가득 찬 사람들을 향해 악을 썼다.

"권리행사? 우리도 권리행사야. 소작회원 권리행사라구."

"허허. 권리행사가 뉘 집 강아지 이름인 줄 아나? 우리는 당당히 소작료를 받아 갈 권리가 있어. 무식한 도깨비 부적을 모른다고, 잘 들 놀아봐!"

"우리도 이 집에 받을 것이 있어. 작년에 꿔준 빚이 있어."

박종식이 앞으로 나서며 재치 있게 능갈쳤다.

박종식은 나오는 대로 무심중에 한 말이었으나 말을 해놓고 보니 그럴듯한 말이어서 속으로 옳거니 했다. 사실 소작회를 만들어 지주한테 대항을 한다고 하고는 있었으나, 이자들이 이렇게 소작인 한 사람 한 사람을 개별적으로 상대해서 강제로 소작료를 받아 갈 때 그 당사자가 버티는 것은 그럴 수 있는 일이었지만, 거기에 다른 사람이 간섭하고 나서는 데는 아무래도 꿀리는 데가 있어 행동에 자신이 없었던 것이다. 아무리 소작회라 하더라도 지주가 소작인 개인과 맞닥뜨려 상대하는데야 그것은 결국 남의 일일 수밖에 없었기 때문이었다.

그런데 나도 받을 것이 있다고 해놓고 보니, 다 같이 받아 갈 것이 있는 입장에서 너만 받아 가느냐는 소리가 되는 것이어서 당당하게 나설 수가 있었다. 더구나 이렇게 미리 알고 막을 때는 몰라도 머슴들이 일단 집에서 볏섬을 지고 나서면 그것을 붙잡아 빼앗을 수는 없어 속수무책이었는데, 이런 식으로 대들면 거기까지도 손을 댈 수가 있을 것 같았다.

도리우치는 동네 사람들이 여기저기서 핀잔을 주고 악담을 퍼부었으나 조금도 꿀리지 않고 되레 위협을 하고 나왔다. 정말 법이 아니라면 댓바람에 몽둥이로 요절을 내고 싶게 얄미웠다.

"야, 도리우치 이놈, 산지기 눈 봐라. 도끼밥을 남 주게 생겼냐?

이놈아, 더 까불시 말고 곱게 암태도에서 꺼져라. 암태도 곡괭이는 땅만 파라고 있는 줄 아냐?"

"잘 논다. 이담에 순사들 총칼 앞에서도 그 아가리 놀려봐라."

"순사들이 문지주 순사라던? 만약에 순사들이 오는 날에는 우리는 우선 네놈부터 요절을 내고 말 것이다."

고방 볏섬 위에 죽치고 앉은 젊은 축들은 입 벌어진 대로 악담을 내보냈다. 얼굴이 안 뵈기 때문에 아무리 떠벌려도 임자 없는 소리가 되고 보니 혀끝에 엉기는 대로 내뱉었다.

그때였다. 저 아래 골목에서 느닷없는 고함 소리가 터졌다.

"와촌서 소작료 져 가버렸소."

"뭣이!"

와촌 사람들이 이쪽으로 다 몰려와 동네가 빈 사이에 김서기 패들이 소작료를 들어갔다는 것이다.

"이 죽일 놈들이 수 썼구나."

"어서 쫓아가!"

와촌 사람들이 우르르 몰려 내려갔다. 도리우치는 빙그레 웃고 있었다. 박종식은 여기에는 여남은 사람만 남게 하고 동네 사람들을 모두 새터 쪽으로 몰아붙였다.

동네 사람들이 악을 쓰며 쫓아가고 있을 때 만재는 부러 뒤로 처졌다. 만재를 본 판술이가 다가왔다.

"수곡리 집에는 언제 가십니까?"

"응, 지난번에 남강 왔었더라는데 미안하게 됐네. 집에는 오늘낼 새 갈 참이야."

"그러면 모레 밤에 만나자더라고 전해주십시오."

"알았네."

긴 이야기는 할 수가 없었다. 만재는 동네 사람들 뒤를 따라 새터 쪽으로 쫓아갔다.

"어디 가냐?"

"벌써 저수지 훨씬 지나버렸어."

와촌 사람들은 산굽이를 돌아 새터 쪽으로 쫓아갔다.

동네에 남아 있던 사람들도 마을 어귀에 나와 이쪽만 보고 있는 사이에 감쪽같이 져 가버렸다는 것이다. 털보영감 집이라고 했다.

"그 날강도 같은 놈들 잡기만 잡아봐라."

와촌 사람들은 눈에 불을 켜고 쫓아갔다. 사람들이 새터에 다다랐을 때는 이미 늦어 있었다. 문지주 머슴들은 물외 걸머진 고슴도치 내빼듯 저 아래 남강 산굽이로 모습을 숨기고 있었다.

"허허. 이 죽일 놈들이 감쪽같이 속였그만."

아까 도리우치가 마명에서 소작료 받아내기에는 이미 사판이 틀렸는데도 버티고 있었던 것이 이런 야료속이었던 것을, 이놈 수작에 넘어간 것이 분했다. 소작료 빼앗긴 것보다 온 동네 사람들이 이놈 농간에 놀아나버린 것이 더 화가 났다.

와촌 사람들은 새터 고갯마루에 몰려서서 마른땅에 새우 뛰듯 발을 굴렀으나, 이미 쏟은 물이었다. 털보영감은 죽은 딸네 집 건너다보듯 멍청하게 서서 저 아래 산굽이만 내려다보고 있었다.

"이 죽일 놈들 두고 보자."

만재는 수곡리 재를 넘고 있었다. 하늘에는 비 머금은 구름이 잔

뚝 끼어 있었다. 한 치 앞을 분간할 수 없는 어둠이었다. 너무 어두워 발을 헛디디기도 했으나 무서워서 견딜 수가 없었다. 어디서 바스락 소리만 나도 등줄기에 장대 같은 소름이 죽죽 그어졌다. 그러나 가지 않을 수 없었다. 모처럼의 약속이기도 하려니와 만재가 가지 않으면 연엽이는 혼자 그 무서운 당집에서 기다리고 있을 것이기 때문이었다.

지난 정월 보름날까지는 만났었다. 혼사를 봄으로 미루게 됐다는 말을 들은 뒤부터는 닷새 간격 혹은 열흘 간격으로 만났었다. 그런데 지난 보름날 만났던 뒤로는 나오지 않았다. 거푸 사흘간을 나가 당집에서 새벽닭이 울 때까지 기다려봤지만 나오지 않았다.

"연엽이는 별수 없이 신석리로 시집을 가는 모양이야."

어제 아침 자기 집에 다녀오던 판술이 말이었다. 만재는 멍청하게 서서 판술이 입만 쳐다보고 있었다.

"연엽이가 누구하고 밤중에 만난다는 소문이 퍼진 모양이더만, 그 소문이 자기 아버지 귀에까지 들어갔어. 그러자 바싹 혼사를 서둘러 지금 사성까지 왔다는 거야."

"사성이 와요?"

"응. 우리 집 애어미 말을 들으니 그동안 내외간에는 여러 번 티격이 있었던 것 같아. 연엽이 아버지 고함 소리가 울 밖에까지 넘어오는 것을 여러 번 들었다더만."

"……"

"연엽이는 요 얼마 동안은 우물길에도 안 나오다가 어제 첨으로 나왔는데, 그사이 애를 태워 그런지 얼굴이 어찌나 말랐는지 숫제 남의 얼굴을 뒤집어썼더라는구만. 우리 애어밀 보더니 그만 눈물을 펑펑 쏟아놓더라. 닭의똥 같은 눈물을 어찌나 쏟는지 처량해서 못 보겠더라구. 우리 애어미까지 눈물을 찔끔거리는 걸 보고 오자니 나도 어찌나 속이 쐐하던지, 지금까지 속이 안 좋구만."

"……"

"오늘 아침이나 저녁에 우물길에서 만나거든 만재가 한번 만나자더라구, 전에 만났던 데서 기다린다더라구, 말을 전하라 하긴 했어. 헌데 우리 애어미 얘기는, 사성까지 받아놨으면 이제 남의 사람이 돼버린 것이나 진배없는데 만나면 뭘 하겠느냐구 하더만. 그 아버지가 눈을 부라리고 있을 테니 나오기도 전같이 쉽잖을 것이고, 또 그렇게 만나봤자 서로 정만 깊어지고 하잖겠느냐구 말이야."

잿길을 올라가고 있는 만재의 눈앞에 연엽이의 얼굴이 어른거렸다. 삐쩍 마른 얼굴에 눈물을 펑펑 쏟는 연엽이를 생각하며 만재는 이를 악물고 재를 올라갔다.

재 꼭대기에 올라선 만재는 우뚝 걸음을 멈췄다. 포도 쪽 개펄에 웬 불이 예닐곱 개나 켜져 있었다. 징검다리인 것 같았다. 불들은 포도 동네에서 비치는 불하고는 달랐다. 퍼랬다. 불들은 움직였다. 도깨비불이었다. 불들은 이쪽으로 쏜살같이 달려오고 있었다. 갯가쯤에 와서 불들은 한 개로 모아졌다. 다시 나뉘더니 포도 쪽으로 날아갔다. 이번에는 다섯 개였다. 반쯤 달려가던 불이 다시 이쪽으로 건너왔다.

만재의 등에는 수십 개의 지네가 스멀거리는 것 같았다. 불들은 수곡리 쪽으로 들어가버렸다. 당집에 나와 있을지 모르는 연엽이 생각이 났다. 만재는 용을 쓰고 발을 떼었다. 그러다가 다시 굳어졌다. 도깨비불들이 이번에는 재 꼭대기를 향해 달려오고 있었다. 어디 올 테면 한번 와봐라, 이를 악물고 버텼다. 손에 몽둥이를 들고 나서지 않았던 것이 후회되었다. 도깨비불은 다시 갯가로 내려갔다. 빗방울이 지고 있었다.

도깨비불이 당집에 있는 연엽이를 덮칠 것만 같았다. 덮치지는 않는다 하더라도 연엽이는 저걸 보기만 해도 얼마나 놀랄 것인가? 그 자리에 까무라쳐버릴지 모른다. 그러나 만재는 발이 땅에 붙어 떨어지지 않았다. 그때 퍼뜩 떠오른 생각이 있었다. 다시 동네로 뛰어가 정환이더러 같이 가달라고 사정을 하자는 생각이었다.

만재는 돌아섰다. 냅다 뛰기 시작했다. 어두워 제대로 뛸 수가 없었으나 마음이 사뭇 다급하다보니 대충 짐작을 잡아 뛰었다. 도창리 동네 가까이 내려왔을 때였다. 만재는 그만 길바닥에 나가떨어지고 말았다. 나가떨어지는 순간 뭣이 발목을 꽉 붙잡은 것 같았다. 만재는 그대로 까무라치고 말았다.

도리우치 일행은 도창리를 털려고 마을을 빙 돌아 동네 뒤에서 내려오고 있었다. 허를 찌르려는 속셈이었다.

"어이구, 이게 뭐야?"

앞서가던 머슴이 질겁을 했다. 발끝에 물컹 채는 것이 있었다.

"뭐야?"

"사람이 죽어 있는 것 같아요."

"사람이 죽어?"

도리우치가 성냥을 켰다. 만재는 얼굴이 피투성이가 되어 있었다.

"죽진 않았그만."

"얼굴을 닦아봐!"

만재는 판술이 등에 업혀 와촌으로 들어왔다. 이마가 깨진 것도 깨진 것이지만 발목이 삐어 복숭아뼈를 구별할 수 없을 만큼 부어올랐다.

"형님, 우리 집으로 가지 말고 왼쪽 골목으로 들어갑시다."

만재는 끙끙 앓으며 업혀 오다가 골목을 들어서자 판술이에게 엉뚱한 소리를 했다.

"왜?"

"묻지 마시고 저 안에 있는 집으로 갑시다."

춘보 집이었다. 정환이 부부가 거처하는 방문 앞으로 갔다.

"형님, 나 만재요."

문을 흔들며 속삭였다.

"누, 누구야?"

"조용히 하시오. 만재요!"

방 안에서는 주섬주섬 옷 입는 소리가 났다. 불이 켜졌다. 문이 열렸다. 판술이가 방 안으로 디미는 만재의 꼴을 본 정환이 내외는 기겁을 했다. 판술이는 말없이 돌아섰다.

정환이는 만재의 상처부터 다시 싸맸다. 그동안 만재는 자초지종을 모조리 털어놨다.

"형님, 나 좀 거기까지 업고 갑시다. 꼭 가야 합니다."

"아니, 그 도깨비 속을 어떻게 간단 말인가요?"

정환이 아내가 기겁을 했다.

"안 가면 인 됩니다. 언엽이는 도깨비불에 기절을 하고 말 것입니다."

"이 몸으로 어떻게 가겠나. 삼식이를 불러내서 둘이 갔다 올 테니 우리한테 할 말만 전하게."

"아닙니다. 내가 가야 합니다."

정환이는 그럼 삼식이를 데리고 오겠다며 나갔다. 삼식이가 왔다. 만재는 두 사람 등에 번갈아 업혀 수곡리로 갔다. 도깨비불은 보이지 않았다. 당집에 이르렀으나 언엽이는 나와 있지 않았다. 아무리 기다려도 나오지 않았다. 다음 날 밤에도 만재는 두 사람을 졸라 다시 갔다. 나오지 않았다. 다음 날은 지팡이에 의지해서 혼자 가봤으나 역시 나오지 않았다.

그사이 만재와 언엽이 소문은 쫙 퍼지고 말았다.

도리우치와 김서기는 밤낮을 가리지 않고 허를 노렸다. 낮에는 그래도 모습을 내놓고 다니기 때문에 쉬웠으나, 밤을 타고 스며드는데는 이만저만 난감한 게 아니었다. 두 패 세 패로 패를 나누어 다니는가 하면, 한 패는 버젓이 다니고 그사이 한두 패는 한두 놈씩 어느 집으로 슬쩍 스며들어 주인한테 공갈을 쳐서 슬그머니 들어내가기도 했다. 이렇게 며칠이 지나고 보니 한 동네서 털린 집이 한두 집이 아닌 것 같았다. 더구나 외딴집은 털렸는지 어쩐지조차 알 수가 없었다.

소작회에서는 새로 대책을 세우지 않을 수 없었다. 소작위원회를 열어 동네별로 털린 집을 조사해보니 겉으로 나타난 것만 열댓 집인데, 당하고도 말을 않는 집이 있어 실제 수는 훨씬 많을 것이라는 얘기들이었다.

"그래도 그런 집을 조사해서 뉘 집이 털렸는지나 알고 있어야 할 것 아니요."

김일곤이었다.

"그것을 알아내자면 집을 뒤져봐야 할 테니 쉽잖을 것 같아요."

박종식이었다. 와촌은 지주하고 동네가 가까운데다 마을이 띄엄 띄엄 펼쳐 있어 여러 집이 당했을 것 같아 마음이 무겁던 참이었 다. 그러나 그게 밝혀지면 소작위원으로서 그만큼 면목이 없을 것 같아 이의를 단 것이 아니고 그들 처리 문제가 복잡할 것 같아서 였다.

"그렇더라도 어떤 집이 당했는가 알아보고 대비를 해도 해야지, 그걸 덮어두고 있다가 그런 식으로 한 집 두 집 속이 곪아가면 어 떻게 되겠소?"

"그렇지만 당한 사람들을 밤송이 까듯 밝혀내놓고 보면, 지난번 총회 결의대로 그런 사람들을 소작회에서 쫓아내야 하고 또 교제 도 끊어야 할 판인데, 이게 한두 집이라면 몰라도 한 동네서 대여 섯 집 된다고 합시다. 지금 이렇게 핏발이 서 있는 판이라 그런 사 람들을 모두 역적 취급하듯 할 것인데, 그러다보면 그런 사람들이 되레 뒤틀려서 내논 역적으로 문지주 쪽으로 붙어버릴지도 모르잖 습니까? 그렇게 되는 날에는 무자치 건드려 독사 만드는 격이지요. 일판이 좀 가라앉은 다음이면 몰라도 이런 꽃물에는 모르는 척하 는 것이 좋을 것 같아요."

박종식이 너름새 있게 말했다.

"그 밑에도 일리가 없잖은데 어떨까요?"

서창석이 좌중을 돌아봤다.

"그 점 우선 덮어두는 것이 좋을 것 같습니다. 알게 빼앗긴 사람들은 그들과 입장이 다르기는 하지만, 크게 가르면 내고 안 내고로 갈라지니까, 그렇게 보면 낸 사람 수가 만만찮을 것 같아요. 그들이 꼭 우리한테 등을 돌리고 문지주 편에 붙는다 해서가 아니라 지금 안 내고 있으면서도 은근히 눈치 보고 있을 사람들이 그쪽으로 마음이 기울 수도 있다 이것입니다."

소작위원들은 말을 하면서도 늘 서태석 쪽으로 눈을 힐끔거렸으나, 서태석은 그냥 덤덤히 앉아 소작위원들 말만 듣고 있었다. 이 근래 와서 서태석은 자기 의견을 내놓는 법이 거의 없었다.

"그러면 이 일은 덮어두기로 하지요. 그런데 지금 제일 골치 아픈 것은 동네에서 외따로 떨어져 있는 집이나 구석 목도같이 서너 집만 있는 곳인데, 무슨 좋은 수가 없습니까?"

서창석이 다음 문제를 내놨다.

"지금 그런 집 때문에 동네 사람들이 밤잠을 못 잘 지경인데 이렇게 하면 어떻겠습니까? 그런 집에 며칠 먹을 양식만 남겨놓고 나락섬을 몽땅 져다가 동네다 맡겨논단 말입니다. 동네 사람들이 날마다 밤잠 못 자는 것에 비하면 아주 간단한 일이거든요. 일테면 마명이나 해당 같은 마을까지도 그렇게 한다 하더라도 송곡이나 와촌 사람들이 몽땅 나서면 한 등짐씩이면 될 것 아닙니까?"

김연태가 그럴싸한 안을 내놨다.

"하하. 그것 좋겠네."

모두 좋겠다고 했다.

"그러면 오늘 안으로 그런 집들과 잘 의논을 해서 동네로 져 와 버리기로 합시다."

서창석이 아퀴 짓고 나왔다.

"그러면 아까 말했던 털리고도 말 않고 있는 집들이 제절로 밝혀 져버리겠는데요. 털린 집은 대개 그런 집일 테니까요."

"여기서야 하는 수 없지. 안 털린 집들 지켜주는 것이 문제지, 그런 작자들이야 도둑놈한테 봇짐 내놓듯 슬그머니 내놓고 입 봉하고 앉아서 두 길마 보고 있는 작자들인데, 그런 사람들 때문에 다른 사람들까지 피해를 본대서야 그게 될 말인가?"

"그렇지만, 그렇게 해서 그 사람들이 밝혀지면 총회 때 결의대로 소작회에서 쫓아내야 할 것 아니요?"

"쫓아내고 안 내고는 차차 두고 결정하기로 하고 그런 사람이 더 늘지 않게 막는 것이 수지요."

"그렇습니다. 그러면 모두 동네로 져 오기로 합니다. 이런 일은 수염에 불 끄듯 해야 할 일이니, 모두 오늘 안으로 일을 끝내도록 합시다. 그리고 이 뒤로는 한 집도 털리는 집이 있어서는 안 되겠습니다. 그리고 또 한 가지 타협할 일이 있는데, 와촌에서 중흥이나 새터까지 나락섬을 옮겨 올 수는 없고, 그리고 보면 지금 제일 문제 지역이 와촌입니다. 도창리·단고리·기동리·신석리 등 큰 동네서 야경하는 데 조금씩 손을 빌려주시면 어떨까 하는데, 이 네 동네가 교대로 하루 저녁에 예닐곱 사람씩만 나와서 와촌을 도와주면 어떻겠소?"

서창석의 제의에 모두 좋다고 했다.

소작위원들은 돌아오는 길로 외딴집을 찾아다니며 오늘 소작회에서 결의된 사실을 말하고 의향을 물었다. 거의가 감지덕지했으나 그대로 두고 지키겠다는 사람이 있었다. 이미 털린 사람들임에 틀림없었다. 소작위원들은 굳이 채근하지 않았다. 속내를 훤히 알 만한 일이니 이들은 이제 소작회원이 아니거니 하고 속살로 귈을 잡을 뿐이었다.

외딴집 문제가 이렇게 해결되어버리자 이제 더 털릴 염려는 없었다. 도리우치는 세 패 네 패로 나누어 싸대고 다녔지만 번번이 허탕이었다.

그러나 도리우치는 가만있지 않았다. 그 뒤로는 밤에만 돌아다녔는데 허탕을 치면서도 부지런히 갈기고 다녔다. 금방 단고리에 나타나는가 하면 어느새 도창리에 나타났다. 그때마다 동네 사람들이 우 하니 쏟아져나왔다. 이제 포기하고 돌아갔는가 하면 느닷없이 한밤중에 나타나기도 하고, 새벽녘에 나타나 동네 사람들 잠을 깨워놓기도 했다.

그런데 한 사흘 지나고 보니, 이놈들이 소작료를 받자고 그러는 것이 아니고 처음부터 소작인들을 골탕 먹이려고 그러는 것 같았다. 초저녁에는 도리우치패들이 그렇게 온 섬을 후비고 다니고 새벽에는 교대로 김서기가 다녔던 것이다. 그러니까 제놈들은 차근히 한잠씩 자고 나서 그냥 천연덕스럽게 그렇게 쏘다니면서 소작인들 잠을 못 자게 했던 것이다.

소작인들은 이 작자들한테 또 한번 농락을 당한 꼴이었다. 이쪽에서도 대책을 세웠다. 그놈들이 동네에 들어올 때마다 온 동네 사람들이 무작정 몰려나와 설칠 것이 아니라, 정작 어느 집에 들어가서 소작료를 털어 가려 하면 그때 소리를 하기로 한 것이다. 그리고 이번에는 집집마다 홰를 하나씩 만들어두었다가 불을 켜 들고 나오기로 했다.

"어이구. 홰 만들어논 솜씨 한번 얌전하다, 끌끌."

춘보는 아들이 만들어놓고 나간 홰를 가지고 들어오며 혀를 찼다.

"불만 붙이면 그만이지 홰 만드는 데도 솜씨가 따로 있단 말이요?"

며느리하고 명을 잣고 있던 춘보 아내가 아들 역성을 들고 나왔다.

"새끼를 이렇게 밸밸 돌려가면서 감아놓기만 하면 이것이 타들어갈 때 어떻게 되겠어? 묶어논 데만 타버리면 그대로 밑둥까지 죄다 풀어져버릴 게 아냐?"

춘보는 홰에서 새끼를 풀어낸 다음 가지런히 그루를 박아 한 뼘 간격으로 매듭을 지어 묶었다.

"형님 계시오?"

춘보가 문을 벌떡 열었다.

"만석이 아닌가?"

"예, 나요. 그간 별고 없으셨소?"

"아니, 이 밤중에 웬일인가?"

"도둑놈 잡는 데 원군 나왔소."

"허허. 여러 동네가 시끄럽네그랴. 애기들은 다 성하고?"

"예. 그런데 혹시 형님은 당하지 않으셨소?"

"이 사람아, 내가 누구라고 그런 좀도둑들한테 당하겠나? 털보 당했다는 소식 들었지? 그 구리귀신이 감쪽같이 당하고 말았어. 하하."

두 사람은 한참 웃었다.

"옜소. 내가 여기 간다니까 우리 집사람이 형님한테 이바지 보냅디다."

만석이는 품속에서 버선 한 켤레를 꺼내 춘보 앞에 내밀었다.

"아니, 이거 뭣을 이렇게."

"이쁘게도 기웠다."

춘보 내외는 만석이 아내 치사에 침이 발렸다.

"지난번에 앓았다더니 괜찮은가?"

"요새는 괜찮은 것 같습니다마는 근자에 와서 병추기가 되었는지 건듯하면 누워요."

"구완을 잘하시오. 여자들은 속이 허하면 잔병치레를 해요."

"가만있자. 칠(漆) 어떤가, 옻 많이 타는가?"

"전에 보니 별로 타는 것 같지 않습디다."

"그럼 칠을 한번 먹여보게. 우리 집 뒤란에 두 뿌리가 금년에는 유독 탐스럽게 약이 올랐어. 닭에다 푹 한번 과 먹여. 몸보신에는 뭐니 뭐니 해도 칠을 덮을 게 없지. 우리 집에 장닭이 두 마리니 그것도 한 마리 나눠 가게. 내일 아침에 닭장 열지 마라."

"무슨 말씀이오. 닭은 놔두고 칠이나 한 가지 주시오."

"고루 몸이 성하고 봐야지. 어험."

"그런데 그쪽은 어떤가요? 이쪽은 밤마다 잠을 못 잔답니다."

춘보 아내가 물었다.

"예. 저쪽은 무서워서 못 오는가 그렇게까지 심하진 않습니다."

"도리우치 그놈 흉악한 놈이더만. 제명에 못 살 거야."

"털보영감 당했다는 소리 들어보니까 놈들이 수 썼습디다그려. 수를 쓰는 데야 별수 없지요. 원래 지키는 일이란 것이 열 놈이 지켜도 한 놈 못 당한다는 것 아닙니까? 이쪽에서도 당하고만 있을 것이 아니라 무슨 수를 써야 할 것 같아요."

"우리 쪽에서야 단단히 지키는 것이 수지, 무슨 뾰족한 수가 있겠는가?"

"그래도 수를 쓸 때는 수로 맞서야지 수 쓰는 놈한테는 못 당해요. 요새도 번번이 그놈들 수에 놀아나고 있지 않소?"

"그러기 말이야."

도리우치 그놈 어디서 굴러온 새끼랍니까?"

"나도 묻느니 그 말일세. 이놈이 그냥 악질인 줄만 알았더니 이만저만 능구렁이가 아냐. 그런 능구렁이에다 김서기란 작자, 그놈 구변이 또 오죽 청산유순가? 소작인들이 김서기 그놈한테 한번 걸렸다 하면, 메기 잔등에 뱀장어 넘어가듯 하는 그 작자 구변에 떵떵 넘어지고 마는 모양이야."

"하여간 그놈들부터 요절을 내야 할 것 같아요. 밤중에 어디 으슥한 데 숨었다가 이놈들을 반죽음 시켜놓고 말지 그렇게 설치는 것을 보고만 있답니까?"

"소작회에서도 당부가 그 당분 모양인데, 그러다가는 이쪽이 다쳐. 저놈들은 법을 끼고 있는 놈들 아닌가? 사람 친 놈 잡는다고 그

빌미로 순사들이 몰려와보게. 지금 순사놈들이 문재철이 물 켜고 앉아 무슨 언턱거리가 없나, 틈 노리기를 첫배 과부 코 고는 머슴 방 엿보듯 하고 있을 텐데 그런 꼬투리가 잡혀보게. 난장박살이 고추밭에 말달리길 걸세."

"그래도 순사들이 기미 만세 전하고는 다를걸요. 그렇게 사리에 어긋나는 일을 해봐요. 신문이 가만있나?"

"허허. 한가한 소리 하고 있군. 저놈들이 조선 땅덩어리 삼킬 때 사리 앞세우고 삼켰나? 총칼 앞에서 이치 따지고 사리 따져봤자, 호랑이 앞에 맹자 왈이지 그게 무슨 맥을 써?"

"그렇지만 저 작자들한테 번번이 당하고만 있어야 합니까?"

"아까 자네 말대로 수를 써야지. 힘없는 놈이 힘센 놈하고 싸울 때, 힘없는 놈이 이기는 길은 수하고 단기(短氣)뿐이야. 항우장사도 댕댕이덩굴에 넘어지더라고 아무리 힘센 놈이더라도 잘 보면 그만한 허가 있는 법이거든. 바로 그 허를 잡아서 힘을 쓸 때는 앙칼지게 써야 해. 족제비만 한 담비가 호랑이 잡는 비결이 바로 그걸세."

"허허. 지금 수백명 소작인들이 도리우치 한 놈한테 당하고 있는 꼴이 바로 그 꼴 아니고 뭡니까?"

"저런 잔재주 가락을 수라고 할 수 있나. 지금 서태석이가 입을 딱 봉하고 있지만 다 그만한 계략이 있을 걸세. 그 사람은 생각이 깊은 사람이야."

"하하. 그러고 보니 형님이 나보다 수를 높이 보는 것 같소."

둘이 다 옛날 동학군, 의병으로 따라다니며 멍첨지 맹자 왈로 병담 늘어놓던 가락이 있어 이야기들이 제법 그럴싸했다.

"하여간, 우리 같은 옅은 생각으로야 이런 일에 술수 이야기 한다는 게 육두문자로 과거(科擧) 타령이고 더 두고 볼 일이야."

"그 동네 총각 수곡리하고 혼담은 아주 깨져버렸는가요?"

춘보 아내가 명 잣던 손을 멈추고 끼어들었다.

"하하. 박종식이 아들 얘깁니까? 깨지지, 이렇게 소문이 암태도 천지를 뒤덮고 있는데 그런 혼사가 되겠어요?"

춘보는 혼자 배시시 웃고 있었다.

"그 총각 집에서는 야단이 났겠네요?"

"야단이나마나 그 총각놈이 허위대는 멀쩡해가지고 하는 짓이 변변찮아 동네 사람들이 속살로는 잘코사니야 하고 박종식이 아들 편을 들어 이야기들을 하고 있어요."

"왜 그래요?"

"소작인들이 이렇게 지주하고 싸우고 있는 판에 비록 문지주 소작을 부치고 있는 것은 아니지만 제집에도 소작을 벌고 있으면서, 부자간에 강 건너 불구경으로 어정쩡하고 있다가 그쪽으로 혼사나 서둘고 있었으니 동네 사람들이 좋게 보겠습니까? 동네 사람들은 처음 혼담이 오갈 때부터 하필 혼사를 해도 이럴 때 해야 하냐며 입들을 비쭉거렸지요."

"딴은 그런 소리를 듣게도 됐그만요."

"박종식이 아들은 많이 다쳤답디까?"

"요새는 지팡이 짚고 변소길에는 나다닌다고 합디다."

그때 마을 뒤쪽에서 무슨 고함 소리가 나는 것 같았다.

"동네 도둑 들었소. 어서들 나오시오."

"어어. 이놈들이 또 왔구나."

춘보가 벌떡 일어섰다.

"형님 짚신 삼아놓은 것 있으면 한 켤레 주시오. 멀쩡한 신이 엄지총이 나가버렸소."

춘보는 마루방에서 짚신 한 켤레를 들고 왔다.

"작은가? 이리 주게. 당감잇줄을 조금 늘려 매세."

방문을 열고 설치는 바람에 등잔불이 꺼지고 말았다. 저쪽에서는 어서들 나오라고 숨이 넘어갔다.

"얼른 불 켜!"

두 사람은 짚신을 한 짝씩 들고 이빨로 돌기총에서 당감잇줄을 풀어내고 있었다.

"황이 다 떨어졌냐?"

"아까 물렛돌 밑에 하나 굴러다녔어."

어서 나오라는 소리가 이쪽으로 내려오며 목이 찢어졌다.

"자네가 죄어 묶게."

"도리우치가 만재 집으로 들어갔소. 어서 나오시오."

바로 춘보 사립께서 외쳐대며 내려갔다.

"어서 불 켜지 못해?"

춘보는 아까 손봐뒀던 홰를 들고 악을 썼다. 벌겋게 뒤집힌 화롯불 위에서 유황이 누렇게 끓으며 시큰한 유황 냄새가 문밖에까지 쏟아져나왔다. 이내 관솔에 불이 옮겨붙었다. 만석이는 이빨로 당감잇줄 꼬리를 물어 끊고 신을 꿰었다.

"가세."

214

둘은 횃불을 앞세우고 골목을 나섰다. 골목골목에서 횃불이 쏟아져나왔다. 만재 집으로 횃불이 몰려들고 있었다. 이놈들이 만재 집으로 들이닥쳤다니 예삿일이 아니었다.

"저 새끼들 죽여."

"모두 끌어내려라!"

마루에는 동네 사람들과 문지주 머슴들이 뒤얽혀 난장판이 벌어져 있었다. 도리우치는 박종식과 맞붙어 삿대질을 하며 고래고래 악을 쓰고 있었고, 김서기는 동네 사람들한테 어깨를 붙잡혀 마루에서 끌려 내려오며 악을 쓰고 있었다.

마당에는 동네 사람들이 내던진 횃불이 모닥불이 되어 대낮처럼 환하게 타오르고 있었다.

"문을 때려부숴. 방해하는 놈은 어느 놈이든지 집어 쳐라."

김서기가 끌려 나오면서도 악을 썼다.

마루에 가득 달라붙은 동네 사람들은 문지주 머슴들을 하나씩 끌어내고 있었다.

"물러서지 마라."

도리우치가 악을 쓰며 그쪽으로 다가들었다.

모닥불은 엄청난 기세로 타오르고 있었다. 춘보는 자기 횃불을 꺼서 한쪽으로 치워놓고 저만치 뒤에 서서 드잡이판을 건너다보고 있었다. 이놈들이 하필 박종식의 집을 덮친 걸 보면 아무래도 만만찮은 속셈이 있는 것 같아서였다. 처음부터 이렇게 싸움을 걸어 치고받고 하다가 상한 사람이 생기면 거기서 경찰을 불러들일 언턱거리를 마련하자는 야료속이 아닌가, 춘보는 놈들 나대는 수작을 말없이 건너다보고 있었다.

문지주 머슴들이 한 놈씩 한 놈씩 마루에서 끌려 나왔다. 동네 사람들은 작자들을 다 끌어내고 마루를 차지해버리고 말았다. 문지주 머슴들은 새경 받고 한 일이라 뒤가 무를 수밖에 없었다. 만재는 제 방에 틀어박혀 있는지 얼굴이 보이지 않았다.

그런데 그렇게 험한 드잡이판이 벌어졌었는데도 문지주 머슴들은 하나도 다친 사람이 없는 것 같았다. 죽여라, 살려라 악다구니를 쓰기는 하면서도 동네 사람들은 하나도 손찌검을 하지 않은 것이다.

"야 이 도둑놈들아, 소작을 부쳤으면 소작료를 내야 할 게 아니냐?"

도리우치는 제물에 분을 참지 못해 악을 썼다.

"이놈아, 나막신 신고 발바닥 긁는 소리 작작 해라. 네놈 상전이 내라는 소작료는 그것이 소작료가 아니고 강도질이니까, 강도질 말고 소작료만 받아 가라고 버티고 있는 것이다. 이놈아."

마루에 앉은 사람 중에서 누가 악을 썼다.

"도리우치도 냉수 마시고 맘 돌릴 때 됐어. 암태도에서 소작료라면 이제부터 나락 한 톨 안 나올 거야."

"이놈들 좋은 말로 할 때 비켜. 지금 네놈들이 하고 있는 짓이 무슨 짓인 줄 아냐?"

도리우치는 마루를 향해 악을 썼다.

"안다. 네놈 아갈대는 소리를 들어보니까 권리행사 방해라더구나. 이놈아, 강도질도 권리행사냐?"

"이놈들아, 강도는 네놈들이야."

도리우치는 동네 사람들의 빗발치는 야유와 악담 속에서도 조금도 기가 죽지 않고 악을 썼다.

그때였다. 느닷없는 소리에 모두 깜짝 놀랐다.

— 땅, 땅, 땅, 땅.

만석이가 웬 북을 짊어지고 땅땅 치며 앞으로 썩 나섰다.

"뚜루루 돌아왔소. 땅, 각설이라 먹설이라 동서리를 짊어지고, 땅, 구름 같은 댁에 신선 같은 나그네 왔소. 꽁그랑 꽁, 허페. 땅, 땅, 땅."

이 느닷없는 광경에 모두 눈이 둥그레져 만석이를 건너다보고 있었다. 도리우치도 멍청하게 만석이를 건너다보고 있었다.

"예애. 오노라 가노라 하다가, 땅, 목포 유달산 꼭대기에 썩 올라서서, 땅, 남해를 휘휘 둘러본즉, 땅, 일망무제 오밀조밀한 섬 가운데, 땅, 구름발이 번한 데가 한 군데 있어, 땅, 신선 사는 데가 바로 저기로구나, 땅, 물새 같은 남일환에 한 발을 슬쩍 디뎌, 땅, 암태도에 텅 내려서, 땅, 기동리로 썩 들어서니, 땅, 소작회장 서태석씨가 하시는 말씀이, 땅, 땅, 지금 와촌 박씨 댁에, 땅, 땅, 설금찬 도둑놈이 들었으니, 땅, 땅, 당장 쫓아가서 몽둥이찜질을 한번 하고 오되, 땅, 우선 이 집 마나님 전에 문안 아홉 꼬장이, 평안 아홉 꼬장이, 땅, 이구 십팔 열여덟 꼬장이를, 땅, 전해 올리라 하옵디다. 땅, 꽁그랑 꽁, 허페, 땅, 땅, 땅."

상판이 앙상한 도리우치는 이것이 어디서 굴러온 초라니 방정인가 벼락 맞은 놈처럼 멍청하게 건너다보고 있었다. 도둑놈 어쩌고 하는 대목에 이르렀을 때 상판이 더 일그러졌을 뿐이었다.

동네 사람들은 비슬비슬 웃고 있었고, 도리우치는 어디 한번 놀아뢰리 하는 표징으로 눈에 독기를 피우며 만석이를 노려보고 있었다.

북을 땅땅 치며 모닥불 주위를 서성거리는 만석이의 너름새는 과연 그길로 밥 빌어먹었겠다 싶었다. 금방 주먹다짐이 오갈 것 같게 살기 어린 분위기를 대번에 휘어잡아버린 솜씨는 누가 감히 흉내도 낼 수 없을 것 같았다.

"귀신은 경문으로 떼고 도둑은 몽둥이로 쫓는 것이니, 땅, 내가 이 집에 든 도둑을 몽둥이로 쫓겠소, 땅, 도둑이라 하는 놈들은 악담·핀잔 같은 것은 뒤꼭지를 지르면서 퍼부어도, 땅, 그것을 되레 꿀로 알고 다니는 놈들이라, 땅, 난장에 박살을 얹어, 땅, 복날 개 패듯 해야 하는 것입니다. 꽁그랑 꽁, 허페. 땅, 땅, 땅, 나가신다, 나가신다, 몽둥이가 나가신다."

만석이가 음조를 넣으며 몽둥이 얼러메는 시늉을 하자 도리우치는 눈에 빠듯 긴장이 올랐다.

> 정이월에 드는 도둑은 소나무 몽둥이로 때려 뉘고, 땅, 땅,
> 삼사월에 드는 도둑은 박달 방망이로 쳐서 쫓고, 땅 땅,
> 오뉴월에 드는 도둑은 똥녁가래로 걷어내고, 땅, 땅,

"잘한다!"
동네 사람들이 폭소를 터뜨리며 추임새가 쏟아졌다.
"가자!"
도리우치는 머슴들을 향해 씹어뱉듯 악을 쓰며 횡하니 돌아섰

다. 사람들은 다시 폭소를 터뜨렸다.

　　　칠팔월에 드는 도둑은 조대통으로 작살을 내고, 땅, 땅,
　　　구시월에 드는 도둑은 수숫대로 쳐 죽이고 땅, 땅,
　　　동지섣달 드는 도둑은 초라니 북채로 쫓아낸다, 땅, 땅,

"꽁그랑 꽁 허페, 땅, 땅, 땅."

마을 사람들은 배를 쥐고 웃었다. 놈들은 꽁지 빠진 강아지 새끼들처럼 사립문을 빠져나가고 없었다.

"도둑들이 다 도망쳤나? 그러면 이놈들을 마마 손님 배송하듯 배송 타령을 해야지. 자, 모두 횃불을 당겨 들고 나를 따라오시오. 땅, 땅."

동네 사람들은 타다 남은 홰 토막을 주워 들었다. 만석이는 연방 북을 땅땅 치며 도리우치 일행이 사라진 골목으로 뒤를 따라갔다. 횃불을 당겨 든 동네 사람들은 와자지껄 웃으며, 땅땅 북소리를 따라 골목을 메웠다.

"이놈들아, 여기까지 왔다가 빈 지게로 갈 것이 아니라, 땅, 이 동네 골골 샅샅이 박혀 있는 살(煞)이나 잔뜩 지고 가거라, 땅. 살이라고 생긴 살은 싹싹 쓸어 지워줄 것이니, 땅, 열 놈 열 지게에 가득가득 짊어지고 땅, 지게가 없는 놈은 옆구리에 끼고 가서 땅, 잘 먹고 잘 살아라. 땅땅, 꽁그랑, 꽁, 허페."

　　　거리거리 서낭살, 동네방네 불안살, 땅,

내외지간 공방살, 젊은 놈들 망녕살, 땅,

홀애비놈 상한살, 수절 과부 한숨살, 땅,

대청 밑에 성주살, 횃대 밑에 넝마살, 땅,

살강 밑에 땡그랑살, 장광에는 쨍그랑살, 땅,

눈자위에 다랏살, 손톱 밑에 배접살, 땅,

쇠다리에 진드기살, 개한테는 벼룩살, 땅,

병아리 새끼 소리개살, 강아지 새끼 깽깽살, 땅,

마루벽에 쥐구멍살, 논두렁에 방천살, 땅,

낚시질에 아차살, 보습 끝에 찌그락살, 땅,

아차차차 돌부리살, 건너뛰다 풍덩살, 땅.

동네 어귀에 서서 만석이는 흐드러지게 청승을 떨었다. 횃불을
들고 들어선 마을 사람들은 제물에 흥이 나서 중간쯤부터는 누가
시킨 것도 아닌데, 한마디가 끝날 때마다 꽁그랑 꽁 허페 하고 뒷
소리를 넣었다.

동네 사람들은 목구멍에 걸렸던 체증이 확 내려가게 웃으며 돌
아왔다.

제7장   난투

만석이가 와촌 박종식 집에서 도리우치를 쫓아낸 일은 동네마다 소문이 나서 웃음거리가 되고 말았다. 그러나 간부들 중에는 그냥 통쾌해하지만은 않는 사람도 있었다. 그 흉물스런 작자가 그렇게 험하게 모욕을 당했으면 가만있을 것 같지가 않다는 것이다. 그만큼 보복을 해올 것임에 틀림없다고 했다. 더구나 요 며칠 동안은 거의 실적이 없었기 때문에 어떤 방법으로 흉증을 부릴지 모른다는 의견이었다. 더구나 만재와 연엽이의 소문이 떠들썩한 판에 그 집을 덮쳤다는 것부터가 속셈이 있는 짓이겠고 보니 이러쿵저러쿵 이야기가 그칠 줄을 몰랐다.

"일손은 바빠오는데 그놈들한테만 매달려 있을 수도 없고 이것 큰일인데……"

"그래도 단단히 지켜야지 당장 도둑놈들이 담을 넘성거리는데 그냥 내맡겨놀 수는 없는 일 아닌가."

"동네 사람 모두가 이렇게 얼싸덜싸할 것이 아니라, 동네서 힘 꼴이나 쓰는 장정들을 몇 사람씩 뽑아가지고 그들한테다 이 일을 아주 맡겨버리면 어떨까? 낯내놓고 다니는 도둑놈들이니 이쪽에서도 아주 그놈들 꽁무니에 붙어다녀버려."

김연태가 그럴싸한 안을 내놨다. 그러니까 기동대 같은 것을 조직하여 방어를 맡기자는 것이다. 그들에게 그자들을 맡겨버리면 동네 사람들은 차근히 자기 일을 할 수 있을 것 아니냐는 것이었다.

열 명이나 스무 명이 그놈들 뒤를 바짝 붙어다니면 그놈들 기습에 발밭게 대처할 수도 있으려니와 이 작자들에게 그만큼 위협이 될 것이니 기를 꺾어놓을 수도 있겠다고 했다. 더구나 그 작자들이 지금 어떤 방식으로 험하게 나올지 모르는 판이다보면 이쪽 결의를 그렇게 보여 섣부른 짓을 미리 막는 일이 될 것이라고 했다.

모두 그 의견에 찬성이었다. 한 동네에서 다섯 명씩 뽑기로 하고 이름을 자경단(自警團)이라 부르기로 했다. 그리고 그 많은 수가 그자들 뒤를 따라 떼몰려다닐 것이 아니라 하루에 삼교대로, 한 동네 사람들씩만 그들 뒤를 따라다니고 나머지 동네 사람들은 그냥 자기 동네에 모여 있기만 하기로 했다. 그러니까 만약에 그자들이 어느 동네를 덮친다면 뒤에 따라다니던 다섯 사람과 그 동네 자경단 다섯 사람이 합세하여 대처한다는 것이다. 오전, 오후 그리고 밤, 이렇게 삼교대로 따라다니기로 했다.

다음 날 오전은 와촌이 당번이었다. 그런데 점심때가 지나도록 도리우치가 나타나지 않았다. 오후에는 기동리가 당번이어서 서동수가 기동리 자경단을 거느리고 새터로 교대를 나갔다.

"이놈들이 왜 움직이지 않지?"

"글쎄. 어제저녁에 우리 동네 살을 죄다 짊어지고 가서 모두 껴 안고 뒈졌는가 꿈쩍도 않그만. 하하."

"온다!"

"어어. 호랑이도 제 말 하면 온다더니 저기 오는그만."

도리우치와 김서기가 십여 명의 장정을 거느리고 오고 있었다. 자경단들은 밭둑에 앉아 있었다.

도리우치와 김서기는 느닷없는 곳에서 소작인들을 발견하자 잠 시 당황하는 표정이었다. 자경단들은 담배만 뻐끔뻐끔 빨며 말없 이 그들을 지켜보고 앉아 있었다. 그들이 자경단 앞을 지나갔다. 살 기 어린 긴장이 감돌았다.

도리우치는 단고리 쪽으로 길을 잡아 서고 있었다. 그들을 저만 치 보내놓은 다음에 자경단들은 일어섰다. 그들을 너무 자극할 필 요가 없다는 생각에 어느 만큼 거리를 두고 따라나선 것이다.

"이제 와촌 사람들은 들어가시오."

"아냐, 여태 공쳤으니까 단고리까지만 따라갔다 오지."

문지주 머슴들은 자꾸 뒤를 돌아보며 갔다. 단고리에 이르자 그 들은 무슨 생각을 했는지 도창리 쪽으로 길을 잡아 섰다. 두 마을 자경단들은 계속 그만큼 거리를 두고 그들을 따르고 있었다.

도리우치는 단고리와 도창리 중간쯤의 산자락에 이르자 뒤를 돌 아보고 있었다. 이쪽을 한참 보고 있더니 그 자리에 쉬어 앉았다.

자경단들은 멈춰 서 있기도 멀쑥하여 그대로 길을 걸었다. 그들 앞을 지나자 아까 자경단이 그랬던 것처럼 그들도 말없이 이쪽을 보고만 있었다. 잠시 숨 막히는 긴장이 흘렀다.

도창리 어귀에 이르자 도창리 자경단들이 나왔다. 이들과 한참 수작을 하고 있는데 도리우치 일행이 일어섰다. 이쪽으로 오고 있었다. 그들은 도창리를 지나 와촌으로 길을 잡아 섰다. 무슨 꿍심이 있었다가 자경단들이 이렇게 따라붙자 포기하고 돌아가는 것이 아닌가 했다.

그런데 와촌에 이르더니 마을로 들어섰다. 서동수와 박종식은 서로 얼굴을 맞댔다. 어젯밤 창피당한 보복을 하자는 것이 아닌가 싶었기 때문이었다. 자경단은 바짝 따라붙었다. 그러나 그들은 어느 집으로도 들어서지 않고 그대로 동네를 빠져나갔다. 다시 단고리 쪽으로 길을 잡아 들판으로 나서고 있었다.

"도리우치야, 어제저녁 꼴 좋더라. 꽁그랑 꽁, 허페. 깔깔깔."

담 너머로 몸을 숨긴 동네 꼬마들이 저만치 가고 있는 도리우치를 놀려댔다.

"문가 머슴놈들 조심해라. 아차차차 돌부리살, 건너뛰다 풍덩살. 깔깔."

"병아리 새끼 소리개살, 도리우치 만석이살. 깔깔."

머슴들이 걸음을 멈추고 할기시 뒤를 돌아봤다. 비아냥거리던 소리가 뚝 그치며 머리들이 담 밑으로 쑥 움츠러들었다.

놈들은 다시 가던 길을 갔다. 와촌 자경단은 자기 동네서 떨어지고 기동리 자경단만 뒤를 따랐다.

도리우치는 단고리 가까이 가더니 갑자기 길을 멈췄다. 도리우치가 뭐라고 하자 머슴들은 지게를 벗으며 길가에 늘어앉았다. 좀 엉뚱한 짓이어서 자경단들은 어리둥절했다. 거기는 쉬어 앉을 만한 자리가 아니었기 때문이었다. 한쪽은 상당히 넓은 수로였고, 한쪽은 무논의 비좁은 봇둑길이었다.

서동수는 그대로 멈춰 있을 수 없었다. 그들한테 기가 죽고 싶지 않았기 때문이다. 서동수는 이쪽이 다섯밖에 안 되는 것이 갑자기 좀 불안했으나 천연스럽게 다가갔다. 작자들은 앞으로 지나가도록 길을 내놓고 있었다. 그자들 발 앞을 바짝 지나가자니 아까와는 달리 등줄기가 쭈뼛거렸다. 숨 막히는 긴장 속에 소리가 날 것 같은 살기가 감돌고 있었다.

"야, 이 새끼들아, 뭣 얻어먹자고 청개구리 뒤에 실뱀 따라다니듯 졸졸 따라다니냐?"

머슴놈들 속에서 한 놈이 빈정거렸다. 서동수는 모른 척 지나쳤다.

"지금 네놈들이 하룻강아지 범 무서운 줄 모르고 나대고 있다마는 내일모레 순사들이 총칼 휘두르고 나올 때는 염라대왕이 네놈들 할애비라도 무사하들 못할 것이다."

서동수는 순사 소리에 바짝 결이 오르고 말았다.

"순사들이 네놈들 순사라더냐?"

뒤를 돌아보며 잔뜩 빈정거리는 표정으로 되받았다.

"네놈들 같은 강도를 잡는 데야 뭐 순사가 따로 있다더냐?"

"그것이 진짜 강도 잡는 순사라면 네놈들 상전부터 잡아갈 것이다."

"이 새끼 이디다 대고 까불어?"

도리우치가 버럭 악을 쓰며 머슴 손에서 작대기 하나를 휙 낚았
다. 그대로 서동수를 후려갈겼다. 졸지에 얻어맞은 서동수는 얼결
에 두 손으로 엉덩이를 싸안았다.

"이 새끼 더 아가릴 놀려봐라."

작대기는 또 허공을 갈랐다. 서동수는 발뒤꿈치를 싸안으며 뒤
로 풀썩 주저앉고 말았다.

"어디 더 놀려봐."

도리우치는 등짝이고 어디고 가리지 않고 사정없이 후려갈겼다.
서동수는 그대로 길 위에 나동그라져 버르적거렸다. 앞에 가던 청
년들은 너무도 갑작스런 일인데다 길이 외길이어서 어떻게 손을
써볼 수가 없었다. 더구나 맨손이었다.

"뒈져라. 너 하나 죽어봤자 눈 하나 깜짝 않는다."

도리우치는 버르적거리고 있는 서동수 옆구리를 냅다 걷어찼다.

"으응."

서동수는 옆구리를 싸안고 맥없이 뒹굴었다. 봇도랑으로 힘없이
몸이 굴렀다. 뻘흙 속에다 대가리를 처박았다.

"야, 이 백정놈, 사람 죽인다."

자경단들이 달려들었다.

"네놈들도 뒈지고 싶단 말이냐?"

도리우치는 앞에 오는 놈한테 그대로 작대기를 안겼다. 어깨를
싸안으며 무춤무춤 뒤로 물러서고 말았다. 이렇게 외나무다리 같
은 길에서 맨손으로는 도리우치 작대기 앞에 도저히 대항해볼 수

가 없었다.

"이 자식들, 이제부터 까불었다가는 모두 이 꼴이 된다. 가서 똑똑히 일러둬."

도리우치는 한마디 을러놓고 도랑에 고개를 처박은 서동수는 본체도 않고 유유히 돌아섰다.

그제야 청년들은 서동수한테 달려들어 몸뚱이를 길 위로 끌어올렸다. 얼굴에 시커멓게 뻘을 뒤집어쓴 서동수는 그대로 맥을 놓고 있었다. 얼굴에서 뻘을 씻어내자 얼굴이 사색이 되어 있었다. 그것을 본 청년들은 새로 겁이 났다. 청년들 둘이 단고리 쪽으로 뛰어가며 악을 썼다.

"도리우치가 사람 죽였다."

"서동수가 도리우치한테 맞아 죽었네."

느닷없는 소리에 깜짝 놀란 단고리 사람들이 웬일인가 한 사람씩 뛰어왔다. 기동리 청년들은 연방 숨넘어가는 소리로 악을 썼다.

동네 사람들이 우 몰려나오고 있었다.

"뭣이 어쨌다고?"

"도리우치가 서동수를 패 죽였소."

"뭐, 서동수가 죽어?"

동네 사람들은 정신없이 뛰어나왔다.

"이놈, 도리우치 거기 섰지 못해!"

"저놈도 패 죽여라."

십여 명의 장정들이 앞장서 뛰어오고 뒤에도 동네 사람들이 쏟아져나오고 있었다. 동네 사람들은 허옇게 사색을 쓰고 늘어져 있는 서동수를 보사 눈에 불을 켰다.

"이놈 도리우치 게 섰거라."

도리우치는 언제 그런 일이 있었느냐는 듯 뒤도 제대로 돌아보지 않고 유유히 가고 있었다. 저쪽 와촌에서도 사람들이 뛰어나오고 있었다. 단고리 사람들이 뛰어나온 것만 보고 덩달아 뛰어오고 있는 것 같았다.

한참 뒤에야 뛰어나온 박종유는 서동수 곁에 발을 멈췄다.

"정말 죽었어?"

"죽진 않은 것 같습니다."

서동수는 박종유 말에 대답이라도 하듯 으응 신음 소리를 토했다.

"얼른 집으로 엎고 가 누여."

서동수가 죽지 않았다는 안도감이 들고 나자 박종유는 시퍼렇게 뛰어가는 청년들 서슬에 겁이 났다. 그들은 지금 서동수가 죽은 줄만 알고 뛰어가고 있기 때문에 저 서슬이라면 그대로 도리우치를 댓바람에 때려죽이고 말 것 같았다.

"서동수는 안 죽었다."

박종유는 방금 뛰어왔던 것보다 더 세게 뛰며 악을 썼다. 저 서슬이면 도리우치를 쳐 죽이고 말 것이 틀림없는데, 만약에 일이 거기까지 벌어진다면 그렇게 죽고 죽인 놈들도 인생이 끝장이지만, 소작쟁의도 여기서 끝장이 나고 말 것이라는 생각이었다.

"서동수는 안 죽었다."

박종유는 목이 찢어져라 악을 쓰며 뛰었으나, 눈에 불을 켜고 내닫는 사람들에게 박종유 말이 제대로 들릴 까닭이 없었다. 되레 도리우치 죽이라는 악다구니로만 들려 그들의 기세를 더 올려놓을 뿐이었다. 이미 시위 떠난 화살이라는 절망감이 숨을 꺽꺽 막아왔다.

도리우치가 길을 멈췄다. 도리우치가 뭐라고 하자 머슴들은 지게를 벗었다. 지게 서너 개를 가져다 그걸 서로 얽어 길을 막았다. 그 뒤에 도리우치가 작대기를 꼬나쥐고 버티고 섰다. 조금도 당황하는 표정이 아니었다.

여기도 한쪽은 그대로 널찍한 수로였고, 한쪽은 무논이었다. 얼갈이까지 해놓은 논에는 물이 치렁치렁 괴어 있었다. 도리우치로서는 여러 사람과 맞닥뜨려 싸우는 데는 이만한 자리가 쉽지 않을 것 같았다. 그러고 보면 아까 도창리 들어가기 전에 저 위 산기슭에 앉아 쉬고 있을 때 이런 지형을 미리 내려다보고 서동수를 이리 꾀어들였는지도 모를 일이었다.

눈에 불을 켜고 뛰어왔던 단고리 청년들은 도리우치 앞에 우뚝 멈춰 서고 말았다. 와놓고 보니 맨손이었다. 맨주먹으로는 어쩔 도리가 없었다. 너무 경황 중에 뛰어오느라 몽둥이 하나 챙겨 들고 온 사람이 없었다.

"저 새끼 죽여."

"패 죽여."

뒤에서는 악을 쓰며 떠밀었으나 어떻게 나가볼 재간이 없었다. 서로 엇질러 길을 막고 있는 지겟가지는 꼭 창날처럼 이쪽을 겨냥하고 있었다. 지게가 이런 모양으로 놓여 있으니 이만저만 거추장스럽고 험한 물건이 아니었다. 뒤에서는 악을 쓰며 마구 떠밀기만 했다. 앞에선 청년들은 지겟가지를 붙잡고 되레 뒤로 버텼다. 지겟가지에 배를 찔리고 말 것 같았기 때문이다.

"뭣 하고 있어. 때려죽여."

사람들이 불어나면서 밀어붙이는 힘도 점점 세졌다. 지겟가지를 잡았던 청년이 그대로 앞으로 넘어져 지게에 엎어지고 말았다. 우르르 미는 바람에 지게 위에는 서너 사람의 몸뚱이가 포개졌다.

도리우치는 좀 겁먹은 얼굴이 되며 한발 뒤로 물러섰다. 지게 위에 엎어진 몸뚱이들이 지게하고 한 덩어리가 되어 무논 쪽으로 기울고 있었다. 뒤에서는 더 밀어붙였다. 지게에 뒤얽힌 몸뚱이들이 한 길이나 되는 언덕으로 굴러떨어지고 있었다. 아우성을 지르며 얼갈이해놓은 논바닥에 처박혔다.

도리우치는 또 날쌔게 뒤에서 지게를 집어다 길을 막았다. 사람들은 또 밀려 지게에 얽혀들었다. 논에 떨어진 사람들은 물속에서 한참 허우적거렸다. 온몸에 뻘을 잔뜩 뒤집어쓰고 일어났다.

"죽여라."

"때려죽여."

사람들은 점점 더 많이 몰려들고 있었다. 그때 박종유가 수로로 추적추적 뛰어들어 저 건너로 건너갔다.

"서동수는 안 죽었어. 잠깐 내 말 들어!"

고래고래 악을 썼으나 성난 군중들은 막무가내였다. 군중들은 무작정 앞으로만 밀어붙이며 악을 쓰고 있었다. 앞에 섰던 축들은 지게를 피해 수로나 논으로 뛰어들었다. 논에 뛰어든 사람들은 논흙을 뭉쳐 도리우치를 향해 마구 던졌다. 아까 곤두박였던 사람들도 모두 일어나 흙덩이를 던졌다. 떨어지면서도 용케 다치지는 않았던 모양이었다. 길에 몰려선 사람들은 돌멩이를 찾아 희번덕였으나 개펄을 막은 들판이라 돌멩이는 없다.

도리우치는 가슴팍과 얼굴에 수없이 흙덩이를 맞았다. 그러나 이쪽을 향해 작대기는 그대로 으르고 있었다.

아까 지게하고 같이 넘겨졌던 청년 하나가 둑으로 기어오르고 있었다. 전에 노름하다 들킨 박영감 아들 박이곤이었다. 도리우치 발목을 낚아채려는 순간이었다. 도리우치가 발로 걷어차버렸다. 뒤로 벌렁 나가떨어졌다.

와촌 사람들이 달려들었다. 와촌 쪽에는 김서기가 지게로 길을 막고 이쪽처럼 버텼다. 와촌 사람들은 영문을 모르기 때문에 기세가 이쪽처럼 거세지 못했다.

단고리 사람들은 정신없이 흙덩이를 내던지고 있었다. 모두 흙을 던지는 바람에 뒤에서 미는 기세가 아까보다 약해져서 지게로 밀리지는 않았다. 도리우치는 수없이 흙덩이를 맞아 온몸이 흙투성이였다.

"잠깐!"

박종유가 다시 악을 썼다.

"내 말 들어."

박종유가 거듭 악을 썼다. 그러나 좀처럼 기세가 누그러지지 않았다. 몇 번 악을 써서야 조금 누그러지는 것 같았다. 거듭 악을 쓰자 흙덩이가 멈췄다.

"도리우치 너 이놈, 정신 똑똑히 차리고 내 말 들어!"

박종유의 말에 그냥 패 죽이라는 악다구니가 또 쏟아졌다. 박종유가 차근한 소리로 달랬다. 악다구니가 멈췄다.

"도리우치 이놈, 여기 몰려선 사람 보이지? 말 한마디만 삐딱했다가는 바로 이 자리가 네놈 죽는 자리다. 그대로 이 자리에서 패죽이겠지만 서동수가 죽지 않아서 말인데, 너 이 자리에서 이 사람들한테 맞아 죽을 테냐, 문지주 마름을 그만두고 암태도를 뜰 테냐, 양단간에 하나를 택해라."

"그냥 패 죽여."

악다구니가 쏟아지며 또 흙덩이가 날아왔다.

"가만있어요!"

박종유가 군중을 향해 침착하게 호령을 했다.

"어서 말해!"

박종유가 다그쳤다.

"둘 다 못 하겠다."

도리우치는 굽히지 않았다.

"그대로 패 죽여."

군중들이 악을 쓰며 밀어붙였다.

"잠깐 기다려요!"

박종유가 또 호령을 하자 주춤했다.

"대가리에 똥고집밖에 안 든 새끼구나. 네놈 하나 죽이기는 쉽다마는 너 같은 쥐새끼 하나 죽이고 살인치기는 우리가 좀 억울하다. 네놈 입으로 법, 법 했으니까 법 맛이 어떤가 한번 봐라."

박종유가 얼굴을 군중 쪽으로 돌렸다.

"화나는 대로 하면 이 자식을 이 자리에서 죽여도 분이 안 풀리겠지만 이놈을 죽이고 나면 더 큰일이 산통 깨집니다. 이놈을 잡아 다 주재소에 넘깁시다. 만약에 주재소에서 제대로 처단을 않으면 그때 우리 손으로 처치해도 늦잖아요."

"안 돼, 주재소도 한통이여."

또 악다구니가 쏟아졌으나 아까보다 기세가 약했다.

"너도 사내자식이면 여기서는 순순히 나서겠지. 네 발로 걸어서 주재소로 가자."

박종유는 와촌 사람들을 향했다.

"거기 길 좀 터주시오."

단고리 사람들 속에서는 뭐라 또 악다구니가 쏟아졌으나 더 덤 비지는 않았다.

"단고리 소작위원하고 자경단만 남고 모두 돌아가시오. 우리가 주재소에 넘기고 오겠소."

단고리 청년들과 소작위원들이 앞으로 나왔다.

"자 앞장서!"

도리우치는 아까 배짱을 부리기는 했으나 이만큼이라도 위기를 면한 것이 다행이다 싶은지 박종유의 지시대로 머슴들을 앞세우고 순순히 앞을 섰다. 남강 주재소로 갔다.

도리우치는 흔연스럽게 주재소로 들어갔다. 순사들은 소작인들 한테서 사건의 전말을 대강 들은 뒤 잘 알았으니 돌아가라고 했다.

서동수는 크게 상처를 입은 곳은 없었으나, 작대기에 맞은 자리 가 구렁이 감은 것같이 어혈이 맺혀 끙끙 앓고 누워 있었다.

그런데 주재소에서는 도리우치를 그대로 내놨다는 소문이 다음 날 퍼졌다. 소작인들이 불러나고 나자 곧장 내놨었다는 것이다.

이 소리를 들은 소작인들은 격분했다. 그길로 수십 명이 주재소로 떼몰려갔다.

"왜 사람 친 범인을 내놨소?"

서창석이 따졌다.

"지주와 소작인 간의 사사로운 실랑이에 경찰이 개입하는 것은 좋지 않은 일이오."

"사사로운 일에는 사람을 쳐도 좋단 말입니까?"

"당신들도 같이 치지 않았소?"

"그놈은 사람을 때려 실신시켰습니다. 흙덩어리로 친 것이 그게 친 것입니까?"

"마찬가지요. 하여간 이런 사건을 어떻게 처리하느냐 하는 것은 전적으로 경찰의 재량에 속하는 일이니까 간섭 말아요."

"피해자가 왜 간섭을 못 합니까?"

"당신들이 피해자란 말이오?"

"피해자가 움직일 수 없으니까 대리로 고발한 것 아닙니까?"

"경찰은 범법자를 꼭 처벌하는 것만이 능사가 아니오. 사건의 경중이나 정상에 따라 여러 각도에서 처리하는 것이오."

"작대기로 사람을 쳐서 반죽음을 시켜놨는데도 그대로 둔다면 우리도 그놈을 그만큼 죽여놓겠소. 죄 없는 사람을 그렇게 팬 놈을 내놨으니 그때도 경찰은 할 말이 없을 것이오."

"우발적으로 때린 것하고 계획적으로 때린 것은 달라요. 더구나 당신들은 그를 위협하면서 여러 사람이 패지 않았소? 그리고 지금 이렇게 군중을 끌고 와서 경찰을 위협하는 것은 무슨 죄목에 해당하는지 알아? 더 건방지게 놀았다가는 모두 유치장에 쓸어 넣고 말겠어."

끝내는 협박으로 나왔다. 이렇게 노골적으로 나오는데야 더 어쩔 수가 없었다. 울화를 참을 수 없었지만 하는 수 없었다.

소작위원들은 분을 참지 못하고 소작회 사무실로 모여들었다. 그길로 소작위원회가 소집되었다.

"이대로 있어서는 안 되겠습니다. 소작회 간부가 아무 이유도 없이 그렇게 두들겨 맞고 더구나 경찰에 고발을 했는데도 아무 조치가 없으니, 이대로 있었다가는 여태까지 소작인들에게 가급적이면 충돌을 피하라고 한 소리는 그냥 병신 되라는 소리밖에 더 되겠습니까? 어제 소작인들은 꼭 도리우치를 죽여버릴 것 같았는데 그대로 참았던 것은 소작회의 그런 지시 때문이었습니다. 그런데 경찰까지 이렇게 때린 놈 편을 들고 있으니 이것은 소작인들 사기에 큰 영향을 줄 것 같습니다."

박종유가 흥분했다.

"문제를 확대시킵시다."

서창석이 서태석을 보며 침착하게 말했다.

"그럴 만한 때가 된 것 같소. 좋은 방법이 없겠소?"

서태석은 무슨 결심을 한 것 같았다.

"소작회 총회 말고 면민대회를 열어 경찰의 불공평한 처사를 규탄하고, 신문에 보도하여 여론에 호소하는 것이 어떻겠습니까? 일본 경찰에 대항하는 길은 여론에 호소하는 길밖에 없습니다."

"이 기회에 한 걸음 더 나가지요. 지주 공덕비를 회수합시다."

서태석의 말에 모두 깜짝 놀랐다.

"회수라니, 부숴버리자는 말씀입니까?"

서동오가 물었다. 여태 별로 말이 없었던 서태석의 입에서 이런 말이 나온 것은 의외인 모양이었다.

"지금 당장 부수는 것보다 언제까지 소작인들의 요구에 응하지 않으면 회수한다고 우선 시한을 정해 통고를 하는 것이 어떨까? 회수 방법이야 그때 가서 부숴버리든, 떼메 오든 결정하기로 하고."

서태석이 침착하게 말했다.

"그 소리를 들으면 젊은 놈들은 당장 때려부수자고 나올 텐데요."

"그것은 화풀이밖에 안 돼. 문재철이도 깐에는 사회적인 체면을 생각하는 사람이고, 더구나 그 아버지에 대한 효성이 지극한 사람이거든. 그러니까 이런 조건을 내세우고 얼마간 시간을 두고 버티는 것이 좋아."

"기간을 얼마 정도 두는 것이 좋을까요?"

서동오가 물었다.

"우리야 바쁠 것이 없으니까 시한을 느긋하게 잡는 것이 좋을 것 같아요. 보릿가을 들 무렵인 5월 15일쯤이 어떨까?"

비를 부수게 되면 쟁의는 그때부터 새로운 국면으로 격렬하게 접어들 것이니 지난번에 결정한 공동경작을 그 여세로 몰아붙이자는 서태석의 설명이었다. 모두 이의가 없었다.

"그런데 아까 면민대회를 열자고 했는데 그러자면 면장이 나서야 되잖을까요."

236

서창석이 물었다.

"암태도 소작회, 암태도 청년회, 암태도 부인회 이 세 단체가 공동으로 주최하면 그게 면민대회가 됩니다. 면장이 나오고 안 나오고는 상관없어요."

박복영이 말했다.

면민대회는 이틀 후인 3월 27일, 남강 가는 길처인 새터 논바닥에서 열기로 했다. 소작인 총회는 항상 보통학교에서 열어왔는데, 장소를 이리 선택한 것은 거기가 공덕비와 지주 집이 가까운 곳이기 때문에 지주에게 그만큼 압박감을 주자는 것이었다. 그리고 대회시간은 예사 때보다 더 빨리 아침 9시로 했다. 목포 나가는 연락선이 11시 반경에 있기 때문에 총회 결과를 가지고 목포에 나가자면 그만한 시간이어야 되겠기 때문이었다.

면민대회 소식은 그날 저녁으로 암태도에 좍 퍼졌다. 그런데 당일 면민대회에서 공덕비 부순다는 소문이 잘못 퍼져 섬사람들이 모두 긴장했다. 서동수와 기동리 청년들이 도리우치에게 얻어맞았다는 소문에 잇단 소문이라 그 보복으로 공덕비를 부수는 것으로 생각하고, 이제 일판이 제대로 벌어지는구나 하는 흥분에 온 섬이 들뜨고 있었다. 소작위원들은 그렇지 않다고 했으나 그 말은 먹혀들지 않았다.

이 소문에 누구보다 긴장한 것은 지주 쪽이었다. 문지주 집에서는 말할 것도 없고 수곡리 문씨들도 동요했다. 문씨들은 소작회에 가입하지 않은 이상 소작쟁의에는 간여하고 나설 계제가 아니었지만, 면민대회의 명의로 집안에 그런 불명예가 돌아온다는 것에는 팔이 안으로 굽지 않을 수 없었다. 그러나 젊은 축들은 여기에도 간섭하지 말자는 주장이었다.

"솔직히 말해서 같은 일가니까 말은 않고 있었지만, 소작료 받아 가던 것이 어디 그게 제대로 소작료였습니까? 같은 일가라고 해서 소작료에 조금씩 덕을 보기는 했다 하더라도 지금 조선 천지가 들썩들썩하는 일에 같은 소작인 입장에서 지주 편을 들어 소작인들과 싸운다는 것은 말이 안 됩니다."

"그렇지만 소작회가 아니고 면민대회 명의로 공덕비를 부순다는 것은 부당하지 않는가? 우리도 같은 면민이니까 부당성을 내세워야지."

문명호(文明鎬)였다. 문태현씨 종손이었다.

"말도 안 되는 소리 마시오. 지금 눈에 살기를 띠고 있는 소작인들 속에 들어가서 소작인대회가 어떻고 면민대회가 어떻고 따지잔 말입니까? 그럴 배짱 있소?"

"배짱이 아니고 사리가 그렇지 않아? 면민대횐데 왜 면민이 그런 걸 못 따져?"

"지금 때가 어느 땝니까? 왜놈 경찰들까지 소작인들의 정당한 요구를 억누르고 나오는 판에, 같은 소작인으로서 그들과 힘을 합해서 싸우지는 못할망정 그런 정도 까탈로 소작인들과 맞서자는 것입니까? 이다음에 소작인들이 이겨보시오. 우리도 당장 그 덕을 볼 것 아닙니까? 공덕비 부수자는 것이 그냥 부수자는 것이 아니고, 소작료 내리게 하자는 한 가지 수단인데 우리가 여기 나서봐요. 사람대접 못 받는 것은 그만두고 그들하고 두고두고 원수가 되고 말 것입니다."

"일가란 것이 이렇게 곤경에 빠졌을 때 일가야. 다른 일에는 간여하지 않는다 하더라도 이 공덕비 문제만은 문영감 체면 때문에라도 그냥 손 개없고 구경만 하고 있을 수는 없잖은가? 거기에는 우리 돈도 들었거든."

문웅창(文應昌)이었다.

"성씨 따진 일가만 중하고 고모·이모·며느리·딸은 아무것도 아니란 말이오? 일가도 일가지마는 다른 성바지들하고는 이렇게 사돈 간으로 얽혀 있는데, 일가 체면만 내세워 장인·사위한테는 몽둥이 휘둘러도 좋단 말입니까?"

결국 두 패로 갈리고 말았다. 가까운 일가들은 나서야 한다고 열을 올렸고, 좀 먼 일가들은 반대하거나 엉거주춤한 태도였다. 그러나 결국 나서야 한다는 편이 우세하고 말았다. 거의 모두가 문지주 소작을 벌고 있다는 약점 때문이었다.

대회 날이 되자 아침부터 소작인들이 떼를 지어 대회장으로 몰려들었다. 면민대회라고 했지만 예상했던 대로 소작인들 말고는 나온 사람이 없었다. 소작인들은 아침에 수곡리에서 문씨들 오십여 명이 넘어왔다는 말에 모두 긴장했으나, 그들은 남강 문지주 집으로 갔는지 대회장에는 보이지 않았다.

소작회 본부에서는 이번 대회를 다른 때와는 달리 진행하기로 계획을 세우고 있었다. 면민대회는 명목만의 것이지만, 그래도 면민대회의 형식을 갖추어 여태까지 소작회 활동 상황을 보고하고 소작쟁의의 정당성을 강조하는 방식으로 진행하기로 한 것이다.

모인 사람들이 모두 소작인들이라 하더라도 이런 방식으로 진행하여 면민대회로서의 체통도 갖추는 한편, 소작인들로서는 여태까지의 투쟁을 이 단계에서 일단 이렇게 정리하여 새로운 각오로 나가게 하자는 것이었다.

이것을 다섯 가지 연제로 나누어 다섯 사람이 나서서 말하기로 했다.

    1. 현행 소작료가 얼마나 가혹한가 ·········· 손학진
    2. 다른 지방의 소작료 조정 실태 보고 ····· 서동오
    3. 문지주와 소작료 조정 경과 보고 ········ 박종유
    4. 소작쟁의의 시대적 정당성 ················ 박응언
    5. 소작인들의 각오 ···························· 박필선

기타 결의사항은 이 다섯 가지 사항을 말한 다음에 논의하기로 했다.

사람들이 거진 모여든 것 같았다. 여느 때와 같이 팔백여 명 정도였다. 주재소에서 순사들도 나와 저쪽에서 지켜보고 있었다.

서창석이 자리를 정리하고 나서 간단하게 개회선언을 했다. 인사말 순서에 따라 서태석이 앞으로 나섰다. 논 언덕 위 조금 높은 자리의 연단으로 서태석이 올라서자 박수가 쏟아졌다.

"오늘 면민대회에 이렇게 많은 면민이 모여주시니 대단히 감사합니다. 오늘 면민대회를 연 것은 우리 면민 전부가 규탄하지 않을 수 없는 천인공노할 사건이 우리 면내에서 벌어졌기 때문입니다.

아시다시피 암태도에서는 지주의 가혹한 소작료 남집에 대항하여 소작인들이 지주를 상대로 소작쟁의를 벌이고 있습니다. 그런데 지주는 시대착오적인 망상으로 7, 8할의 살인적인 소작료를 그대로 받겠다고 고집하고 있을 뿐만 아니라, 소작인들은 은인자중 정당한 방법으로 소작료 조정을 요구하고 있음에도 불구하고, 일전에는 아무런 이유 없이 소작회 간부를 구타하여 실신시킨 만행까지 자행하고 있습니다. 그리고 이런 만행을 고발했음에도 불구하고 경찰은 그런 불법적인 만행을 자행한 가해자를 방면하는 등 도저히 납득할 수 없는 일을 하고 있습니다. 그래서 지주의 만행을 규탄하고, 한편 경찰의 부당한 처사를 항의하자는 뜻에서 오늘 면민대회를 열기로 한 것입니다."

서태석의 거쿨진 목소리는 팔백여 명 군중을 압도하고도 저 건너 산에까지 쩡쩡 울려갔다.

"우리 소작인들은 이번 싸움이 죽느냐, 사느냐의 싸움인 만큼 최후까지 한 걸음도 물러설 수 없습니다. 더구나 소작인들의 요구는 천하에 어디다 내놔도 정당하며 그래서 천하의 대세는 지금 소작인들 편으로 기울고 있습니다. 우리는 이 싸움에서 기어코 이기고 말 것입니다. 우리 소작인 한 사람 한 사람은 어디까지나 한 사람의 인간으로서 지주와 동등한 입장에서 당당하게 싸우고 있으며 또 평화적이고 합법적으로 싸우고 있습니다."

서태석은 오늘 회의 방법과 내용을 간단히 소개하고 내려왔다. 서태석의 말이 끝나자 함성과 박수가 쏟아졌다.

첫 번째 연사로 손학진이 올라가, 여기 문지주의 소작료가 다른 지방에서는 그 예를 찾기 어려울 만큼 가혹하다는 것을 실례를 들어가며 설명하고, 이번 구타사건도 이런 비인간적인 행위의 연장이라고 지주를 맹렬히 규탄했다.

이어 서동오가 올라갔다.

"지금까지 다른 지방에서의 소작료 조정 실태를 보면 이 지방 지주는 어떤 분인지 몰라도 참 답답한 분입니다."

서동오의 익살에 모두 비슬비슬 웃었다.

"내가 동아일보(東亞日報)를 놓고 조사해보니 작년(1923년) 1월부터 오늘까지 1년 3개월 사이에 소작쟁의 관계 기사 320건이, 이 신문에 났습니다. 이 가운데는 한 사건이 여러 번 난 것도 있고, 직접 쟁의는 아니더라도 소작쟁의하고 관계된 기사는 모두 들어 있기는 합니다마는 이것을 평균해서 말하면 소작쟁의 기사가 거의 날마다 신문에 났다고 할 수 있습니다. 이것은 무슨 말이냐 하면 전국적으로 소작쟁의가 이만큼 격렬하게 벌어지고 있다는 소립니다. 그런데 이 기사들은 순천·여수(麗水) 지방 기사가 거의 전체의 삼분의 일을 차지했는데, 이 지방을 중심으로 광양(光陽)·보성(寶城)·고흥(高興)·구례(求禮) 등지는 작년에 벌집을 쑤셔논 것 같았습니다. 이런 지방들이 금년에 잠잠한 것은 모두가 4할로 소작료가 조정됐기 때문입니다. 그사이 순천은 전군적으로 농민회를 조직했고, 여수에서도 5개 면 소작연합회를 결성했으며, 이 근래 와서는 고흥·보성·광양·광주·광산 등지도 군 단위로 소작인상조회·소작인조합 등을 결성했는데, 이런 군들은 거의가 소작료 조정을 4할로 끝내고 소작인들이 이렇게 결속하여 앞으로 지주의 횡포를 막을 조치까지 해논 셈입니다. 멀리 전라북도 무장(茂長)·순창(淳昌), 충청남도 대전(大田)이나 충청북도 괴산(槐山), 황해도 봉산(鳳山) 같은 데서도 소작쟁의가 일어나 조정이 끝났거나 쟁의가 진행 중입니다. 지금까지 어디든지 소작쟁의가 일어났다 하면 이렇게 소작료를 4할로 조정 소작인들이 이겼으며, 경상북도 울산(蔚山)에서는 지주가 소작쟁의를 돕는 일까지 생겼고, 동아일보 작년 4월 26일자 신문을 보면 경상북도 영주(榮州)에 사는 강택진(姜宅鎭)이라는 지주는 '지주권을 포기하고 소작인에게 고하노라'라는 글을 써서 여태까지 자기가 지주로서 소작인들을 뜯어먹고 살던 일이 얼마나 부끄러운 일이었던가를 참회한 다음, 자기 땅 1만 9천 평, 그러니까 약 백 마지기 가까운 땅을 몽땅 소작인들에게 거저 주어버렸다는 기사가 난 일도 있습니다. 그뿐만 아니라 동양척식 회사 간부도 소작쟁의의 정당성을 인정하고 있습니다. 작년 9월에 광주 소작회 간부들이 그들의 지주인 동양척식회사를 찾아간 일이 있었는데, 현재 동척 간부로 도지사를 지낸 적이 있는 이진호(李鎭浩)라는 사람은, 전에 자기가 도지사로 있을 때 지주의 횡포가 너무 심해서 도령(道令)으로 그 시정을 촉구한 적이 있으나 아무 효과가 없었다면서, 이런 일은 관력(官力)으로도 아무 효과가 없으니 이 기회에 시정이 되었으면 좋겠다고 자기 개인 의사를 말한 적이 있습니다. 이런 일은 관력으로도 어찌할 수 없으니 이 기회에 시정이 되었으면 좋겠다고 한 말은 의미심장한 말입니다. 까놓고 이야기하면 지주의 횡포는 관력으로도 막을 수 없으니 소작인들이 이렇게 일어난 김에 뿌리를 뽑으라는 소리 아닙니까?"

서동오가 이 대목에서 소리를 높이자 소작인들은 모두 옳소, 고함을 지르며 박수를 쳤다.

"그리고 이 일에 경찰이 어떻게 나올 것인가 염려하는 사람이 많은 것 같은데, 이것도 별로 염려할 것이 없습니다. 지난 11월 25일 전라남도 경찰부 고등경찰과장 고가(古賀國太郎)가 순천에 출장 가서 그 지방 소작회 간부들과 만난 일이 있는데, 그 자리에서 고가는 경찰당국도 소작 궁민(窮民)을 위하여 진력 중이라고 말한 일이 있습니다. 이렇게 경찰에서도 윗사람들은 소작인들을 위하여 진력 중인 모양인데, 엊그제 여기서 일어난 일을 보면 뭣이 잘못되고 있는 것 같습니다. 하여간 지금 소작쟁의는 이런 대세를 타고 한사리 썰물에 하늬바람을 차고 목포 영산강(榮山江) 어귀에 배 띄워논 것 같다 이 말입니다. 이것을 어느 놈이 거역하고 어느 놈이 막겠습니까? 이만 내려가겠습니다. 제 말이 옳으면 옳다고 박수나 한번 천둥 무너지는 소리로 보내주기 바랍니다."

"옳소!"

정말 천둥 무너지는 소리로 고함을 지르며 박수가 쏟아졌다. 소작인들은 한쪽에 서 있는 순사들을 힐끔거렸으나 그들은 말없이 듣고만 있었다. 그리고 수곡리 사람들은 그냥 문지주 집에 붙박여만 있는지 대회장에는 하나도 보이지 않았다.

박종유·박응언에 이어 박필선이 올라갔다. 그의 연제는 '소작인들의 각오'였다.

"우리 소작인들이 어떤 각오를 가져야 할 것인가 하는 것이 제가 할 이야깁니다. 그런데 우리가 우리 각오를 이야기하는 것보다 세상 사람들이 우리보고 어떤 각오를 가지라고 하는가를 들어보고, 그것이 옳다면 우리도 그런 각오를 갖는 것이 좋을 것 같습니다. 여기 제가 지금 가지고 나온 신문에 그런 소리가 쓰여 있으니 읽어 보겠습니다."

박필선은 동아일보 2월 8일자 독자란인 '자유종'에 실린 기사를 읽기 시작했다.

* 근래 삼남 지방의 소작운동은 실로 그 기세가 맹렬하며 그 하는 일이 착실하다. 그리하여 날마다 신문지에 이에 대한 소식을 전하지 아니하는 날이 없다.

* 조선의 소작운동은 죽을 수 없으니 살겠다는 부르짖음이다. 이렇게 막다른 지경에서 부르짖어 나오는 소리가 굳셀 것은 정한 이치다. 그들의 행동이 만약 착실치 못하다 하면 이것은 아직도 그들이 배가 덜 고픈 것을 의미하는 것이다.

* 이와 같이 소작운동이 맹렬함을 따라 소위 지주들 중에는 소작료를 자진하여 4할만 받느니, 지세를 부담하느니 하여 매우 생색이나 내는 듯이 간교한 태도를 취하는 자가 늘어가게 되었다. 그러나 소작인 중에는 무식한 천민들이 많으므로 도리어 이들의 행위를 감사하며 심하면 송덕비까지 세우는 일이 있다.

* 지주로서 지세를 내는 것은 당연한 일이요, 소작료로 4할을 받는 것은 아직도 과한 도조라 할 것이다. 하거든 이따위 지주를 위하여 송덕비를 세우는 등의 어리석은 짓은 아니 하는 것이 마땅하다. 농민은 지주의 종같이 살아왔으나 실상 지주 자신도 농민이 없

으면 살 수가 없는 것을 깨달아야 할 때이다.

　＊ 작인들아, 그대들은 권리를 주장하여라. 지주야, 그대들의 위
태한 지경을 보살피어라.

　"이 양반은 지금 우리가 주장하고 있는 소작료 4할도 과하다는
것입니다. 우리는 지금 일껏 제대로 일을 한다고 하고 있는데, 이
양반 하는 말로 보면 2할이나 3할을 주장해야지 그런 병신 같은 소
리를 하고 있느냐는 것입니다. 허허."

　모두 와크르 웃었다.

　"그러면 지금까지 8할을 냈던 것은 무엇입니까? 이것은 병신도
두 벌 병신이었습니다. 네 팔다리가 썽썽한 우리가 어째서 이렇게
두 벌 세 벌 병신이 되었습니까? 병신 꼴은 이것뿐만 아닙니다. 이
양반 글 중에 지주가 4할로 내려줬다고 해서 공덕비를 세워준 것
을 어리석은 일이라고 했습니다. 4할로 내리는 것은 당연한 일이
니 지주는 당연한 일을 했을 뿐인데 무엇 때문에 공덕비를 세우느
냐, 되레 2할, 3할로 내리라고 해라, 이런 소리 같아요. 그런데 우리
는 8할을 내면서도 공덕비를 세워줬으니 여기서도 우리는 두 벌로
어리석은 짓을 했습니다. 우리는 지금까지 두 벌 병신에다 두 벌로
어리석은 사람들이었습니다. 그러나 기왕지사는 기왕지사고 지금
부터라도 병신에서 참신이 되고 어리석은 사람에서 변변한 사람
이 됩시다. 바로 이것이 우리 소작인들이 가져야 할 각오 같습니
다. 이 각오를 단단히 가지고 싸워나가면 우리는 변변한 사람이 될
것입니다. 이 각오를 오뉴월 보리방아 찧듯 다지기 위해서 아까 그

기사 끄트머리를 다시 한번 읽고 내려가겠습니다. '작인들아, 그대
들은 권리를 주장하여라. 지주야, 그대들의 위태한 지경을 보살피
어라.'"

"옳소!"

함성이 터지며 박수 소리가 쏟아졌다.

서창석이 올라갔다.

"모두 좋은 말씀 감사합니다. 이상으로 연설을 마치고 토의사항
으로 들어가겠습니다. 먼저 이 근래 소작인들뿐만 아니라 면민들
사이에서 말썽이 많던 문지주 공덕비 처리 문제를 토의하겠습니
다. 여기 의견 있으신 분 말씀하십시오."

그때 서태석이 손을 들었다. 군중들은 의외라는 눈으로 서태석
쪽을 봤다. 지명을 받은 서태석이 단으로 올라갔다.

"본인은 지금 소작회장이 아니고 소작인의 자격으로 언권을 얻
었습니다. 지주 공덕비 문제는 방금 소작위원장이 말한 바와 같이
소작인들 사이에서뿐만 아니라 면민들 사이에서도 말썽이 많았는
데, 이제야 이 문제를 논의하게 된 것은 너무 늦은 감이 없지 않습
니다. 본인은 이 문제의 공덕비를 세울 당시 공덕비 건립 기성위원
장으로 그 일에 앞장섰던 사람이기 때문에, 맺은 사람이 푼다고 이
것을 처리하는 문제에도 앞장을 설까 합니다. 한마디로 말씀드려
서 문지주 공덕비를 면민의 이름으로 회수할 것을 동의합니다."

"옳소. 때려부숩시다."

군중들은 주먹을 휘두르며 함성을 질렀다. 서태석은 함성이 가
라앉기를 기다렸다.

"우리가 애초에 저 공덕비를 세울 때 지주한테 저런 비를 세워 칭송할 만한 공이 있고 덕이 있어 세웠던 것은 아니었습니다. 당신이 지금 소작인들한테서 소작료 받아 가는 것이 이건 도무지 사람 너울 뒤집어쓴 자의 행동이 아니다, 그러니 지금부터라도 정신을 차려서 이런 공덕비를 세워 칭송을 받을 만한 사람 노릇을 해라, 이런 뜻에서 미리 비를 세워줬던 것입니다. 그런데 지금까지 팔 년 동안 그렇게 칭송받을 만한 일을 했습니까? 못 했습니다. 못 한 것이 아니고 거꾸로 더 험하게 소작인들을 늑탈하고 있습니다. 더구나 엊그제는 죄 없는 소작인을 두들겨 패기까지 했습니다. 한마디로 말해서 지주는 우리가 저 공덕비 세웠던 애초의 뜻에서 점점 더 멀어져가고 있습니다. 그러면 어째야겠습니까? 당연히 저 비를 회수해야 합니다."

"옳소. 당장 때려부숩시다."

군중들은 미친 듯이 소리를 질렀다.

서태석이 내려오고 서창석이 올라갔다.

"문지주 공덕비를 회수하자는 동의가 있었습니다. 다른 의견 없으십니까?"

"다른 의견이 뭐야, 당장 때려부숴."

또 악다구니가 쏟아졌다.

"그러면 공덕비를 회수하자는 데 찬동하시는 분 손 드시오."

함성 소리가 터지며 군중들의 손이 동학군 횃불 올라가듯 했다. 손이 열 개 스무 개가 없어 환장하겠다는 서슬이었다.

"내리시오. 반대하시는 분 계십니까?"

"어떤 개새끼가 반대해! 그놈은 죽여."

"지주 공덕비 회수한다는 것이 만장일치로 가결되었습니다. 그러면 그 회수방법을 기왕에 말씀하신 서회장님께서 말씀해주십시오."

다시 서태석이 올라갔다.

"이 일은 흥분해서는 안 될 일이니 마음들을 차근하게 갖고 일을 처리합시다. 호랑이가 적을 공격할 때는 가만히 있다가 덥석 무는 것이 아니라 한번 으르렁거려서 경고를 한 다음에 공격을 합니다. 나는 호랑이다, 내 앞에서 얼씬거리지 말고 저리 도망가거라 이것이지요. 쥐도 도망갈 구멍을 보고 쫓는다는 이치가 다 이런 것 아닙니까? 성질대로 하면 지금 당장 저것을 때려부숴야 직성이 풀리겠습니다마는, 우리 소작인들이 지금까지 침착하고 슬기 있게 싸워왔던 점에서 보면 그것은 지혜 있는 짓이 못 됩니다. 아까 신문에서는 지주가 4할로 내렸다 하여 공덕비를 세우는 것을 어리석은 일이라 했는데, 우리는 기왕에 어리석은 일을 했으니 지금이라도 지주가 각성을 해서 소작료를 4할로 내린다면 한번 세워준 것을 야박하게 때려부술 것까지는 없을 것 같습니다. 그러니까 여태까지도 참아왔으니 지주한테 충분한 시간을 주어서 지금 자기가 버티고 있는 것이 잘한 일인가 곰곰이 한번 생각해보게 합시다. 기간은 넉넉히 이다음 보릿가을 들 때까지, 꼭 날짜를 정한다면 5월 15일, 음력으로는 4월 13일까지 한 달 반가량을 줍시다. 그때까지 안 들으면 회수방법은 때려부순다든지 떠메 온다든지 그것은 그때 정하기로 하고 말입니다."

군중들이 잠시 술렁거렸다. 기간이 너무 길어 맥이 빠지는 모양이었다. 그러나 그것이 서태석의 안이다보니 누가 선뜻 이의를 달고 나서는 사람이 없었다.

서창석이 다시 올라가 그에 찬성하는 사람 손들라고 하자 좀 머뭇거리다가 하나 둘 손이 올라가기 시작했다. 모두 손을 들었다.

다음, 소작회 간부 구타사건에 대한 경찰의 무성의한 처리 문제는 대표를 뽑아 목포경찰서에 보내 항의하기로 했다. 그 대표로 서태석·서동오·박종유 세 사람을 뽑았다.

공동경작 추인 문제며 보고사항 순서가 남았으나, 서태석은 목포 나갈 배 시간이 가까워 두 사람을 데리고 미리 대회장을 빠져나왔다.

그들이 남강 선창으로 걸음을 재촉하고 있을 때였다.

"서면장 나 좀 봅시다."

느닷없는 소리에 세 사람은 발을 멈추고 뒤를 돌아봤다. 그들이 지나온 자리에 갑자기 수곡리 문응창이 버티고 서 있었다. 손에는 몽둥이를 꼬나들고 있었다.

"이야기할 것이 있으니 이리 좀 오시오."

문응창의 뒤 숲속에서 문재철의 생부 문군옥(文君玉) 그리고 그 조카 문명호가 나오고 있었다. 문삼만도 뒤따랐다. 그들의 손에도 몽둥이가 들려 있었다. 그냥 몽둥이가 아니라 끄트머리에 대못을 서너 개씩 엇질러 박은 것이었다. 그들의 얼굴에는 이미 살기가 흐르고 있었다.

"너희놈들이 우리 종조부 비석에다 손을 댄다고? 비석이 먼저 넘어지는가, 네놈들이 먼저 죽어 넘어지는가 보자."

문명호가 앞으로 나서며 독기를 피웠다.

"모두 나와서 저놈 죽여라."

문군옥이 숲속을 향해 소리를 질렀다. 순간 숲속에서 손에 낫과 몽둥이를 든 수곡리 사람 사오십 명이 쏟아져나오고 있었다.

문명호가 서태석에게 몽둥이를 겨누며 달려들고 있었다. 서태석을 향해 몽둥이가 날았다. 서태석은 잽싸게 몽둥이를 피했다. 문명호는 몽둥이를 헛치고 제물에 앞으로 몸뚱이가 쏠려왔다. 가까스로 중심을 잡았다. 다시 몽둥이를 겨냥했다. 서태석은 허점을 노리고 있었다.

"저놈들을 죽여."

문군옥이 소리를 지르며 서동오와 박종유를 쫓아갔다. 그 뒤에 문삼만 등 서너 사람이 따르고 있었다. 그러나 나머지 사람들은 그냥 웅성웅성 모여만 있을 뿐 달려들 기세가 아니었다.

문명호가 서태석을 갈기려는 순간이었다. 서태석은 몸을 획 날려 문명호의 팔목을 붙잡았다. 서태석은 허우대도 컸지만 동작도 날렸고, 힘도 장사였다. 문명호 몽둥이를 붙잡아 그대로 획 비틀었다. 문명호 몸뚱이가 옆으로 꼬였다. 서태석은 문명호 옆구리를 사정없이 걸어차버렸다. 문명호는 저만치 나가떨어지고 말았다.

저쪽에서는 서동오가 문군옥의 몽둥이에 맥없이 나가떨어지고 있었다.

서태석이 그쪽으로 쫓아가려 하자 이번에는 문웅창이 서태석을 가로막았다.

"이 죽일 놈!"

서태식은 문웅창을 향해 몽둥이를 치켜들었다. 그러나 그대로 내려칠 수가 없었다. 끝에 못이 박혀 있기 때문에 정통으로 맞으면 그대로 뻗어버릴 것 같아서였다. 문웅창의 몽둥이가 서태석의 무릎께로 날아오고 있었다. 서태석은 잽싸게 한 발 뒤로 물러섰다. 문웅창은 몽둥이를 헛치고 몸의 중심을 잃었다. 서태석은 발로 문웅창의 가슴팍을 질러버렸다. 뒤로 벌렁 나가떨어졌다. 순간, 문명호가 곁의 놈 몽둥이를 뺏어 들고 달려들고 있었다.

두 놈 다 선불 맞은 멧돼지처럼 무작정 달려들고만 있었기 때문에 침착한 서태석에게는 처음부터 적수가 아니었다. 서태석은 여기서도 정통으로 칠 수가 없어 몽둥이로 창질하듯 문명호의 가슴팍을 찔러버렸다. 문명호는 곰 창날 받듯 몽둥이를 붙잡았다. 문명호가 몽둥이를 잡아당겼다. 서태석은 잡아당긴 대로 훅 밀며 몽둥이를 놔버렸다. 문명호는 몽둥이를 안고 뒤로 나가떨어졌다.

서동오는 한쪽에 나가동그라져 있고 두 놈이 저 아래로 박종유를 쫓아가고 있었다.

"이 죽일 놈들."

서태석은 몰려 있는 수곡리 사람들 앞으로 다가가며 호령을 했다.

수곡리 사람들은 기가 질려 한 발씩 뒤로 물러섰다.

"이 천하에 못된 놈들, 아무리 일가라고 문지주 같은 놈 편을 들어. 소작인들한테 몽둥이를 들고 나선단 말이냐?"

서태석이 호령을 하자 비슬비슬 물러서고 있었다.

"이 죽일 놈아."

박종유를 쫓아가던 문군옥이 이쪽을 돌아보며 서태석을 향해 악을 썼다.

"못된 늙은이!"

서태석은 이를 갈기는 했으나 몽둥이를 휘두를 수는 없었다. 우선 나이 때문이었다.

그때였다. 저쪽 산등성이가 왁자지껄했다. 어느새 소식을 들었는지 소작인들이 몽둥이를 들고 몰려오고 있었다.

"문가놈들 죽여라."

"다 때려죽여."

수백 명이 악을 쓰며 달려들고 있었다. 수곡리 사람들은 후닥닥 도망쳤다. 무논의 오리떼 튀듯 산속으로 튀었다.

"한 놈도 놓치지 마라."

소작인들의 기세는 무서웠다. 서태석은 당황했다. 일이 너무 크게 벌어지는 것이 아닌가 싶어서였다. 더구나 여기가 막다른 곳이라 만약에 문가들이 엉겁결에 문지주 집으로라도 피한다면 그 집까지도 때려부숴버릴지 모를 일이었다.

서동오가 버르적거리며 일어나고 있었고 저 아래서 박종유가 옆구리를 싸안고 뒹굴고 있었다.

서태석은 그들을 다른 사람들에게 맡기고 소작인들을 따라 문가들을 쫓았다.

서동오와 박종유의 꼴을 본 소작인들은 반 미쳐버렸다. 소작인들의 손에는 장작개비와 엄청나게 큰 몽둥이들이 들려 있었다. 길가에 있던 변소와 돼지우리 두 개가 박살이 났고, 목포로 실어내리고 쌓아둔 장작더미 두 개가 결딴이 난 것이다.

수곡리 사람들은 다행히 산길을 에워 돌아 중흥 쪽으로 빠져 달아나고 있었다. 상당한 거리여서 쉽게 붙잡힐 것 같지는 않았다. 송곳봉 기슭까지 칠 마장쯤 쫓아갔으나 한 사람도 잡을 수 없었다. 도창리 쪽과 바닷가로 길이 갈리는 삼거리에 이르렀을 때 서태석은 소작인들 선두에 나섰다.

"잠깐 멈추시오."

"소작인들은 쫓아가자고 악을 썼으나 서태석이 가로막았다. 만약에 수곡리까지 쫓아간다면 큰일이었다.

"서동오하고 박종유는 그렇게 많이는 다치지 않았습니다. 만약 우리가 여기서 성질대로 저놈들을 두들겨놓으면 일은 여기서 끝장입니다. 모든 것을 나한테 맡기고 여기서 돌아갑시다."

소작인들은 몽둥이를 휘두르며 다 때려죽이자고 악을 썼다.

"분이 나더라도 소작쟁의부터 이겨놓고 봅시다. 여기서 일판이 커지면 우리가 집니다."

소작인들은 흥분이 좀처럼 가라앉지 않았으나 서태석이 간곡하게 타이르자 조금 가라앉는 것 같았다.

이렇게 분한 꼴을 당하고도 참는 소작인들의 행동에서 서태석은 말할 수 없는 감동을 느꼈다.

서태석은 모두 동네로 무사히 돌아가도록 각 동네 소작위원들에게 거듭 간곡히 당부한 다음 다시 남강 쪽으로 걸음을 재촉했다.

선창가에 가까이 오자 문명호가 근처에 숨어 있다가 붙잡혔던지 서동오 등을 돌보던 소작인들과 실랑이가 벌어져 있었다. 그러나 그들은 늙은 축들이라 크게 싸움은 붙지 않고 있었다.

서동오와 박종유는 다행히 큰 상처는 없었다.

마침 남일환이 오고 있었다.

서태석은 서동오와 박종유를 목포 제중의원(濟衆醫院)에 입원시
킨 다음 그길로 전부터 안면이 있는 동아일보 목포지국 설준석(偰
俊碩) 기자를 찾아갔다. 사건의 전말을 말하고 보도를 의뢰했다.

이 보도로 암태도 사건은 비로소 세상 사람들의 이목을 끌기 시
작했다.

소작회(小作會) 간부를/돌연 구타(突然毆打)/문지주의/일족들이

전라남도 무안군 암태면 기동리(全羅南道 務安郡 岩泰面 基洞里)
사는 암태도 소작회 간부 서태석(徐邰晳)·박종유(朴鍾有)·서동오
(徐東吾) 등 세 사람은 전부터 소작 문제로 그곳 지주 문재철(文在
喆)과 의사의 소격이 있던 중, 본월 27일에 전기 세 사람이 어디를
갔다 오는 길에 동면(同面) 와촌리(瓦村里)를 지날 때 그 위 산기슭
에서 동면 수곡리(水谷里) 지주 문재철의 종제 되는 문응창이 서태
석을 부름으로 서태석이 올라간즉, 문재철의 실부 문군옥(文君玉)
이 '저놈 죽여라' 하고 호령을 하자, 문군옥의 일족 오십여 명은 각
기 칼·낫·몽둥이 같은 것을 가지고 난타함으로 동행하던 박종유·
서동오 두 사람은 까닭을 알고자 올라갔더니 그들에게도 역시 폭
행함으로 전기 두 사람은 할 수 없이 도망하여 달아났으나, 그들은
일 정보가량이나 쫓아와서 두 사람을 무수히 난타하여 필경 중상
을 당하고 서태석은 많은 상처는 없다 하는데, 이 소식을 들은 면
민 일동은 즉시 현장에 달려가서 방어하려 하였으나 그들은 여전

히 폭행을 함으로 면민들은 흉기를 빼앗고 폭행 이유를 물은즉 모두 도망하고, 그중 수모자 문명호(文明鎬) 혼자 남아 말하기를, 오늘 면민대회에서 내 종조부의 송덕비(頌德碑)를 파괴하기로 하였다 하기에 그 수모자를 죽이려 함이라 하고 대답하였다는데, 피해자 박종유·서동오 두 사람은 즉시 목포 제중원에 입원하였다 하더라. (4월 4일자)

서태석은 서동오·박종유 두 사람의 진단서를 떼어 목포경찰서에 고발했다. 그런데 가해자에 대한 조사는커녕 경찰이 또 엉뚱한 짓만 했다는 소식이 목포에 있는 서태석한테 전해져왔다.

사건이 있었던 다음 날 목포경찰서장 우에마쓰가 경찰정 금강환(金剛丸)에 경찰 삼십여 명을 태우고 암태도에 와 지난번 벼베기 때처럼 시위를 하고 돌아갔다는 것이다. 더구나 이 사실은 서동오 등 상해 기사보다 먼저 신문에 났는데, 소작인들이 28일 새벽에 문 지주 집을 습격했기 때문에 무장경관을 출동시킨 것으로 되어 있었다. 서태석은 설기자를 찾아가 자료가 어데서 나온 기사인가 알아보니 경찰에서 나왔다는 것이다.

"그게 멀쩡한 거짓말이라면 가서 항의를 하십시오. 이번 상해 사건도 아직 정식 접수를 않은 것 같습니다."

"접수를 않다니요. 진단서를 첨부해서 접수를 시켰는데, 그럴 수가 있습니까?"

"가만있을 일이 아닙니다. 서장한테 단단히 항의를 하십시오. 나도 동석하겠습니다. 좋은 기삿거립니다."

서태석은 설기자와 함께 서장을 만났다. 우선 고발을 접수하지 않은 것부터 따졌다.

"소작쟁의로 발생한 일을 가지고 경찰이 너무 깊이 간여하면 곤란하지 않소. 같은 면민끼리 이만 일을 가지고 고소를 하고 징역을 살고 하여 무엇이 좋은 일이 있겠소? 화해를 하시오."

서장은 냉담하게 나왔다.

"얻어맞은 사람이 나서서 화해를 하란 말입니까? 지난번에도 소작회 간부를 아무 이유 없이 몽둥이로 때려 실신을 시켰는데도 그들을 놔줬고, 이번에는 몽둥이에 못까지 박아 두들겨 패서 진단이 삼 주나 나왔는데 고발을 접수조차 하고 있지 않다니 그 이유가 무엇입니까?"

서태석은 만만찮게 대들었다.

"이번 사건은 이미 접수가 되었는데 무슨 말입니까? 지난번에는 피해자 가족 명의로 고소를 하지 않았기 때문에 접수를 하지 않은 것이고, 이번 사건은 어디까지나 공명정대하게 처리할 것이니 염려 마시오. 그런데 당신은 과거에 면장을 지내 면민들의 신망이 두텁다고 들었는데, 이런 불상사가 생기면 진정을 시키고 화해를 시킬 생각을 해야지 이렇게 감정을 앞세우고 나오면 어떻게 되겠소?"

"그것은 너무 무책임한 말씀입니다. 본인도 그자들한테 맞아 죽을 뻔했는데, 피해자가 고개 숙이고 가서 화해를 하란 말입니까? 본인은 요사이 경찰의 태도를 이해할 수 없습니다. 지난번 벼베기 때는 아무 이유 없이 경찰이 출동하여 소작인들을 간접적으로 위협했고, 더구나 이번에는 소작인들을 구타한 범인은 가만히 놔두고 수십 명 경찰이 출동하여 또 소작인들만 위협하고 있으니 이것이 공평한 처사란 말입니까? 더구나 터무니없는 사실을 신문에까지 내고 있으니, 이것은 경찰이 소작쟁의에 간여하지 않는다고 하면서 오히려 깊이 간여하고 있는 처사가 아니고 무엇입니까?"

"이번에 경찰이 출동한 것은 소작인들이 지주 집을 습격하려 한다는 정보가 현지에서 들어왔기 때문에 나간 것이지 지주를 옹호하려는 뜻은 아닙니다. 하여간 암태도 사건이라면 골치가 아프니 제발 좀 조용히 합시다."

서장은 신문기자가 곁에 있어 그런지 지난번처럼 고압적으로 나오지는 않았다.

이 일은 지난번 사건보다 더 크게 보도되었다.

암태도 사건으로/소작 간부의 질문(質問)/경찰서장에게 무장경관/파송에 대하여 강경 질문

전남 무안군 암태면 암태도에 있는 지주 문재철의 일족 중에서 암태 소작인회(岩泰小作人會) 간부 서태석·박종유·서동오 등 세 사람을 난타하여 중상을 시켰다 함은 기보한 바이어니와 그 소작회에서는 간부 서태석씨를 목포경찰서에 파견하여 이번 사건에 대한 경찰의 무리를 질문하였는데, 동씨는 지난 1일 오전 10시경에 서장과 면회하고 대략 다음과 같은 문답이 있었더라.

1. 이번 사건에 소작인들이 지주의 집을 습격한다고 무장경관을 보내고 또는 엉터리도 없는 그러한 사실을 각 신문에 게재함은 무슨 까닭인가?(대표자)

* 소작인이 지주의 집을 습격한다는 주재소 보고가 있으므로 무장경관을 보낸 것이오. 신문기사는 신문기자들이 그렇게 낸 것이오.(서장)

1. 암태도 주재소에서 피해자들의 고소를 받지 아니함은 무슨 까닭이며, 또는 모든 일에 지주를 옹호함은 무슨 이유인가?(대표자)

* 그럴 리가 있소? 고소는 피해자 가족 명의로 하지 아니하고 딴 사람 명의로 한 까닭에 받지 아니한 것이며 사건은 어데까지든지 공평 정대히 처리할 터요.(서장) (4월 6일자)

그런데 지주 측에서는 문명호를 목포 옥산(玉山)병원에 입원시켜 거기서도 진단서를 떼어 맞고소를 제기하자 경찰은 끝내 화해만을 종용할 뿐 사건을 삼으려 하지 않았다.

서태석은 그대로 있을 수 없었다. 그런데 마침 서울에서 노농연맹(勞農聯盟) 총회가 열린다는 것이어서 거기에 참석, 이 사건을 폭로하기로 작정을 했다.

얼마 전 조선노동대회(朝鮮勞動大會)에서 암태도 소작회 앞으로 이 회에 가입하지 않겠느냐는 서신 연락이 온 적이 있어, 그러지 않아도 그런 전국적인 단체에 연결을 가지고 싶었던 터라 가입의 사를 서면으로만 통고해놓고 있던 다음이었다.

이 노농연맹이란, 그동안 조선노동대회와 조선노동공제회(朝鮮勞動共濟會)가 따로 자기 단체의 강화 방안으로 소작단체들과 연합을 모색해오고 있었는데, 농민단체의 흡수를 계기로 두 단체가 통합, 개편하기로 한 그 가칭이다. 그 개편대회를 10일에 연다는 보도였다.

"거기 가서 암태도 소작쟁의 경과를 보고하고 경찰의 부당한 처사를 폭로하십시오. 만약 그 연맹 명의로 이 사건을 규탄한다면 여기 서장 모가지쯤 날려버릴 수 있을지도 모릅니다."

설준석 기자는 전부터 서태석과의 개인적 관계가 있기도 했지만 암태도 소작쟁의에 비상한 관심을 가지고 있었고, 특히 경찰의 처사에 분노를 느끼고 있었다.

서태석은 암태도로 들어가 노농연맹 총회에 참석할 의사를 말하고 대표를 뽑아달라고 했다. 소작위원회에서는 서태석·박필선·서광주(徐光宙) 세 사람을 대표로 뽑았다.

세 사람은 8일 야간열차를 타고 가기 위해서 목포로 나왔다. 하루 먼저 가기로 한 것은 미리 연맹 간부들을 만나 암태도 사건을 사전에 논의할 시간 여유를 갖기 위한 것이었다. 설기자 말대로 대회 결의로 목포경찰서장을 규탄하여 모가지만 날려버릴 수 있다면, 그것은 암태도 사건뿐만 아니라 전국적인 파급효과가 있을 것이어서 소작쟁의 전반에 그만큼 큰 공헌이 될 것 같았다.

세 사람이 선창에 내리자 뜻밖에 목포경찰서 형사가 기다리고 있었다.

"서울 가신다지요?"

"당신이 어떻게 그걸?"

세 사람은 놀란 눈으로 서로를 건너다봤다. 소작인 가운데 경찰의 끄나풀이 있음에 틀림없었다. 어제저녁 일이 벌써 경찰의 귀에 들어가고 그것이 비둘기로 날려진 모양이었다. 소작인 속에 경찰

끄나풀이 있을 거란 것은 어렴풋이 짐작하고 있었으나 이건 너무 뜻밖이었다.

"다 알고 있습니다. 가시더라도 서장님을 좀 만나고 가시지요. 서장님은 지금 광주 가셨는데 내일 옵니다."

"서장을 만나야 할 용건이 뭡니까?"

"만나뵈면 알 것입니다."

"그런 불투명한 이유로 사람을 붙잡자는 겁니까?"

형사는 자기도 잘 모르는 일이나 상부의 지시라면서 간곡히 부탁했다. 서태석은 생각해보겠다는 꼬리를 남기고 서동오들이 입원해 있는 제중의원으로 갔다. 형사는 거기까지 따라오며 혹시 그냥 가게 되면 전화라도 해주고 가라고 했다.

서태석은 서장을 굳이 피할 이유도 없었으나, 서장을 만나자면 하루를 늦춰야 하기 때문에 계획에 차질이 올 수밖에 없어 그냥 가기로 했다. 전화할 것도 없이 그냥 가버리려 했으나, 그러면 마치 숨어서 몰래 가기라도 하는 것 같아 그 형사에게 간다고 전화를 해주고 기차에 올랐다.

그런데 밤중이 좀 지나 대전역에 도착했을 때였다.

"당신이 서태석입니까?"

양복 입은 두 사람이 서태석 앞에 서서 당돌하게 물었다.

"왜 그러십니까?"

"이 두 사람이 일행이오?"

세 사람은 멍청하게 사내들을 건너다보고 있었다.

"경찰입니다. 조사할 일이 있으니 내리시오."

“조사할 일이라니, 용건이 뭡니까?”

서태석이 나섰다.

“가면 압니다.”

서태석은 연행 이유를 대라고 버텼다.

“목포에서 이첩 온 사건이니 우리도 자세한 이유는 모릅니다. 하여간 상부의 명령이니 갑시다.”

경찰을 상대로는 이런 경우 아무리 견고틀어봐야 소용없다는 것을 잘 알고 있는 서태석이었다. 세 사람은 상부의 지시라는 단 한마디 말에 아무 이유도 없이 다음 날 목포로 압송되고 말았다.

목포경찰서가/암태도 소작회/압박(壓迫)/노동대회에 오는 소작간부를/대전서원(大田署員)이 돌연히 구인 압송

전라남도 무안군 암태면 암태도 지주 문재철의 일족이 암태 소작인회 간부 서태석·서동오·박종유 등 세 사람을 구타하였다 함은 본보에 누차 보도한 바이어니와 피해자 세 명은 부상한 진단서를 첨부하여 광주지방법원 목포지청 검사국(檢事局)에 고소를 제기하였는데, 문재철 편에서도 목포 의사 옥모(玉某)의 진단서(소작회원의 말은 부상한 것이 없는 것을 거짓 진단서를 만든 것이라고)를 맡아서 맞고소를 제기하였는데, 검사는 문지주 편에 동정을 하고 두 편의 화해를 붙이려 하나, 피해자인 소작회 간부들은 절대 거절하고 경성 노농대회에 참석고자 경성에 오려 하니까 목포경찰서에서는 하루만 참으라 하였으나 그것도 못 참겠다 하였더니 그러면 경찰서에 전화나 하고 가라고 하기로 그대로 전화를 하고 상경하

는 중, 대전경찰서에서 신체를 수색하고 목포경찰서에서 압송하라
한다고 구인 압송하였으므로 소작회 측과 일반 소작인들은 목포경
찰서의 태도가 불공평하다고 비난이 많다더라. (4월 12일자)

그런데 경찰에서는 그들을 강제로 끌어온 것으로 끝나는 것이
아니고 암태도에까지 압송해다놓고 지난 충돌 사건을 조사한다면
서 본서에서 형사가 나와 매일 불러다가 그동안 소작쟁의 진행상
황 전반을 조사했다. 나중에는 검사국에서까지 나와 조사를 하더
니 이내 이들을 구속하고 말았다.

암태도 소작회 간부 3명 수감(收監)/검사가 출동하여/조사한
결과
지난 10일 목포경찰서와 목포지청 검사국에서는 세상 사람들의
이목을 경동케 하던 무안군 암태도의 소작분쟁 문제를 조사코자
그동안 현장에 출동하여 비밀리 무슨 조사를 하던 중 소작회 간부
서태석·서광주·박필선 세 사람을 불러 조사를 마치고 지난 13일
에 바로 목포형무소에 수감하였는데, 그 내용은 당국에서 비밀에
부침으로 상세한 보도를 할 수 없으나 전기 세 사람이 수감된 것은
필경 중요한 내면 사정이 있는 듯하다더라. (목포, 4월 16일자)

검찰에서는 18일 그들을 풀어줬다. 그런데 알고 보니 노농연맹
개편대회 총회가 10일에서 18일로 연기되어 있었다. 그러니까 여
기에 참석하지 못하게 하려는 고의적인 방해임이 틀림없었다.

그농안 서동수는 아내를 친정으로 쫓아버렸다. 이것은 암태도 사람들에게 비상한 충격을 주었다. 이제 문지주 일족들과 개인적인 원수 관계로 일이 치닫고 있었기 때문이었다. 더구나 수곡리 문씨들과 인척(姻戚) 관계가 있는 사람들은 한층 어두운 얼굴들이었다.

만재 이야기와 함께 이 일은 어디 가나 화젯거리였다. 특히 처녀들 사이에서 그랬다.

"서동수 마누라는 친정에 가서 목매달아 죽으려는 걸 친정 식구들이 살려놨댜."

"생이별을 했으니 그럴 법도 하지."

"소작쟁의만 끝나면 결국 데려오고 말 거라더만."

보리밭 매는 단고리 처녀들이었다.

"그렇겠지. 자식까지 있는데 영영 버리기야 하겠어."

"한쪽에서는 죽자 살자 못 데려와 한이고 또 한쪽에서는 목매다는 사람을 내쫓고, 세상일이 뭐가 뭔지 모르겠다."

"모르긴? 정이 있고 없고 차이지."

"그러기 정이 없이는 못 사는 거야."

"헌데 말이야, 그때 만재가 다친 것은 발을 헛디뎌 그런 게 아니고 그 처녀 아버지한테 두들겨 맞은 거댜."

"어머나."

"그렇게 죽게 패서 내던져논 것을 도깨비들이 업어다 줬다는 거야."

"그런 미친 소리가 어딨어? 문지주 머슴들이 업어 왔다잖아."

"문지주 머슴들이 업어 온 것은 도창리 뒤에서부터고 수곡리에

서 거기까지 업어 온 것은 도깨비들인데, 사람 소리가 나자 내던져
놓고 우크르 내빼더랴."

"옛날에는 그런 일이 있었다지만 요새도 그런 일이 있을까?"

"그 오밤중에 그 무서운 잿길을 넘어다니니 도깨비들이 감복했
는지도 모르지. 나한테도 그렇게 죽자 살자 하는 총각이나 하나 있
었으면 좋겠다."

모두 자지러지게 웃었다.

"그놈의 영감쟁이는 그토록 죽자 살자 하면 혼사를 시킬 일이지
생사람을 그렇게 팰 것은 뭐야?"

"그러기 사성까지 걸었다가 창피만 톡톡히 뒤집어썼지."

"자기 창피만 당한 게 아니고 집안 망신시켰다고 일가들이 야단
이랴."

"그럼 지금도 이쪽으로는 혼사를 안 시킨다는 건가?"

"그래도 이렇게 소문이 퍼져 저쪽하고 혼사가 깨진 다음에는 그
처녀를 어디로 보낼 거야?"

"그 영감쟁이는 딸을 처녀로 늙혀 죽였으면 죽였지 박종식이 집
으로는 안 보내겠다고 떵떵 큰소리랴."

"문지주가 지주면 지주지, 자기가 뭐라고 그렇게 설쳐."

"아무리 큰소릴 쳐도 그리 안 보내고는 못 배길 거야."

"아무렴."

"그 처녀는 우세는 했어도 소원 성취는 했다."

"소원 성취고 뭐고 그 망신이 보통 망신이니?"

"그런다고 죽자 살자 하는 총각을 두고 마음에 없는 총각한테 간

단 말이니? 망신은 잠시지만 한(恨)은 평생이야."

"그러면 너도 그런 사내 있으면 그러겠다는 소리니?"

"세상 개명했다는 게 뭐니? 너희들도 그런 사내가 있는데 부모들이 그러거든 그 사내 애라도 배버려."

"어머머. 너 미쳤니? 너나 그래라."

"그래재도 그런 총각이 없어 한이다."

"미친것."

"그러면 수곡리 그 처녀도 애를 뱄단 말이냐?"

"그야 누가 아니? 허지만 그렇게 죽자 살자 만났으면 그럴 법도 하잖아?"

만재와 연엽이 이야기로 한참 떠들썩하던 처녀들은 노래를 부르기 시작했다. 아리랑이었다.

아리아리랑 서리서리랑 아나리가 났네 헤헤
아리랑 끙끙끙 아나리가 났네

　　아리아리랑 서리서리랑 아나리가 났네 헤헤
　　아리랑 끙끙끙 아나리가 났네

저 건너 저 머시마 날 보지 말아라
네 눈살 맞어서 나 죽겠다

저 건너 어리번쩍 우리 임인 줄 알았더니

억달새 풀잎이 날 속였네

산천에 맹감은 볼 받을라 말라
큰애기 젖통은 생길라 말라

신식 법단 겹저고리에 잦은 끝동 달고
여린 자주 통치마는 장구 바람에 논다

치마끈 졸라서 논 사논께
물 좋고 밭 좋은 데는 신작로 나네

신작로 난 것도 원통한데
제놈이 뭐라고 날 조른다

담 넘어들 때는 무슨 맘 먹고
문고리 잡고서 발발 떤다

일년초 땅가시 쑤신 둥 만 둥
어린 서방 품에 품고 잠잔 둥 만 둥

시엄씨 잡년아 건기침 말아라
느그 아들이 방불하면 내가 밤마실 돌까

제8장 공덕비를 부숴라

되봉산에 흐드러지게 피었던 진달래가 지고 들판에는 무룩이 자란 보리이삭이 5월의 훈풍에 알이 여물어가고 있었다. 전 같으면 보릿고개의 허기에 암태도 사람들은 얼굴에 부황이 들어가고 있을 것이었으나 금년에는 모두가 제 얼굴을 지니고 새로 피어난 녹음처럼 생기가 돌고 있었다. 작년 이맘때만 해도 송기를 발라내는 허기진 낫 끝에 소나무 몸뚱이가 제대로 견뎌나지 못했고 느릅나무 뿌리가 제대로 남아나지 못했으나, 금년에는 세상사가 바로 되다 보니 이런 나무들도 제 줄기 제 뿌리를 제대로 건사하여 5월의 하늘에 풍성하게 잎사귀를 피워 올리고 있었다.

그동안 암태도는 조용했다. 공덕비 부수겠다는 시한을 안고 있었기 때문에 태풍이 휘몰아치기 전의 정적이기는 했지만, 우선 도리우치와 김서기가 설치고 다니지 않았고 지주 측에서 다른 야료를 부려오지도 않았다. 도리우치는 아주 섬을 떠버렸다는 소문이기도 했다. 간혹 선창가에서 김서기의 얼굴은 볼 수 있었으나 도리우치는 정말 암태도를 떴는지 지난번 대회 뒤로는 얼굴을 볼 수가 없었다.

그런데 겉으로 이렇게 조용한 것과는 달리 소작인들과 수곡리 사람들 사이에는 지난번 사건 때문에 감정이 점점 날카롭게 날이 서가고 있었다. 수곡리 문씨들이 면민대회 때 몰려갔던 것은 대부분 체면 때문이었고, 가놓고 보니 또 하는 수 없이 문군옥과 문응창의 지시에 따르지 않을 수 없어 몽둥이를 들고 사건 현장에까지 나가게 됐었다. 이렇게 체면에 묶여 억지춘향이로 끌려다녔을 뿐 대부분 구경꾼의 엉거주춤한 태도였고, 정작 몽둥이를 들고 설친 것은 가까운 친척 몇 사람뿐이었다. 그러나 그 결과가 그런 험한 지경에 이르러 사람이 상하고 고소까지 하게 되는 사태에 이르고 보니, 소작인들은 문씨들을 한물의 고기로 싸잡아서 문씨들 전체에게 적대감을 가졌다. 그들은 더러 구구한 변명을 늘어놓기도 했으나 소작인들은 그런 소리를 하나도 제대로 챙겨 들으려 하지 않았다.

소작인들이 무엇보다 이를 간 것은 서태석한테까지 몽둥이를 휘두른 것이었다. 그때는 그 사실을 몰랐다가 나중에야 그 소리를 듣고 펄펄 뛰었다. 과거 면장을 지낼 때 면민을 위해서 그토록 애쓴 은공을 봐서도 세상에 그럴 수가 있느냐는 것이었다.

젊은 축들은 수곡리 사람들을 만나기만 하면 눈꼬리를 치켜세우고 노려봤고, 더러는 주먹다짐을 하기도 했다.

수곡리 사람들은 처음 얼마 동안은 자기들이 한 가늠이 있다보니 기가 죽어 슬슬 피했으나, 날이 갈수록 구박이 심해지고 서동수 일까지 있다보니 그들도 감정이 날카로워지고 있었다. 수곡리 사람들이 특히 참을 수 없는 것은 보통학교에 다니는 어린애들에 대한 구박이었다. 다른 동네 아이들 구박 때문에 아이들이 제대로 학교에 다닐 수가 없었다.

"왜놈 앞잽이 새끼들. 네놈 애비들하고 왜놈들 종노릇이나 하지 학교는 뭣 하러 와?"

"너 같은 새끼들부터 다 처치해야 나라가 독립이 된다."

보통학교 아이들은 사건을 금방 민족감정으로 비약시켜 수곡리 아이들을 닦달했다. 일본 순사들이 공공연하게 지주 편을 들고 있고 수곡리 사람도 지주와 한편이 되었으니, 아이들의 이런 반응은 무리가 아니었다. 단순한 어린아이들이라 감정이 더 거칠었고 구박도 그만큼 심했다. 건듯하면 놀려대고 더러는 몰매를 때리기도 하는 통에 수곡리 아이들은 학교에 가지 않으려고 떼를 쓰기가 일쑤였다.

그런데 지주 측에서는 되레 이런 형편을 이용하여 문씨들 일족을 지주와 한통으로 묶어가려 하고 있었다.

서태석은 아이들에게 주의를 주어 너무 극성스럽게 굴지 말도록 하라고 소작인들에게 당부를 했으나 별반 효과가 없었다.

그런데 또 기동리에서 문가 아내를 내쫓는 일이 벌어지고 말았다. 이 년 전에 수곡리 문씨 집안으로 장가를 들었던 만수(萬洙)라는 젊은이였다.

"아니, 만수가?"

서태석은 깜짝 놀랐다.

"어제저녁에 보따리를 싸다가 친정으로 데려다줘버렸다지 않습니까?"

서창석이 어이없다는 표정으로 대답했다.

"또 그런 지각없는 짓을 하다니."

"그러기 말입니다. 평소에는 통 말이 없는 성민데, 그런 엉뚱한 짓을 저질렀군요."

"그러니까 미리 동네에 그런 소문도 없었던가?"

"그동안 자기 부부들 사이에서는 울고불고 야단이 났던 모양입니다마는, 이웃 사람들도 예사 부부싸움인 줄만 알았지 소작쟁의 까탈로 그런 줄은 아무도 몰랐답니다. 그럴 수가 있느냐고 오늘 아침에 사람들이 가보니까, 문가들은 사람의 종자가 아닌데 사람 아닌 것을 아내로 데리고 살 수 있느냐고 눈을 부릅뜨더라니 말인즉 옳지요."

"이거 보통 일이 아닌걸."

서태석이 침통한 표정으로 서창석을 건너다봤다.

"소작쟁의는 일끝이 어찌 됐든 한때 지나고 나면 끝날 일인데, 이만 일로 한 여자 일생을 이렇게들 버려논대서야 말이 돼?"

서태석은 이맛살을 찌푸렸다.

"어떻게 타일러볼 수 없을까?"

"이 작자도 원체 황소고집이라 도무지 말이 먹혀들지 않을 겁니다."

박응언이었다.

"부부 사이의 금슬은 어쨌던고?"

"깊은 속이야 모르지만 특별하게 무슨 티격이 있던 것 같지는 않았습니다. 인물도 그만하면 무던하고 시어머니 공대도 쌉쌉했던 것 같아요. 시어머니는 한사코 말렸던 모양인데 기어코 코를 숙이고 일통을 벌였다는 것이, 그동안 오래 파란이 있었던 것 같습니다."

"소작쟁의는 어디까지나 지주와 소작인 간의 싸움인데, 일판이 이렇게 되기로 하면 결국 소작인과 소작인 간의 싸움이 되고 말지 않겠습니까? 그러지 않아도 지난번 사건들로 서로 원수 보듯 하는 판에 또 이런 일이 벌어졌으니 저쪽 감정을 너무 건드리는 것 같아요. 어떻게 일을 발라볼 방도를 찾는 것이 좋을 것 같습니다."

서창석이었다.

"배를 산꼭대기로 밀어 올리는 것이 쉽지, 그 작자 고집 숙이게 하기는 쉽지 않을 거로구만."

박응언이었다.

"그렇지만 수곡리 사람들을 이렇게까지 몰아붙이면 궁지에 몰린 쥐가 고양이 물더라고 무슨 일이 일어날는지 알겠소?"

"제기랄, 제까짓 것들이 일은 무슨 일을 내. 지난번 몽둥이 들고 설치던 일 생각하면 그렇게 당해도 싸!"

"그래도 괜히 소작인들 간에 이렇게 감정이 나빠진다는 것은 좋은 일이 아닙니다."

"아니나마나 제까짓 것들이 팔백 명 소작인들한테 다시 몽둥이를 들고 나서겠소, 칼을 들고 나서겠소? 우리가 설유를 해서 동수나 만수가 다시 아내를 데려온다고 합시다. 그러면 저 작자들은 자기들이 무서워서 그런 줄 알고 더 기가 오를 거요. 지금 일이 꽃물로 치닫고 있는 판에 그렇게 무른 꼴을 보인다는 것은 되레 좋지 않아요."

윤두석(尹斗石)이었다.

"그래도 아내까지 그렇게 내쫓았다는 것은 어디다 내놓고 봐도 곤란한 일 아닙니까?"

"그렇지만 본인이 누그릴 사람이 아닌 걸 어떡합니까?"

"수곡리 문삼만이 딸은 애를 뱄다는데 세상일이 묘하게 뒤얽히는구만."

"와촌 박종식이 아들하고 소문 있던 처녀 말인가?"

"그 아비도 아비지만 일가들의 극성에 집에 못 두고 어디로 빼돌려났다는 것 같아."

"물에 빠져 죽었다는 소문도 있더만."

이런저런 일이 겹쳐 소작인과 지주 사이에는 당겨놓은 활줄처럼 팽팽한 긴장이 감도는 가운데 공덕비 회수 시한은 하루하루 다가오고 있었다. 결전을 앞둔 전쟁마당의 긴장이었다. 소작인들은 그래도 지주 측에서 무슨 소식이 없는가, 행여나 하고 하루하루를 기다렸으나 시한이 목에 차갈 때까지 아무 낌새도 보이지 않았다.

농사가 얼마 되지 않는 집들은 이미 양식이 떨어져 전 같으면 풀뿌리를 캐러 다녀야 할 지경이었으나, 고방에 볏섬 재어놓고 풀뿌리 캐러 다닐 수도 없어 있는 것 우선 먹고 보자는 식으로 소작료로 남겨뒀던 볏섬에 손을 댄 지 이미 오래였다. 이런 형편인데도 시주가 아무 말이 없다보니 소작인들은 오히려 불안하지 않을 수 없었다.

드디어 5월 15일이 되었다. 아침 일찍부터 소작회 사무실에는 각 동네 소작위원들이 몰려들고 있었다. 어떻게 할 것인가 소작회의 지시를 받으러 온 것이다. 그날이 닥쳐놓고 보니 모두가 좀 맥이 빠지는 기분이었다. 아무리 시한을 정해놨다 하더라도 저쪽에서 이쪽을 어떻게 탄압하고 나오는 것도 아니고 가만히 있는데, 쫓아가서 비를 부순다는 것은 이쪽에서 괜히 건드리고 나서는 것 같아서였다.

그런데 도창리 사람들이 오자 이야기가 좀 달라졌다. 아침 일찍 수곡리 사람들이 몽둥이를 들고 남강으로 몰려갔다는 것이다.

"이놈들이 또 맞서자는 것인가? 그 죽일 놈들이 지주한테 뭣을 얼마나 덕을 봤관대 그 모양이지?"

"당장 쫓아가서 때려부숩시다."

"이 죽일 놈들이 지난번에 몽둥이 들고 나선 것은 제놈들 말대로 체면에 못 이겨서 그랬다 치고, 이번에 들고나온 몽둥이는 또 뭐야?"

"여러 말 할 것 없이 가서 때려부숴요. 바로 수곡리 사람들 몽둥이가 지주의 대답이 아니고 뭣이오?"

소작위원들은 모두 흥분했다.

"어떨까요?"

서창석이 서태석과 박복영을 번갈아 보았다.

"며칠 더 기다려보는 것이 어떨까? 우리는 주어야 할 사람이고 받아 갈 사람은 지주니까, 시간을 끈다고 해서 줄 사람으로서는 손해 될 것이 없거든."

서태석이 조용히 말했다.

"지주 태도가 너무나 뻔한데 뭘 더 기다립니까?"

서광호가 다그쳤다.

"며칠만 더 참아보지."

"그래요. 지금 우리가 나선다면 수곡리 사람들하고 충돌할 것이 뻔한데 지금 꼭 그렇게 충돌을 해야 할 필요가 없어요."

박복영이 거들었다.

"오늘 나서서 충돌하는 것은 지주의 수작에 오히려 말려드는 꼴이 됩니다. 지주는 그동안 소작료 내릴 생각은 하지 않고 다른 흉계를 꾸며놓고 있었던 것이 분명해요. 오늘 수곡리 사람들이 몽둥이 들고 갔다는 것을 보면, 지금 지주는 소작인들과 수곡리 사람들이 충돌하는 것을 빌미로 경찰을 몰아붙여 소작인들을 옭아맬 계책을 세워놓고, 덫 놔논 사냥꾼처럼 소작인들이 덤벼들기만을 기다리고 있는 속셈이 환합니다. 그러지 않고서야 지금 소작인들이 소작료로 못 지어놨던 볏섬을 문어발 잘라 먹듯 먹어가고 있다는 것을 뻔히 알면서도 천연 보살 하고 지금까지 기다리고 있을 까닭이 없지요. 이 판에 우리가 몽둥이 들고 수곡리 사람들과 맞선다는 것은 나 잡아가시오, 하고 올가미 속에다 모가지 디미는 것같이 어리석은 일이 되고 말 것입니다."

서태석의 말에 소작인들은 고개를 끄덕였다. 서태석은 말을 이었다.

"이럴 때 우리가 비를 부수다가 충돌이 일어난다면 경찰은 모든 책임을 소작인들한테 똘똘 몰아 뒤집어씌워 험하게 몰아칠 뿐만 아니라 그 여세로 소작료까지도 긁어 갈지 모릅니다. 그러니까 지금 우리가 가만히 있어버린다면 우리는 가만히 앉아서 저 작자들 흉계를 깨버린 셈이 되지 않겠어요? 하여간 내중에 무슨 계기가 있어 불가피하게 싸움을 하더라도 그 단서를 이쪽에서 만들어서는 그만큼 우리가 불리합니다."

수곡리 사람들은 그다음 날도 몽둥이를 들고 남강으로 갔다는 것이었다. 그다음 날도 그다음 날도 갔다고 했다. 그러나 나흘째 되는 날은 가지 않았다는 보고였다.

"어쩔까요, 내일쯤 목포에 한번 나가는 것이 어떻겠소?"

서태석이 박복영을 보며 말했다.

"지주의 태도는 보나마나 뻔한데 가볼 필요가 있을까요?"

"못된 소가지에 소작인들 앞에서 곤댓짓하던 버릇만 남아 물러서재도 굽혔다는 소리 듣고 싶지 않아 버티고 있을지도 모르니, 가서서 체면을 세워주는 쪽으로 한번 구슬러보시오."

"이쪽에서 그렇게 나가면 양보를 요구하고 나올지도 모르겠는데 그러면 어떻게 할까요?"

"이쪽에서야 양보할 것이 없지 않습니까? 체면 세워주는 선에서라면 소작료를 집에까지 운반해주는 정도는 양보할 수도 있겠지요. 더이상은 양보할 것이 없고, 일이 어떻게 되든 이 점 하나는 다짐을 두고 오시오. 만약 경찰을 몰아붙이든지 다른 무리한 방법을 쓴다면 지금 소작인들의 기세로 봐서 크게 불상사가 나고 말 것이니 그럴 때는 모든 책임이 지주한테 있다는 점 말입니다."

"알았습니다. 헛걸음 삼아서 한번 다녀오지요."

"그런데 이번에는 수곡리 문찬숙(文贊淑)씨를 설득시켜 동행하는 것이 어떻겠소? 수곡리 사람들하고 화해의 실마리도 찾을 겸해서 말입니다."

"문찬숙씨는 수곡리 사람들하고 소작인들이 이렇게 원수가 되어야 쓰겠느냐고 지난번에도 나를 한번 찾아온 적이 있습니다. 문찬숙씨는 자기 혼자도 몇 번 문재철이를 만나 시세에 따르라고 권유를 한 적도 있었던 것 같습니다."

그때였다. 단고리 청년 하나가 헐레벌떡 소작회 사무실로 뛰어들었다.

"크, 큰일났습니다."

얼굴이 새파랗게 질린 젊은이는 숨이 차서 제대로 말을 잇지 못했다.

"군인들이, 군인들이 수백 명이 몰려옵니다. 수, 수병(水兵)들입니다."

"뭐, 군인? 수병?"

너무 느닷없는 소리에 모두 깜짝 놀라 물었다.

"예. 수병들입니다. 총을 메고 수백 명이 허옇게 몰려오고 있습니다. 남강 쪽입니다."

"수병들 수백 명이 총을 메고?"

도무지 알 수 없는 일이어서 모두 몽둥이 맞은 꼴로 서로를 건너다보고 있었다. 서태석도 무슨 영문인가 어리둥절하여 젊은이를 빤히 건너다보고 있을 뿐이었다.

"지금쯤 제방에 오고 있을 것입니다."

정말 수병들이 몰려오고 있었다. 하얀 군복에 총을 멘 수병들이 두 줄로 허옇게 늘어서서 오고 있었다. 얼추 백 명 가까운 수였다.

수병들이 단고리 앞에 이르렀다. 단고리 사람들은 모두 눈이 주발만 해가지고 담 너머에 몸을 숨기고 그들이 오는 꼴을 건너다보고 있었다. 순사들이라면 모르지만 느닷없는 수병들이고 보니 소작쟁의하고는 상관이 없는 것 같기도 했으나, 도대체 그들이 여기에 올 까닭이 없다보니 겁이 나지 않을 수가 없었다.

행렬의 선두가 단고리 앞에 이르자 대장인 듯한 자가 뭐라고 소리를 질렀다. 모두 그 자리에 멈췄다. 바지통에 금테를 지르고 모자에도 금테를 두른 대장이 뭐라고 악을 쓰는 것 같았다. 그러자 수병들은 어깨에 멨던 총을 땄다. 또 뭐라고 소리를 질렀다. 모두 총에다 실탄을 장전하는 것 같았다. 또 뭐라고 소리를 지르자 총을 공중으로 겨냥했다. 단고리 사람들은 기겁을 해서 모가지를 담 밑으로 움츠렸다. 들에 있는 사람들은 논두렁 밑으로 숨기도 했다.

"쏘아!"

── 빠바방 빵빵

수십 발의 총성이 하늘을 찢었다. 대장의 호령에 따라 그들은 다시 어깨에 총을 메고 기동리 쪽으로 갔다. 그들은 기동리 앞에서도 총을 쐈다.

── 빠바방 빵빵

그들이 신석리 쪽으로 가는 것을 보고 밖에 나갔던 서태석 일행

278

은 다시 동네로 들어왔다. 골목을 접어들자 저쪽이 와자지껄했다. 온몸에 온통 물을 뒤집어쓰고 얼굴이 사색이 된 여인 하나를 부축하고 있었다.

"웬일이야?"

"총소리에 놀라 기절을 했습니다."

물동이를 이고 오다가 그 엄청난 총소리에 놀라 그 자리에 폭삭 주저앉아 기절을 했다는 것이다. 총소리라고는 난생처음 듣는 사람들이라 그럴 법도 했다. 이런 사람들이 한둘이 아닐 것 같았다.

사무실에 돌아온 서태석은 침통한 표정으로 말없이 앉아 있었다. 모두 말이 없었다. 소작쟁의에 대한 위협이 분명한데 군인들까지 이러고 나오다니 기막힌 일이었다. 민간인들의 일에 군인이 간섭을 한다는 것은 전혀 명분이 안 서는 일인데, 이렇게까지 험하게 나오도록 한 것을 보면 문재철이 얼마나 흉악하고 집요한 인간인가 새삼 치가 떨렸다.

소작위원들은 총소리에 놀란 가슴이 아직도 제대로 진정되지 않아 겁먹은 표정이었으나 서태석은 아무 표정이 없이 그냥 장승처럼 앉아 있었다. 공포가 아니라 그 가슴속에서는 울화가 끓고 있는 것 같았다.

"소작인들 사기에 치명적인 영향을 줄 것 같은데 어떻게 할까요?"

박복영이 입을 뗐다. 그러나 서태석은 입을 꾹 다문 채 말이 없었다.

"그자들이 어디로 가는가 보게."

서태석이 서창석에게 말했다. 서창석이 나갔다가 한참 만에 들어왔다.

"해당 쪽에서 단고리 쪽으로 들길을 건너오고 있습니다."

서태석은 자리에서 일어났다. 모두 뒤를 따랐다.

그들이 단고리에 이르렀을 때 수병 행렬과 만났다. 서태석이 대장 앞으로 나섰다.

"나는 이 섬에 사는 사람입니다. 아무 일도 없는 동네에 와서 총을 쏘니 그 이유가 무엇입니까?"

금테 바탕의 견장에 소좌 계급장을 단 대장은 아니꼬운 눈초리로 서태석의 위아래를 훑어봤다.

"몰라서 묻는가?"

위압적인 표정으로 쏘아붙였다.

"군인들이 출동하여 이렇게 총을 쏠 만한 일이 있었는지 전혀 모르겠습니다. 군인들은 전쟁이 일어나야 총을 쏘는 것 아닙니까?"

"네가 수괴(首魁)인 모양이구나."

놈은 한껏 험상궂은 표정으로 서태석의 위아래를 훑어보며 내질렀다. 그의 표정에는 잡아먹을 것 같은 증오가 서려 있었다. 마치적이라도 대하는 표정이었다.

"수괴라니, 여기에 무슨 반도들이 일어나서 지금 변란이라도 일으키고 있단 말입니까?"

서태석은 조금도 굽히지 않고 침착하게 말했다. 되레 곁에 서 있는 사람들이 조마조마해서 손에 땀을 쥐었다.

"건방진 자식, 대일본 천황폐하(天皇陛下) 군대 앞에서 무얼 따지자는 것인가? 형편없는 불령선인(不逞鮮人) 같으니라구."

대장은 악을 썼다.

"불령선인이요? 천황폐하는 내선일체(內鮮一體), 일시동인(一視同仁)의 조칙을 내린 지가 이미 오랜데, 불령선인이라니 수군에 내린 조칙은 달랐단 말입니까?"

천황폐하니 일시동인이니 하는 소리를 입에 올리고 싶지 않았지만 이놈의 기를 꺾기 위해서는 제놈 상전을 갖다대는 수밖에 없어 입 안에 모래처럼 씹히는 말을 흔연스럽게 내뱉었다.

"뭣이?"

놈은 꽥 악을 쓰며 얼굴이 새파래졌다.

"평화적으로 생업에 종사하는 양민들 동네에 들어와서 뺑뺑 총을 쏘아 양민을 놀라게 하는 것이 천황폐하가 내린 수병의 임무인가 곧바로 일본 황실에 알아보겠소."

"건방진 자식. 이 지방이 시끄러운 이유를 이제야 알겠군."

놈은 울화가 치밀다 못해 입술을 부들부들 떨면서 잡아먹을 듯이 서태석을 노려봤다.

"이 자식 함부로 까불었다가는 어떻게 되는가 한번 보여주겠다."

놈은 홱 돌아서더니 부하들을 향해 고함을 질렀다.

"전원 사격 준비!"

수병들은 어깨에서 모두 총을 땄다. 서태석을 쏴 죽이겠다는 것이 아닌가, 동네 사람들은 겁에 질려 얼굴이 새파래졌다.

"일발 장전!"

찰카닥 노리쇠를 튕겨 총탄을 장전했다.

"대일본 군대의 위엄을 모르고 함부로 설치는 놈들에게 일본 군대의 위엄을 보여수기 위해서 사격을 한다. 전방에 다섯 마리의 개 새끼들이 짖고 있다. 각자 저 다섯 마리의 개를 쏜다. 거총!"

수병들은 개를 향해 총을 겨누었다. 개들은 멋모르고 짖고만 있었다.

"쏘아!"

──빠바방 빠바방

총소리는 천지를 진동했고, 짖던 개들은 맥없이 고꾸라졌다. 집중 사격을 받은 개들은 바람 빠진 돼지 오줌통보다 더 허망하게 고꾸라지고 말았다.

"봤지? 건방지게 까불었다가는 네놈 배때기도 저 꼴이 된다. 알겠어?"

놈은 지휘봉으로 서태석의 배를 꾹꾹 찌르며 내뱉었다. 서태석은 장승처럼 버티고 서서 놈의 얼굴만 빤히 건너다보고 있었다. 겁먹은 표정은 물론 아니었고 분노의 표정도 아니었다. 그냥 허탈한 표정이었다.

대장은 부하들을 이끌고 도창리 쪽으로 갔다. 도창리와 와촌에서도 동네 앞에서 그렇게 총을 쏘고 나서 남강으로 빠져나갔다. 수곡리는 재를 넘어야 하고 또 거리가 그만큼 멀기도 했지만, 어쨌든 지주와 맞서고 있는 동네 사람들만 그렇게 위협을 하고 돌아간 셈이었다.

이런 느닷없는 일에 놀란 소작인들은 겁먹은 얼굴로 소작회 사무실로 몰려들었다. 순사들이 아니고 군대까지 이렇게 나오다보니, 일이 어떻게 될 것인가 모두 어리둥절한 표정들이었다. 전에도 경찰이 저렇게 떼몰려와 위협을 한 일이 있기는 했지만 총을 쏜 일은 없었는데, 그렇게 험하게 총을 쏘아댔을 뿐 아니라 개까지 무지하게 죽이는 등 경찰보다 한술 더 뜨고 보니 겁을 먹지 않을 수 없었다.

소작회 사무실 마당에는 소작위원들뿐만 아니라 가까운 동네 소작인들까지 겁먹은 얼굴로 몰려들고 있었다. 서태석은 이번 사태에 잘못 대처했다가는 소작쟁의가 여기서 끝이 날지도 모른다는 생각이 들었다. 군대까지 이렇게 나서고 보면 더 버텨봤자 장나무에 낫 걸기 아니냐고 지레 주저앉고 말지도 모르기 때문이었다. 모두가 서태석의 얼굴만 쳐다보고 있는 것 같았다.

서태석은 토방으로 나섰다. 웅성거리던 소작인들은 쥐 죽은 듯 조용해졌다.

"오늘 수병들 때문에 모두 놀랐을 줄 압니다. 그러나 그렇게 염려할 것 없습니다. 아마 그놈들이 문재철이한테서 술잔깨나 얻어먹은 것 같습니다마는 군인들이 민간인들의 사사로운 일에 그렇게 무지한 위협을 하고 나온다는 것은 적은 문제가 아닙니다. 저놈들이 지금 이런 섬구석에 사는 놈들은 이렇게 총으로 위협하면 모두가 찍소리 못 하고 나자빠지겠지 하고 겁 없이 설치고 갔습니다마는 두고 보십시오. 아무리 이 땅이 제놈들 식민지입니다마는 그래도 통치는 법으로 하는 것입니다. 아까도 그놈들한테 분명히 이야기를 했는데, 곧바로 총독부와 일본 황실에 이 사실을 알려 그 대장놈 모가지를 기어코 떼고 말겠습니다. 기미 만세 사건 뒤부터는 군인들이 민간인 일에는 간여를 못 하게 돼서 헌병들도 다 물러가지 않았습니까? 그러니까 이것은 제놈들이 만들어논 법을 어긴 일이라 이것입니다. 여기서 우리가 명심해야 할 일이 하나 있습니다. 문재철이 흉계에 넘어가서는 안 된다는 것입니다. 수병들을 그렇게 몰아붙인 것은 두말할 것도 없이 문재철인데, 문재철의 속셈이 무엇이겠습니까? 이렇게 위협을 하면 소작인들이 벌벌 떨 것이고 그래서 더 버티고 나오지 못할 것이다, 이것 아닙니까? 그러니까 우리가 벌벌 떨고 더 나서지 못한다는 것은 바로 문재철이 흉계에 넘어가는 것입니다."

서태석의 말에 소작인들의 얼굴에는 차츰 분노가 치솟고 있었다.

"그러면 이제 쫓아가서 공덕비라도 때려부숴버립시다. 그래야 네놈이 아무리 그래도 겁먹지 않았다는 대답이 되지 않겠습니까?"

신석리 만석이가 나섰다.

"좋은 말씀입니다. 공덕비를 때려부술 때는 바로 지금인 것 같습니다. 저놈들은 총으로 위협을 했으니 바로 만석씨 말마따나, 이렇게 겁 안 먹었다는 대답은 공덕비를 때려부수는 것이 가장 적절한 대답일 것 같습니다."

서태석이 결단을 내렸다.

"공덕비를 때려부수자!"

군중들은 열광했다. 다시 서태석이 말을 이었다.

"문재철이는 비를 때려부수면 모두 잡아 가둘 계책을 세워놓고 있을 것이니 여기 나설 사람은 그런 각오를 해야 할 것입니다."

"잡혀가는 것 따위는 무섭지 않습니다."

"다 잡혀갑시다."

군중들은 주먹을 휘두르며 악을 썼다.

"자, 가자!"

군중들은 밖으로 몰려나갔다. 살기등등한 소작인들은 남강 쪽을 향해서 내달았다. 어느새 어디서 밧줄을 챙겨 든 사람도 있었다. 서로 먼저 가서 부수겠다는 서슬로 앞을 다투어 달려가고 있었다.

"부수더라도 모두 모여서 같이 부수도록 하게."

서동수가 서태석의 말을 듣고 앞으로 쫓아갔다.

"박형하고 창석이는 나서지 마시오. 다 엮여 가면 뒤에 남아 일볼 사람도 있어야겠지 않습니까? 일이 까다롭게 되면 동오도 나오라고 해서 같이 뒷일을 보도록 하시오."

서동오는 장산에 가서 근무하느라 요사이는 여기 없었다.

"그러면 서회장님은 잡혀가시겠다는 말씀입니까?"

박복영이 물었다.

"어차피 일은 막판에 온 것 같은데 여기서 우리가 대세를 휘어잡자면 나도 같이 들어가는 것이 좋을 것입니다. 박형보다 내가 징역을 한 번 덜 살았으니 이번에는 내가 들어갈 차롑니다. 하하."

서태석은 거쿨지게 웃었다. 그러나 소작위원들은 웃지 않았다. 서태석이 징역살이를 자청하고 나서는 것도 충격적인 일이었지만, 그가 없으면 남아 있는 사람들이 너무 힘이 없을 것 같기도 했다.

"비석 부순 사람들을 잡아넣으면 신문을 최대한 이용해야 할 것입니다. 사회 여론밖에는 우리 편이 없으니 가능하면 소작인들 전부가 목포로 몰려나가 시위를 벌인다든지, 하여간 여론을 자극하는 길밖에 없습니다. 동아일보와 조선일보가 최대한 협조를 할 것입니다. 어떻게 하든 신문이 떠들 수 있는 꼬투리만 만드십시오.”

“서회장님까지 집어넣는다면 소작인들이 이만저만 흥분할 게 아니니 일은 계획대로 될 것 같습니다마는, 그동안 고생이 너무 많을 것 같아서 그러라고 쉽게 말이 나오지 않습니다.”

박복영이 침통한 표정으로 말했다.

“박형한테도 그런 무른 구석이 있었던가요? 상해까지 다녀온 독립투사의 말치고는 너무 치레에 치우친 말 같소. 하하. 다음 일은 모두가 뒤에 남은 사람들 수완에 달렸으니 일 도모를 면밀하게 해야 할 것입니다. 감옥에 들어가는 사람들보다 밖에 있는 사람들 곤혹이 더 클 것입니다.”

“뒷일은 염려 마십시오.”

박복영과 서창석 그리고 김용학까지 단고리에서 떨어졌다.

현장에 가자 이백여 명의 군중들이 웅성거리고 있었다. 거개가 기동리와 단고리 사람들이고 다른 동네 사람들은 미처 연락할 겨를이 없어 나오지 못했다.

“비석을 잡아매게.”

서태석의 지시에 따라 소작인들은 밧줄로 비석 중동을 잡아맸다. 모두 줄을 잡고 늘어섰다. 그러나 줄이 짧아 다 잡을 수가 없었다.

“잡아당겨.”

“어여차!”

— 퍽

“와!”

비석은 너무도 허망하게 넘겨졌다. 농대석(籠臺石)에서 비신이 비져나와 퍽 누우며 비갓(加擔石)을 저만치 내팽개쳤다. 그렇게 오래도록 별러왔고 또 이백여 명의 군중들이 설친 것에 비하면 너무도 허망했다. 꼭 모기 보고 총이라도 쏜 것같이 하찮았다. 밧줄 한 가닥도 제대로 잡아보지 못한 사람들은 여기까지 왔다가 어데 손한 번도 써보지 못한 것이 허전해서 비석으로 달려들어 비신을 부쉈다. 여럿이 엉겨붙어 비신을 들어다 비갓 위에다 중동을 턱 내려놨다. 비의 중동이 부러졌다.

"와!"

군중들은 비갓이며 비석토막을 들어다 박살을 냈다. 그러나 비갓은 좀처럼 깨지지 않아 저만치 굴려버렸다.

"지주놈이나 왜놈들 허리토막도 이 꼴로 토막이 나서 다 뒈져라."

군중들은 악담을 퍼부으며 비석토막을 두들겨 깼다.

그만 돌아가자고 했으나 군중들은 얼른 돌아갈 생각을 하지 않고 서성거리고 있었다. 산이라도 무너뜨릴 기세로 달려왔던 서슬로는 이 정도 싱겁게 일을 끝내고 돌아서기가 허전한 모양이었다.

"소작인 만세나 한번 부르고 갑시다."

박종유가 앞으로 나서며 말했다.

"거 좋습니다. 목이 찢어지게 한번 부릅시다."

"암태도 소작인 만세!"

"암태도 소작인 만세!"

소작인들은 목이 찢어지게 만세를 불렀다. 우렁찬 만세 소리는 저쪽 산에 부딪쳐 메아리치고 있었다.

만세 삼창을 하고 소작인들은 서로 건너다보며 크게 한바탕 웃었다.

"기왕에 만세를 부른 김에 이번에는 대한 독립 만세도 한번 부릅시다."

신석리 만석이가 뜻밖의 제안을 하고 나왔다. 소작인들은 좀 겁먹은 표정으로 서태석을 건너다봤다. 서태석은 웃고 있었다. 그러자 만석이가 만세를 선창해버렸다.

"대한 독립 만세!"

"대한 독립 만세!"

이걸 불러도 무사할 것인가 경황 중이라 만세 소리가 아까처럼 크지 못했다.

"크게 불러요. 대한 독립 만세!"

"대한 독립 만세!"

아까보다 목소리가 더 커졌다. 삼창째는 에라 모르겠다 하는지 '소작인 만세'를 부를 때만큼 목소리들이 컸다.

소작인들은 대한 독립 만세를 부른 것은 좀 찜찜했으나, 그래도 그렇게 속 시원하게 만세를 부르고 나니 반분은 풀리는 것 같은 기분이었다.

그때였다. 저쪽 선창 쪽에서 누가 악을 쓰며 쫓아오고 있었다. 세 사람이었다. 맨 앞에 오는 것은 문응창이었다.

"지금 저 자식도 허리토막이 부러지고 싶어 근질근질한 모양이지."

소작인들은 호랑이가 강아지 새끼 건너다보듯 어디 한번 껍죽여 봐라 하는 표정으로 내려다보고 있었다.

"이 죽일 놈들 죽지 못해 환장했구나."

작자들은 더 쫓아오지는 못하고 그 자리에서 악만 쓰고 있었다.

"야, 이 문응창이 이놈! 이 비석 안 뵈냐? 네놈 허리토막이 이 비석보다 단단하거든 더 껍죽거려라. 함부로 설치고 나왔다가는 문가들 허리토막을 죄다 이 꼴을 만들고 말 것이다."

"이놈들 두고 보자. 뉘 놈 허리가 부러지고 마는가 두고 봐."

"오냐, 알았다. 설치고 나오면 네놈들부터 작살을 내고 말 것이니 명심해둬."

한참 동안 악담이 오갔다. 한참 악을 쓰다 문응창은 홱 돌아서서 달려갔다.

"이제 그만 가지!"

소작인들은 자리를 떴다.

"오늘 비를 부쉈으니, 주재소 순사들이 금방 비둘기를 날리겠지?"

"날려봤자 겁날 것 없어. 우리 손으로 세운 비를 우리 손으로 부쉈는데 그것이 죄가 되면 몇 주먹이 되겠어?"

"그렇지. 아무리 무지한 놈들이라고 이따위 일 가지고 징역을 살리면 얼마나 살리겠어?"

따지고 보면 아무것도 아닐 것 같았으나 억지를 쓰기로 하면 꼭 그럴 것만 같지도 않았다. 아무리 소작인들이 돈을 거두어 세웠다 하더라도 거기다가 이름 적어 세워줬던 것이다보면, 그것을 우리 것이라고만 말할 수 없었기 때문이다. 그러나 모두 그런 내색을 하지 않고 큰소리를 치며 너털웃음을 터뜨렸다. 이판사판, 일이 이 지경에 이른 다음이면 유달산이 무너지든 되봉산이 깨지든 가는 데까지 가서 닥뜨려볼밖에 없었기 때문이다.

소작인들은 보리 베기 등 하다 둔 일머리를 찾아 논밭으로 흩어졌다. 마음이 건둥거려 일손이 제대로 잡히지 않았다. 그러나 귀양을 가더라도 살림 그루는 앉혀놓고 가더라고 이것저것 손 갈 데가 많았다.

소작인들이 논밭에서 한참 일을 하고 있을 때였다. 일은 또 엉뚱한 데서 터지고 말았다. 내일쯤 순사들이 몰려올 것이 아닌가 하는 환상에 젖어 있었는데, 순사들이 아니고 수곡리 사람들이 몽둥이를 들고 기동리로 들이닥쳤다. 오십여 명이었다.

"모조리 때려죽여!"

"이 죽일 놈들아, 그 비석이 네놈들만 돈 내서 세웠던 비석이더냐?"

작자들은 골목으로 쏠려들며 악을 썼다.

"소작회 사무실부터 때려부숴라!"

"서동오 행랑채가 사무실이다."

수곡리 사람들은 소작회 사무실로 몰려들었다. 소작회 간판을 뜯어다 박살을 내고 곡괭이로 방바닥을 파 젖혔다.

소작회 사무실에는 다행히 아무도 없었다. 서태석은 건너편 동네 오산 자기 집에 가 있었다.

한 패는 문가 아내를 쫓아냈던 서동수 집으로 내달았다.

"동수 이놈 어디 갔냐?"

서동수는 들에 나가고 없었다. 서동수 어머니가 부엌에서 나오다가 핏발 선 서슬에 넋이 나가 멍청하게 서 있었다.

"집구석부터 작살을 내!"

290

수곡리 사람들은 괭이와 쇠스랑으로 장광부터 때려부수고, 부엌
과 방으로 들어가 세간살이를 때려부쉈다.

마당에는 시커먼 장이 쏟아져 홍수가 지고 그 위에 세간살이들
이 내팽개쳐졌다. 서동수 어머니는 악을 쓰다가 그만 기절을 하고
말았다.

한 패는 만수 집에서 북새질을 쳤고 다른 사람들은 골목으로 흩
어져 아무 집에나 들어가 때려부쉈다. 장정들은 거의 들에 나가고
없었지만 어쩌다가 그들과 맞닥뜨린 사람들은 작대기에 얻어맞고
나동그라졌다.

들에 나갔다 들어오던 박응언이 그들과 맞닥뜨렸다.

"박응언이 너 이놈 잘 만났다."

박응언은 잠시 당황했다.

"뭐야?"

"뭐긴 뭐야. 몽둥이다."

문삼만이 작대기를 휘둘렀다. 박응언은 엉겁결에 작대기를 손으
로 낚았다. 순간, 다른 작대기가 옆구리를 갈겼다.

"윽!"

박응언은 옆구리를 싸안고 픽 주저앉았다.

"뒈져라."

무릎을 꿇은 박응언의 등짝에 문명호의 작대기가 들어왔다. 수
곡리 사람들은 제정신이 아니었다. 여기저기서 비명 소리가 나고
살림 부서지는 소리가 콩 튀듯 했다. 죄 없는 개들이 몽둥이를 맞
고 깽깽거리며 도망치는가 하면 사립문이 어긋나고, 골목에는 질

편하게 장이 흘러내리고 있었다.

수곡리 사람들은 미친개 걸레 씹어 발기듯 북새질을 쳐놓고 단고리로 향했다.

"박복영이 집이 어디냐? 그 능구렁이부터 족치자."

문명호가 소리를 질렀다.

"뒤에서 꼬드기는 놈은 그 능구렁이다."

문민순(文珉順)이 받았다.

수곡리 사람들은 박복영의 집으로 쏠려 들어갔다. 박복영도 어디 나가고 없었고, 그 아내[金永信]만 집에 있다가 느닷없는 사람들의 꼴에 잠시 넋이 나갔다.

"장광부터 때려부숴!"

우장창 장광이 박살이 났다.

"이 불한당놈들아, 이것이 무슨 행패냐?"

박복영의 아내가 앙칼지게 악을 썼으나 아랑곳없이 살림을 때려부쉈다. 수곡리 사람들은 여기서도 닥치는 대로 사람을 치고 살림을 때려부쉈다.

들에 나갔던 기동리 사람들이 돌아와 몽둥이를 들고 단고리로 쫓아갔을 때는 수곡리 사람들은 이미 동네서 사라지고 없었다. 단고리 사람들과 합세한 기동리 사람들은 그대로 수곡리를 향해 내달았다.

"문가들 모두 죽여라!"

눈에 핏발이 선 이백여 명의 두 동네 사람들이 도창리 뒤에 이르자 수곡리 사람들의 맨 꼬리가 재에 붙어 있었다.

"이놈들 게 섰거라."

두 동네 사람들의 기세는 아까 수곡리 사람들의 기세에 비할 바가 아니었다. 잡히는 대로 죽여버릴 것 같은 서슬이었다.

이백여 명이나 되는 군중들을 본 수곡리 사람들은 겁이 나서 맞닥뜨릴 엄두를 못 내고 그저 죽어라 도망쳤다. 동네로 들어가지 못하고 되봉산 산속으로 흩어졌다. 기동리 사람들과 단고리 사람들은 그대로 숲속으로 뒤쫓아 들어갔다. 그러나 날이 어두워지고 있는데다 숲이 깊어 한 사람도 잡을 수가 없었다.

"동네로 가자!"

두 동네 사람들은 수곡리로 쏟아져 내려갔다. 험한 보복전이 벌어졌다. 닥치는 대로 무지하게 후려팼다. 정작 죄진 놈들은 도망친 다음이라 애먼 사람들이 얻어맞고 나동그라졌다.

일이 너무 엉뚱하게 불이 붙다보니 양쪽의 피해는 너무 컸다. 사람이 많이 다쳤다. 그러나 다행히 죽은 사람은 없었고 치명상을 입은 사람도 없었다.

다음 날 12시경 예상했던 대로 목포경찰서장이 직접 이십여 명의 순사를 금강환에 태우고 암태도에 들이닥쳤다.

가해자 색출에 나서자 섬 안은 다시 시퍼런 긴장과 적개심의 소용돌이 속에 휩싸이고 말았다.

양쪽에서 가해자라고 대는 사람들 가운데서 오십여 명을 색출했다. 그 수는 경찰과 함께 겨우 금강환에 탈 수 있는 수였다.

경찰서로 신고 가서 육 일간이나 수사를 했다. 소작인 측에서 열세 명이 구속되고 지주 측에서는 세 명이 구속되었다. 더구나 그 열세 명은 거의 소작회 간부들이었고 서태석 같은 사람은 현장에 가보지도 않았는데 구속되고 말았다. 소작쟁의를 탄압하려는 경찰의 의도가 명백하게 나타나고 있었다.

풀려난 사람들은 풀려났다는 기쁨보다 경찰의 노골적인 탄압에 분통을 터뜨렸다.

구속된 사람은 기동리에서 서태석·박홍원·박응언·서동수·서창석·서민석·김연태·손학진 등이었고, 단고리에서는 박필선·박병완·박운재·김문철·박용산 등 도합 열세 명이었으며, 지주 측에서는 문명호·문민순·문재봉 등 세 명이었다.

제9장 모두 목포로

흥분한 소작인들은 모두 목포로 몰려가자고 바글바글 끓고 있었다.

"모두 목포경찰서로 떼몰려가요. 우리도 같이 잡아넣으라고 대가리를 디밉시다. 죄 없는 사람들을 그렇게 무더기로 옭아넣기로 하면 우리라고 그 사람들하고 뭐가 다릅니까?"

"이제 일이 막판에 왔어. 간부들을 저렇게 잡아넣었으니 이번에는 순사들이 떼몰려와서 소작료를 몽땅 거둬 갈지 누가 알어? 죽기 아니면 살기야."

와촌 사람들이 바글바글 끓고 있을 때 소작위원회에 나갔던 박종식이 돌아왔다.

"어떻게 됐어?"

"글피, 6월 2일에 소작회 총회를 열어 결정하기로 했습니다."

"뻔한 일 가시고 총회는 뭣 한다고 열고 자시고 해?"

춘보였다.

"그래도 소작인들 전부가 움직이는 일이니 총회를 열어 결정을 하는 것이 순서지 않겠습니까?"

"소작위원들이 모였으면 그만이지, 제길, 열세 사람이나 옥에 갇혀 있는 판국에 순서 찾고 계제 찾고 할 틈이 어딨어?"

"그것 말고도 여러 가지 결정할 일이 있으니, 이럴 때일수록 순서를 찾을 것은 찾아야지요."

"그러면 소작위원회는 처음부터 뭣에 쓰자고 만들어논 것이야? 급할 때 급한 일 급하게 처리하라고 만들어논 것이 소작위원회 아닌가? 지금 암태도 소작인 가운데서 어느 놈이 목포에 나가는 데 반대할 놈이 있을 거라고, 당장 철창에 사람을 가둬놓고 총회가 뭐냐 말이여? 제길 망건 쓰다 파장되겠네."

"지금 당장 소작회장도 없고 소작위원장도 없으니 그것도 뽑아야 할 것이고, 또 농사일이 눈앞에 닥쳤으니 나가더라도 그 안에 농사일 건잠머리는 잡아놓고 가얄 것 아니오."

"농사고 지랄이고 그 무지한 소작료가 그대로 있다면 농사지어 봤자 남의 종노릇 아닌가? 나가서 대가리가 터지든지, 박이 깨지든지 싸우는 일 내놓고 더 급한 일이 뭐야? 싸우다가 징역 가면 콩밥으로나마 되레 목구멍 구완 마련은 되는 것 아닌가."

동네마다 소작위원들은 소작인들을 달래느라 진땀을 뺐다.

"늦어봤자 하루 이틀 상관이니 그리 아시고, 오늘 소작위원회에서 결정된 것을 대강 말씀드리겠으니 다른 의견이 있으면 총회 때 말씀해주십시오. 먼저 소작회장 대리에는 김용학이를 내세우기로 했습니다."

"용학이? 사람이 무던하지."

"사람은 무던한데 이런 일에 앞장 내세우기에는 대가 차지 못해서 좀 어떨는지."

김용학은 성격이 무던하고 신망도 두터운 편이었으나, 박력이 좀 부족한 것이 이런 일에 앞장세우기에는 좀 아쉬운 점이 없잖았다. 지난번 처음 소작위원장을 선출할 때 서태석은 김용학의 이런 침착성이나 신망을 보고 그를 내세우려 했으나, 젊은 사람들 반응이 신통찮아 젊은이들의 지지를 받고 있는 서창석을 내세웠던 것이다. 그런데 회장 일과 위원장 일을 겸해서 봐야 할 형편이다보면 달리 내세울 만한 인물이 쉽지 않은데다, 지난번 서태석의 뜻도 있어 김용학이 선정된 것이다.

"그리고 목포에 나갈 수는 사백 명 정도로 정했소. 날이 가물어 못자리 구완도 큰일이고 보리타작도 코앞에 닥쳐 있는데, 가겠다는 대로 다 가기로 하면 안 될 것 같아 동네별로 수를 배정, 갈 사람을 소작위원들이 고르기로 했어요. 물론 갇힌 사람들 가족은 예외지만."

총회가 열리자 천여 명의 소작인들이 몰려들었다. 지금까지 많이 모였다 해야 팔백여 명이었는데, 여태 모인 중에서 제일 많이 모인 것이다.

소작인들의 열기는 무서웠다. 박복영과 고백화씨가 단상에 올라가 경찰의 부당한 처사를 규탄하고 소작인들의 단결을 호소하자,

소작인들은 산이 무너지게 고함을 지르며 열광했다.

"당장 목포로 나갑시다."

"우리도 같이 징역을 삽시다."

소작위원회에서 내놓은 안건은 모두 일사천리로 통과되었다. 수를 사백 명으로 제한한 것에만 이의가 있어 한참 옥신각신했으나 그것도 그대로 통과되었다.

"목포에 나갈 때 꼭 지켜야 할 사항을 말씀드리겠으니 잘 들으시고 위반하는 일이 없도록 합시다."

김용학이 준수사항을 낭독했다.

1. 목포에 나가는 사람은 출발해서부터 돌아올 때까지 모두 김용학의 지시에 절대 복종한다.
2. 목포에 나가서는 개별행동을 절대 엄금한다.
3. 식량과 반찬은 5일분을 가지고 갈 것이며, 10명 단위로 조를 짜서 솥을 하나씩 가지고 간다.
4. 출발은 각 부락별로 지시한 장소에서 6월 4일 오전 10시에 한다.

동네로 돌아온 소작인들은 너도나도 가겠다고 덤비는 바람에 소작위원들은 그 수를 조정하느라 진땀을 뺐다.

"집에서 일을 할 사람은 해야지 모두 나가버리면 어쩌자는 것이오?"

신석리 김일곤은 소작인들의 극성에 버럭 화를 냈다.

"농사일이나마나 나가려면 다 나가야지, 누구는 나가고 누구는 못 나가고 이런 법이 어딨어? 젠장 이런 데 나가는 데도 나갈 사람, 못 나갈 사람 자격 있단 말인가?"

"동네 사람들이 다 나갔다가 비라도 오는 날이면 어떻게 되겠소? 더구나 이렇게 날이 가물기로 하면 못자리에 물이 밭을 논도 많은데, 살림이고 농사고 다 내팽개치잔 말이오?"

"닷새 한정하고 가는 길인데, 그동안 손이 좀 비기로서니 뭐가 그리 대단하다고 그래. 문지주 같은 못된 놈 미워서 지금 하늘도 비를 주지 않고 있어."

"하여간 우리 동네로 배당된 인원이 쉰 명밖에 안 되니 할 수 없습니다."

"그러니까 어째서 사백 명으로 한정을 하냔 말이야, 한정하기를."

"집집마다 손대 생각해서 정한 것이니 더 따지지 마시오."

"손대고 깨묵이고 이 판에 농사일이 그까짓 게 뭐야. 천 냥 잃는 데 조리 곁기지."

빠진 사람들의 불평은 대단했으나 소작위원들은 더 신칙하지 않았다.

신석리에서는 다섯 조로 나누어 식량과 반찬 준비를 했다. 소작위원들이 조장이 되어 그 집에서 한꺼번에 준비를 했다.

만석이 집에서도 여인들이 모여 준비에 한창이었다. 된장을 가져온다 새로 김치를 담근다 수선스럽게 나대고 있었다. 그때 김일곤이 왔다.

"준비는 되도록 간단히 해야 합니다. 어디 유람 가는 것도 아니니 우선 짐이 간동해야 해요. 반찬은 풋마늘에 된장하고 소금이나 챙기지 더 하지 말아요."

"그래도 김치는 가져야지요."

"하여간 짐이 간동해야 합니다. 솥단지야, 밥해 먹을 장작이야, 그러지 않아도 짐이 까치집이 될 판인데, 김치단지·고추장단지 다 차고 다니다가는 짐에 치여 아무 일도 못 합니다."

"잠도 한데서 잔다면서 그렇게 닷새나 견디려면 우선 속이 실하고 봐야 할 것인데, 국도 없는 마른밥을 어떻게 장무새만 가지고 강다짐을 할 것이오?"

"짐만 솜씨 있게 꾸리면 될 거요. 김치도 담그고 고추장도 마련해. 김치는 금방 시어져서 많이 담가봤자 못 먹을 것이고 고추장이나 젓갈 같은 밑반찬을 실하게 장만합시다."

만석이 아내였다.

"가만있자. 고추장에 더덕 같은 것을 찢어 넣으면 맨밥에 입맛이 당기겠지요. 우리 밭둑에 더덕 덩굴이 탐스럽게 뻗고 있습디다."

이웃집 여자가 호미를 챙겨 들고 나갔다.

"찢어서 우려냈다 아침에 고추장에 질러 보내면 되겠그만."

"이럴 줄 알았더라면 손 놀 때 바지락이라도 캐다가 말렸더라면 마른반찬으로 안성맞춤일 것이고 군입정거리로도 제격일 것인데 갑작스런 일이라 아쉬운 것뿐이그만."

여인네들은 반찬을 장만하면서 가난한 집 여편네 딸 이바지 짐 만지듯 아쉬움을 감추지 못했다. 그때 만석이가 들어왔다.

"많이 장만할 것 없어요. 풋마늘에 된장이면 되고, 가만있자 참

기름 있지? 그것 조금만 챙겨. 마른밥 목메친 데는 기름소금을 덮을 게 없다구."

"기름소금이라니? 소금에다 참기름을 친단 말이오?"

"응 바로 그거야. 다 겪어보고 하는 말이니 고추장이고 뭐고 놔두고 그것부터 챙겨."

만석이는 떠돌이 생활로 잔뼈가 굵은 사람이라, 겪어봤다는 것은 그때 경험인 것 같아 만석이 아내는 고개를 끄덕였다.

대강 짐을 꾸렸으나, 만석이 아내는 닷새 동안이나 그렇게 고생을 하고 나면 몸이 너무 축날 것 같아 마음이 무거웠다. 마당에 골골 알을 겯고 다니는 씨암탉으로 눈이 갔다. 원체 뼈대가 실한 사람이기는 하지만 그 성미에 나대기는 남의 두 몫 세 몫 나댈 것인데, 닷새 동안이나 한데서 말뚝잠에 강밥을 먹고 나면 몸이 견뎌날까 싶잖아 미리 몸보신을 좀 해서 보내야 할 것 같았다. 애옥살이 시골 살림, 몸보신에는 만만한 것이 닭뿐이어서 씨암탉을 손대기로 작정했다. 남편이 알면 펄쩍 뛸 것이라 혼자 저지르기로 했다. 닭이 홰에 오르기를 기다렸다가 남편이 잠깐 밖에 나간 사이 목을 비틀어 통째로 고았다.

만석이 아내는 이런 일을 하면서도 마치 남편을 어디 전쟁터에라도 보내는 것같이 마음이 허전하고 애달픈 느낌에 건둥건둥 일손이 터덕거렸다.

"그런 데 나가시더라도 제발 좀 너무 앞에 나서지 마세요."

자리에 누운 만석이 아내는 호소하듯 속삭였다.

"염려 말어."

"염려나마나 그런 데 나가시면 꼭 어린애 물가에 내보낸 것 같아 애가 닳아요. 당신 돌아올 때까지 나는 제대로 잠을 자지 못할 거예요."

"허허. 옛날 의병 때 과부 됐더라면 지금까지 잠 못 자고 살았겠네."

"힘들여 말하면 챙길 말은 좀 귀담아 챙기세요."

아내는 짜증을 부렸다.

"쓸데없는 염려를 꿰다 하고 있으니까 그렇지. 나만 나가나? 사백 명이 넘는 수가 나가는데, 아무리 험한 놈들이기로서니 사람을 쏴 죽이겠어?"

"그러니까, 그런 데 나가시더라도 좀 성깔을 죽일 때는 죽이시란 말이에요."

"염려 놔. 와촌 춘보형 안 봤나? 어제 총회 때 보니, 그 나이에도 젊은 놈 뺨치겠더라구. 당장 나갈 일이지 생사람 철창에다 집어넣어놓고 총회는 무슨 우라질 총회냐고 호령이야. 하하."

"어쩌면 그리도 똑같은 사람끼리 짝이 지어졌는지."

"모두 그런 성깔 때문에 여기까지 밀려왔으니, 처음부터 맞춰온 형에 주문해온 동생 아닌가?"

"하여간 이번에 남 앞에 나서서 무슨 일만 버르집었다 하면 이 집에서 나가고 말 테니 알아서 하세요."

"허허. 어디에다 눈 맞춰논 중놈이라도 하나 있나?"

"있소."

"하하. 옛날 나를 따라 밤봇짐을 싸고 나설 때부터 행실이 부실

하더라니."

"아야야."

아내가 허벅지를 냅다 꼬집자 만석이는 죽는다고 엄살을 부렸다.

"제발 조심해요."

"그 중놈 미워서라도 조심해야겠는걸."

"비뚤어진 소리 작작 하시고 집에서 애닳는 심정도 좀 생각하세요."

"염려 놔. 앞에 나서자도 텃골이나 진구지 사람들 때문에 내 차례가 안 와. 우리야 울력꾼인 셈인데, 상제 놔두고 복재기가 설치겠어?"

만석이는 아내를 끌어안으며 속삭였다.

다음 날 아침 모두 짐을 챙겨 지고 동네 앞으로 나왔다. 시커먼 솥을 짊어진 사람, 장작개비 위에 식량을 얹어 짊어진 사람, 한아름이나 되는 된장 바탱이를 어깨 위에 메고 나서는 사람, 올망졸망 장병에 고추장단지를 꾸려 지고 옆구리에 참기름병을 낀 사람, 형형색색으로 짐을 지고 나서는 꼴들이 볼만했다. 벌써 단지 얽은 새끼가 풀어져 골목에서 다시 얽어매고 있는 사람이 있는가 하면 솥 밑바닥에서 시커멓게 검정을 뒤집어쓴 사람 등, 집에서 나서는 꼴부터가 거지가 따로 없다 싶게 어수선했다.

배는 신석리에서 두 척, 해당서 두 척, 남강에서 세 척 모두 일곱 척이었다.

두대박이 한 척에 오륙십 명씩이 타고 보니 배는 선삼이 물에 잠기고 타락까지 물이 잠방거렸다.

그러나 날씨도 좋고 바람도 제 바람이어서 배질은 쉬울 것 같았다. 돛폭에 바람을 가득 실은 배들은 제대로 물을 차고 속력을 얻고 있었다.

"바람도 간새〔東南風〕로 자크르하구나. 날씨 봐서 날 받았어."

"가만있자, 오늘이 초사흘(음력)에 지난달이 작았으니 열물, 물때도 방불하그만."

"바람만 바뀌지 않고 놓아가면 저녁 쉴참 때에 목포에 닿겠지?"

소작인들은 날씨가 워낙 좋다보니 기분도 바람 찬 돛폭처럼 부풀어 여기저기서 웃음판이 벌어졌다.

"아딧줄(바람줄) 좀 돋워라."

선장이 앞돛줄 잡은 사람에게 말했다. 남강이나 해당 쪽에서 온 배들과 걸음을 맞추려고 그쪽으로 방향을 조금 에우려는 것이다.

"온다!"

초란도(草蘭島)를 왼쪽으로 끼고 박달산을 벗어나자 저쪽에 배 두 척이 나타났다.

"해당 배들이다. 앞에 온 것이 필만이 배구만. 남강서는 아직 출발을 하지 않았나?"

"모두 같이 가야 할 테니 배질을 천천히 합시다."

김일곤이 선장에게 말했다. 혹시 남강서 경찰의 방해 때문에 출발을 못 했는지도 모르고, 또 가면서 서로 연락할 일도 있을 것이니 먼저 가버릴 수가 없었다.

"온다!"

"와!"

저쪽에서 배 세 척이 나타났다. 소작인들은 일곱 척의 배에 사람이 가득 실린 것을 보자 어디 전쟁터에라도 나가는 군사들처럼 신바람이 났다.

"이런 때 만석이 소리 됐다 뭣 해?"

"한마디 뽑으시오."

여기저기서 박수를 치며 소리를 지르자 만석이가 웃으며 일어섰다.

"거, 장타령 한대목 뽑으라구."

"왜 하필 거지가 부르는 장타령이야. 우리가 거진가?"

"모르는 소리. 노래치고 신나기로야 장타령을 덮을 게 있는 줄 알아? 아까 짐 지고 나서는 꼴 보니 장타령도 제격이겠던걸. 하하."

모두 웃었다.

"헌 과부도 따먹으려면 공을 들여야 하는 것인데, 세월 팔아 배운 노래를 꿔준 돈 내라듯 맨입으로 조르니 경우가 아닌 듯하오마는, 우리 암태 사람들이 이만한 행차를 하는데 삼현육각(三絃六角)은 못 잡힐지라도 한마디 타령쯤 없을 수 없으니 한마디 뽑겠소. 타령은 주문대로 장타령을 하겠는데, 왜 하필 장타령이냐 그 사설은 뒤에 풀기로 하고 이 많은 수가 뱃길을 가는 판에 격식 차려 고사(告祀)는 못 지낼지언정, 말로나마 넋두리라도 한마디 하고 넘어가지 않을 수가 없소."

만석이 너스레에는 벌써 잘잘 기름이 오르고 있었다.

유세차 갑자년 오월 초사흘, 해동 조선 전라남도 무안군 암태면 암태 소작인 사백여 명이, 오늘 길일을 택하여 옥에 갇힌 소작회 간부 열세 명을 풀어 오려고 일곱 척의 배를 내어 목포로 가는 길이오니, 이물의 대감선왕, 고물의 장군선왕, 허릿간의 화장선왕, 본당의 각시선왕, 우리의 뜻을 갸륵히 여기시어 목포에 갔다 돌아올 때까지 오량남천(五粱南天) 갑순풍에 평반에 물 실은 듯 바다를 잠잠하게 해주시고, 우리의 뜻이 이루어져서 열세 명 간부들을 이 배에 같이 태우고 돌아올 수 있도록 돌봐주시기를 열에 열 성 각 자손이 정성을 모아 축원을 드리오니, 그동안 누구 하나 눈도 티도 보지 마시고 손톱눈 하나 튄 사람이 없이 무사하도록 보살피어주옵소서.

만석이의 청승에 소작인들은 잠시 숙연했다.
"그러면 지금부터 장타령을 뽑겠소. 아까 하필 장타령이냐고 시비를 하는 사람이 있었습니다마는 거지란 것이 신세가 곤곤해서 거지지, 거지치고 심성 뒤틀린 놈 없고, 마음씨 착하지 않은 놈 없습니다. 논두렁에다 대가리를 박고 죽을지언정 남의 것 도둑질할 줄 모르고, 남을 욱대겨 빼앗아 먹을 줄도 모르는 것이 거지지요. 이렇게 마음이 곱기가 구름 위에 신선 한짝이라, 장타령에 신선 안 긴 장타령이 없습니다. 순한 백성 늑탈하여 재산 모은 부자놈들이나 백성들 짓밟고 서서 큰소리 꽝꽝 치는 관리놈들의 그 시커멓고 흉악무도한 맘보가 만약에 버선목 뒤집히듯 뒤집힌다면 그 더럽고 흉하기가 거지꼴 여대칠 것이오. 사설은 이만하고 타령이 나갑니다. 글 배워서 밥 빌어먹기는 장타령같이 속한 것이 없으니 배울 사람은 똑똑히 들으시오.”

모두 와 웃었다.

에에 시구시구 들어간다. 작년에 왔던 각설이 죽지도 않고 또
왔네. 허 품바가 잘한다.

각설이라 먹설이라 동서리를 짊어지고 뚤뚤 말아서 장타령.
허 품바가 잘한다.

네가 잘하면 내 아들 내가 못하면 네 애비, 이러고저러고 댕겨
도 어른의 덕으로 댕긴다. 허 품바가 잘한다.

이때는 어느 땐고 때는 마침 좋은 때, 아가리 크구나 대구장
청춘과부가 울음 우는데

한일자(一字)를 들고 보니, 일월이 성성(星星) 왜 성성 밤중 샛
별이 완연쿠나.

두이자(二字)를 들고나 보니, 두비탄탄 좁은 길 임도 가고 나
도 간다.

석삼자(三字)를 들고 보니, 삼십 먹은 노총각 장가가기가 늦어
지니 지게 목발이 결딴난다.

넉사자(四字)를 들고나 보니, 사신행차 바쁜 길에 점심참이 더
디구나.

넉사자를 다시 들고 봐라. 사백 명 암태도민 소작 간부 구하려
고 구름 같은 배를 타고 영산강으로 들어간다.

다섯오자(五字)를 들고 보니, 오관참장(五關斬將) 관운장(關雲
長)은 적토마를 비껴 타고 제갈공명(諸葛孔明)을 찾아간다.

여섯육자(六字) 들고 보니, 육환대사(六環大師) 성진(性眞)이
는 석교상(石橋上) 좁은 길에 팔선녀를 희롱한다.

일곱칠자(七字) 들고 보니, 칠 년 대한(大旱) 왕가뭄에 비 한 방
울이 떨어지니 만백성이 춤을 춘다.

일곱칠자 다시 들고 보니, 칠천 석(七千石) 문재철이 돈 있다
고 유세 마라 너나 내나 죽어지면 빈손 인생은 마찬가지.

여덟팔자(八字)를 들고 보니, 구름에 중중 늙은 중 백팔염주
(百八念珠) 목에 걸고 하늘거리며 내려온다.

아홉구자(九字)를 들고 봐라. 구중궁궐 깊은 곳에는 풍악 소리
만 요란쿠나.

장자 한 장을 마지막 보니, 경찰서장·재판장 소작 간부 내놓아
라. 팔백 명 소작인들 독 서슬에 날 섰으니 안 내놓고 못 배긴다.

"와아!"

소작인들은 갑판을 두드리며 환성을 질렀다.

남강이나 해당에서 출발한 배들도 가까이 왔다. 해당 필만이 배
는 만석이 배 곁에 바짝 붙어 만석이 장타령에 같이 신이 났다.

"기왕 내논 김에 경상도 장타령도 뽑아버려."

각설이에 먹서리에 동서리를 짊어지고 경상도로 들어가니
안경주관(眼鏡柱管) 경주(慶州)장
상복 입은 상주(尙州)장
이 술 잡수 진주(晉州)장

관민분의(官民分義) 성주(星州)장

이랴 처처 마산(馬山)장

펄펄 뛰어 노릿골장

명태 옆에 대구(大邱)장

순시(巡視) 앞에 청도(淸道)장

경상도를 다 더트고 전라도로 넘어오니

흰 오얏꽃 옥과(玉果)장

노란 버들 김제(金堤)장

부창부수(夫唱婦隨) 화순(和順)장

시화연풍(時和年豐) 낙안(樂安)장

쑥 솟았다 고산(高山)장

철철 흘러 장수(長水)장

삼도도회(三道都會) 금산(錦山)장

일색 춘향 남원(南原)장

십리 오리 장성(長城)장

애고애고 곡성(谷城)장

파삭파삭 담배전

펄펄 뛰는 생선전

울긋불긋 황화전

잘한다 잘한다

초당(草堂) 짓고 한 공부냐 실수 없이 잘한다

동삼 먹고 한 공부냐 기운차게 잘한다

목구멍에 불을 켰나 훤하게도 잘한다

뱃가죽도 두껍다 일망무제로 나온다

네가 저리 잘할 적에 네 선생은 할 말 있나

네 선생이 나로구나 잘한다 잘한다

대목장에 목쉴라 잘한다 잘한다

너 못하면 내가 하마 잘한다 잘한다

만석이는 판소리도 한마당 뽑았다. 그가 잘하는 대목은 춘향가 중 이도령 남원 행차에서 어사출또 장면까지였다. 만석이의 흥에 띄워 소작인들은 소리를 맞춰 도라지타령·아리랑타령 등을 흥겹 게 부르며 갔다.

일곱 척의 풍선은 만석이의 축원처럼 평반에 물 실은 듯 고요한 바다를 미끄러져 안좌(安佐)를 지나 고하도(古下島)를 끼고 영산강 으로 들어섰다. 소작인들은 노래로 지루한 줄 모르고 목포에 이르 렀다. 여태까지 웃고 떠들던 소작인들은 목포항으로 배가 들어서 자 눈앞에 다가선 현실로 돌아와 모두 긴장하는 표정들이었다.

목포항에는 올망졸망한 풍선들이 수없이 들어차 있고 굉장히 큰 기선들도 몇 척 정박해 있었다.

암태도 배들은 내항(內港)으로 들어가지 않고 들머리 째보 선창 으로 비집고 들었다. 여기는 주로 섬에서 싣고 온 화목(火木)을 푸 는 곳이었다.

"이쪽으로 오시오."

선창에 내린 소작인들은 우왕좌왕 게 자루 풀어놓은 것 같았다. 이쪽으로 오라고 소작위원들이 소리를 질렀으나 째보 선창은 원체 어수선해서 소작인들은 갈팡질팡이었다. 섶나무 벼늘과 장작더미가 노적가리처럼 수없이 쌓여 있고, 나무를 배에서 푸는 사람들과 나무를 가득 실은 소달구지들로 난장판이었다. 길 비키라는 악다구니를 피해서 소작인들은 올망졸망 짐을 챙겨 들고 소작위원들이 오라는 데로 쫓아가느라 정신이 없었다. 와촌 털보는 김치단지가 깨져서 김칫국물이 질질 흐르는 단지를 두 손으로 끌어안고 뛰고 있었고, 어떤 사람은 배에다 무얼 놓고 내려 편잔을 뒤집어쓰며 배로 되돌아 뛰고 있었다.

소작인들은 쩨보 선창을 벗어나 옹금동(甕錦洞) 좀 넓은 길에 모였다. 김용학이 앞으로 나섰다.

"지금 우리는 목포에 놀러 온 것이 아니고 소작회 간부 방면을 위해서 싸우러 왔습니다. 우리가 여기 온 목적을 달성하기 위해서는 모두 질서를 잘 지켜주셔야겠습니다. 이미 총회 때 말했지만 절대로 개별행동을 해서는 안 됩니다. 목포에 친척이 있는 사람도 많을 것이고 다른 볼일이 있는 사람도 많을 줄 압니다마는, 친척을 만나러 간다든지 다른 볼일을 보러 가는 사람이 있어서는 안 됩니다. 우선 이 점을 명심해주십시오. 그리고 지금 짐들이 너무 어수선하고 벌써 김치단지가 깨지는 등 야단이 났는데 여기서 잠깐 짐을 더 간동하게 챙기시오."

모두 짐을 다시 손봤다. 이미 선창가에서부터 사복형사들이 따라붙더니 소작인들의 행동을 하나하나 감시하고 있었다.

"갑시다."

김용학이 앞장서서 경찰서를 향했다. 목포 시민들은 소작인들의 기이한 행렬을 보고 호기심에 가득 찬 눈초리로 발을 멈췄다. 무슨 장꾼도 아니고, 무슨 거지떼도 아니어서 모두 어리둥절한 표정이었다.

경찰서 앞에 몰려들었다.

"웬 사람들이오?"

정문에 파수 섰던 순사가 물었다.

"암태도 소작회 간부 내노라고 왔소."

"간부들 내놔라!"

서광호가 악을 쓰자 군중들이 뒤따라 악을 썼다.

"죄 없는 사람 내놔라!"

"지주만 사람이냐?"

소작인들은 중구난방으로 악을 썼다. 한꺼번에 소리를 맞춰 지를 만큼 이런 일에 단련이 되지 못한 소작인들은 저마다 나오는 대로 경찰서를 향해 악다구니를 썼다.

한참 그렇게 악을 쓰자 서장이 나왔다. 번쩍이는 금테모자를 쓴 서장이 오륙 명의 부하들을 거느리고 나와 이윽히 소작인들을 내려다봤다.

군중들은 조용했다.

"웬 놈들인가?"

김용학이 앞으로 나섰다.

"암태도 소작인들이오. 죄 없이 갇힌 소작회 간부 내노라고 왔소."

"건방진 놈들. 죄가 없다니?"

"죄가 있다면 어째서 수곡리 사람들은 셋밖에 안 잡아넣었소?"

312

군중 속에서 서광호가 나섰다.

"죄가 있다면 우리도 전부 죄가 있으니 다 잡아넣으시오."

춘보가 나섰다.

"뭐라구? 이렇게 떼몰려와 소란을 피운다고 네놈들 마음대로 될 것 같아?"

"경찰은 지주 경찰이냐?"

"다 잡아넣어라."

군중들은 고함을 질렀다.

"우리들은 간부들을 방면할 때까지 여기서 기다리겠소."

김용학이 말했다.

"우리는 죄인을 모른다. 사건은 이미 검찰로 넘어갔고, 죄인들은 형무소에 있다. 당장 돌아가지 않을 때는 다 집어넣겠다."

"집어넣어라."

"그따위 협박에 돌아가려고 여기까지 배 타고 왔는 줄 아느냐?"

군중들의 기세는 무서웠다. 김용학이 다시 말을 했다.

"그러면 검사국으로 가겠소."

"안 돼! 이리저리 소란을 피우고 다니면 법에 따라 조치하겠다. 여기서 기다려."

검사국으로 가겠다는 말에 서장은 당황한 것 같았다. 서장은 악을 써놓고 홱 돌아서서 안으로 들어갔다.

이 많은 수가 재판소로 몰려가면 치안 책임자로서의 책임도 책임이지만, 당장 상부기관을 괴롭히게 되니 문책을 당하게 될 것 같아 무슨 방법을 강구하러 들어가는 것 같았다.

군중늘은 길바닥에다 짐을 내려놓고 땅바닥에 퍼지르고 앉아 기다렸다.

"이렇게 많은 수가 몰려와서 소리를 지르니 서장놈도 기가 죽는 것 같지?"

"미리 몰랐을까?"

"주재소에서 이미 비둘기를 날렸을 테지."

소작인들은 여기저기 몰려 숙덕였다.

서장은 한번 들어가고 나더니 아무리 기다려도 소식이 없었다. 그러나 처음부터 이렇게 버티자고 나온 것이니 누구한테 묻고 자시고 할 것도 없었다. 여기에 그냥 이렇게 버티고 있으면 그만이었다.

"해가 곧 넘어가겠는데 어두워지기 전에 밥을 지어야겠그만."

"여기서 기다리라 했으니 여기서 밥을 지읍시다."

그러기로 했다. 모두 짐을 풀고 밥 지을 준비를 했다. 솥 걸 돌이 없어 선창가로 나가 돌을 주워 왔다.

김용학 등 간부들은 이웃집에 들어가 밥 지을 물과 쌀 씻을 그릇을 교섭했다. 시민들은 모두 호의적이어서 쉽게 교섭이 되었다.

길가에 사십여 개의 솥을 걸고 불을 지피기 시작했다. 경찰서 앞 길가에는 때아닌 연기가 자욱했다. 사백여 명이 길바닥에다 짐을 풀어놓고 밥을 짓자 꼭 난장바닥같이 어수선했다. 목포에 사는 친척들이 몰려오고, 이 기이한 광경을 구경하려고 일반 시민들도 몰려들어 경찰서 앞은 군중으로 가득 차버렸다.

"고생들 하십니다."

"기어코 싸워서 이기시오."

"옜수. 여럿이 구워 잡수시오."

이웃집 여인들은 장무새를 가져오기도 하고, 어떤 노파는 갈치 자반 다발을 내밀기도 했다. 도시 인심은 그냥 차고 쌀쌀한 줄만 알았다가 이런 호의에 접하자 섬사람들은 감격했다. 시골 사람이나 도시 사람이나 이런 일에는 한마음이라는 생각이 들자 더 힘이 솟았다.

"사람 같은 사람들은 모두 암태도에만 몰려 살았었구만."

"육지놈들은 모두 잡아다가 암태도 개펄에다 처박아야겠어."

밥을 먹고 설거지를 하고 나자 날이 어두워지기 시작했다. 그때까지도 경찰에서는 아무 말이 없었다.

"칙간은 경찰서 칙간을 쓰기로 했습니다. 모두 깨끗이 쓰시오."

경찰서와 교섭을 했는지 김용학이 안내를 했다.

"촌놈들이 경찰서 칙간에다 뒤를 보다니 출세했네."

"출세? 어느 놈 뭣은 안 구린가?"

밤이 깊도록 경찰서에서는 아무 말이 없었다. 소작인들은 한 사람씩 선창 쪽으로 빠져나가 가마니때기며 이엉 가닥 등을 주워와 잠자리를 만들었다. 아무리 초여름이라지만 아무것도 깔지 않고 맨땅에서는 밤을 새울 수가 없었다.

모기가 극성을 부리고 땅바닥의 냉기 때문에 모두 말뚝잠으로 눈을 붙인 둥 만 둥 하다가 새벽을 맞았다.

동쪽 하늘에 벌겋게 동살이 잡히자 모두 일어나 서성거렸다. 일찍 밥을 지으려 했으나, 그러지 않아도 폐를 끼치는 판에 남의 새

벅삼까지 깨울 수가 없어 집주인들이 일어날 때까지 기다렸다.

"도시 것들은 원래 이렇게 늦잠을 자는가? 이래가지고도 입에 밥이 들어가?"

"그러기 불쌍한 것은 촌놈들이지."

아침을 지어 먹고 나서 보니 사백여 명이 하룻밤을 새우고 난 자리는 지저분하고 어수선하기가 도무지 꼴이 아니었다. 솥이나 다른 짐들은 그렇다 치고, 자리로 깔았던 가마니때기며 이엉 가닥 등이 너저분하게 널리고, 아무 데나 물을 버리던 습성들이라 길바닥이 질펀했으며 거기에 밥풀과 김치 줄거리 등이 널려 도무지 말이 아니었다.

"모두 깨끗이 치웁시다. 이렇게 지저분하고 질서가 없으면 우선 이런 점에서부터 저자들의 멸시를 받습니다."

김용학이 간부들을 채근했다.

소작위원들이 앞장서서 자리를 말끔히 치웠다. 변소를 지정했는데도 여기저기 담벼락에다 오줌을 갈겨놔 그런 자국을 지우느라 진땀을 뺐다.

청소를 깨끗이 해놓고 어제처럼 몰려 앉았다. 순사들이 한 사람씩 출근하기 시작했다.

한참 만에 계급이 꽤 높은 듯한 자가 대표를 찾았다.

"언제까지 이렇게 버티고 있을 셈인가?"

"구속된 간부들을 내노라고 나온 사람들이니, 간부들이 나올 때까지 기다릴 작정입니다."

"그것은 경찰과는 상관없는 일이오. 이렇게 난잡하게 몰려 있다는 것은 사회질서를 깨뜨리는 일이니 물러가요. 선창가 경비소 곁에 창고가 있으니 그리 가시오."

"경비소 창고라니요?"

"이야기해놨으니 가보면 알아요."

"알았소. 그러나 경찰에서 모르는 일이라면 검사국으로 가겠소."

"시내를 떼몰려다니는 것은 사회질서를 교란하는 일이니 질서를 위해서 경찰은 취체할 것이오. 모두 창고에 가 있고 대표나 몇 사람 가든지 해요."

"알았습니다."

김용학은 창고로 갈 것을 응락했다. 하루 저녁을 지나고 보니 한데서 밥을 지어 먹고 잔다는 것이 이만저만 거추장스런 일이 아닌데다가 또 이쪽의 추한 꼴을 더 내보이면 시민들에게 혐오감을 줄 것도 같았으며, 더구나 만약에 비라도 쏟아진다면 사백 명이 어디서 비를 피할 것인가, 그러지 않아도 그런 장소를 교섭할 수 없을까 생각하고 있던 참이었다.

간부들이 의논한 결과 오늘은 먼저 재판소로 가서 해가 질 때까지 버틴 다음 밤이 되면 그 창고로 가기로 했다.

모두 짐을 챙겨 지고 재판소로 향했다. 경찰이 따라오기는 했으나 굳이 막으려 하지 않았다.

"소작회 간부 내놔라."

"재판소는 죄 없는 사람 가두는 데냐?"

서광호가 악을 쓰자 모두 따라 악을 썼다.

"판사 나오라."

소작인들은 비좁은 재판소 마당에 빽빽하게 몰려서서 악을 썼다. 가뜩이나 뜰이 좁은 재판소에 사백 명이 모여놓으니, 건물 옆에까지 사람들이 밀리고도 발을 들여놓을 틈이 없었다. 정사복 경찰들 십여 명이 몰려와서 여기저기 지켜 서고 현관은 두 사람이 지켰다.

소작인들이 한참 악다구니를 쓰자 안에서 사람이 나왔다. 판사는 아닌 것 같았다.

"왜들 이 소란이오?"

그때 춘보가 벌떡 일어났다.

"몰라서 묻소? 돈 있는 사람만 사람이고 남의 소작이나 벌어먹는 농투산이들은 사람이 아니란 말이오. 그날 진짜 몽둥이 휘둘러 사람 친 놈들은 다 놔주고 어째서 그 자리에 가보지도 않은 사람은 잡아넣었소? 죄 없는 사람 잡아넣는 것이 법이라면 우리도 다 잡아넣으시오. 집어넣으려면 우리도 몽땅 집어넣어요."

춘보는 삿대질까지 하며 소리를 질렀다.

"당신 지금 재판소를 뭘로 알고 하는 소리요?"

"예. 여태까지는 재판소를 똑똑히 몰랐다가 이번에야 잘 알았소. 돈 있는 놈하고 한통으로 돈 없는 놈 잡아넣는 데가 재판솝디다."

춘보는 눈 하나 깜짝하지 않고 내질렀다.

"옳소, 말 잘한다."

군중들이 고함을 질렀다.

"말 조심하시오. 지금 어디 와서 함부로 입을 놀리고 있소?"

"뻔한 일을 말하는데 뭣이 무서워서 조심한단 말이오. 지주 물켜고 앉아서 못난 놈 닦달하는 속이 훤한데 조심은 무슨 개 물어 갈 조심이라고 조심을 해?"

"옳은 말씀. 말 한번 시원하다."

소작인들은 악을 썼다.

"지주 물켜다니 증거가 있소?"

"뭐, 증거? 증거고 깨묵이고 연기 나니까 불 땐 줄 알지, 잘난 놈들끼리 모여 고개 까닥거리고 옥작거린 일을 암태도 촌놈이 어디서 증거를 잡았을 것이라고 증거 찾고 깨묵 찾고 있어?"

"당신 정말 징역 한번 살고 싶소?"

"오냐. 다 집어넣어라."

군중이 와 악을 썼다. 춘보가 픽 웃으며 놈을 이윽히 노려봤다.

"징역? 징역 무서운 놈들이 여기까지 배 타고 왔을 것 같소? 징역이 아니라 지금 뒤꼭지에다 사잣밥을 싸 짊어지고 왔소. 여기 사백 명한테 다 물어보시오. 징역 무서워하는 놈 하나나 있는가?"

"다 집어넣어라."

"알아서 하시오."

그는 좀 기가 질린 듯 한마디를 쏘아놓고 팩 하니 들어가버렸다. 군중들은 간부 내놓으라고 계속 악을 썼다. 한참 그렇게 악을 쓰자 또 현관문이 열렸다. 다른 사람이었다. 예심판사가 대표 두 사람만 들어오란다는 것이었다.

김용학과 박복영·서광호가 들어가려 했다.

"와촌 춘보씨도 같이 가시오."

군중들이 악을 썼다. 춘보가 벌떡 일어섰다. 네 사람이 판사실로 안내되었다. 벽에 붙은 긴 의자에 앉았다.

"당신이 박복영씨요?"

판사는 박복영을 건너다보며 물었다. 그렇다고 했다.

"당신은 세상 물정을 알 만한 사람으로 듣고 있는데, 이렇게 군중을 몰고 와서 우격다짐으로 강박한다고 법이 마음대로 움직여질 것으로 생각하시오?"

판사는 박복영을 쏘아보며 내질렀다.

"여기 온 사람들은 지금까지 하나도 법을 어기고 산 사람이 없습니다. 모두 자기 힘으로 땅 파서 먹고사는 사람들이라, 사람이 만든 법도 잘 지키고 하나님이 내린 법에도 순종을 하는 사람들입니다. 이런 사람들이 평화적으로 쟁의를 벌이고 있는데 경찰이 부당하게 간섭을 했으며, 더구나 이번에는 지주 측에서 먼저 가해를 했고 피해도 소작인들이 훨씬 큰데 어째서 소작인들한테만 가혹하게 나옵니까? 서태석씨 같은 사람은 난동 현장에는 얼굴도 비치지 않았는데 구속을 시켰고 또 모두 소작회 간부들만 골라 구속을 시켰습니다. 이렇게 편파적으로 법을 적용하고 있으니 작인들도 사람인 이상 흥분하지 않을 수 있습니까?"

박복영이 조리 있게 따졌다.

"조사 결과 그만한 근거가 있어서 구속을 한 것이오. 그들이 죄가 있고 없고는 더 조사를 해야 밝혀질 것이니 물러가시오. 이렇게 몰려와서 공공기관을 협박하고 있다는 것부터가 범법이오."

판사가 냉랭하게 말했다.

"이 일은 그렇게만 말씀하셔가지고는 소작인들을 설득시킬 수가 없습니다. 저 무식하고 양순하기만 한 농민들이 이렇게 흥분하고 있는 근본적인 동기를 파악하시고 말씀하셔야 합니다. 지금까지 저런 촌사람들이 억지짓 하는 것 보셨습니까? 지주는 살인적으로 소작료를 늑탈하고 있고, 공정해야 할 법까지 공공연하게 지주 편을 들어 소작인들을 탄압하고 있으니 소작인들은 더 참지 못하고 죽을 결심으로 온 것입니다."

박복영이 힘 있게 말했다.

"소작쟁의는 우리가 알 바 아니고 우리는 범법 사실만을 다룰 따름이오. 이렇게 나온다 해서 피의자한테 조금도 이로울 것이 없으니 당장 물러가시오."

"나도 한 말씀 합시다."

춘보가 나섰다.

"지금 물러가라고 했는데, 우리는 여기서 죽어서 송장으로 물러갔으면 갔지 그냥은 못 물러갑니다. 법에서까지 촌놈들을 이렇게 누르기로 하면, 우리는 지주한데 뜯기고 법에 눌려 죽는 길밖에 없으니 기왕에 죽을 것 재판소 마당에서 죽겠소."

"법에서 공정하게 처리할 것이니 물러가시오. 이러면 갇힌 사람한테 해로웠으면 해로웠지 이익 될 것은 하나도 없습니다."

판사는 춘보를 빤히 건너다보더니, 나이대접을 하느라 그런지 말을 부드럽게 했다.

"공정이요? 공정하려면 불공정하게 가둔 사람을 당장 내놔야 공정이지요. 간부들만 골라서 가둔 것부터가 속이 환하고 공정하지 못한 일인데 공정하게 처리를 하다니, 살릴 징역 다 살리고 나서 공정하면 뭣 합니까? 때릴 매 다 때려놓고 너 잘못한 것 없다는 소리가 될 판인데, 그러면 이미 맞은 매는 어디 가서 원정할 것이오?"

춘보가 조리 있게 따지고 나왔다.

"법에는 절차가 있는 것이니 기다려요."

판사는 춘보를 노려보며 쏘았다.

"절차나마나 죄 없으면 내놔야지 절차가 무슨 상관이오. 그 사람들 내놓기 전에는 하늘이 두 쪽으로 뽀개져도 못 물러갑니다."

"지금 어디 와서 함부로 말하시오?"

판사가 버럭 고함을 질렀다.

"함부로? 허허. 육십 평생에 법이 촌놈들한테 함부로 하는 것은 눈이 시리게 봤소마는 촌놈이 법 앞에서 함부로 하는 것은 못 봤소. 이번 사건만 보시오. 함부로 촌놈들 잡아넣은 것은 법이 아니고 뭐요?"

"더 조사해서 처리할 것이니 물러가라면 가요."

"조사를 하려면 공정하고 올바로 해야지 죄 없는 사람 옭아넣은 것 보니 조사를 해도 거꾸로 하고 있그만요. 법 짊어지고 큰소리하려면 아무리 촌놈들 일이라지만 방불하게 일을 하고 나서 큰소리를 쳐도 치시오. 모두 한통으로 짜고 촌놈들 잡으려는 수작을 환히 알고 있소."

춘보는 조금도 물러서지 않고 대들었다.

"너무 흥분하지 마시고 조용조용 이야기합시다."

박복영이 가로막고 나섰다.

"내가 못 할 소리 했소?"

춘보는 이번에는 박복영을 향해 고함을 질렀다.

"내 말이 틀렸으면 옭아넣으라고 하시오. 육십 평생 당할 만큼 당하고 살았으니 할 말이나 다 하고 죽어야겠소. 이판사판, 이래 죽으나 저래 죽으나 일반인데, 내가 어느 놈 무서워 할 말 못 해. 이렇게 속에다 한을 품고 죽으면 죽어서 송장도 안 썩을 거여. 죽어서 송장이나 제대로 썩게 할 말이나 다 해야겠어."

춘보의 고함 소리에 놀라 옆방에서 직원들이 몰려왔다.

"이 영감 끌어내시오."

직원들은 춘보한테 달려들어 밖으로 밀어냈다. 박복영이 눈짓을 하자 서광호가 거들었다. 춘보는 고래고래 악을 쓰며 밀려 나갔다.

"소란을 피워 죄송합니다. 그러나 지금 소작인들의 심정이 저렇다는 것을 이해하시고 너무 허물치 말아주시기 바랍니다."

박복영이 은근하게 사과를 했다.

"하여간 아무리 소란을 피워도 사건 해결에는 조금도 도움이 되지 않을 것이니 해산하시오. 더 말하지 않겠소."

판사는 핑글 의자를 돌려 저쪽으로 고개를 거둬가버렸다.

박복영이 밖으로 나오자 서광호가 소작인들 앞에서 판사의 말을 전달하고 있었다. 춘보가 나서서 끝까지 버티자고 악을 썼다. 소작인들은 춘보의 말에 연방 옳소 소리를 터뜨리며 고함을 지르고 있었다.

점심때가 되었다. 소작인들은 그 자리에서 짐을 풀어 아침에 해 놨던 점심을 먹었다.

점심을 먹고 난 얼마 뒤였다. 느닷없는 사람들이 들이닥쳤다. 남아 있던 암태도 사람들이었다. 와촌과 도창리 사람 육십여 명이었다.

"웬일들이야."

"좀이 쑤셔서 죽치고 앉아 있을 수가 있어야지."

한 시간 뒤에는 백오십여 명이 또 달려들었다.

같이 오려고 발싸심을 하던 사람들은 다 나오고 말았다. 못 오게 했지만 기왕에 나온 것 나무라고 어쩌고 할 계제가 아니었다.

하루 만이었지만 객지에서 만나니 한 달이나 떨어져 있었던 만큼이나 반가웠다. 수가 육백여 명이 되고 보니 그만큼 든든하기도 했다.

육백여 명이 하루 종일 버티고 있었으나 재판소에서는 아무 말이 없었다. 해가 설핏해지자 간부들은 경찰에서 정해준 창고로 가자고 했다.

"기왕 나온 것 잠자리 가리고 자시고 할 것이 아니라 그대로 여기서 버팁시다. 더구나 경찰에서 알선해준 창곤데, 거기 들어갔다가 나오지 못하게 가둬버리면 큰일 아닙니까?"

서광호였다. 소작인들은 모두 서광호의 말에 동조했다. 그러나 날씨가 꾸물한 것이 비가 올지도 몰라 소작위원들은 그리 가자고 우겼다. 옥신각신하다가 가기로 결정했다.

창고는 무얼 재었던 곳인지 악취가 코를 찌르고 눅눅하게 누기가 차서 들어갈 엄두가 나지 않았다. 천장 밑에 책보만 한 창문이 몇 개 뚫려 있을 뿐인 창고 안은 공기가 통하지 않아 더운 김이 박쳤고 껌껌하기가 굴속이었다.

그러나 밤에 이슬을 가리는 것만으로도 한데보다는 나을 것 같왔다. 모두 안에다 짐을 챙겨놓고 밥은 밖에서 해 먹었다.

"형님, 오늘 그 작자들 닦달하는 것 보니 다음번 소작회장감은 와촌에 있습디다."

저녁을 먹은 다음 만석이가 춘보 곁으로 다가오며 농을 걸었다.

"소작회장이고 뭐고 판사를 그 꼴로 조져놨으니, 이 일 끝나고 나면 자네 무사하지 못할 걸세."

털보가 끼어들었다.

"아냐. 이담에 잡혀갈 사람은 자네야."

"내가 왜?"

"판사실에 들어갔을 때 물어봤어. 이번에는 소작회 간부들만 잡아넣었는데 이다음에는 어떤 사람을 잡아넣겠소 했더니, 어제 올 때 혹시 김치단지 깬 사람 없느냐고 묻더만."

모두 와 웃었다.

"그래 하나 있다고 했더니, 옳거니 이다음에는 그 작자를 잡아넣어야겠다고 문서에다 치부를 해놓더라고."

모두 웃었다.

"그 판사 똑똑한 판사그만."

단고리 키다리 영감이 끼어들었다.

"김치단지 하나를 간수 못 해서 소작인들 우세를 시킨 작자는 백번 잡아넣어도 싸지."

"자네도 안심 말게."

춘보가 이번에는 키다리를 보고 말했다.

"내가 왜?"

"아까 내가 사뭇 판사한테 대드니까 나를 잡아넣겠다고 하지 않겠어. 그래서 실은 내가 이렇게 판사님한테 대든 것은 내 사날로 이러는 것이 아니고, 단고리에 키다리란 영감이 하나 있는데 그 영감이 시켜서 이러는 것이니 나한테는 죄가 없다고 자네한테다 안 다밀 슬쩍 씌워버렸던 거야. 그랬더니 이 작자도 잡아넣어야겠다고 또 치불 해놓더라구. 잡아넣자도 핑계가 없는 판인데, 마침 잘됐다고 벼르더라구."

모두 웃었다.

"하하. 죄는 천도깨비가 짓고 벼락은 고목이 맞는가?"

"원래 징역 사는 놈하고 죄진 놈은 따로따로인 것이 요새 세상 꼴 아닌가?"

"돈 있고 잘난 놈 곁에서만 애먼 징역 사는 줄 알았더니, 이번에는 말 잘하는 놈 곁에 있다가 생징역을 살게 생겼네."

"세상 탓이니 너무 상심 말어. 하하."

다음 날 아침을 먹은 소작인들은 다시 재판소로 몰려갔다. 순사들은 어젯밤부터 창고를 둘러싸고 경계를 했으나, 아침에 그들이 재판소로 몰려가도 굳이 막으려 들지 않았다. 소작인들은 어제처럼 악을 썼지만 재판소에서는 아무 반응이 없었다. 소작인들은 그대로 땅바닥에 앉아 버티고 있었다.

그러나 이 사건은 신문에 크게 보도되고 시내에 소문이 퍼지자 구경 나온 시민들로 재판소 주변은 인산인해를 이루었다. 이것만으로도 이번 출동은 사회 여론을 충분히 자극하고 있어 그만큼 효과를 내고 있는 셈이었다.

4백 명 억류 감시/소작회 간부 방면운동으로/소작인 4백여 명이 야단 중/암태 소작쟁의 확대?

오랫동안 문제 중이던 전남 무안군 암태 소작회 간부 13인은 지금 광주지방법원 목포지청에서 예심 중이므로 목포형무소에 수감되어 있는바, 전기 소작회원 4백 명이 목포에 수감되어 있는 간부들의 방면운동을 하는데, 만일 되지 아니하면 이 사건이 해결되기까지는 계속 운동을 할 결심이요, 목포에 온 소작회원 4백 명은 지금 목포경비소에 억류되고 경관이 감시하는 중이요, 계속하여 면민도 이 사건에 대하여 수감된 소작 간부의 방면운동을 할 터이라는데, 이 사건은 문재철에 관한 소작료의 쟁의관계로 생긴 일이라더라.

맹렬한 시위운동/구금된 대표를 방송치 않으면/어데까지 운동을 계속한다고/◇구금된 간부의 석방운동 상보◇

전남 무안군 암태 소작쟁의 문제는 확대되어 암태 소작회 간부 서태석 외 열두 명이 목포형무소에 구금 중, 그 회 회원 일동은 이것을 분히 여겨 선후책을 강구한 결과 구금된 간부의 석방운동을 하고자 면민대회를 열고, 청년회 대표 박복영, 소작회 김용학, 부인회 대표 고백화 삼씨를 비롯하여 각 단체 남녀 4백여 명이 지난 5일 범선 일곱 척을 나누어 타고 목포경찰서에 이르러 기세를 내었다 함은 이미 보도한 바이어니와, 당국에서는 크게 놀라 대표자 몇 사람을 불러 사실을 들은 뒤에 원경비소(元警備所)에 수용하고 경

관의 경계로써 그 밤을 새우고, 그 이튿날 오전 9시부터 재판소 구
내에 4백 명이 모다 몰려들어갔는데, 예심판사는 대표자 세 사람
을 판사실로 불러들여 장시간을 두고 설유하며 이와 같이 다수한
군중이 모임은 불가한즉 대표자 몇 명만 두고 각기 해산하라고 명
령하였으므로, 그 회 간부 되는 서광호씨는 이 뜻을 일반 군중에
게 전하였으나, 다수한 군중은 언제까지든지 구금된 간부 일동을
이 길로써 앞을 세워주지 않으면 해산할 수 없다고 사방에서 야단
을 치며 끝까지 해산 않기를 주장하다가 오후 7시경에 이르러서야
숙소로 나왔으나, 그 면민들은 계속하여 그날도 60여 명이 건너올
모양인데, 만일 이 운동으로써 목적을 달치 못하게 되면 수백 명이
또 건너와서 대대적으로 시위할 모양이라더라.

  3일간 포위 시위/목포지방법원 지청을/감찰관 면회로 해산케
되어
  지난 4, 5 양일 전남 무안군 암태 소작인 5, 6백 명이 수감된 간부
방석운동차로 목포경찰서 또는 법원 지청에 쇄도한 사실은 이미
보도한 바이어니와, 3일 동안 해산하지 아니한 그들에게 지난 6일
오전에 이르러 법원 지청을 겹겹이 에워싸고 있는 군중을 대하여
무안군수는 해산하는 것이 온당한 일인즉 이 길로 해산하라고 설
명이 있었고, 법원 지청에서도 전날같이 누누이 달래었으나 조금
도 듣지 아니하고, 수감된 간부 등을 면회시켜달라고 형무소로 몰
려갔으나 용이히 되지 아니하므로 도로 형무소를 떠나 법원 지청
으로 돌아왔는데, 그날은 마침 총독부(總督府) 야마구치(山口) 감

328

찰관(監察官)이 목포에 왔단 말을 듣고 일동은 이 기회를 타서 목포 부청(府廳)으로 몰려갔는데, 또한 사절을 당하였으나 이를 불구하고 누누이 교섭을 한 결과 감찰관은 그러면 군중은 일제히 해산을 시키고 대표 두 명만 청하여달라고 하므로 그 말을 수락하고 지난 7일 아침에 각기 해산되었다더라.

위 기사는 사실과 조금씩 다르다. 첫날부터 경비소 창고에 들어간 것으로 되어 있으나 그게 아니고 또 여기서도 해산한 것이 아니라 잠시 창고로 물러섰을 뿐이다.

야마구치 감찰관이 목포에 온 것은 지방 순시라는 명목이었으나 사실은 여기 사태가 심각하니까 현지 사정을 파악하러 왔을 것이라는 추측들이었다. 그래서 그를 면회하려고 한 것이다.

박복영과 김용학이 들어가자 야마구치는 싸늘한 눈초리로 그들을 노려봤다.

"왜 이리 소란을 피우는가?"

"소란을 피우고 싶은 생각은 추호도 없으나……"

"듣기 싫소."

야마구치는 박복영의 말을 채뜨리며 호통을 쳤다.

"나라에는 만백성이 지켜야 할 법도가 있는 거야. 지금 이렇게 떼몰려와서 관청에 협박한다는 것은 그 자체가 범법이라는 것을 모르는가? 더 버티면 엄중한 제재를 가할 것이니 당장 해산해!"

야마구치는 매몰스럽게 쏘아붙여놓고 벌떡 자리에서 일어서버렸다. 소작인들을 설득시켜 창고로 보냈던 두 사람은 닭 쫓던 개 꼴이 되어버렸다.

야마구치의 속임수에 격분한 소작인들은 다음 날 다시 재판소로 몰려갔다. 사태가 험악해지자 재판소에서는 수감자들 면회를 허가하겠다고 생색을 쓰고 나왔다. 오래 얼굴을 보지 못했던 다음이라 소작인들은 좀 누그러졌다. 모두 대성동(大成洞) 형무소로 몰려갔다. 그러나 다 면회를 할 수는 없었고 가족들과 박복영 등 몇 사람만 면회를 했다.

"고생이 많지요!"

얼굴에 수염이 더부룩하게 자란 서태석이 박복영을 보자 활짝 웃으며 위로를 했다.

"밖에서야 무슨 고생입니까? 제대로 일을 못 한 것 같아 면목이 없습니다. 그러나 사회 여론은 어지간히 불러일으킨 셈입니다."

"그런 말은 하지 마시오. 안부나 교환해요."

면회 담당 간수가 주의를 주었다.

"더 고생하십시오. 이것은 비단 암태도 사람들 일만이 아닙니다. 전국의 소작쟁의에서 가장 큰 고비를 암태도 사람들이 맡은 셈입니다. 문재철이같이 힘센 자가 넘어지면 다른 지방의 조무래기들은 다 제절로 넘어지고 말 것 아닙니까? 암태도 사람들 책임이 막중합니다."

간수가 다시 주의를 주었다. 이런 소리를 더 하면 면회를 중단시키겠다고 협박을 했다.

"바깥일은 우리한테 맡기시고 몸조심하고 계십시오. 암태도 사람들 사기는 지금 산이라도 무너뜨릴 것 같습니다."

그런데 소작인들은 더 버틸 수 없는 형편이었다. 처음 나올 때 닷새를 계획하고 나왔었는데, 이백 명의 군식구가 붙는 바람에 이미 식량이 멀어져 오늘 낮부터 굶었던 것이다. 형무소에 다녀오는 길에 소작인들은 간부들의 눈을 피해 친척 집으로 떼몰려가 밥을 얻어먹고 오는 등, 계획에 차질이 생기자 질서가 깨어지고 있었다. 더구나 보리타작 등 농사일이 있다보니 이번에는 더 버티재도 버틸 수 없는 형편이었다.

그때 신석리에 땅이 있는 지주 천후빈이 신석리에 사는 그의 조카 천병채(千炳彩)와 함께 찾아왔다.

"어떻겠소? 더 버틸 참입니까?"

김용학에게 물었다.

"글쎄, 지금 그럴 수만도 없는 형편입니다마는 기왕 나왔으니 밥을 굶으면서 버티자는 사람이 있어 의견을 조정하고 있는 중입니다."

서광호·박홍언·윤두석 같은 사람들이 그런 움직임을 보이고 있어 간부들은 단안을 내리지 못하고 있는 참이었다.

"곁에서 보기가 딱해서 하는 말입니다마는 이런 일일수록 완급진퇴(緩急進退)의 묘가 있어야 할 것입니다. 농사일도 농사일이지만 굶으며 버틴다는 것이 어디 그게 쉬운 일입니까? 사회 여론도 어지간히 자극한 셈이니 일단 돌아가서 형편을 보는 것이 어떻겠습니까?"

"글쎄 이렇게 끌어나왔다가 아무것도 얻은 것이 없으니, 이야기들이 과격하게만 나오고 있습니다."

"나는 어디까지나 제삼자입니다마는 소작인들 형편이 너무 딱해서 하는 말입니다. 혹시 돌아가시게 된다면 적지만 이것 선비에나 보태시오."

천후빈은 돈 육십 원을 내놨다. 지난번 이리 떠날 때 수곡리 문찬숙도 일의 악화를 걱정하면서 경비에 보태 쓰라고 이십 원을 보내온 일이 있었다.

간부들과 타협을 한 결과 돌아가서 형편을 보자는 쪽으로 의견이 기울었다.

"이러다가 비라도 쏟아지는 날에는 보리타작도 큰일이고 지금 못자리도 말라가고 있을 것이니 농사일을 추려놓고 봅시다."

흙을 파고 사는 농투산이들이라 농사일에는 역시 마음이 꿀리지 않을 수 없었다.

"그러면 그냥 돌아갈 것이 아니라 시가지나 한번 돌고 갑시다."

서광호였다. 배 시간도 있고 하니 그러기로 했다.

베를 떠다 기를 만들었다.

'암태도 소작회 번영 만세(岩泰島小作會繁榮萬歲)'

'지주 천후빈 송덕 만세(地主千后彬頌德萬歲)'

"제길 똑같은 지주놈들인데 돈 몇 푼 던졌다고 기까지 만들어 설레발일 건 뭐야?"

"문재철이놈 보라는 소리지."

소작인들은 기를 앞세우고 만세를 부르며 목포 시가지를 한 바퀴 돌았다. 연도의 시민들은 박수를 치며 열렬한 지지를 보냈다.

경찰은 계속 뒤를 따랐으나 제지하지는 않았다.

수가 원체 많아 전부 남일환에 탈 수는 없어 나이 먹은 사람만 기선을 타고 나머지는 풍선으로 목포를 떠났다.

제10장 다시 목포로

섬에 오자 농사일이 천장만장 기다리고 있었다. 당장 보릿가을도 그랬지만 날이 가물어 못자리 구완이 큰일이었다. 얼갈이해놨던 논들이 허옇게 말라 풀썩풀썩 먼지가 나고 있었고, 못자리에 물을 퍼 올리는 둠벙도 날마다 물이 밭아 들어가고 있었다.

근래에 없는 무서운 가뭄이었다. 인재(人災)에 천재(天災)까지 겹치는 것이 아닌가 섬사람들은 초조한 얼굴들이었다.

그러나 날마다 대가리가 깨지게 땡볕이 쏟아지고 보니, 우선 보리타작에는 이만큼 좋은 날씨가 없기도 했다. 못자리 구완만 어떻게 해낸다면 눈앞의 일부터 추려나가고 볼 일이었다. 소작인들은 낮에는 보리타작에 들숨 날숨이 없었고, 밤에는 못자리에 물을 퍼 대느라 한뎃잠을 잤다.

소작인들은 보리타작을 하면서도 늘 하늘만 쳐다보았다. 예사

가뭄이 아니어서 물길이 옅은 동네서는 샘물이 밭아 이웃 동네로 물지게를 지고 물을 길러 다닐 지경이었다. 이렇게 며칠만 더 가물면 거북등으로 엉그름이 터진 못자리들은 영영 망쳐버릴 것 같았고, 먹을 물도 없어 말라 죽는다는 소동이 날 판이었다.

섬사람들은 이런 속에서도 목포에서 무슨 소식이 없나 귀를 쫑그리고 있었다. 목포에는 박복영이 나가 있기 때문에 들에서 일하던 사람들은 남일환이 올 시간이 되면 남강 쪽에 눈을 붙박고 있었고, 그쪽에서 사람이 오기라도 하면 혹시 무슨 소식이 묻어 오는 것이 아닌가 쫓아가기도 했다. 그러나 이렇다 할 소식이 없었다.

섬사람들은 날마다 하늘에서는 비가 오기를 기다려 하늘을 쳐다보았고, 목포에서는 수감된 간부들 소식이 오지 않는가 황새 목이 되었다. 보리타작이 얼추 끝날 때까지도 목포에서는 아무 소식이 없었다. 하늘은 날마다 쨍쨍 돌덩어리가 깨지게 땡볕만 쏟아놨고, 목포에서는 이렇다 할 소식이 없었다.

"이놈들이 기어코 간부들을 징역을 살릴 배짱이 아닐까?"

와촌 털보가 논에서 피사리를 하고 있는 춘보 곁으로 다가오며 푸념처럼 뇌었다. 춘보 논에는 저수지 물이 닿아 무자리에 물 걱정은 없었다.

"그러기 말이야. 지난번에 나갔을 적에 기어코 뿌리를 뽑고 오는 것인데, 슬그머니 물러선 것이 잘못이었던 것 같아."

"백성들을 이렇게 누르고 뜯어먹는 놈들이 있어도 하늘이 그냥 멀쩡하기만 하는 것을 보면 천도(天道)란 것을 그게 있다고 해야 할 것인지, 하늘은 벼락 뒀다 어디에 쓰자는 거야."

"천도가 있지 왜 없어?"

춘보는 논두렁으로 나앉아 곰방대에 담배를 욱여넣으며 말했다.

"인심이 천심이란 것이 따지고 보면 천하 만백성 마음이 천도란
소리 아닌가? 백성들이 원체 못나서 죽어만 있으니 그렇지 똘똘 뭉
쳐서 들고일어나보게. 천하 백성들이 모두가 일어나서 똘똘 뭉쳐
봐. 어느 장사가 그것을 막겠어. 천도란 것을 하늘이 뇌성 벼락 때
리는 것으로 생각하고 맥살없이 손 개었고 앉아서 하늘이나 쳐다
보고 있으니 그렇지, 백성들이 주먹 쥐고 들고일어나서 뭉쳐봐. 바
로 거기서 나오는 힘이 천도가 아니고 뭐겠나? 또 평상시에 하늘에
서 내려주는 눈비로 끙끙 제 몸뚱이 부려 농사지어 먹고살아가는
것도 천도에 따라 사는 일이야. 이렇게 천도를 지키고 살아가는 우
리 백성들을 못살게 하는 놈들은 천도를 어긴 놈들일세. 이런 놈들
한테 주먹 쥐고 달려드는 것은 그대로 하늘의 뜻에 따르는 것이 아
니고 뭐이겠어?"

춘보는 거적눈을 한껏 걷어 올리고 곰방대 물부리로 털보를 향
해 꾹꾹 찌르며 입침을 튕겼다. 춘보는 곰방대를 뻑뻑 빨다 말고
다시 말을 이었다.

"나는 여태 본색을 숨기고 살아왔네마는 사실은 옛날 동학군(東
學軍)을 따라다니던 사람이야."

"뭐, 동학? 그 전봉준이."

"맞네. 모르는 사람들은 동학군을 무슨 역적질이라도 한 사람들
로 알지마는 그게 아니야. 그때 녹두장군 뒤에 백성들이 몰려들어
눈에 핏발을 세우고 나섰던 일을 생각하면 천도가 그것이구나 싶

336

어. 백성들이란 게 그냥 미련하고 순한 것인 줄만 알았더니, 그때 손에 대창을 들고 분통을 터뜨리고 나서는 것을 보니 그게 아니더라구. 진짜 무서운 것은 백성이야. 정말 무서웠네. 양순하기만 하던 소가 하루아침에 호랑이가 되어버린 꼴이었어. 백성들이 이렇게 무서운 것인가, 나도 그 속에 끼여 있으면서도 그게 쉽게 믿어지지가 않더라구. 관리놈들한테 그렇게 눌려 살다가 그러고 나오니, 그때야 비로소 한몫 사람이 된 것 같았어. 그냥 핏줄 속에서는 피가 살아서 펄펄 뛰는 것 같더만. 그때 관리나 관군이란 것들 꼴이 어쨌는 줄 아나? 그놈들이 평소 백성들한테 큰소리 꽝꽝 칠 때는 놈들은 처음 세상에 태어날 때부터 그렇게 태어난 것 같았는데, 한번 기가 죽기 시작하니 꼬리 사린 강아지 꼴도 그렇게 처참하지는 않을 걸세. 그렇게 벌벌 떠는 꼴을 보자니 그런 놈들 밑에서 기고 살았던 지난 인생이 새삼스럽게 분하고 억울하더만. 그때 우리 손에 제대로 총만 있었고, 북선(北鮮)이나 경상도 쪽에서만 같이 일어나줬더라면 영락없이 세상이 뒤집혔을 거야. 생각하면 분하고 원통해."

춘보는 아득한 옛날의 회상에 잠겨, 그때 실패한 것이 지금도 억울한 듯 후유 한숨을 내쉬었다.

"그래서 이 섬구석으로 숨어들어왔었나? 그러고 보니 지난번 재판소에서 그렇게 대차게 대들던 것이 다 뿌리가 있는 것이었그만."

"내 이렇게 늙었네마는 지금이라도 어디서 그런 싸움이 붙는다면 천리만리라도 쫓아가서 싸울 참이네. 그런 판에 뛰어들어 싸우다가 죽는다면 논두렁에 고개를 처박고 까마귀 밥이 된대도 한이 없겠어. 지금까지 구차스럽게 살아온 것을 생각하면 구역질이 나."

"지난번에 우리가 목포에 나갔던 것은 총칼로 싸운 것에야 댈수는 없지만, 이런 섬구석에 붙박여 살던 사람들로서야 장한 일이었지."

"아무럼. 장한 일이다마다. 이놈들이 기어코 안 내노면 또 나가야 해. 이번에 나가면 끝장을 봐야 한다구."

"그런데 비가 와서 모라도 내놔야 싸우든지 박이 터지든지 할 것인데, 이놈의 하늘은 사람을 그냥 말려 죽이려나?"

털보가 하늘을 쳐다보며 중얼거렸다.

"저 구름이 비 먹은 구름 아냐?"

춘보가 남쪽 하늘을 가리켰다. 남쪽 하늘에 먹구름이 몰려오고 있었다.

"소나기라도 한줄기 쏟아지려나?"

"저 구름발 퍼지는 것 봐. 쏟아져도 제대로 쏟아질 것 같네."

"기왕 쏟아지려면 논둑·밭둑이 툭툭 갈라지게 한번 쏟아져라."

두 사람은 자리를 떴다.

그들이 집에 들어서자 하늘이 금방 먹구름으로 뒤덮이더니 뇌성번개가 하늘을 찢으며 소나기가 쏟아지기 시작했다. 그냥 지나가는 소나기가 아니었다. 두세 시간을 엄청나게 쏟아졌다.

날이 새어 보니 엄청난 비였다. 허옇게 먼지가 일던 논에 치렁치렁 물이 괴고 도랑물이 철철 넘치고 있었다.

그런데 이렇게 많은 비를 쏟아놓고도 아침이 되자 언제 그런 일이 있었느냐는 듯 하늘이 말끔히 개고 동쪽 하늘에서는 방실방실 아침 해가 떠오르고 있었다.

"목비가 이렇게 짬 맞게 오다니 정말 하늘의 조화가 무섭구만."

그런데 나중에 알고 보니 암태도에만 이렇게 쏟아졌지 가까운
자은·안좌 같은 데만 하더라도 겨우 먼지잼으로 몇 방울 내리다
말았다는 것이다.

"하늘이 우리를 도운 것이다. 지성이면 감천이라더니 우리 암태
도 사람들이 뭉쳐서 싸우니 하늘도 알고 감동한 거야."

"정말 이것이 절로 있는 일이 아닌 것 같아. 팔금이나 자은 같은
데도 오다 말았다잖아."

"정말 이것은 하늘이 내려다보고 내린 빌세."

"어서 모 심고 또 목포로 몰려 나가."

소작인들은 신바람이 나서 일을 했다. 소작위원들은 집집마다
돌아다니며 일을 독려하고 있었다.

"모레는 감옥에 갇힌 사람들 모를 심기로 했으니 다른 일 맞추지
마시오."

"우리들 일을 늦추더라도 그 사람들 모는 먼저 심어야지."

"소작인들이 전부 나서면 한나절 일도 못 될걸."

갇힌 사람들 논에 모를 심는 날이었다. 암태도 소작인들은 아침
을 일찍 먹고 기동리와 단고리로 모여들었다. 만재는 소를 끌고 가
서 모심을 논에 아침 일찍부터 써레질을 하고 있었다. 소작위원들
의 지시에 따라 오는 족족 논에 붙었다. 모두 자기 일같이 날파람
나게 일을 했다. 유독 신석리 사람들은 흥겹게 일을 했다. 만석이가
나서서 들노래를 이끌고 있었기 때문이다.

어기어야 허허 여허 해라
머허난 디요

어기어야 허허 여허 해라
머허난 디요

만석이는 그 창창한 목소리로 흥을 돋웠다. 만석이는 모를 한 모숨 손에 쥐고 서서 흐드러지게 선소리를 메겼다. 사람들은 모를 찌며 만석이의 흥겨운 선소리를 받아 뒷소리를 메겼다. 뒷소리를 메기며 벌렁벌렁 춤을 추는 사람도 있었다.

이 고루 걸고 저 고루 걸어
열 고루를 다 걸고야 (선소리)

어기어야 허허 여어허 해라
머허어난 디요 (뒷소리)

소리 없이 열리길래
임 오는가 내다보니

온단 임은 아니오고
동남풍이 날 속이네

앉았으니 임 오는가
누웠으니 임 오는가

삼도 잃고 임도 잃고
양단간에 다 잃었네

다른 동네 모판에서도 들노래가 쏟아져나왔다.
　모를 다 찌고 나자 '모뜬소리'가 '길꼬냉이'로 바뀌었다. 모뜬소리는 모 찔 때 부르는 들노래고 길꼬냉이는 사람들이 길을 걸으며 부르는 들노래였다. 모심을 때는 간절로 간간절로 등 흥에 따라 가락이 바뀐다.

이히야아 아하 에헤 하저얼로오로야
이히야아 아하 에헤 하저얼로오로야

비가 졌네 비가 졌네
되봉산 허리에 비가 졌네 (선소리)

이히야아 아하 에헤 하저얼로오로야 (뒷소리)

어떤 사람은 팔자가 좋아
부귀영화로 잘사는데

우리 같은 인간들은
무슨 팔자로 이러는가

팔자 한탄만 하지 말고
소작쟁의에 이겨보세

이 모 심고 목포 가서
소작 간부 빼내오세

앞산은 점점 멀어지고
뒷산은 점점 가까워온다

육백여 명이 손을 모아 일을 하니 열세 집 모내기는 점심때가 채 못 되어 끝나고 말았다.

만재가 써레를 지고 소를 앞세우고 오는데 정환이가 다가왔다.

"오늘 신석리 사람들 얘기를 들으니 좀 이상한 소문이 돌고 있는 모양이야."

만재는 귀가 번쩍 뜨였다.

"삼만씨가 병원에서 그 딸 애를 떼어버리고 멀리 시집을 보내버렸다는 이야기야."

"뭐, 병원에서?"

"응, 요새 양의들은 배 속에 있는 애를 예사로 꺼낼 수 있다는그만."

"그게 정말인가?"

"글쎄, 어디까지가 정말인지 모르겠는데 그런 소문이 그쪽에는 벌써부터 나돌았던 것 같아."

만재는 멍청하게 길만 걷고 있었다. 그동안 별의별 소문이 다 나돌았다. 애 밴 사실이 소문나자 자은에 있는 자기 이모 집에 숨겨졌다거니, 어디 절간으로 보냈다거니, 심지어는 바다 멀리 무인도에 실어다 퍼버렸다거니, 스스로 물에 빠져 죽어버렸다거니, 종잡을 수 없는 소문이 꼬리에 꼬리를 물었다. 확실한 것은 연엽이가 임신한 것과 집에 없다는 사실뿐이었다. 그동안 만재는 정환이 처가가 자은이어서 정환이 처를 통해 수소문을 해봤으나 거기에는 없었고, 또 정환이가 여기 연엽이 이모에게 넌지시 떠봤으나 그 역시 깜깜한 것 같았다.

"그 애가 절대로 애는 떼지 않았을 거네. 본인이 마다하면 의사가 어떻게 떼겠어."

"하긴 그럴 법도 하군. 하여간 기동리서는 결혼했던 사람들까지 쫓아냈으니 그쪽에서도 지금 잔뜩 결이 올라 있겠지."

"이 고비를 넘고 봐야 할 것 같은데 어디 있는 줄이나 좀 알았으면 사람이 살겠어."

"왜 편지라도 하지 않을까?"

"......"

"하여간 그 처녀 배에다 애를 실어놨으니 가면 어딜 가겠어. 이쪽에서야 산 진 거북이야. 마음 느긋하게 가지고 기다려. 애를 나면 자기들이 지레 데려다 떠맡길걸. 세월이 데려올 거야. 좋잖은 소문이 나쌓니 기분이 좀 안 좋긴 하지만."

모내기 일이 거의 끝날 때까지 목포에서는 신통한 소식이 없었다. 새로운 소식이라면 목포경찰서장 우에마쓰가 암태 사건에 대한 인책으로 모가지가 날아가고, 6월 24일자로 나카지마(中島)란 자가 총독부 경무국 고등계에서 부임해 왔다는 소식 정도였다. 지난번 사건이 서장 모가지를 날릴 정도로 충격을 주기는 한 모양이었으나 간부들이 풀릴 기미는 보이지 않는다는 것이다. 그런데 새로 부임해 온 놈은 고등계에서 부임해 왔다니 보나 마나 이만저만 흉물이 아닐 것이라는 게 중론이라는 소식이었다.

소작인들이 다시 목포로 나가자는 쪽으로 여론이 기울고 있을 때였다. 목포에 있는 박복영한테서 충격적인 편지가 날아들었다. 7월 3일 13인에 대한 예심이 종결되고 전원 소요 및 상해죄로 재판에 회부되었다는 것이었다.

이 사실로 미루어보면 재판소 판사들까지 공공연하게 소작인들을 탄압하겠다는 속셈이 환하게 나타났습니다. 재판 결과 설사 그들이 무죄를 받는다 하더라도 그들 열세 명은 재판이 끝날 때까지는 그대로 형무소에 갇혀 있어야 하는데, 처음부터 그들을 탄압하자는 속셈이 분명하고 보면 재판도 법정 시한인 육 개월까지 끌고 갈 것이니, 바로 지금 재판에 회부되었다는 사실만으로도 이미 육 개월 징역을 받아놓은 것이나 마찬가집니다. 이렇게 되고 보면 감옥에 갇힌 사람들의 고생은 말할 것도 없지만, 지주는 이것을 기회로 소작료 수집에 기를 쓸지도 모르니 이대로 있다가는 여태까지 싸워온 것이 모두 허사가 될 것입니다. 일이 지금 이렇게 중대한 고비에 놓여 있다는 사실을 알고 대처하기 바랍니다.

박복영의 편지를 읽고 난 소작위원들의 눈에 대번에 살기가 올랐다. 이 소식이 퍼지자 소작인들은 바글바글 끓었다. 모두 쫓아나가서 재판소에 불이라도 처질러버릴 기세들이었다.

그러나 만석이는 목포 나가기 전날 밤 침울한 표정으로 아내 곁에 앉아 있었다. 아내가 앓아누워 있었기 때문이다. 만석이 아내는 며칠 전부터 자리에 누웠다. 지난번 남편이 없는 동안 못자리에 물을 푼다, 보리를 벤다, 혼자 고되게 일을 한데다가, 이번 이종 때 너무 과로를 했기 때문에 몸살인가 했었다. 그러나 닷새가 지나도록 차도가 없었다. 예사 몸살이 아닌 것 같았다.

"이번에는 모두 굶으면서 버티기로 했다면서요?"

아내는 남편이 달여온 약사발을 앞에 놓고 힘없이 물었다.

"응. 이번에는 이판사판 결판을 내고야 말겠다는 서슬들이야. 그렇지만 나야 임자가 이 꼴인데 나갈 수 있나?"

"내 염려는 말고 나가세요. 모두 나가는데 당신만 빠지면 체면이 아니잖아요."

"그래도 병이 이렇게 위중한데 내가 어떻게 나가겠어?"

"그렇지만 당신이 나가지 않으면 모두 너무 섭섭해할 거예요. 지난번에는 당신 때문에 모두 지루한 줄 몰랐다고 입 벌렸다 하면 당신 이야기던데, 이런 일에 당신이 빠지면 되겠어요?"

"그렇지만 형편이 이렇게 되었는데, 내가 어떻게 집을 비워?"

"곧 나을 거예요."

만석이는 안타까운 심정이었다. 오늘 면민대회 때 소작인들의 열기를 생각하면 피가 펄펄 끓었으나 아내를 팽개치고 나설 수는 없었다.

면민대회에서는 여남은 명의 젊은이가 혈서를 썼고 소작회 대표도 서광호로 바꾸었다. 김용학이 스스로 자기는 뒤에서 거들겠다며 서광호를 천거했던 것이다. 그리고 이번에는 식량을 가지고 가지 않고 그대로 가서 재판소 마당에서 굶어 숨이 넘어갈 때까지 버티기로 했던 것이다. 만석이는 아침까지 결정을 못 하고 거의 뜬눈으로 밤을 새우다가 새벽녘에야 아내의 권유를 받아들여 나가기로 작정했다.

8일 오전 10시경 소작인들은 자기 동네 가까운 데서 배를 탔다. 여기저기서 출발한 풍선은 아홉 척이었다. 지난번처럼 무얼 준비하고 어쩌고 할 것이 없었기 때문에 모두 몸만 하나 나섰으나 얼굴에는 살기가 감돌고 있었다.

기동리 사람들이 탄 배가 돛을 올리려 할 때였다. 만수가 잠깐 제지를 했다. 갑자기 무명지 끝매듭을 이빨로 물어뜯었다. 모두 눈이 둥그레졌다. 만수는 돛폭에다 천천히 사선을 그어 내려갔다. 50센티미터 길이였다. 옆으로 또 그었다. 'ㅅ' 자가 되고 피가 좀 멎었다. 그 자리를 다시 깨물었다. '소' 자가 됐다. 곁에 섰던 젊은이들도 너도나도 손가락을 깨물고 나섰다. 같은 크기로 한 자 또는 반 자씩을 썼다. '소작 간부 석방'이 되었다.

346

돛이 올라갔다. 빨간 글씨가 하얀 돛폭에 선명하게 드러났다. 모두 말이 없었다. 몇 사람의 여인들이 훌쩍이는 소리뿐이었다.

다른 배에도 비슷한 내용의 글씨가 써지기 시작했다.

이번에는 신석리 등 그쪽 사람들은 많이 나서지 않았다. 한 다리가 뜨기 때문에 굶고 싸우는 데는 선뜻 나설 수 없는 모양이었다. 그런데 신석리 배에 현석이가 타고 있어 소작인들은 어리둥절했다. 그동안 연엽이의 행방에 대한 소문은 끊이지 않았고 그때마다 화제에 올랐던 현석이였다. 여태 오불관언했던 그가 생사를 거는 이 꽃등에 갑자기 쟁의대열에 참여하게 되자 의아한 눈길로 바라보지 않을 수 없었다.

배는 바람이 나빠 오후 6시경에야 목포에 닿았다. 소작인들은 그대로 목포재판소로 몰려갔다.

처음 며칠간의 광경을 신문기자의 눈을 빌려서 보면 다음과 같다. 기사가 중복되기도 하나 그대로 옮긴다.

12일자(동아일보)

6백 농민이/재판소에 위집(蝟集)/소작회 간부를 방면치 않으면/차라리 이 자리에서 죽겠다고

무안군 암태 소작쟁의 사건으로 목포에 몰려왔다가 한동안 각각 돌아갔던 소작인들은 또다시 기세를 내어 6백여 명의 군중은 지난 8일 목포재판소에 이르러 만일 구속 중인 열세 사람을 석방치 아니하면 죽여버리겠다고 칼을 두르며 판검사에게 달려들므로 불의의 변을 당한 판검사를 비롯하여 경찰서장은 즉시 몸을 피하여

모처에 숨었으며 재판소는 일시에 군중들에게 점령된 듯한 형세였다더라.

경찰서도/속수무책/군수도 출장/목포 일대 인심 흉흉

이같이 극도로 흥분된 군중은 음식도 먹지 않고 열세 사람과 같이 돌아가지 못하게 되면 차라리 같이 죽겠다 하여 재판소 구내에 모여 있는데, 무안군수를 비롯하여 각 관계 당국자들은 어찌할 수 없어 쩔쩔 헤매는 중이며 경찰 측도 그저 손만 비비고 있는 중인데, 목포의 인심은 매우 흉흉한 중이다.

소동(騷動)까지의 경과(經過)/일시 농락으로 무시한다고/아사동맹(餓死同盟)의 의기를 보이면서/◇군중 한 사람은 말한다◇

지주 문재철과 소작쟁의 중인 전남 무안군 암태도 소작인 남녀 5백여 명은 지난 8일 오후 6시경에 범선 9척을 나누어 타고 또다시 목포로 건너와서 바로 광주지방법원 목포지청에 몰려들어왔는데, 때는 마침 이미 사무시간을 지내었으므로 군중은 그대로 법정 구내에 혼잡을 이루었는데, 경찰 당국에서는 정사복 경관을 늘어세우고 엄중한 감시를 하는 중인바, 군중의 대답이 우리들이 몇 주일 전에도 목포형무소 구금 간부 13명 방석(放釋)하기를 요구할 목적으로 이 법정에 왔을 때에 당국에서는, 될 수 있는 대로 조속히 조사를 마쳐가지고 자기들의 요구와 같이 방면하겠다 하고 여러 날을 두고 설유하며 이 길로 해산하여달라고 하기 때문에 우리는 믿고 각각 해산이 되었던바, 오늘까지 아무 처치가 없으므로 당국에서는 우리 민중에게 너무 무시적(無視的) 행동을 취하였을 뿐 아니라 이와 같이 속이는 수단으로 농락하여 군중을 해산케 함은 너무나 원통하고 분한 마음을 이기지 못하는바, 이 문제의 근본적 해결을 철저히 이행하기 위하여 지난 7일 면민대회를 개최한 벽두에 필사적으로 본 문제를 해결하자는 결의가 만장일치로 가결되었으므로 오늘 또다시 이와 같은 운동이 일어났다 하며, 이와 같이 극도에 달한 경우에 무엇보다도 두려운 죽음을 불고하고 다시 이 법정에 들어온 것은 사활 문제(死活問題)가 이때에 있다 하며 또는 우리가 결속하기를 이 문제가 해결토록까지 동맹하기 위하여 지금까지 열지혈서(裂指血書)에 참가한 자가 수십 명에 달하였다 하며 아사동맹(餓死同盟)을 결속하고 자기들의 집에서 떠날 때부터 지금까지 식사를 폐지하였다 하더라.

장면 비참(場面悲慘)/어린애는 울고 노인들은 기진(氣盡)

이 군중 가운데는 노약자가 반수나 된 듯한데 그중에도 어떠한 여인은 어린아이를 품에 안고 하루 삼시를 연하여 식사를 먹지 아니하였으므로 젖 달라고 우는 목메친 소리는 차마 들을 수 없으며, 또 노약자는 기갈을 못 이기어 여기저기 앉아서 꼬박꼬박 조는 양은 차마 보지 못할 형상이더라.

13일자

암태 소작 사건/전후 경과의 상보(詳報)

암태도 소작인 6백여 명이 지난 8일부터 목포 광주지방법원 지청 구내에 쇄도하여, 금번의 소작쟁의로 말미암아 예심(豫審)을 마치고 공판에 부치어 있는 소작회 간부 및 소작인 열세 사람을 내어달라고 부르짖고 있는 현상은 이미 작보(昨報)에 보도한 바이어니와 이제 그 자세한 전말의 내용과 목도한 사실을 기록하면, 지난 7일에 암태면 암태도 주민 일동은 그곳에 있는 소작인회·부인회·청년회 삼 단체가 연합하여 면민대회를 개최하고 구금 중에 있는 열세 사람을 건져낼 것을 굳게 결의하게 되어, 이번에는 우리가 지난번에 사법관에게 속아 실패한 것을 경험 삼아 어찌 되었든지 최후의 해결을 얻자는 뜻으로, 만일 이번 길에 열세 사람과 같이 돌아오지 못하게 되는 때는 우리도 그 법정 안에서 다 같이 굶어 죽자는 굳은 결심으로 모두 걸음을 같이하자는 약속 밑에 주민 6백여 명은 늙은이와 젊은 사람의 구별도 없이 남자나 여자를 묻지 않고 누구나 모두 흥분되어 즉시 열 척의 배를 나누어 타고 그 이튿날 되는 황혼에 목포지청 구내에 살기가 가득하여 야영을 이루게 되었다.

막천석지(幕天席地)/으스름 달밤에/하룻밤을 새워

이와 같이 불의의 변을 당하게 된 재판소에서는 어떠한 태도로써 그들에게 임하였는가? 우선 지청장은 경찰서장과 협의하여 군중의 대표자 서광호씨를 먼저 회견하고, 일반 군중이 속히 돌아가는 것이 양책이라는 뜻을 밝히고, 제이차로는 대표자 박복영·서광호·김정순(金正順)·김상규(金相圭)·고백화 등 제씨를 회견하고 역시 한뜻으로 조금도 확실한 대답이 없이 그들이 이곳에 공연히 머물고 있는 것은 일의 해결을 위하여 조금도 이익이 없으니 이 뜻을 군중에게 전하여 양해를 시켜달라는 말로써 간절하게 권고를 하였으며, 이와 같이 두 차례나 일러도 군중은 의연히 돌아갈 생각이 조금도 보이지 아니하므로, 세 번째는 하릴없이 경찰서장으로부터 경비소(警備所)를 열어줄 터이니 그곳으로 돌아가서 오늘밤을 새우라 하였으나, 일반은 그런 말에 귀도 기울이지 않고 그냥 자리에서 덮을 것 깔 것도 없이 대지(大地)를 요로 삼고 창공(蒼空)을 이불로 삼아, 입은 옷에야 흙이 묻든지 말든지, 졸아드는 창자야 끊어지든지 말든지, 오직 하나 집을 떠날 때 작정한 마음으로 습기가 가득한 밤이슬을 맞으면서 마른 정강이와 햇볕에 그을은 두 뺨을 인정 없는 모기들에게 물려가면서 그날 밤을 자는 둥 마는 둥 또다시 그 이틀 되는 초9일을 당하게 되었다.

상세(詳細)는 부지(不知)/질서를 문란케 하면/처치하겠다고/나카지마(中島) 목포서장 담(談)

다시 나카지마 경찰서장을 방문한즉 "나는 경성 고등경찰계에 있다가 지난달 24일에 이곳에 새로이 부임하였으니까 자세한 최초의 것은 알 수 없으나, 하여간 재판소에서는 될 수 있는 대로 온건한 처분을 할 작정같이 보이며, 이번 일로 인하여 특별히 군수나 법원장들이 모여서 무슨 회의를 한 적은 없습니다. 오직 경찰서에서는 재판소의 지휘를 좇아서 그들을 처분하겠습니다마는, 일전부터 대표들에게 향하여 속히 각각 돌아갈 것을 누누이 알려주었으며, 만일 시내로 돌아다니며 방을 구하느니 어쩌니 하여 질서를 문란할 염려가 있는 때는 그저 둘 수 없으나, 아무것도 모르는 사람들이므로 참 함부로 제재할 수도 없고 심히 딱한 노릇이올시다. 본래 재판소 구내에 저렇게 와 있는 것부터도 하지 못할 일인 줄 압니다. 그리고 열세 명의 피의인(被疑人)들은 최초부터 검사국으로 곧 데려간 까닭에 경찰서에는 청취서 같은 것도 없습니다."

기아(飢餓)·공포(恐怖)·분노(忿怒)/노옹(老翁)과 소부(小婦) 2백여 명/굶은 어미에게 매달린 어린 목숨

이와 같이 불쌍한 정경과 참혹한 현상을 알아주는 자 없이 오직 그네들 자신으로 자위할 뿐이었는데, 6백여 군중 가운데는 백발이 뒤덮인 칠십 노파와 어린아이를 안은 젊은 부인이 근 2백 명이나 된다. 이곳저곳에 흩어져서 둘씩 셋씩 머리를 맞모으고 세상을 한탄하며 사람을 야속다 하고, 지친 다리와 아픈 허리를 두드리며 아이고 대고 신음하는 늙은이의 비애와 아무것도 모르는 천사 같은 어린것들의 젖 달라는 울음, 정신이 씩씩한 젊은 사람들의 기운과 함께 어우러져 하염없는 인생의 비애로 일시에 폭발되었다. 굶주린 창자를 두 손으로 움켜잡고 8일부터 9일까지 이틀 동안이나 아무것도 먹지 않고 밤과 낮으로 말할 수 없는 괴로움을 당하고, 노약과 어린아이들은 몸을 잘 기동할 수도 없이 쇠잔하여지게 되어 마침내 암태면 단고리 박씨(50)는 졸도를 하고 즉시 제중의원으로 수용되었으며, 광경이 이에 이르매 목포 시내의 유지 청년들은 이 현상을 크게 근심하여 우선 먹고 일을 하여야 한다는 뜻으로 죽을 만들어다가 여러 번 강권하였으나 결국 노약과 몇 사람 외에는 먹

는 사람이 없고, 그중 삼분의 이는 이튿날 오후 점심까지 만 3일 동안을 아무것도 먹지 않았으나, 일행 중 노약들은 강권으로 되는 대로 입을 축이게 되었으나 일 푼 돈이 없고 한 줌 쌀이 없는 그들은 장차 어찌 지내갈는지 실로 중대한 문제이며, 10일 오전에도 역시 경찰서장과 재판소에서 대표를 회견하고, 오후에는 무안군수 김동우(金東佑)씨가 자기 사택으로까지 불러 대표들과 만나보았으나 아무 해결을 보지 못하였으며, 제4일 되는 재작 11일 오전에는 제주로부터 돌아왔다는 광주지방법원장과 수석판사들이 일반 군중에게 오직 '공명정대한 사법 당국을 믿고 속히 돌아가라는 것'을 말하매, 군중 가운데 몇 사람은 앞에 나아가 땅 위에 엎드려 소원을 들어달라 하였으나 법원 당국은 면회도 거절할뿐더러 아무 말도 듣지 아니하고, 오직 할 말이 있거든 광주로 오라고 하며 자동차를 몰아 돌아가버렸다. 이리하여 목포에 도착한 4일 동안에 전후 4, 5차의 교섭이 있었으나 하등의 결과를 얻지 못하고 군중은 의연히 기아와 공포, 분노에 싸여 있다.

판사 발노(判事發怒)/아무 말도 안 할 테니/질문을 정지하라고

금번 사건에 관계자 무안군 암태면 기동리 서태석, 박홍원(35), 박응언(29), 서동수(25), 서창석(33) 소작회 위원장, 서민석(23), 김연태(37), 손학진(29) 등 8명과 동면 단고리에 거주하는 박필선(40), 박병완(40), 박운재(36), 박용산(38), 김문철(27) 등은 모두 예심 중에 있다가 지난 3일에 종결을 마치고 모두 소요 급 상해(騷擾及傷害)죄라는 명목하에서 재판을 열게 되었다는데, 이 사건을

수리하는 아라토(新藤) 검사, 나카무라(中村) 예심판사, 오토모(大友) 수석판사는 일체 입을 다물고 한마디를 내지 않으며, 그중에도 오토모 판사는 무슨 까닭인지 기자를 대할 때 성을 벌컥 내면서 공연히 되지도 않는 말로, 남의 사무실에 왜 들어오느냐 마느냐 하는 말로 이번 사건을 공판에 부치고 안 부치는 것까지도 말하지 않겠으니, 여하간 여기 대하여서는 절대로 말하지 않을 테니 속히 돌아가라고 자못 자미롭지 못한 태도까지 가지게 되었었다.

"신문도 매수(買收)/돈만 있으면"/문지주가 말했다고

지주 측의 관계자 무안군 암태면 수곡리 문태현(78, 지주 문재철의 부친), 문명호(37), 문민순(25), 문웅창, 문재봉(文在鳳) 다섯 사람도 역시 상해 급 소요죄로 공판에 부치었다는데, 그중 문명호와 문민순 두 사람만 구금이 되고 나머지 세 사람은 그대로 자유의 몸으로 있으며 그중의 수모자는 문태현인 모양 같다는데, 지주 문재철씨는 항상 말하기를 우리 측 사람은 벌써 내어놓을 수가 있으나, 만일 그러면 소작인 편의 면목이 있어서 그대로 구금 중에 두고 있다고 하며, 지난 5월 16일에는 단고리 구장 김동련(金東連)의 집에서 그때 마침 경찰서 순사 장모씨까지 있는 자리에서 공공연하게, 신문기자 같은 것도 돈만 있으면 모두 매수할 수가 있다고 팔을 뽐내며 돌아다닌다더라.

문지주의 답변/그런 말은 아니 하였다고

오후 4시에 기자는 전기 문재철을 방문한즉 그는 "글쎄올시다.

지금 세상은 모두 돈 있는 사람만 나쁘다 하니까 어디 내 말을 신용하겠습니까마는, 최초부터 그 사람들이 온순하게 요구를 하지 않고 위협 수단으로 강제를 하므로 할 수 없이 오늘 경우를 당하게 되었는데, 우리 측의 두 사람이 구금된 것에 대하여 별로 변호사를 댈 필요도 없습니다. 재판소에서도 곧 내어놀 터인데, 만일 우리 측 사람만 내어놓으면 저쪽 사람들이 불공평한 처분을 한다고 비난이 심할 것을 근심하여 공연히 두 달이나 구금하여두는 것은 재판소도 너무 가혹한 줄 압니다. 그리고 내가 무슨 이러니저러니 하고 돌아다닌다는 것은 멀쩡한 거짓말이외다. 나도 사람이지요."

경계 계속(警戒繼續)/거리마다 경관

경찰서에서는 요사이 다른 일은 돌아볼 여유도 없이 사복을 늘어놓아 일반 군중 가운데 각 대표자를 가는 곳마다 쫓아다니며 그 행동을 감시하고, 정복 순사는 지난 8일 밤부터 재판소 주위 일대를 포위하고 그 부근 일대에는 아직껏 경계가 엄중한 모양이며, 재판소 낭하와 정문에는 가장 위험스럽게 눈방울을 이리저리 굴리며 흙바닥에 엎드려져 있는 일반 군중을 감시하고, 들고 나는 사람을 눈이 빠지도록 훑어보고 있더라.

"소요죄/어떻게 적용하는지/참말 모르겠소"/김변호사 담(談)

금번 13인의 사건을 변호할 변호사 광주 서광설(徐光卨), 경성 김병로(金炳魯)·김용무(金用茂)·김태영(金泰榮), 목포 김영수(金榮洙)씨 등 다섯 사람 중 하나인 김영수씨는 말하되 "아직 기사를 다보지 못하였으니까 무어라고 말할 수는 없습니다. 어쨌든 기록이 2천여 장이나 될뿐더러 소요죄라는 것은 얼마나 한 범위 안에서 어떻게 적용하는지 참으로 나 역시 잘 이해할 수가 없습니다. 하여간 내 생각에는 그중 몇 사람은 무사하게 될 줄 압니다마는 모든 것은 그네들에게 달렸지요. 그리고 먼저부터 나카무라 예심판사에게 제출하였던 보석(保釋) 청원은 지난번에 종결과 한가지로 각하(却下)가 되었으므로 또다시 지난 10일에 오토모 판사에게 보석 청원을 새로이 제출하였는데, 이번에는 어찌 될지 알 수 없습니다."

"금번은 단연 불귀(不歸)/우리의 목적을 달하지 않고는"/군중 대표 모씨 담(談)

6백 명 군중 대표 한 사람의 말을 들으면 "우리는 이 일이 발생되어 열세 사람이 구금된 후로 거의 날마다 판검사들과 교섭하여 왔습니다마는 아무 효력이 없이 오늘 이러한 경우를 당하게 되었습니다. 그동안 보석에 대하여도 예심판사는 항상 오늘 내일 미뤄오다가 결국 지난번 예심 종결이 될 때 각하를 하여버렸으므로, 우리는 이제 최후로 판사에게 청원을 하고 그 대답을 기다리는 것뿐이외다. 우리의 요구는 그 열세 사람에게 향하여 죄가 있느니 없느니 하는 것이 아니라, 다만 그들을 우선 보석을 하여달라는 것뿐입니다. 만일 오늘이나 내일 명확한 대답이 없거나 또는 보석을 불허가하는 때에는 그때에 또다시 군중의 협의를 따라 일을 진행하겠으나, 하여간 이번에는 결단코 그대로 돌아가지 아니할 군은 결심을 가지고 온 사람들인 고로 장차 어찌 될지는 참으로 한심합니다.

그리고 보시는 바와 한가지로 일반 군중은 오직 참혹한 현장 이외에는 아무 반항도 폭행도 없이 양순한 무리들이외다. 일전에 좀 떠든 것은 흥분이 되었던 까닭인가 합니다" 하더라.

암태도 소작쟁의/동정 연설회/노총(勞總) 청총(靑總) 주최로/금일 천도교당(天道敎堂)에서

암태 소작쟁의에 대하여 그대로 잠자코 지낼 수 없다 하여 금월 14일 오후 8시부터 시내(서울) 경운동(慶雲洞) 천도교당 내에서 노총·청총 양 동맹 주최로 아래와 같은 연사와 연제로 암태 소작쟁의 동정 연설회를 개최할 터인바, 입장료는 20전이라더라.

암태도 소작쟁의 경과 보고……김영휘(金永輝), 강택진(姜宅鎭)

소작인들의 참상……최창익(崔昌益)

쟁의와 동정……이정윤(李廷允)

제목 미정……신일용(辛日鎔)

사(死)에 처한 암태 소작인을 구하라……임봉순(任鳳淳), 김병도(金炳璹)

암태 사건 〈사설〉

* 암태사건은 사회적 중대 사건이다. 이를 일 도민(島民)의 이해 문제라 하여 범간(凡看)할 수 없고 일개 지주의 악행 문제라 하여 경시할 수 없다. 우리는 이 사건의 중대함을 말하고자 먼저 사건의 경과를 대개 적으려 한다. 무안군 암태도 인민이 과중한 소작료를 경감하라고 각 지주에게 교섭한 일이 있었다. 그 결과 다른 지주들

은 모두 승낙하였으나 문재철이라는 자는 독(獨)히 동의하지 아니하였다. 도민이 이를 분히 여기어 도중(島中)에 세웠던 문재철 노부의 송덕비를 뽑아버리기로 결의하고 비 있는 데로 몰려갔는데, 이 일이 있을 것을 미리 들은 문재철은 돈의 힘을 빌려 사람을 사서 중로에 매복하였다가 다수한 사람을 구타한 것이 이 사건의 발단이 되니, 이것은 지난 4월 일이다. 그때 가해한 지주 측 기(幾) 명과 피해한 소작인 측 13인이 구금되었는데, 그후에 가해자 측에서는 방면된 자가 있으나 피해자 측 13인은 소요를 일으킨 죄가 있다 하여 경찰서에서 재판소로 넘기게 되었으므로 지금부터 20여 일 전에 암태도 도민 6백여 인이 13인을 방석하라고 광주지방법원 목포지청에 호원(呼寃)하다가 방면이나 보석을 시킨다는 언명(言明)을 듣고 해산하였었다.

　＊13인이 방면되거나 보석되기를 믿고 바라던 암태도 도민은 공판에 부치게 된다는 소식을 듣고 분기하야 남녀노약 6백여 인이 지난 8일에 열 척 배를 갈라 타고 다시 목포에 건너와서 목포지청에 위집(蝟集)하였다. 이것은 이미 작보(昨報)에 상세히 보도하였으므로 다시 적을 것이 없으나, 목하의 참상은 사람의 맘을 가진 사람으로 차마 볼 수 없을 만하니 지청 구내 맨땅 위에 눕고 앉은 군중이 모두 침식을 폐한 지 벌써 수일이라. 신음하는 것은 병든 노인들이요, 제호(啼號)하는 것은 젖 주린 아해들이다. 지청 구내 통로에 정복 경관은 인정없는 눈으로 이를 내려다보고, 지청 부근 여관에 지주 문재철은 주배(酒杯)를 손에 잡고 이를 방관하니, 이것을 보는 사람은 그들에게는 사람의 마음이 없는가 의심치 않을 수 없

다. 아비지옥(阿鼻地獄)이 어떠함을 가상하여보려면 오늘날 광주 지방법원 목포지청을 구경할 것이다.

＊금력을 가지고 관권을 빌려서 자기 이익을 표준(標準)하여 타인의 손해를 불고(不顧)하는 자는 한둘에 그치지 않으나 이 문재철이라는 자에 이르러는 그의 흉악이 궁극(窮極)하여 거의 비유가 없다 하겠다. 6백여 인의 생명이 조석에 있는 것을 보고도 조금도 동념(動念)함이 없을 뿐 아니라 이를 냉매(冷罵)하며, 이를 악평하여, 혹 기인(幾人)의 선동이라 하며 혹 무리한 요구이라 하니 이 어찌 분변(分辨)할 것이나 되랴마는, 무리한 요구이면 도민(島民) 6백여 인이 어찌 생명을 버릴 결심으로 이를 구하며 기인의 선동이면 어찌 생사를 다투게까지 이르랴. 사생은 대사라 큰 관계없이 결심이 이렇게 굳게 되었다 하면 누가 이를 믿으랴. 과중한 소작료로써 이미 빈민의 고혈(膏血)을 말리고 이제 그들의 남은 생명까지 저로 인하여 단절하게 되었으니 이는 도민의 구수(仇讐)뿐이 아니라 우리의 다 같이 절치(切齒)할 바이다.

＊이 사건의 낙착이 어찌 될지 지금 거연(遽然)히 추측기는 어려우나 당국자 태도가 사건 낙착에 중요한 관건이 될 것은 의심 없는 사실이다. 우리는 당국자를 향하여 애원적 언사를 내려고 하지 않는다. 오직 공안(公眼)으로 이를 관조하여 어데든지 편의(偏倚)한 조처가 없게 할 것이다. 공안으로 이를 관조할진대 6백여 인의 사생과 일 부민(富民)의 이해가 서로 비교될 것이 아니라, 우리의 솟아오르는 동정으로 말하면 6백여 인의 생명을 위하여 애원적 언사라도 내지 못할 것은 아니나 당국자가 조금이라도 공정한 태도를

가진다면 이 사건이 우리 희망에 과히 틀리지 않게 낙착될 줄을 믿는다.

이상 13일 기사는 사회면 오분의 이를 따로 위에서 갈라 실었는데, 이 기사 때문인지 사회면은 광고도 취급하지 않고 있었다. 다음날도 계속 크게 취급되고 있었다.

14일자

암태도 사건의/동정금을 모집 중

작일 오전에 재동(齋洞: 서울) 건설사(建設社) 안에 일부 유지들이 모여 암태 사건의 현상을 조금이라도 구제하기 위하여 동정금을 모집할 것을 결의하였다는데, 이제 그 상세한 것을 말하면,

암태 소작쟁의의 전후 경과 전말과 참혹한 현상은 이미 각 신문지상으로써 자세한 보도를 하였으므로 이제 또다시 붓을 들 필요도 없으나, 6백여 명의 군중이 하루아침에 목포지청 구내에 몰려들어온 이후로 그들은 푼돈과 한줌 쌀을 가지지 못하고 닥쳐오는 굶주림과 넘치는 비애를 어찌할 줄 모르고 오직 집을 떠날 때 결심한 군은 마음으로 최후의 해결을 얻고자, 낮이면 100여 도 가까운 뜨거운 폭양이 내리쬐고 밤이면 이슬을 먹으며 모기와 싸우는 그 비참한 현상은 차마 뜻 있는 사람과 눈물 있는 동물로 간과할 수 없는 사실이다. 그러므로 우리는 같은 경우에서 같은 느낌을 가지고 도저히 그냥 보고 있을 수 없으므로 만천하 동포에게 이 뜻을 고하여 그들에게 다만 한 조각 물질의 도움을 주려는 마음으로 이제 감

히 이 일을 주최하오니 아래의 사항을 참조하신 후 뜨거운 동정을
기울여주시기 바란다.

동정금 모집내용

1. 금액에는 제한이 무함.

1. 응모 금액 및 그 씨명은 조선일보 급(及) 동아일보에 발표함.

1. 동정금은 경성 재동 84 건설사 내 김장현(金章鉉) 또는 경성
안국동(安國洞) 평문관(平文舘)(진체구좌 10910번)으로 송부할 일.

1. 제1회 송금 기한은 본월 17일로 정하여 전송하겠사오니 가급
적 신속히 송부할 일.

건설사원 출장/목포 사건 조사차

금번 암태도 사건을 조사하기 위하여 건설사원 김재명(金在明)
은 재작일 야행으로 목포에 출장하였다더라.

암태 사건/동정 강연회 금지/오전(誤傳)할 염려가 있다고

금일 오전 8시부터 천도교당 내에서 개최하려던 두 동맹 주최의
암태 소작쟁의 동정 연설회는 당국의 금지로 못 하게 되었다는데,
그 이유는 종래의 집회 금지 및 아직 자세한 것을 알지 못하는 소
작쟁의의 내용을 세상에 오전할 염려가 있다는 두 가지라더라.

15일자

필경(畢竟) 아사동맹(餓死同盟)/소작 간부 보석허가도 못 되고/
해결이 극난하므로 아사동맹/거익(去益) 험악한 암태 소작쟁의

암태 소작 사건으로 인하여 목포재판소 구내에 모여 있는 6백여 명 군중은 그동안 일반 시민 유지들의 강권을 이기지 못하여 죽을 먹고 있더니, 최근에 이르러는 교섭 중인 보석 허가도 되지 못하고 해결이 자못 극난한 지경이므로 또다시 강경한 태도를 가지게 되어 그 구내에서 단연히 아사동맹을 결행하게 되었다더라.

분기(奮起)한/동정단(同情團)/위원까지 선거/최후 승리를 원조

작일 오전 10시경에 재경(在京) 유지 30여 명이 서울 청년회관에 모여 암태 소작인 아사동맹 동정단을 조직하고 아래와 같은 뜻의 결의문을 발표하였으며 김유인(金裕寅), 조봉암(曺奉岩), 임표(林豹), 이정윤(李廷允), 김덕한(金德漢), 전일(全一), 임종만(林鍾萬) 등 제씨의 실행위원을 선정하였다는데, 누구나 동정할 사람은 와룡동(臥龍洞) 131번지 서울 청년회 내 임표씨에게로 통지함이 좋겠더라.

결의문 대략: 누구나 암태 소작쟁의를 볼 때 소작인의 정당한 것과 지주의 포악한 행동은 다 아는 바이지마는 암태 소작인들이 그와 같이 업(業)을 잃어버리고 배고파 굶주리며 한편으로는 온갖 박해를 당하면서도 오히려 굳은 결심과 단결로써 아사동맹을 단행한다는 데 이르러, 경우가 같은 우리로서는 도저히 이것을 그저 볼 수 없는 까닭에 우리는 분연히 일어나서 그들이 최후 승리를 얻도록 한다.

박복영·고백화·서광호 세 사람은 목포 북교동에 있는 문재철의 집을 찾아갔다.

362

"문선생, 소작인들이 사흘째 굶고 있소. 벌써 졸도한 사람이 여럿 나타나고 사태는 갈수록 험해지고 있는데, 어떻게 할 셈이오?"

박복영이 담담하게 입을 뗐다.

"왜 그것을 나한테 묻고 있소?"

문재철은 냉랭한 목소리로 대꾸했다.

"지금 일이 이 지경에 이르러 금방 사망자가 날지도 모르는데 책임을 안 느낀단 말이오?"

박복영은 문재철의 태도에 울화가 치밀어 자기도 모르게 목소리에 성깔이 묻어나고 있었다.

"왜 내가 이 일에 책임을 느껴야 합니까? 책임을 느껴야 할 사람은 소작인들을 여기까지 끌고 나온 사람들 아닙니까?"

문재철의 얼굴에는 냉소까지 내비치고 있었다.

"아니, 소작인들이 지금 사흘이나 굶어 당장 송장이 줄로 늘어설 판인데 지주로서 책임이 없단 말이오?"

박복영이 버럭 언성을 높였다.

"내가 그들보고 여기까지 나오라고 했소, 굶으라고 했소. 그들이 굶어 죽는 책임을 어째서 가만히 앉아 있는 내가 져야 한단 말이오?"

문재철도 지지 않고 고함을 질렀다.

서광호는 주먹을 쥐고 숨을 씩씩거리고 있었으나, 아까 들어오면서 절대로 성을 내지 말자고 다짐들을 했었기 때문에 참고 있었다.

"어디, 내가 한마디 물읍시다. 이 사건의 뿌리가 어디에 있고, 소작회 간부들을 저 꼴로 처넣은 것이 누굽니까? 이러고도 하늘이 무섭지 않단 말이오?"

고백화씨가 따지고 나왔다. 칠순이 넘는 여자였으나 목소리가 카랑카랑 대꼬챙이 같았다.

"지금 공갈치러 왔소?"

문재철이 고백화씨를 노려보며 튕겼다.

"뭣이, 공갈? 칠십이 넘은 늙은이에게 공갈이라니? 내가 할 일이 없어서 이 나이에 공갈이나 치고 다닌단 말이오? 어미 같은 사람한테 공갈이라니, 그게 어디서 배워먹은 말버릇이오?"

고백화씨는 삿대질까지 하며 앙칼지게 내질렀다.

"그러면 지금 여기에 뭣 하러 왔소. 어째서 일은 당신들이 저질러놓고 책임은 나한테 묻느냐 말이오?"

문재철은 조금도 누그러지는 기색이 아니었다.

"이야기를 처음부터 다시 시작합시다."

박복영이 목소리를 낮춰 말머리를 가다듬었다.

"일판이 더 험해지면 피차에 좋을 것이 무엇이겠소? 서로 마음을 가라앉히고 해결의 실마리를 찾아봅시다."

"실마리고 실꼬리고 내 알 바 아니오. 나는 소작을 주었으니 당당히 내 소작료를 받아낼 것이고, 법은 법대로 재판소에서 집행을 할 것인데 무슨 실마리를 어디서 찾자는 것이오?"

문재철은 자리를 홱 돌아앉으며 쏘아붙였다.

"좋소. 끝까지 한번 버텨봅시다. 우리가 죽어도 그냥 죽지는 않을 것이오."

서광호가 주먹으로 방바닥을 냅다 치면서 고함을 질렀다. 담판은 깨지고 말았다.

그들이 흥분한 얼굴로 동아일보 목포지국으로 가자 거기에는 서울서 내려온 노동위원 이병의(李丙儀), 건설사에서 온 김재명, 광주 노농회에서 내려온 서정희(徐廷禧), 순천 소작회에서 동정금을 가지고 온 간부 두 사람 그리고 목포 부두(埠頭)노조 간부들 및 목포 기공(機工)노조 간부들이 몰려 있었다.

담판 경위를 듣고 모두 흥분을 감추지 못했다.

"우리가 여기서 흥분한다고 일이 될 것도 아니고, 제삼자인 우리가 한번 나서보면 어떻겠소? 서정희씨하고 내가 내일 한번 다녀오지요."

이병의었다. 아까 문재철의 태도를 보면 불송곳도 안 들어갈 것 같았지만, 자진해서 나서는데야 말릴 것까지는 없었다.

12일 문재철을 만나보고 온 두 사람은 어이없다는 표정부터 지었다.

"그 사람 도무지 상대해서 말을 걸어볼 수 없는 사람입니다. 소작인들이 다음 세 가지 조건을 들으면 고소를 취하하여 간부들을 내놓도록 주선하겠다는 것인데, 나도 사람을 많이 만나봤습니다마는 세상 살다가 이렇게 지독한 사람은 첨입니다."

이번 사건은 소작회에서 자기 아버지 비석을 부순 데서 비롯되었으므로 소작회는 이 사건에 전적인 책임을 지고 첫째 부숴버린 자기 아버지 공덕비를 복구하고, 둘째 소작료 인하 요구를 철회할 것은 물론 아직 납부하지 않고 있는 소작료 납부의 책임 또한 소작회가 질 것이며, 셋째 지금까지 신문이나 기타 방법으로 자기 명예

들 훼손시킨 것을 사죄하고 그 사죄문을 신문에 게재하라는 것 등
이었다. 이 가운데서 한 가지만 응하지 않아도 화해를 하지 않겠다
고 하더라는 것이다.

서광호와 박복영 등은 억장이 무너진 표정을 짓고 있었다.

"허허. 그러니까 지금 형무소에 갇혀 있는 열세 명의 멱살을 쥐
고 앉아서 소작료 문제까지를 똘똘 몰아 도거리로 흥정을 하자고
나서는 꼴이구만. 어때요, 그 사람 분명히 얼굴은 사람 얼굴 뒤집어
썼던가요?"

목포 기공노조 간부가 헛웃음을 치며 말했다.

서광호는 격분을 참지 못하고 재판소로 갔다. 서광호가 나타나
자 여기저기 걸레처럼 늘어져 있던 소작인들은 그 처참한 몰골에
그래도 눈에 광채를 띠며 오뚝이처럼 발딱발딱 일어나 앉았다. 여
기저기서 어린애들은 울고 있고, 흙바닥에서 뒹굴면서 나흘째나
굶고 있는 소작인들의 몰골은 도무지 말이 아니었다.

서광호가 흥분한 목소리로 문재철이 내놓더라는 화해조건을 설
명하자 소작인들은 그 퀭한 눈에 빛을 발하며 흥분하기 시작했다.
마치 번쩍번쩍 눈에 불이 켜지는 것 같았다.

"가자!"

"문재철이 이놈 때려죽이자."

젊은 축들이 주먹을 휘두르며 일어섰다. 데쳐놓은 푸성귀 꼴로
늘어졌던 군중들은 대번에 불사신의 모습을 나타냈다.

그러나 아무리 소리를 질러도 목소리는 모기 소리 같았다. 이렇
게 여러 날을 굶자 눈이 퀭한 것 말고 겉으로는 그렇게 표가 안 나

는데 가장 크게 표가 나는 것이 이 목소리였다. 아무리 힘을 주어 소리를 질러봐야 목소리는 안으로만 기어들었다.

"모두 문재철이 집으로 가자!"

만석이가 잦아들어가는 소리로 외치며 앞장을 서자 모두 따라나섰다. 도저히 기동할 수 없는 사람들 여남은 사람만 제외하고는 모두 따라나섰다. 그들은 다리를 휘청거렸다. 친척들이나 일반 시민들이 죽을 쑤어다 주었지만 늙은이들이나 어린애가 딸린 사람들만 조금씩 먹었을 뿐 젊은 축들은 기어코 먹지 않고 버텨왔었다.

경찰이 군중을 호위하고 따라오더니 문재철의 집에 이르자 앞을 막아섰다.

"문재철이 나오라."

"악질 지주 나오라."

소작인들은 있는 힘을 다해서 악을 썼으나, 제대로 목소리가 되어 나오지 않았다. 어디 지옥에서 귀신이 울부짖는 것같이 잦아지는 목소리였다. 그동안 경찰이 사십여 명으로 불어나 군중을 둘러싸고 문재철 집 대문을 겹겹으로 가로막았다.

"경찰은 지주 경찰이냐?"

"문재철이 나오라!"

소작인들은 문으로 밀려들며 악을 썼다. 다급해진 경찰은 칼을 빼 들었다. 앞에 섰던 사람들이 조금 물러섰다. 그사이 수백 명의 목포 시민들이 몰려들어 문재철 집 앞은 군중으로 가득 차버렸다. 소작인들은 다시 대문으로 밀려들었다. 경찰이 칼로 위협을 했다. 그때였다.

"자 찔러라!"

젊은이 하나가 앞으로 나서며 앞가슴을 벌려 경찰의 칼 앞에 가슴을 들이댔다. 단고리 박이곤이었다. 경찰은 당황하는 표정이었다. 그러자 와촌 정환이도 만재도 앞가슴을 벌리고 칼 앞으로 나섰다. 신석리 현석이는 가슴을 벌리고 나서지는 않았으나 그도 드세게 대들었다.

"자 나도 찔러라. 그 칼에 시원하게 찔려 죽고 싶다. 찔러!"

"칼이 무서우면 여기까지 왔을 줄 아느냐? 어서 찔러."

경찰들은 어쩔 줄 모르고 칼만 앞에 겨누고 서 있었다.

"경찰 물러가라. 경찰은 문지주 똥개들이냐?"

시민들 속에서 악다구니가 쏟아져나왔다.

그때 서장이 앞으로 나섰다.

"나는 서장이다. 모두 물러가라. 물러가지 않으면 모두 체포하겠다."

서장이 위협을 했다.

"체포해라."

"체포해라. 그것이 소원이다."

그때 군중들 속에서 돌멩이가 날아갔다. 시민들이 던진 돌멩이였다.

"돌멩이 던지는 자는 엄벌에 처한다. 경찰은 시민을 분리시켜라."

서장이 악을 썼다. 경찰이 그쪽으로 몰려갔다. 시민들은 도망쳤다. 그러나 시민들은 도망치면서도 악다구니를 썼고 저쪽에서는 문지주 집으로 수없이 돌멩이가 날아들었다. 장광이 깨지는 소리가 났다.

"오 분 이내로 물러서라. 그러지 않으면 모두 체포한다."

군중들은 우 악을 썼다. 그러나 소작인들의 소리는 시민들의 소리 밑에 깔려버렸다. 시민들이 다시 달려들었다.

"전원 체포하라."

서장의 명령이 떨어지자 순사들은 허리춤에서 수갑을 풀었다. 앞에 선 젊은이들과 경찰 사이에 실랑이가 벌어졌다. 난장판이 벌어지고 젊은이들 손에 수갑이 채워졌다. 시민들은 악을 쓰며 몰려들었다. 젊은이들은 땀을 뻘뻘 흘리며 버텼으나 나흘이나 굶은 기력이라 경찰을 당해내지 못했다. 젊은이들은 한 쌍씩으로 수갑이 채워진 채 땅바닥에 주저앉았다. 만재와 현석이는 공교롭게도 수갑함에 한 쌍으로 채워지고 말았다. 소작인들은 모두 지쳐 땅바닥에 늘어졌다.

이십여 분간의 실랑이가 벌어지고 나자 수십 명의 손에 수갑이 채워졌다. 더 채울 수갑이 없었다.

서장은 대표를 찾았다. 서광호가 나섰다. 어서 돌아가라는 것이었다. 못 하겠다고 했다.

"체포한 놈들을 모두 끌고 가라."

경찰은 체포한 사람들을 끌고 가기 시작했다. 버티면 발길로 사정없이 걷어찼다. 시민들만 악다구니를 쓸 뿐 소작인들은 더 소리를 지를 힘도 없었다.

오전부터 꾸물하던 하늘에서 비가 내리기 시작했다. 그러나 땅바닥에 눌어붙은 군중들은 꿈쩍도 하지 않고 비를 맞았다.

성찰은 삼십 명 가까운 젊은이들을 끌고 갔다.

"우리도 잡아넣어라."

"다 잡아넣어라."

군중들은 잦아드는 소리로 힘없이 외쳐대고 있었다. 비는 점점 세게 내렸다.

서광호와 간부들은 당황했다. 이렇게 탈진한 사람들이 찬비를 맞아놓으면 어떻게 될 것인가 겁이 나지 않을 수 없었다. 비를 맞더라도 갈아입을 옷이 있다거나 따뜻한 방으로 든다면 모르지만, 그러지도 못할 형편에 이렇게 비를 맞으면 몸이 온전할까 싶지 않았다.

"창고로 돌아갑시다."

"안 돼! 이대로 이 집 앞에서 죽자."

군중들은 듣지 않았다. 서광호가 다시 나서서 설득을 했다. 비가 사뭇 거세게 쏟아지고 있었다. 그제야 군중들은 일어서기 시작했다.

굶주림에 지칠 대로 지친 군중들이 추위에 떨며 비틀비틀 시가지를 걸어가고 있었다. 군중들의 모습은 처참하다기보다 마치 어디 공동묘지에서 귀신들이 끌려 나와 걷고 있는 것 같은 귀기가 풍겼다. 이 세상의 죄라는 죄는 몽땅 뒤집어쓰고 지옥 어디에서 벌을 받고 있는 모습이 저럴까 싶었다.

길가의 시민들은 눈물을 찔끔거리며 이 광경을 구경하고 있었다. 그러나 소작인들의 얼굴에는 무슨 분노나 증오의 표정마저 사라지고 없었다. 아까 소리를 지를 때는 그래도 인간으로 느껴졌으나 지금은 벌받는 악귀의 험한 모습이었다.

그들은 경찰이 정해준 선창가 유정(柳町) 김길용(金吉用)이란 사람 창고로 갔다. 창고 안에 들어서자 소작인들은 젖은 옷을 어떻게 손볼 경황도 없이 맨바닥에 그대로 파지처럼 늘어지고 말았다.

이런 처참한 꼴에 격분한 목포의 두 노조 간부들과 친척 대표 다섯 명이 지주 집으로 몰려갔다.

"지금 생사람 육백 명이 다 죽어가고 있는데 당신이 사람이오?"

그들은 들이당짝 삿대질을 하며 문재철한테 내질렀다.

"당신들은 누군데 이 소란이오?"

문재철은 냉랭하게 따졌다.

"소란이라니? 당신이 아무리 돈이 있다지만 이렇게 험하게 나온다면 우리도 가만있지 않겠소."

"도대체 당신들은 어떤 사람들이오?"

"목포 시민이고 이 나라 민족이오. 당신은 민족의 이름으로 가만둘 수 없소."

"가만둘 수 없어? 허허. 가만두지 않으면 어쩌겠다는 것이오?"

"오늘 여기 모여든 시민들 보지 못했소. 목포에서 못 살게 쫓아내버리겠다 이 말이오."

"어디 한번 쫓겨나봅시다."

문재철이 끝까지 배짱을 보였다.

"두고 봅시다. 이것은 비단 암태도 사람들의 문제만이 아니고 이 나라 전체의 문제요. 일본 제국주의의 비호 밑에 민중을 늑탈하고 탄압하는 당신 같은 반민족적 인간은 마땅히 민족의 이름으로 규탄되어야 합니다."

"말 다 했소?"

"말 다 했으면 일본 경찰에 고발하겠다는 것이오? 좋소, 고발하시오. 반일적(反日的) 언사를 했다고 어서 고발해요."

그들은 문재철의 집을 나와 대책을 강구했다. 시민대회를 열자는 의견이었다. 그러나 허가가 나지 않을 것이니 직접 시민대회는 열 수가 없고 음악회로 위장하기로 했다. 거기서 성금도 갹출하고 지주 규탄도 하자는 것이었다.

따로 목포 부녀회 등 다른 사회단체에서도 시민대회를 계획하고 경찰에 신고했으나 허가되지 않았다. 음악회도 마찬가지였다.

다음 날부터 경찰은 경계를 엄중히 하여 소작인들을 창고에서 나오지 못하게 했다. 죽까지도 들여보내지 않았다.

그사이 여론은 물 끓듯 했다.

아! 당국자여! 군들도 사람이면 인정과 이목이 있을지니 보라! 저! 6백 명의 남녀노유는 무엇보다도 귀중한 생명까지 내어놓고 법정에서 천(天)으로 더불어 이불을 삼고 지(地)로 하여금 요를 삼으며 수삼 일을 기아하면서 주린 창자를 움켜잡고 마른 목을 견디면서 13인의 방면을 애호비읍(哀呼悲泣)하는 비절참절(悲絶慘絶)한 애경을 보라! 인정이 있는 사람으로 하여금 어찌 일말(一沫)의 뜨거운 동정의 혈루를 아끼며 금할 바이리요. 초목도 전율할 것이다.

아! 당국자여! 정치도 대중을 본위로 함이 아니며 법률도 대중을 위함이 아니냐! 어찌 기개(幾個) 유산자만 위함에 정치며 법률

이랴? 당국자여! 이것이 현하의 문화정치의 근본 의의라 하면 목석인들 반대치 않으며 어별(魚鼈)인들 애읍(哀泣)지 않으랴.

일반 기사뿐만 아니라 이런 독자의 소리들이 계속 실리는 등 암태도 사건은 전국적인 관심의 초점이 되다시피 했다.

13일 아침 서장이 대표자를 만나잔다는 전갈이 왔다. 서광호·이만석·윤두석 세 사람이 갔다.

"언제까지 버틸 셈이오?"

"간부들을 내놓을 때까지 버티겠습니다. 이십육 명만 잡아넣지 말고 우리도 다 잡아넣으시오."

이십육 명이란 어제 검속된 사람 수였다.

"정 그렇다면 이십육 명도 구속하겠소. 만약 지금 돌아간다면 재판소에서도 사건을 일주일 내로 해결하겠다고 합니다. 병자도 보석을 할 것입니다. 수석판사의 말이니 틀림없을 것이오."

단고리 박병완이 형무소에서 많이 앓고 있어 보석을 신청했다.

서광호는 귀가 번쩍 뜨였다.

"그렇다면 수석판사를 만나보고 결정하겠습니다. 만약 돌아가게 된다면 경찰서에서는 이십육 명은 내놓겠지요?"

"그것은 다 돌아간 것을 보고 결정하겠소."

"그러면 돌아갈 수 없습니다."

만석이였다.

"하여간 수석판사를 먼저 만나보고 말씀드리겠습니다."

서광호였다. 일행은 재판소로 갔다.

"서장의 말을 듣고 왔습니다. 소작인들이 지금 돌아가면 일주일 안에 해결을 하겠다는 말이 정말입니까?"

"돌아간다면 노력하겠소."

"내노신단 말씀이신가요?"

"그럴 수도 있지만, 하여간 그것은 나 혼자 결정하는 것이 아닙니다."

"그러면 병자는 당장 보석해주실 수 있겠지요?"

"그런 문제도 돌아간 다음에 결정하겠소."

"그러면 우리는 이렇게 나왔다가 맨손으로 돌아가란 말입니까?"

서광호였다.

"지금 내놓거나, 확실한 말씀을 해주시지 않으면 돌아갈 수 없습니다. 우리는 이미 죽을 각오가 되어 있는 사람들입니다."

건강이 좋은 만석이도 목소리가 기어들어가고 있었다. 이야기는 더 진전이 없었다.

돌아와서 소작인들에게 그 사실을 말하자, 모두 그대로 죽을 때까지 버티자고 했다.

"저자들 입에서 이만큼 말을 빼낸 것도 큰 소득입니다. 지금 내논다거나, 확실한 말을 한다는 것은 군중의 힘에 꿀리는 꼴이 되기 때문에 관청의 체면상 그럴 수는 없을 것입니다. 내일이면 14일, 벌써 칠 일쩬데 더 버티다가는 정말 무슨 일이 날 것 같습니다. 여태까지 큰소리만 치던 관에서 이만큼 물러선 것도 반쯤 승리를 했달 수가 있습니다."

박복영이 설득을 했다.

"확실하게 말을 하고도 거짓말을 냉수 먹듯 하는 놈들인데 저놈들의 그런 어정쩡한 말을 믿고 여태까지 싸운 것을 포기하고 돌아간단 말이오? 저놈들의 그런 잔꾀에 넘어가면 지금까지 싸운 것이 모두 허사가 돼요."

춘보였다.

"그렇지만, 우리도 더 견뎌내기 어려운 판에 이런 핑계라도 있을 때 못 이긴 척하고, 저자들 체면도 적당히 세워주면서 물러서는 것이 좋을 것 같아요. 만약에 우리가 더 버티다가 더 강경하게 나온다면 그때는 우리가 되레 궁지에 몰릴 수도 있습니다."

밤이 늦도록까지 옥신각신 의견이 맞지 않았으나 결국 이쯤 해두고 돌아가서 형편을 보는 것이 좋겠다는 의견들이었다.

"그러면 이십육 명이나 내주면 돌아가겠다고 합시다."

다음 날 박복영이 서장한테 갔더니 이십육 명은 돌아간 다음 날 내주겠다고 했다.

14일 아침 소작인들은 목포를 떠났다. 목포에 친척이 있는 사람들은 남아서 몸조리를 해가지고 들어오겠다는 것이어서 많은 사람이 목포에 떨어지고 나머지 사람들은 풍선으로 돌아왔다.

이십육 명의 젊은이들은 두 개의 유치장에 나뉘어 갇혔다. 만재와 현석이는 같은 방이었다.

밖에 있던 소작인들이 돌아갔다는 소식은 밤에야 들어왔다.

"일하는 게 왜들 이 꼴이지?"

"글쎄 말이야. 기왕 여기까지 몰아붙였으니 끝장을 봐야 할 게 아니냔 말이야. 내내 잘 싸우다가 일이 꽃등으로 치달으려 하면 꼭 이렇게 번번이 물러서버리니 무슨 일이 되겠어?"

"바로 그 꽃등에 모질음을 쓰고 죽자 살자 덤벼야 결판이 날 것인데, 또 이렇게 물러서버렸으니 저놈들이 되레 간을 보게 생겼다."

"말로만 호랑이 잡는 소릴 하지 몇 사람 감옥에 집어넣으니까 이 꼴이란 말이야."

"하여간, 늙은이들하고는 일 못 하겠어."

젊은이들은 당직 순사의 눈을 피해 불만을 터뜨렸다. 밤늦게까지 울화를 짓씹다가 잠이 들었다.

밤중이 조금 지났을까 할 때였다. 갑자기 누가 악을 쓰는 소리에 모두 잠이 깼다.

"연엽이, 연엽이, 연엽이이!"

만재였다. 당번 섰던 순사도 깜짝 놀라 철창 곁으로 왔다. 만재는 땀이 후줄근하게 젖었다.

"연엽이가 누구야? 사랑하는 여잔가?"

순사는 빙글빙글 웃으며 물었다.

"몹시 사랑하는가보지. 꿈속에서 어디 물에라도 빠지던가?"

만재는 좀 면구스런 표정이었다.

다음 날 아침, 오늘 석방될 것이라는 순사의 귀띔이 있고 나서였다.

"만재야, 어제저녁 잠꼬대하는 걸 보니 네 입장이 이해된다."

뜻밖에 현석이가 웃으며 말을 걸어왔다.

"그때 나는 너무 창피를 당했었기 때문에 한때는 너한테 앙심을 품기도 했었다. 그런데 어제저녁에 보니 내가 만약 그리 결혼을 했더라면 너한테 칼 맞을 뻔했구나."

현석이는 웃었다.

"사실 파혼이 되고 보니 두 가지로 부끄럽더라. 그렇게 창피하게 파혼이 된 것도 부끄러웠지만 더 부끄러운 것은 그동안 내 태도였어. 우리 집같이 문지주 소작을 벌지 않는 사람들도 같은 소작인이란 입장에서 힘을 합해 싸우고 있는데, 나는 나서서 싸우지는 못할 망정 그쪽으로 장가나 들려고 했으니 세상 사람들이 나를 어떻게 보았겠나, 그 점이 새삼스럽게 부끄럽더라구. 어떻게 보면 지주 쪽에 붙은 배신자 꼴이 돼버렸더란 말이야."

듣고 있던 젊은이들이 고개를 끄덕였다.

"그래서 이번에 나서본 것인데 어쩌다가 이렇게 철창신세까지 지고 보니 한꺼번에 제대로 사람이 된 것 같다. 내가 그리 장가나 들어 여편네나 끼고 있었더라면 세상 사람들이 나를 뭘로 봤겠냐? 하여간 내가 그리 결혼했더라면 병신 되고 칼 맞고 정말 큰일 날 뻔했어."

모두 크게 웃었다.

"하여간 이번에 느낀 것이 많다. 세상살이란 것은 결국 빼앗고 빼앗기는 싸움판인 것 같아. 소작인들도 빼앗겼던 권리를 스스로 싸워 빼앗아야 하고, 마음에 드는 계집도 있으면 너같이 빼앗아야 해. 멍청하게 있다가는 내 것이 다 된 계집도 나같이 빼앗기고 만다구."

현석이는 크게 웃었다. 모두 따라 웃었다.

"만재 네 일이 무사히 성사되기를 빌겠다. 나는 거기하고 사성까시 걷기는 했지만 실은 그 처녀 얼굴도 못 봤으니 무슨 정을 느꼈던 것도 아냐."

현석이는 여유 있게 웃으며 만재 손을 잡았다.

그들은 아침 10시경 풀려나왔다.

제11장 결전

섬에 돌아온 사람들은 거개가 뒤탈이 붙어 자리에서 일어나지
못했다. 오래 굶었으니 많이만 먹으면 회복이 될 줄 알고 식성대로
포식을 하고 탈이 붙은 것이다. 먹은 것을 그대로 줄줄 쏟아냈는데
모두 위를 상한 것 같았다.

단식(斷食)에 대한 상식이 없는 사람들이라, 처음 밥을 굶기 시
작할 때도 조금씩 양을 줄여가고 다시 밥을 먹기 시작할 때도 밥물
이나 미음부터 먹되, 그도 양을 애기 밥 먹듯 해야 한다는 것을 알
까닭이 없었다. 더군다나 탈진한 몸으로 여기저기 몰려다니며 무
리를 했었으니까 더 조심을 해야 할 것인데도 첫 끼부터 그동안 먹
지 못한 것을 벌충이라도 하듯 된밥을 식성대로 욱여넣었으니 위
가 견뎌날 까닭이 없었다.

모두 줄줄이 설사를 하며 걸레처럼 맥을 놓고 늘어졌다. 일주일

이 되어도 회복을 못 한 사람이 대부분이었다.

　소작인들이 이렇게 제대로 건강도 회복하지 못하고 있는데, 목포에서는 험한 소식이 날아들었다. 구속된 사람들을 몽땅 광주로 이감을 시켜버렸다는 것이다. 물론 사건 자체가 광주재판소로 넘어간 것이다.

　7월 20일, 그동안 목포에 머물러 있던 박복영이 직접 와서 전한 소식이었다.

　"이 죽일 놈들이 사기를 쳤구나."

　"이놈들이 그런 흉악한 계획을 미리 세워놓고 우리를 꼬드겼던 거야. 모두 광주로 가자."

　"모두 광주로 갑시다. 지옥엔들 못 가겠소."

　그동안 겨우 자리에서 일어나기는 했으나 제대로 회복을 못 해 비슬비슬하던 사람들이 다시 주먹을 쥐며 흥분했다.

　그들이 목포에만 있다 해도 가까운 곳에 있다는 안도감이 들었는데 이백 리도 넘는 광주로 보내버렸다니, 마치 간부들을 딴 세상으로라도 빼앗겨버린 것 같은 생각이 드는 모양이었다. 암태도 사람치고 광주 가본 사람은 백에 하나꼴도 못 되었기 때문에 그만큼 낯설고 생소한 곳이었다.

　동네마다 바글바글 끓었다. 그러나 소작위원회에서는 광주로 가는 일은 자세한 형편을 안 다음에 결정하기로 했다. 지금 소작인들의 건강이 모두 말이 아닌데 그 몸들을 이끌고 광주까지 간다는 것도 쉬운 일이 아니지만, 우선 광주로 보낸 이유를 확실히 알 수 없으니 먼저 사람을 보내 사정을 알아본 다음에 대응책을 세우자는 결론이었다.

서광호·윤두석·박종식·김용학 등 네 사람이 대표로 뽑혔다.

7월 21일 광주에 도착한 대표들은 먼저 지난번에 무료변론을 자청하고 나섰던 서광설 변호사를 찾아갔다. 서변호사도 사건을 까맣게 모르고 있다가 당황했다.

"관할을 옮기다니 무슨 까닭이지?"

그는 재판소에 전화를 걸었다. 담당 판사와 검사가 둘 다 자리에 없다고 했다.

"그동안 형무소에 가서 수감자들 면회나 하고 오십시오. 검사나 판사가 오면 알아놓겠소."

그들은 주심이 마쓰시타(松下) 판사고, 간여가 아라토 검사라는 것만 알고 동명동(東明洞)에 있는 광주형무소로 갔다.

면회 신청을 하자, 이 사람들은 가족만으로 면회가 제한되어 있다며 거절을 했다.

"왜 가족들 외에는 안 됩니까?"

"상부의 지십니다."

면회 접수하는 간수는 냉랭하게 대답했다.

"그러면 사식이라도 넣읍시다."

"그것도 금지되어 있습니다."

"사식까지 차입할 수 없다니, 이런 법이 어딨습니까?"

서광호가 대들었다.

"안 된다면 안 되는 줄 알아요."

간수는 더 대꾸도 하지 않으려 했다.

"안 된다면 그만한 이유가 있을 것 아니오?"

윤두석이 나섰다.

"그것을 내가 어떻게 알아요?"

"당신이 모르면 누가 안단 말이오?"

"윗사람의 지시가 그러니까 그런 줄 알지, 그 이유까지 내가 어떻게 안단 말이오?"

"윗사람이 어딨소?"

"아따 그 사람들 되게 딱딱거리네. 저리 비켜요."

간수는 버럭 역정을 냈다.

아무리 사람을 잡아다 가두는 곳이라지만 이 형무소같이 답답하고 숨 막히는 곳은 없었다. 철옹성같이 높은 담장으로 둘러싸인 곳에 겨우 여기만 한 군데 빠끔하게 숨통이 뚫려 있는데, 이 쥐만한 구멍에서까지 그 안에 앉은 놈이 연기 쐰 고양이 상으로 팩팩거리고 있으니, 답답하기가 생사람 결딴이 날 지경이었다.

그 구멍에다 고개를 꼬아 박고 같이 성깔을 부리고 있는 서광호를 젖히고 김용학이 얼굴을 디밀었다.

"미안합니다. 저기 먼 데 섬에서 여기까지 왔는데 면회도 안 되고 사식마저 넣을 수 없다니 너무 섭섭해서 그런 것입니다. 양해하십시오. 윗사람을 만나 한번 사정을 해보고 싶은데 어떻게 하면 만날 수 있습니까?"

김용학이 너울가지 있게 사정을 했다. 굴속에 박힌 게 꼬드기듯 해야 할 것 같아 몇 번이나 고개를 주억거리자 간수는 성깔이 좀 누그러진 것 같았다.

"정문으로 가서 보안계장을 만나겠다고 하시오."

"감사합니다."

정문에 가서도 여러 번 굽실거려 겨우 안으로 들어갈 수 있었다. 보안계장은 강파른 얼굴에 안경까지 낀 것이 성깔 사나운 시어머니 인상이었다. 그러나 한국놈이어서 이야기가 먹혀들지 모른다는 생각이 들었다. 역시 김용학이 사정조로 은근하게 말했다.

"안 된다면 안 되는 줄 알 것이지 여기까지 찾아와서 어쩌자는 거야?"

이놈은 처음부터 역정을 부렸다. 성미 사나운 강아지 새끼처럼 세상 사람을 몽땅 죄수로 보는 것 같은 행티였다. 더구나 반말지거리까지 했다.

"어떻게 좀 선처를 해주십시오."

"안 된다면 안 되는 줄 알아."

"도대체 그 사람들이 역적질을 했단 말이오, 살인을 했단 말이오? 어째서 사식 차입도 할 수 없단 말입니까?"

서광호는 성깔을 주체 못 하고 대들었다. 더구나 반말지거리까지 하는 것이 섬놈이라고 얕보는 것 같아 더 울화가 터졌다. 섬구석에서 온데다 굽실거리고 나오니 무식한 촌사람들한테 하던 못된 행티가 제대로 나타난 것이 뻔했다.

"지금 어디 와서 큰소리야?"

계장은 콧등에서 안경을 밀어 올리며 호령을 했다. 사판이 이미 틀렸다 싶었다.

"당신 누구한테 함부로 반말이오?"

서광호가 달려드는 것을 김용학이 제지하며 앞으로 나섰다.

"신문을 보셨으면 잘 알고 계시겠지만 여기 갇힌 사람들은 모두 억울한 사람들입니다. 먼 데 섬에서 여기까지 왔는데 사식도 넣지 못하고 간대서야 너무 섭섭하지 않습니까?"

"섭섭한 것은 댁네들 사정이야."

"뭣이? 댁네 사정? 당신은 조선 사람 아니요?"

서광호가 버럭 고함을 질렀다.

"이 섬놈들이 어디 와서 지금 행패야?"

"섬놈? 그래 섬놈은 억울하다는 말도 못 한단 말이오?"

윤두석이 악을 썼다.

"이놈들이 목포에서도 난동을 부렸다더니, 지금 어디 와서 또 난동이야? 섬구석에서 살던 놈들이라 하룻강아지 범 무서운 줄 모르는구먼."

계장은 마치 무슨 백년 원수라도 만난 것같이 허옇게 칩뜬 눈으로 말마디를 꼭꼭 씹어뱉었다.

"오냐, 너 같은 새끼는 무섭지 않다."

서광호가 악을 쓰며 책상을 홀링 들어 그대로 계장한테 냅다 뒤집어엎어버렸다. 와장창, 계장은 의자에 앉은 채 뒤로 벌렁 넘어져 책상 밑에 깔리고 말았다.

직원들이 우 달려들었다. 치고받고 난장판이 벌어졌다. 박종식과 김용학은 옆으로 피했으나, 서광호와 윤두석은 직원들과 맞붙어 발길질을 하고 의자를 집어 던지고 사무실 안은 수라장이 되고 말았다.

네 사람은 죽을 만큼 얻어맞고 수갑이 채워진 채 포승으로 꽁꽁 묶이고 말았다. 온 몸뚱이를 어찌나 친친 감아 묶어버렸던지 마치 발가락을 모조리 떼어내버린 게 꼴이었다.

"이 죽일 놈들, 네놈들은 조선 백성 아니냐? 암태도 사건이 얼마나 억울한지 신문도 못 봤단 말이냐?"

사무실 한쪽 구석에 처박혀 서광호는 고래고래 악을 썼다.

"이 새끼 아가리 닥쳐!"

직원이 와서 옆구리를 냅다 걷어찼다. 그래도 소용없이 서광호와 윤두석은 고래고래 악을 썼다.

"계장 너 이놈, 일본놈 밑에서 출세한 까닭을 이제야 알겠다. 이렇게 더럽게 동족을 괴롭히는 놈은 용서할 수 없다."

"이것들이 보통 악질이 아니구나. 목포가 시끄러웠던 까닭을 이제야 알겠군. 방성구(防聲具)를 씌워버려."

간수 하나가 옆방으로 달려가더니 한참 만에 가죽으로 된 이상한 물건을 가지고 왔다. 서광호를 끌어내더니 두 놈이 달려들어 탈바가지 같은 것을 얼굴에 씌웠다. 뒤에서 끈을 죄어오자 그 안에 애기 주먹만 한 혹이 달려 입을 압박해왔다. 바짝 죄며 뒤통수를 냅다 치는 순간, 그 애기 주먹만 한 혹이 입안으로 쑥 들어왔다. 뒤통수에서 바짝 죄어 묶어버렸다. 입에 재갈이 물린 꼴이었다. 방성구는 눈과 코만 빠끔하게 남겨놓은 채 얼굴을 덮어버렸다. 윤두석한테도 씌웠다. 두 사람은 입에 주먹만 한 나무토막을 문 채 핏발선 눈알만 탈바가지 사이의 빠끔한 구멍으로 뒤룩거리고 있었다.

"꼴 좋다."

간수들이 유쾌하게 웃었다.

경찰서로 넘어갔다. 조사 끝에 서광호와 윤두석은 공무집행방해와 공공기물손괴 혐의로 구속되고 박종식과 김용학은 사흘 만에 풀려났다.

그 두 사람이 눈알이 퀭한 송장 꼴로 암태도에 돌아온 것은 떠난지 오 일 만이었다.

눈이 빠지게 기다리던 소작인들은 그날도 남강 선창가에 나와기다리고 있다가 두 사람의 몰골을 보고 눈이 휘둥그레졌다. 모질게 얻어맞은데다가 박종식은 그동안 계속 설사까지 해서 완전히남의 얼굴을 뒤집어쓰고 있었다.

박종식은 만재 등에 업혀 왔다.

이 소식은 삽시간에 섬 안에 퍼졌다. 격분한 소작인들은 모두 소작회 사무실로 몰려들었다. 삼백여 명의 소작인들이 마당과 골목에 몰려 아우성을 쳤다.

"광주로 가자. 그놈들 때려죽이고 우리도 죽자."

"이제 우리는 다 죽은 목숨이다."

"섬구석에서 말라 죽지 말고 광주로 가."

소작인들은 반 미쳐버렸다. 어떻게 해야 할지 남은 소작위원들은 아뜩하기만 했다. 이렇게 흥분한 사람들이 광주로 몰려간다면기어코 무슨 일을 내고 말 것 같았다. 그러나 소작인들의 열기는어떻게 손을 써볼 수가 없을 것 같았다. 아우성을 치는 소작인들을놔두고 간부들이 모였다.

"어떻게 할까요?"

서동오가 박복영을 보고 물었다. 그는 장산(長山)에 있다가 이 근래에야 돌아왔었다.

"내가 광주에 한번 더 다녀오는 것이 어떨까?"

"소작인들이 들을까요?"

"그래도 변호사도 만나보지 못하고 왔으니 일의 자세한 내막을 전혀 알 수 없지 않은가? 일의 자세한 내막도 모르고 이 많은 수가 광주까지 올라간다는 것은 무모한 일이야."

김용학과 박종식이 경찰에서 풀려났을 때 곧바로 변호사 사무실로 갔었으나 변호사는 마침 서울 출장 중이었다.

박복영이 소작인들 앞으로 나섰다.

"내가 다시 한번 광주에 다녀오겠소. 일의 구체적인 내막을 알아보지 못하고 왔으니 내가 가서 자세한 내막을 알아보고 온 다음, 그때 가서 광주로 몰려가는 일은 결정합시다. 급히 먹는 밥 체하더라고 이럴 때일수록 침착하게 대처를 해야 합니다."

"안 돼요. 당장 올라가요."

"이렇게 흥분만 한다고 일이 되는 것 아닙니다."

"면회 간 사람까지 그 꼴을 만들었다면 알아보고 말 것도 없어요."

젊은 축들은 주먹을 내두르며 악을 썼다.

"내가 갔다 와서 가도 늦잖습니다. 가서 말로 따질 것은 따져보고 나서 힘으로 밀어붙여도 붙여야 합니다."

"저놈들 말에 많이 속아왔소. 우리는 말로 살아온 사람들이 아니고 몸뚱이로 살아온 사람들이오. 제 몸뚱이 끙끙 부려 땅 파먹고 살아온 사람들이라 이런 일도 몸뚱이를 던져 해결하는 것밖에 길이 없어요. 말? 여태 촌놈들 속여온 것은 그 말이오. 말!"

춘보였다.

"옳소."

"모두 가서 형무소 담벼락에다 대가리를 처박고 죽읍시다."

"왜 그냥 죽어? 한 놈씩 죽이고 죽어."

"이러면 안 됩니다."

박복영이 다시 무슨 말을 하려는 순간이었다. 만석이가 토방으로 뛰어올랐다.

"그런 한가한 소리나 하려면 이제 당신도 더 나서지 마시오. 당신은 배가 안 고파본 사람이라 소작인들 속을 몰라요."

만석이는 박복영을 한쪽으로 밀어붙여놓고 군중을 향했다.

"갑시다. 내가 앞에 나서겠소. 가서 우리 팔백 명 중에서 팔십 명만 죽읍시다. 내가 맨 먼저 죽겠소. 죽을 각오를 한 사람만 나를 따라나서시오."

"와아."

"나도 죽겠다."

"만석이가 인물이다."

새 지도자가 탄생하는 순간이었다.

"구체적인 계획은 오늘 저녁에 의논을 해서 이따 알리겠소. 이제 돌아가서 떠날 준비를 합시다."

군중들은 열광했다.

소작인들은 돌아가고 소작위원들만 남았다.

"아까는 죄송했습니다."

만석이가 박복영에게 사과부터 했다. 박복영은 침통한 얼굴이었으나 섭섭한 감정이 있는 표정은 아니었다.

"내가 너무 당돌하게 나섰습니다마는 일이 이 판국에 이르렀으면 이제 몇 사람이 죽어야 해결이 난다는 소립니다. 만약 여기서 어물어물 물러섰다가는 여태까지 싸워온 것이 허사가 되는 것은 둘째고, 간부들은 영영 풀려나지 못할 것입니다. 내 당돌한 행동을 이해해주시고 같이 힘을 합해서 일을 합시다."

만석이의 말은 힘이 있었다. 죽음을 각오하고 나선 그에게는 쉽게 범할 수 없는 위풍까지 풍기고 있었다. 노래나 하고 익살이나 떨던 만석이가 아니었다. 그 헌칠한 허우대와 목소리에서는 서태석에 방불한 위엄이 풍겨나고 있었다. 전혀 새로운 만석이의 면모였다.

만석이는 소작위원들을 대번에 휘어잡아 회의를 이끌어나가고 있었다. 나갈 사람은 천 명에 가까울 것으로 예상하고 배는 열다섯 척을 내기로 했으며 부족한 배는 자은이나 팔금에서 빌리기로 했다. 목포에서는 기차를 타고 갈 것이고, 이번에도 밥을 먹지 않고 버티기로 했다. 배 빌리는 일도 있고 하니 이틀 뒤인 7월 28일 떠나기로 했다.

"박선생과 서동오씨는 수고스럽지만 내일 남일환으로 나가서 미리 신문기자들한테 귀띔도 하고 기차표도 사노십시오."

박복영한테까지 지시를 하고 나왔으나 박복영은 이제 발언권을 잃은 셈이어서 그러겠다고 고개를 끄덕일 뿐이었다.

"이번에는 광주까지 간다면서요?"

만석이가 집에 오자 아내가 물었다. 만석이 아내 병세는 조금도 차도가 없었다.

"응."

만석이는 아내의 이마에 손을 얹고, 눈자위가 퀭하게 꺼진 아내의 얼굴을 내려다보고 있었다. 아내의 눈에 눈물이 괴고 있었다. 아내와의 지난 세월이 눈앞을 스쳐가고 있었다. 만석이는 되레 담담한 기분이었다. 아내가 한 사람의 가련한 여자로만 느껴졌다. 만석이는 지금 자기가 느끼고 있는 기분을 자신도 이해할 수 없었다. 여태까지 두 부부 사이를 친친 감고 있던 그 뜨겁고 질기던 애정의 굴레에서 벗어나는 것 같은, 어쩌면 홀가분한 기분이기도 했다. 자기의 갈 길은 이미 이렇게 정해 있었던 것이고 그동안 자기는 아내한테 그렇게 잠시 머물러 있었던 것 같은 생각이 들며, 아내에게서 한 사람 가련한 여자의 생애를 볼 뿐이었다.

만석이는 다음 날 일찍 소작회로 나갔다. 박복영·서동오와 마지막으로 계획을 검토했다.

11시쯤 박복영이 서동오와 함께 남강으로 나가려는 참이었다. 단고리 청년 하나가 낯선 사람을 하나 안내하고 들어왔다.

"경찰서에서 오셨답니다."

"목포경찰서에서 왔습니다. 지금 서장님께서 오시고 계십니다. 나가 맞으십시오."

"서장님이요?"

느닷없는 소리에 모두 어리둥절했다. 모두가 가슴이 철렁해서 서로를 돌아보고 있었다.

"저기 오시니 가서 맞으세요."

모두 저도 모르게 자리에서 일어섰다. 놈들이 또 위협하러 순사들을 몰고 떼몰려오는 것이 아닌가 생각했으나, 지금 말하고 있는 자의 태도에서 그런 위협적인 분위기가 풍기지 않아 더 어리둥절했다. 모두 겁먹은 표정으로 엉거주춤 일어나 밖으로 나갔다. 그들이 막 사립을 나서려 하자 서장이 부하 하나를 달고 골목을 들어서고 있었다. 평복 차림이었다.

"오랜만입니다. 안녕하셨습니까?"

서장은 웃으며 박복영에게 손을 내밀었다.

"아니, 어떻게 여기까지?"

"하하. 서장은 못 올 뎁니까?"

수행원도 두 사람밖에 달고 오지 않은 것 같고, 그리고 유쾌하게 웃는 것이 전혀 위압적인 분위기는 느껴지지 않았다. 서장은 이웃 동네 놀러 온 사람처럼 흔연스러웠다.

"시원한 냉수나 한 사발 마십시다."

박복영이 우선 부채를 내밀었다.

"와보니 이렇게 덤덤한 섬인데, 이런 데에 어떻게 그런 무서운 사람들이 삽니까? 하하."

서장은 부채를 활활 부치며 너스레를 떨었다. 이자가 도대체 무슨 일로 여기까지 나온 것인가 영문을 알 수 없어 어리둥절한 표정으로 서장의 거동만 지켜보고 있었다.

"실은 내가 오늘 여기 온 것은 여러분한테 부탁이 하나 있어 왔습니다. 경찰은 국민을 위압하는 것이 본무가 아닙니다. 어디까지나 사회의 안녕질서를 지키자는 것이 경찰의 임무가 아니겠습니까? 안녕질서를 위해서 때로는 위압을 할 때도 있지만 설득을 할 때도 있습니다. 그래서 지금 내가 여기 나온 것이니 내 부탁을 들어주셔야겠습니다."

서장은 변죽 좋게 뜸을 들이고 나서 떠온 냉수를 벌컥벌컥 들이켰다.

"소작인들이 내일 또 광주로 몰려가기로 했다지요?"

어제 여기서 결의한 일이 벌써 비둘기로 날려졌으리라는 생각은 하고 있었지만, 정작 그 이야기가 서장 입에서 나오자 좀 당황하는 표정들이었다.

"그것을 중지해주시오. 사실 나는 여기 부임한 지가 얼마 되지 않았기 때문에 암태도 소작쟁의의 자세한 내막과 경위를 깊이 파악하지 못하고 있었는데, 이제 나도 소작인들의 요구가 정당하다는 사실을 알았습니다. 이 문제 해결에 서장으로서 최선의 노력을 약속하겠으니, 나를 믿고 이번 광주 가는 일만은 일단 중지해주시오."

박복영은 잠시 어리둥절했다가 드디어 속으로 회심의 미소를 지었다. 서장이 여기까지 와서 이렇게 저자세로 나오는 데는 틀림없이 심상찮은 내막이 있을 것이라는 생각이 머리를 쳤기 때문이었다. 열다섯 척의 배로 암태도 소작인들이 천여 명이나 떼지어 나간다는 여기 주재소의 보고를 받고 적잖이 당황, 이 사실을 상부에 보고했을 것이고 상부에서는 현지 경찰이 적극 저지하라는 명령을 내렸을 것임에 틀림없다. 그러나 지난번 소작인들의 열기로 보아 경찰의 무력만 가지고는 도저히 막을 수 없을 것이라는 판단이 섰고, 무리하게 막다가는 불상사가 날 것이니 그런 불상사가 나게 되면 또 그만큼 사회에 물의를 일으켜 그 책임 또한 현지 경찰이 지게 될 것이 뻔하기 때문에 이렇게 유화작전으로 나온 것이 틀림없는 일이었다. 그렇지 않고서야 이 삼복염천에 콧대 높은 경찰서장이 이 섬구석에까지 비지땀을 쏟으며 달려와, 평소에는 서발 너발 눈 아래로만 내려다보던 촌놈들한테 이렇게 너스레까지 떨 까닭이 있겠는가? 이런 속셈을 간파한 박복영은 이제야 비로소 이놈 덜미를 잡았다는 뱃심이 생겼다.

"이제 소작인들의 분노는 몇 사람의 힘으로는 어쩔 수 없을 만큼 그 한계를 벌써 벗어나 있습니다. 더구나 소작인들은 당국의 말에 속은 것이 한두 번이 아닌데 그런 말을 곧이듣겠습니까? 이번에는 열다섯 척의 배로 천여 명이 나갈 것입니다. 섣불리 저지할 생각 마십시오. 목포가 아니고 광주로 가니까 서장님께서는 그렇게 근심하실 필요가 없잖습니까?"

박복영은 능청을 떨었다.

"그러나 그들이 가는 목적이 소작회 간부를 구해내고 소작료를 4할로 내리자는 것 아닙니까? 아시다시피 나는 총독부 고등계에 근무하다 온 사람입니다. 여기 사건을 구체적으로 파악했기 때문에 총독부에 자세한 실정을 보고하면서 총독부에서 간여해주기를 건의했습니다. 이것은 업무상 비밀인데 말했습니다마는 하여간 한번 더 속는다 하고 나를 믿어주시오. 어지간히 말을 해서는 믿지 않을 것 같아 내가 지금 이렇게 나온 것입니다."

서장에게서 사뭇 똥줄이 당기는 초조감이 나타났다.

"솔직히 말해서 소작인들은 모두가 무식한 사람들이고 여태까지 관에 속아만 살아왔기 때문에, 눈앞에 구체적인 사실이 나타나 직접 눈으로 보기 전에는 관의 말을 모두 거짓말이거나 사탕발림으로 알고 있습니다. 생각해보십시오. 바로 엊그제 판사까지도 거짓말을 해서 소작인들을 해산시켜놓고 내주기는커녕 광주로 보내버렸으니 소작인들이 관의 말을 믿겠습니까? 더구나 이번에는 거기 면회 간 간부들까지 죽을 만큼 두들겨 패서 구속을 시켜버렸습니다."

"하여간 나를 한번 믿어보시오. 전임자의 일을 비난할 수 없는 것이 지금 나의 입장이고, 또 지난번 수병들의 처사나 이번 법원의 처리에 왈가왈부할 계제가 아닙니다마는 근래에 일어났던 일에 대해서는 소작인들의 입장을 충분히 이해하고 있습니다. 까놓고 말해서 간부들 석방 문제는 사법부의 일이기 때문에 장담 못 하겠으나 지주한테는 사회 혼란의 책임을 강하게 묻고 있는 중입니다. 지주와의 협의에 따라서는 간부들의 석방 문제도 그렇게 어려운 일이 아닐 것입니다."

서장의 태도는 진지했다. 박복영은 여기서 더 몰아치면 역효과가 날지 모른다는 생각이 들었다. 지금 하고 있는 말들이 모두 헛말만은 아닌 것 같으니 그의 체면을 한번 세워주고 결과를 기다려보는 것이 어떨까 하는 생각이 들었다.

박복영은 서장에게 잠깐 양해를 구하고 몇 사람 소작위원들과 한쪽으로 가 의논을 했다.

모두 반신반의했으나 서장의 체면을 한번 세워주고 보는 것이 좋겠다는 박복영의 설득에 정면으로 반대하고 나서는 사람은 없었다.

"서장님께서 여기까지 나오신 호의에 대접하는 뜻으로 체면을 세워드리기로 했습니다. 그러나 흥분한 소작인들을 설득시키려면 대강 시한이라도 정해주셔야 우리도 말밑천이 될 것 같습니다. 일주일쯤이 어떨까 싶습니다마는."

"좋소. 그 안에는 어떻든 무슨 단서가 잡힐 것입니다. 혹시 무슨 결과가 나지 않으면 그사이 경과라도 통지하겠소."

서장은 선선히 대답하고 만족스런 표정으로 일어섰다. 박복영과 서동오는 서장이 여기까지 온 데 대한 이쪽의 인사로 남강까지 서장을 바래다주었다.

서장이 다녀갔다는 소문이 퍼지자 소작인들이 사무실로 몰려들었다. 만석이가 나서서 경위를 설명했다.

"일주일 동안 말미를 주었으니 그때까지만 속는다 셈 치고 참아봅시다. 그 서릿발 치던 서장놈이 여기까지 제 발로 기어와서 설설기는 것을 보니, 그것만 가지고도 뭐가 조금 실마리가 풀릴 것이 아닌가 하는 생각이 듭니다. 하여간 지금까지 우리가 싸워온 것이 하늘 보고 주먹질만은 아니었던 것 같습니다. 그 무지한 놈이 여기까지 오는 것은 그놈들이 사람이 갑자기 달라져서가 아니고, 우리 소작인들을 그만큼 얕볼 수 없어서 그런 것이 아니겠습니까? 지난번에 우리가 보인 기세에 그만큼 겁을 먹은 것이지요. 하여간 그동안만 참고 기다려봅시다."

박복영은 그다음 날 갇힌 사람들 가족들과 함께 광주에 올라가

서광설 변호사를 만났다. 그들을 광주로 이감시킨 것은 사회적으로 그만큼 물의를 일으킨 사건이기 때문에 심리에 신중을 기하기 위해서 그런 것이라는 재판소의 대답이더라고 했다.

"그동안 암태도에는 서장이 다녀가는 등 일이 좋게 풀릴 기미가 조금 보이는데 재판소에서는 별다른 움직임이 없습니까?"

"이미 기소된 사건이기 때문에 일단 재판은 재판대로 진행될 것입니다. 공판 일자도 8월 22일로 났습니다. 만약 쟁의가 조정되고 이 사건까지도 화해를 해서 화해서가 들어간다면 이 사건은 사회적인 여론을 탄 사건이라 쉽게 해결될 것입니다. 이쪽 재판 관계는 마음 쓰지 마시고 거기 일에만 전념하십시오. 머리를 삶으면 귀까지 익는 것 아니겠습니까?"

"소작인들은 변호사님의 후의에 이만저만 감사하고 있는 것이 아닙니다. 아무쪼록 잘 부탁하겠습니다."

"나도 암태도 서씨들하고 그렇게 멀지 않는 일가니 집안일인 셈입니다. 하하. 아 참, 광주에 유복영(柳福永)씨란 변호사가 있는데 그분도 이 사건을 무료로 맡겠다는 뜻을 밝힌 적이 있습니다. 기왕 오신 김에 거기도 인사나 하고 가십시오."

"고맙습니다."

사회의 이런 공감은 소작인들에게 크게 힘이 되고 있었다. 박복영은 형무소에 가서 가족들과 함께 갇힌 사람들 면회를 한 다음 유변호사를 만나 고맙다는 인사를 하고 암태도로 돌아왔다.

경찰이 약속했던 일주일 시한인 8월 4일, 지난번에 서장을 수행했던 경찰 간부가 암태도에 왔다. 지금 교섭 중이니 조금만 더 참아달라는 서장의 전갈이었다.

"간부들 공판 일자가 8월 22일로 나오자 소작인들은 또 동요하고 있습니다. 아무리 늦어도 그때까지 두 사건이 해결되지 않으면 그 뒷일은 도저히 책임질 수 없다더라고 전하십시오."

박복영은 고압적인 가락으로 말했다.

"아무리 늦더라도 그때까지는 무슨 결말이 나겠지요. 서장님은 그 일로 서울을 한번 다녀오시기도 하고 광주도 갔다 왔습니다."

그러나 또 일주일이 지나도 아무 소식이 없었다.

"이놈들이 홀애비 굿날 물리듯이 오늘 내일 물리고만 있는 것이 이렇게 어물쩍 날짜만 끌자는 수작 아닌가?"

"그 자식 패사스럽게 야비다리 치는 것부터가 되레 무슨 엉뚱한 꿍꿍이속을 지니고 있는 것이 아닌가 몰라."

"글쎄. 고양이가 쥐를 앙군다면 몰라도 경찰이 촌놈들 사정 봐서 일해준다니 처음부터 씨알머리에 쉬슨 소리 같아."

"이렇게 앉아서 건몸만 달 것이 아니라 이쪽에서 한번 나가보지 그럴까?"

"그래도 서장쯤 되는 작자가 여기까지 찾아와서 그만큼 창자를 내놨는데, 설마한들 제놈 체면 생각해서라도 그게 빈말이기야 할라구."

"체면? 개한테 메스껍이지 순사놈들 낯반대기에도 체면 들어앉을 구석 있는 줄 아나? 어림 반푼어치도 없는 소리! 심지어 지난번에 판사놈 하는 짓 보게. 그래도 판사라면 법을 지고 사는 놈인데 감쪽같이 속여 넘기지 않던가 말이야."

"허긴 그려. 그놈들이 지금 지주놈하고 단단히 통을 짜고, 일판을 꾸며도 크게 꾸미려고 그렇게 능갈을 치고 갔는지 모르지."

"그러면 이렇게 멍청하게 손 개얹고 앉아 있다가는 뒤통수를 맞아도 된통으로 맞는 게 아냐? 이렇게 무한정 기다리고만 있어서는 안 되겠구만. 이레 한정으로 얻어 간 말미가 벌써 보름을 넘었으니 아무래도 뭐가 수상쩍다구."

"그래도 기왕 기다리던 것이니 기다릴 때는 지그시 기다려보는 맛도 있어야. 만약에 지금 제대로 일을 발라가고 있다면 다 된 밥에 재 뿌리는 꼴 아닌가?"

"재를 뿌리든 죽을 뿌리든, 그래도 일이 어떻게 되어가는지 무슨 짐작이라도 있어야지, 두멍 쓰고 밤길 걷는 것도 아니고 저놈들 하라는 대로 무한정 죽치고 앉아만 있다가 당하면 어디다 원망을 하냐 이거야?"

"그래. 소작료도 소작료지만, 이 무더운 염천에 형무소에 갇혀 있는 사람들을 생각해봐. 이 더위에 어디서 냉수 한 그릇을 제대로 얻어 마시겠어, 몸에 물 한 쪽박을 끼얹겠어? 더구나 매를 맞은 사람들은 그 무지한 매를 맞고 어혈도 못 풀고 누웠을 것이니, 그게 골수로 파고들면 나와도 사람 구실을 못 할 것 아닌가?"

동네마다 이렇게 술렁거리고 있을 때 느닷없는 소문이 날아들었다. 지금 목포에 군함이 한 척 들어와 있는데, 그게 지난번에 수병들이 여기 와서 총을 쐈던 그 군함이고, 이번에도 암태도 소작쟁의를 닦달하러 왔다는 것이다. 이 소문은 암태도를 발칵 뒤집어놓고 말았다.

"이제 일은 다 틀렸어. 이것은 내가 목포 갔다가 남일환을 타고 오면서 내 귀로 똑똑히 들은 소린데, 일판은 벌어져도 크게 벌어진 거야. 소작료가 문제가 아니라 이제 이 섬사람 다 죽게 생겼더만. 도초 사람 친척이 하나 목포에서 술집을 차리고 있다는데, 그 수병 놈들이 그 집에 와서 술을 마시며 하는 이야기가, 이번에야말로 암태도 놈들을 그냥 두지 않겠다고 땅땅 어르더란 거야."

"아니. 그 죽일 놈들이 우리를 또 어쩌겠다는 거야?"

"그놈들이 떵떵 얼러메는 것이 암태도 사람들 씨를 말리겠다는 서슬이더라."

"뭣이, 씨를 말려?"

"곁에서 그 소리를 듣기만 해도 사지가 발발 떨리더라는구만. 지난번 여기 왔던 수보다 몇 배 더 많이 왔다는데, 내가 얼핏 봄에도 목포 거리거리에 쫙 깔렸는데, 그놈들 철럭거리고 다니는 것이 정말 눈도 끔쩍 않고 생사람 해치울 서슬이야."

"일이 이 지경에 이르렀으면 수병이건 순사건 우리도 같이 찌르고 죽는 수밖에 없그만요."

와촌 삼식이가 이를 앙다물었다.

"그래. 일은 어차피 제 갈 데로 간 거야."

젊은 축들이 설치고 나섰다. 눈만 끔벅이며 곰방대를 빨고 있던 춘보가 입을 열었다.

"서장놈한테 감쪽같이 속았구만. 이놈들이 제놈들 힘으로는 안 되겠으니까 수병들을 불러들일 이런 흉악한 계책을 세워놓고, 일본서 수병들이 나올 말미를 얻느라고 여기 와서 그렇게 패사를 떨고 갔어.”

“허허. 그러니까 명색 서장이란 놈이 그동안 우리 발목을 묶어놓
자고, 박선생, 김선생, 히히, 허허, 촌놈들한테 아양을 떨었단 말이
야. 갈보가 따로 없구만.”

박종식이 탄식을 했다.

“그 서릿발 치던 서장이란 놈이 염천 뙤약볕에 비지땀을 쏟으며
이 섬구석까지 나올 적에는 그 속에 그만큼 흉측한 계략이 있을 것
이라고 짐작을 했어야 하는 건데, 화냥년 옷고름 여미는 것만 보
고 나불거리는 대로 고개 끄덕거리며 그놈 손바닥에 놀아났으니.
끌끌.”

춘보는 다시 곰방대에 담배를 욱여넣으며 개탄을 했다.

“하여간 이러고 있을 일이 아닙니다. 당장 광주로 갑시다.”

삼식이였다.

소작인들은 이내 기동리 사무실로 몰려들었다. 흥분과 공포에
싸인 소작인들은 금방 소작회 마당을 가득 메우고 말았다.

박복영이나 소작위원들도 모두 당황하는 표정이었다. 느닷없는
군함의 출동이 어찌 된 일인지 아무도 그 이유를 알지 못했다.

지난번 수병들이 와서 동네마다 돌아다니며 총을 쏘고 갔을 때
서태석은 곧바로 총독부와 일본 해군 본부에 강경한 항의 서한을
보냈었다. 두 곳에서 다 아무런 회답은 없었지만 명백한 위법행위
였으니 내부적으로는 무슨 조치가 있었으려니 생각하고 그 일은
까맣게 잊어버리고 있던 참이었다. 그런데 그때 그 군함이 다시 목
포에 들어왔고 또 이런 험한 소문이 나돌고 있으니 소작인들이 자

극을 받을 것은 당연한 일이었다. 그때는 아무 일이 없었는데도 그렇게 험하게 설쳤는데, 이제 정작 이 사건에 개입하여 설치기로 한다면 떠도는 소문대로 이만저만 흉악하게 나오지 않을 것 같았다.

박복영이 소작인들 앞에 나섰다.

"진정들 하십시오. 나도 그 소문을 듣고 어찌 된 영문인지 알 수가 없어 목포에 한번 나가보려던 참입니다. 지난번에 서태석씨도 말씀하셨습니다만 이런 일에는 절대로 군대가 간여할 수 없습니다. 그들이 정말로 암태도 사건 때문인지 그렇지 않으면 우연히 들른 것인지 그 내막을 알아보고……"

"알아보기는 뭣을 더 알아본단 말이오?"

삼식이가 박복영의 말을 채뜨리며 악을 썼다.

"군대가 절대로 간여하지 못하다니, 그럼 지난번에 그놈들이 여기 들어와서 미친개 날뛰듯 한 것은 뭡니까? 더 알아보고 자시고 하는 사이에 우리 배때기에는 그놈들 총알이 들어와 창자가 쏟아져요, 창자가."

"그래도 내막을 제대로 알아야……"

"불 본 듯이 환한 것을, 뭣을 알아야 합니까? 지난번에도 내막을 알아본다 어쩐다 어물어물하다가 경찰서장인가 그 찢어 죽일 놈한테 속지 않았소. 그놈들한테 번번이 속아 일을 지금 이 꼴로 만들어논 것은 누구요? 알아보고 자시고 또 그놈들 농간에 놀아날 사람은 놀아나시고, 우리는 지금 당장 광주로 갑시다."

삼식이가 악다구니를 썼다. 와, 함성이 터졌다.

"당장 갑시다. 죽을 사람만 나서요."

기동리 만수였다. 문가 아내를 쫓아버렸고 지난번 돛폭에다 혈서를 썼던 만수는, 평소에는 항상 성난 부사리처럼 지르퉁 고개를 숙이고 다닐 뿐 별반 말이 없었다. 아마 이렇게 남의 말휘갑으로나마 여러 사람 앞에서 소리를 질러본 것은 난생처음이었을 것이다. 그는 평소 수굿했던 만큼 입을 열어 소리를 지르자 부사리 영각 켜듯 목소리가 우람하고 거쿨졌다. 그를 아는 사람은 모두 놀라는 표정이었고 그래서 그의 말에 이어 지르는 군중의 함성도 컸다.

"당장 나갑시다. 이번에는 진짜 죽을 각오를 한 사람만 나가요. 이렇게 죽기로 하는 판에는 박선생 같은 분은 뒤로 나앉고 이마빼기에 죽을 사 자 붙일 사람만 나서요."

삼식이는 주먹을 휘두르며 악을 썼다. 군중들은 미친 듯이 함성을 질렀다. 박복영이 뭐라 더 말을 하려 했으나 군중의 함성에 밀려 뒤로 나앉고 말았다.

"만석이 자네 어떤가? 앞장서게. 군함까지 출동한 다음에는 이제 정말로 사람이 상하지 않고는 일 안 되네."

춘보였다. 만석이는 선뜻 나서지 못하고 있었다. 군함의 출동이 정말 암태도 사건 때문인지 판단이 서지 않았기 때문이다. 그러나 어물어물하고 있을 때가 아니었다.

"좋소. 내가 앞장서겠소. 당장 광주로 나갈 준비를 합시다. 군함의 출동 내막을 알아본 뒤에 나갈 준비를 하자면 그만큼 시간이 허비될 것이니 우선 준비부터 합시다. 만단 준비를 하고 있다가 정말로 군함이 암태도 사건 때문이라면 당장 우리도 출동을 합시다."

"알아보다니, 뻔한 것을 뭣을 자꾸 알아본단 말입니까? 이번에는 알아볼 것도 없고 준비할 것도 없습니다. 전같이 배를 빌린다 어쩐다 어살버살 떠벌리면 수병놈들이 금방 출동을 할 게요. 그러면 결국 준비한다는 것이 되레 날 잡아가라고 왜장치는 꼴이 되지 않겠어요?"

박이곤이 나섰다.

"맞습니다."

"그러니 이번에는 떼를 지어 나갈 것이 아니라 남일환이면 남일환, 풍선이면 풍선, 각자 자기 형편대로 요령껏 개별행동을 합시다. 풍선도 꼭 목포에다 댈 것이 아니라 해남(海南)이나 영암(靈岩) 혹은 해제(海際)에다 대는 것이 좋을 것이고, 또 되도록 낮 배질보다 밤 배질을 하는 것이 좋을 것입니다. 하여간 이렇게 편편 갈림으로 빠져나가서 광주에서 만나기로 합시다."

"자네 말 한번 떨어지게 했네. 그려, 그려. 그렇게 게 자루에서 게 쏟아져나가듯 하나하나 편편 갈림으로 빠져나가면 군함이 어떻게 맥을 추겠어. 떼 꿩에 매 띄워놓기지."

춘보가 맞장구를 쳤다.

"그러면 이번에는 그런 수를 써서 저놈들의 눈을 피하기로 합시다. 그런데 이것은 내가 뒤가 물러 하는 소리가 아니라 백에 하나, 그 군함이 여기 사건 때문에 온 것이 아니라면 암태도 사람 모두가 허수아비 보고 총질한 꼴이 될까 싶어 하는 소린데, 하루만 말미를 두고 형편을 살폈다가 나섭시다. 우리가 아까 그런 수를 써서 빠져나간다면 저놈들이 맥을 못 출 것이니 여태까지도 기다렸는데 하루를 못 기다리겠습니까?"

만석이가 절충안을 내놓자 박이곤이 발끈하고 나섰다.

"지금도 왜놈들을 행여나 하고 믿고 있단 말입니까? 왜놈들이 어떤 놈들인데, 갈보가 열녀 되기를 바라지 그놈들을 믿느냐 말입니다."

박이곤은 입에 게거품을 물고 쏘았다. 박이곤은 삿대질까지 하며 거듭 내질렀다.

"우리 형편을 앞뒤로 똑바로 생각해보고 말을 하시오. 주재소 순사들은 지금 우리가 여기 모여 있는 이 사실도 벌써 비둘기를 날려 목포에 알렸을 것입니다. 방금 의논한 편편 갈림으로 나가자는 소리도 해전에 저자들 귀에 들어가 비둘기가 날 것이고, 그러면 오늘 저녁에라도 당장 군함이 출동해서 지난번같이 수병들이 떼몰려올 것 아닙니까? 그러면 우리는 아무 실속도 없이 이렇게 소리만 지르다가 지난번 단고리 강아지 새끼들 꼴로 배때기에 바람구멍이 난단 말입니다."

"옳소."

모두 함성을 질렀다.

노름 사건으로 한때 기를 펴지 못했던 박이곤 등 그때 노름했던 단고리 젊은이들은 그동안 그때의 잘못을 만회라도 하겠다는 듯, 단고리 앞에서 서동수 때문에 도리우치와 충돌했을 때나, 목포 문재철 집에 몰려갔을 때 등 특히 힘으로 밀어붙이는 일에는 항상 물불을 가리지 않고 앞장을 섰다. 그러는 사이 출회처분 같은 일은 이미 깊숙이 묻혀버렸지만, 그래도 이런 자리에서는 되바라지게 앞에 나서지 않았었는데 이번에는 그게 아니었다.

다른 동네도 마찬가지였다. 특히 이번에는 어느 동네나 젊은 축들이 드세게 나섰다. 그들의 열기는 수습할 수 없을 만큼 달아올랐다.

소작위원들이 잠깐 따로 모였다.

"군함이 정말 여기 사건 때문에 나왔을까요?"

김용학이 박복영에게 물었다.

"글쎄, 설마. 그럴 것 같지는 않은데……"

박복영은 입술을 빨며 말끝을 흐렸다. 자신 없는 표정이었다. 젊은이들의 기세는 지난번 목포에 출동했을 때 두 번 다 끝까지 밀어붙이지 못하고 물러선 책임이며, 또 이번 사건의 책임을 모두 박복영에게 몰아붙여 불신하는 것 같은 서슬이어서 박복영은 허탈한 심정이었다. 더구나 군함의 출동이 우연이라기에는 때가 이번 사건과 너무나 아퀴가 들어맞는데다, 지난번에 그들이 그렇게 무지막지한 짓을 하고 간 다음이다보니 박복영은 우선 어떻다 정확한 판단을 내릴 수가 없었다. 목포에 나가 알아봐야 조금이라도 내막을 알 수 있겠는데, 그런 여유마저 주지 않고 몰아붙이고 있으니 속수무책이었다.

"지금 저 기세는 아무도 누그릴 수 없습니다. 또 만약 그랬다가 정말 수병들이 몰려들어 소작인들을 꼼짝 못 하게 손발을 묶어버리면 일은 끝장입니다. 나갑시다. 지금 젊은 축들의 저 무서운 서슬로는 만약 수병들이 여기 몰려든다면 맨주먹으로 총부리 앞에 대들 판이니 그것도 큰일 아닙니까?"

만석이가 결단을 내리고 나섰다.

"설사 군함이 여기 사건 때문에 출동한 것이 아니라 하더라도 소작인들이 이렇게 기세를 한번 보이는 것은 우리한테 손해 될 것이 없을 것 같습니다. 서장이 자기 말대로 지금 교섭 중인 것이 사실이라면 이것은 지주를 욱대길 좋은 구실이 될 것이니, 일을 그만큼 우리 쪽으로 유리하게 몰아붙이게 될 것이고 또 우리는 우리대로 그만한 구실이 있었으니 약속 위반이라고 할 수도 없을 것입니다."

만석이는 조리 있게 말을 하며 박복영을 건너다봤다. 박복영은 침통한 표정으로 잠시 혼자 생각에 잠겨 있었다. 모두 박복영한테로 눈길이 쏠렸다. 한참 만에 박복영은 입을 열었다.

"그러면 나가더라도 한꺼번에 쏟아져나갈 것이 아니라 사나흘 간격을 두고 나누어서 나가기로 하지요. 그리고 첫날인 내일은 되도록 적게 나가도록 각 마을 소작위원들이 마을별로 조정을 하기로 합시다."

그렇게 하기로 결정을 했다.

만석이가 군중 앞에 나서자 모두 조용해졌다.

"아까 이야기했던 대로 모두 나가기로 결정했습니다."

와, 함성이 터졌다.

"이번 출동은 전에 출동했던 것과는 근본이 다릅니다. 이번에는 살아서 돌아올지 죽어서 돌아올지 모르는 출동입니다. 나가는 사람은 그만한 각오를 하고 나가야 합니다. 이번에야말로 사생 간에 결판을 냅시다."

"옳소. 결판을 냅시다."

군중들은 열광했다.

"나가는 일은 각 동네별로 소작위원들과 의논을 하되, 우선 첫날 나가는 사람은 풍선으로 나가든 기선으로 나가든 일차 목포에서 만납시다. 자 그러면, 우리 소작인들의 승리를 위해서 만세를 한번 부르고 헤어지겠습니다. 만세는 우리 소작인들을 위해서 진 데 마른 데 가리잖고 고생하시는 박복영 선생이 선창하겠습니다."

만석이는 느닷없는 제안을 했다. 박복영은 잠시 놀란 눈으로 만석이를 건너다봤다. 자기의 거북했던 입장을 단번에 회복시켜버리는 만석이의 능란한 수완에 놀라는 눈이었다. 박복영은 한참 그렇게 만석이를 건너다보고 있다가 잠에서 깨나듯 얼굴에 크게 웃음을 띠며 앞으로 나섰다.

"암태도 소작쟁의는 여러분들이 이렇게 확고한 신념을 가지고, 이렇게 단합해서 투쟁하는 한 절대로 승리할 것입니다. 최후의 승리를 위해서 만세를 선창하겠습니다. 암태도 소작인 만세!"

"만세!"

만세 소리는 하늘을 찔렀다. 만세 삼창이 끝나자 소작인들은 여기저기서 너털웃음을 터뜨렸다. 소작인들의 얼굴에는 전혀 두려움이 없었다. 불 속에라도 뛰어들겠다는 투지뿐이었다.

소작인들은 각자 마을로 돌아갔다. 암태도에는 결전을 앞둔 흥분과 살기가 팽팽하게 감돌고 있었다.

소작위원들은 다시 잠깐 모여, 내일 나가는 사람 수는 최소한 줄이도록 조정하기로 하고, 풍선을 타고 나가는 사람들은 목포 뒷개에 배를 대거나 목포 부두에 대더라도 되도록 표가 안 나게 스며들도록 하기로 했으며 목포에 나가서는 일단 서로 연락을 하도록 하자고 했다.

다음날인 8월 19일 아침, 소작위원들은 다시 기동리 사무실에 모였다. 동네별로 점검을 해보니 어제저녁 성급하게 떠난 배가 두 척이었고 오늘 남일환으로 나갈 사람이 이십여 명, 도합 팔십여 명이었다. 오늘 저녁에 떠날 배도 꽤 많았다.

목포 나가는 연락선 시간이 12시경이어서 소작위원들은 이것저것 사후대책을 의논했다.

이번에는 가장 어려운 것이 경비 문제였다. 차비 등 여러 가지 경비가 지난번과는 비교가 되지 않을 것 같았다. 광주까지 가는 경비는 각자가 마련하기로 하고, 그 외의 경비는 공동으로 마련해서 소작회에서 부담하도록 했다. 목포에 친척이 있는 사람들은 가을에 갚기로 하고 각자 능력껏 돈을 돌려보도록 했다.

그리고 박복영과 만석이는 오늘 연락선으로 나가 군함 출동 이유를 염탐해서 최후 결정을 내리기로 하고, 김용학 등 다른 소작위원들은 마을 형편에 따라 뒤에 나오기로 했다.

한참 이런 의논을 하고 있을 때였다. 갑자기 주재소 순사가 헐레벌떡 뛰어들었다. 모두 깜짝 놀랐다.

"서장님에게서 소작회 대표를 뵙자는 연락이 왔습니다. 오늘입니다."

"서장이 우리를 만나잔다고?"

"예."

소작위원들은 서로 얼굴을 봤다.

"무슨 일이랍디까?"

"그건 모르겠습니다."

"언제 연락이 왔습니까?"

"방금 왔습니다. 가시지요."

"가겠소. 그러지 않아도 서장을 만나러 가려던 참이오."

"알았습니다."

순사는 말이 떨어지기가 바쁘게 횡하니 나갔다.

"무슨 일일까?"

"여기 소식을 듣고 똥줄이 당긴 것 아닐까요?"

"글쎄."

박복영은 잠시 혼자 생각에 잠겼다. 여기 형편은 비둘기로 자세하게 보고를 받았을 것임에 틀림없다. 그러면 군함의 출동은 소작 쟁의와는 관계가 없으니 동요 말라거나, 일이 잘되어가고 있으니 출동을 중지하고 나와서 그간의 경과를 들어보라거나, 경찰로서는 소작인들의 출동부터 중지하도록 할 법한데 소작인들이 이렇게 쏟아져나가고 있는 판에 거두절미하고 만나자고만 하니 갈피를 잡을 수 없었다.

목포 부두에는 정말 지난번 그 군함이 위용을 뽐내며 정박해 있었고 거리에는 수병들이 두셋씩 짝을 지어 다니고 있었다. 두셋씩 다니면서도 손발을 착착 맞춰 행진하는 것이 하얀 제복과는 다르게 싸늘한 위풍을 풍겼다.

박복영과 만석이는 연락선에서 내리자 곧장 경찰서로 갔다. 서장실로 안내되었다. 호랑이 굴에 들어가는 것같이 새삼스럽게 썰렁한 기분이었다. 간부들 서너 사람과 이야기를 하고 있던 서장이 환하게 웃으며 반갑게 맞았다.

"오시느라 수고했습니다. 그간 별고 없었지요? 오늘 귀한 분을 만나게 될 것입니다."

"귀한 분이라니요?"

"이따 만나면 압니다. 7시에 만납시다. 동원루(東園樓) 아시지요? 7시에 그리 나오십시오."

동원루라면 목포에서 최고급 요정이었다. 박복영도 말만 들었지 가본 적이 없었다. 두 사람은 멀뚱하게 서 있었다.

"하하. 궁금하신 모양이군요. 오늘 도지사님이 오십니다. 이제 내가 노력하겠다던 것이 헛말이 아니란 것을 알게 될 것입니다. 나 좀 바쁘니 그때 만납시다."

"도지사님이 우리를 만난다는 말씀입니까?"

"그렇습니다. 그때 봅시다."

서장은 매우 바쁜 듯 서둘렀다. 지사가 오기 때문에 간부들과 그 대책을 협의하는 모양이었다.

두 사람은 너무 뜻밖의 말에 여전히 어리둥절한 표정으로 경찰서를 나왔다. 소작인들의 출동은 전혀 모르고 있는 것 같은 표정이었다.

"도지사가 여기까지 와서 우리를 만나다니 이것은 너무 뜻밖인걸."

"무엇 때문에 지사가 만나자고 할까요?"

"글쎄, 일이 풀리는 징조 같기는 한데 알 수 없는 일이군. 도대체 지사가 우리를 만나서 무슨 이야기를 하자는 것일까?"

"암태도 사람들이 또 몰려나온다는 소리를 듣고 서장의 힘으로는 안 되겠으니까 지사가 나서서 막아보라는 것은 아닐까요?"

"그러면 일이 아직 안 풀린다는 소린데, 기껏 지사 체신에 그런 방패막이 노릇이나 하고 다닐까?"

"그러면 혹시 문재철이가 뒷수작을 부린 건 아닐까요. 문선왕(文宣王) 끼고 송사(訟事)하더라고, 도지사 같은 만만찮은 인물을 내세워 우리한테 소작료를 양보받아내자고 말입니다. 일본 수병까지도 꼬드긴 놈인데 돈 가지고 도지사쯤 못 움직이겠습니까. 이번에도 저렇게 수병을 불러들여놓고 어쩔 테냐, 듣지 않으면 총칼로 밀어붙이겠다, 이러고 도지사를 앞세워 닦달하려는 것인지 모르지요."

"글쎄, 듣고 보니 그 말도 그럴듯하고 도무지 갈피를 잡을 수 없그만. 그러면 아까 그 서장 태도는 뭐란 말이오?"

"서장놈도 문재철이하고 한통으로 어어겹이져서 그렇게 어벌쩡 후무리고 있는 꿍심인지 모르지요. 어제저녁부터 소작인들이 몰려나오고 있다는 것을 손바닥 들여다보듯 알고 있을 텐데, 시치미 떼고 있는 것부터가 수상하지 않습니까?"

"그렇지만 다른 내막이 있고서야 일이 다 된 것같이 설칠까요?"

"4할 5부나 5할로 밀어붙이면서도 그자들로서는 7, 8할에 비하면 얼마나 큰 소득이냐고 생색을 낼지도 모르지요."

"하여간 두고 봅시다. 우리로서야 4할 이상은 배를 따도 안 되는 것이니, 그렇게 나오면 나도 이제 이 일에서 손 떼겠다고 나서겠소."

"두말할 것도 없는 일이지요. 어떻든 정신 바짝 차리고 닥뜨립시다. 제깟 놈이 지사면 지사지 그따위로 지주 농간에 놀아나면 낯반대기에다 침을 뱉어버리겠습니다."

"처음부터 너무 살세게 나갈 것은 없고 이야기를 듣는 데까지는 들어봅시다."

"물론이지요. 허지만 촌놈이라고 지사 위세로 덮어씌우려 들면 가만있어야 쓰겠습니까?"

그들이 째보 선창에 이르자 소작인들이 여기저기 주막에서 몰려 나왔다. 한 군데 몰려 있지 않고 여러 군데 나뉘어 있다가 두 사람을 보자 쏟아져나온 것이다. 도지사가 내려와 소작인을 만나겠다고 한다는 소식을 전하자 그들도 멀뚱한 표정들이었다.

"우리도 지금은 무슨 속인지 모르겠고, 하여간 만나봐야 알겠습니다."

소작인들에게는 이렇다 저렇다, 그들의 추측은 말하지 않았다. 소작인들도 이러쿵저러쿵 추측이 만발했다.

초조하게 시간을 기다렸다가 두 사람은 동원루로 갔다.

지사와 서장은 아직 나와 있지 않았다.

서장이 예약한 방이 어디냐고 묻자, 안내하던 젊은이는 만석이 매무새를 위아래로 훑어보고 있었다. 아침에 갈아입고 나온 옷이라 땟국이 흐르는 것은 아니었지만, 무명 중의저고리에 짚신을 신은 만석이의 꼴은 방으로 들어갈 사람의 꼴이 아니고 뒤란에 가서 장작이나 패야 할 꼴이었으니 무리도 아니었다.

"어서 방을 안내해!"

"예, 예. 이리 오십시오."

박복영이 위엄을 갖추어 다그치자, 안내원은 그제야 갑자기 고장 났다가 작동한 기계처럼 사뭇 굽실거리며 방을 안내했다.

"걸레 좀 주시오."

만석이는 걸레를 청해서 발바닥을 여러 번 문질렀다. 안내원은 다시 고장 난 기계처럼 멍청하게 서서 만석이를 건너다보고 있었다.

방 안은 병풍이며 비단 방석이며 도무지 딴 세상에 온 것같이 으리으리했다. 만석이는 꽃방석에 앉기가 좀 과람한 생각이 들었으나 내색하지 않고 끌어다 앉았다. 젊었을 때 잡색패로 팔도를 누비고 다니는 동안 세상 잡놈을 만날 만큼은 만나고, 세상 단맛 쓴맛 어지간한 물정에는 단련이 될 만큼은 되어 숫기 같은 것은 남아 있지 않았지만, 방 안의 분위기가 자기의 매무새와는 사뭇 엉뚱하다 보니 처신이 사돈네 안방에 들어온 것같이 만만찮았다.

동원루에서는 모처럼 높은 사람을 맞게 되어 술렁거리고 있다가 만석이 같은 사람이 들어오니 어리둥절한 모양이었다. 주인인 듯한 여편네가 병풍을 고쳐 친다, 방석을 고쳐놓는다 수선을 피우면서 자꾸 만석이 행색을 살폈다.

밖이 소란스런 것이 지사가 오는 모양이었다. 박복영과 만석이는 일어서서 지사를 맞았다. 여름인데도 검은 양복에 나비넥타이를 하고 윗주머니에 날렵하게 하얀 손수건을 꽂은 지사가 근엄한 표정으로 서장의 안내를 받으며 들어섰다. 알맞게 기른 콧수염이 위엄을 더 돋보이게 했다. 지사가 아랫목에 좌정했다.

"무안군 암태도에 사는 박복영이올시다. 이렇게 존안을 뵙게 되어 영광입니다. 이 사람은 소작회 대표인 이만석이올시다."

만석이가 고개를 주억거렸다. 지사는 고개를 까닥하고 나서 명함을 두 장 꺼내 서장한테 내밀었다. 서장은 공손히 받아 두 사람에게 한 장씩 건넸다.

'종사위 훈 삼등 전라남도 장관 원응상(從四位勳三等 全羅南道長官 元應常)'이라 쓰인 큼직한 명함이었다.

"암태도 소작분쟁 사건은 대략 들었소. 그동안 걱정들이 많았소. 도장관의 직에 있는 사람으로서 일이 여기에까지 이르게 된 것을 유감으로 생각하오."

지사는 또박또박 말을 했다.

"심려를 끼쳐드려 죄송합니다."

그때 주안상이 들어왔다. 서장이 만석이에게 저쪽으로 자리를 옮겨 앉으라고 눈짓을 했다. 지사 혼자 아랫목에 앉고, 서장과 박복영이 지사를 보고 맞바로 앉았으며 만석이가 옆자리에 앉았다.

으리으리한 상이었다. 자리를 잡아 앉고 나자 나비 같은 색시들이 문밖에서 인사를 하며 자기 소개를 하고 들어섰다. 한 사람 곁에 하나씩 앉았다.

"잔 받읍시다."

서장이 먼저 술잔을 들었다. 어마어마한 주안상에 비해, 잔은 또 이게 어찌 된 판인지 너무 어울리지 않게 작았다. 꼭 참새 대가리만 한 잔을 들어 곁에 앉은 아가씨한테서 술을 받았다. 만석이는 술 따르는 색시의 물거미 뒷다리같이 가늘고 하얀 손가락을 보자, 소나무 등걸 같은 자기 손이 너무 투박하게 느껴졌다.

"듭시다."

지사가 술잔을 높이 들었다. 모두 상 위로 잠깐 술잔을 들었다가 입안으로 털어넣었다. 대접에다 막걸리를 철철 넘치게 따라 꿀꺽 꿀꺽 마시던 농사꾼의 술 풍속으로는 도무지 양에 차지 않았다. 입 안이 좀 알싸하다 말았다.

지사가 박복영한테 잔을 건넸다.

"일은 해결을 보아야 될 것 같은데, 소작인들의 주장이 너무 과하다고는 생각하지 않소?"

지사가 말머리를 꺼냈다.

"소작료 말씀입니까?"

"지금까지 지주들이 받고 있는 소작료가 과하다는 것은 본인도 인정합니다마는 그것을 갑자기 4할로 내린다는 것은 지주 측에서 볼 때 너무 섭섭하지 않을까요?"

박복영과 만석이의 눈이 부딪쳤다.

"요사이 소작쟁의에 대한 신문 보도를 보셨으리라 믿습니다마는 거의 모든 지주들이 4할로 내리고 있습니다."

박복영이 지사한테 잔을 건네며 대답했다.

"지난번 광주에서 열린 지주회에서 도에 건의한 것을 보니 5할로는 자진해서 내리겠다고 했으니 그 정도를 따를 수 없겠소?"

"그러나 지금 전국적인 예가 그렇기도 하려니와 특히 암태도는 다른 지방과는 달리 토질이 척박한데다 숲이 깊지 못하여 퇴비를 마련하기가 어려울 뿐 아니라 수원이 짧아, 물이 풍부하고 땅이 비옥한 다른 지방과 비교하면 같은 4할이라도 농민들이 차지하는 양은 너무 적은 셈입니다."

박복영은 요령 있게 요점을 설명했다.

"잘 알았소. 사정을 알았으니 그동안 감정에 치우쳐 소란을 피우는 일이 없도록 단속하고 하회를 기다리도록 하시오."

박복영은 대답을 하지 못했다. 지사의 입에서 말이 여기까지 나왔으면 일이 거진 됐다 해도 과언이 아니었으나, 소작인들에게 이 말을 그대로 전한다면 믿지 않을 것이 뻔했기 때문이다. 아까 만석이가 추측한 대로 넘겨짚을 것이 틀림없었다. 그러나 더 다그쳐 확답을 얻어내려 한다는 것도 예모가 안 서는 일이어서 이러지도 저러지도 못하고 있었다. 사실 아무리 지사라 하더라도 문재철 뒤에는 일본인들이 포함된 지주회도 있으니, 지사로서도 지주에게 압력을 넣는 데 한계가 있을 것이어서 지금 결판이 나 있지 않은 단계라면 더이상 확실한 대답을 할 수도 없을 것 같았다. 한 가지 안심이 되는 일이라면 군함의 출동이 이 일과는 상관이 없다는 것이 간접적으로 확인된 점이었다.

"달리 무슨 의견이 있소?"

지사가 물었다.

"지사님께서 직접 나서셨는데 이제 소작인들로서야 더 바랄 것이 있겠습니까?"

서장이 가로막고 나섰다.

"제가 한 말씀 드리겠습니다. 현재 암태도 사정을 솔직하게 말씀 드리면, 지금 목포항에 일본 군함이 출동해 있는데, 그것은 암태도 소작쟁의를 탄압하기 위해서 나온 것이라는 소문이 퍼져 소작인들이 다시 흥분하고 있습니다. 지난봄에도 바로 저 군함이 암태도에 와서 수병들이 동네마다 돌아다니며 수십 발씩 공포를 쏘고, 심지어는 개를 쏘아 죽이면서 협박을 했던 일이 있기 때문에 이번에는 더 험하게 나올 것이라 믿고 있습니다. 암태도 놈들 씨를 말리겠다고 수병들이 얼러메더라는 말까지 있습니다. 그러면 우리도 이대로 가만히 앉아 죽을 수 없다 하여 지금 소작인들이 광주로 몰려가려고 나오고 있는 중입니다. 벌써 팔십여 명이 선창에 나와 있습니다. 형편이 이렇게 되었기 때문에 지금 당장 소작쟁의가 결판이 나지 않는 도막에는, 죄송한 말씀이오나 아무리 지사님 말씀이라 하더라도 아주 확실한 말씀이 아니면 우리들의 힘으로는 어떻게 손을 쓸 수 없을 지경입니다."

만석이는 하나도 숨기지 않고 말을 밤송이 까놓듯 털어놨다.

"하하. 그런 일이 있었던가요?"

지사가 웃으며 서장을 건너다봤다.

"그런 일이 있었습니다만 이번에 군함이 여기 온 것은 이 일하고는 전혀 상관이 없습니다. 정기적인 순항(巡航)일 뿐입니다."

"사실 우리도 지난번 서장님께서 다녀가신 뒤로는 당국의 노력을 믿고 있기 때문에 소작인들을 설득시키려고 무진 애를 썼습니다만, 이전 일이 있다보니 전혀 믿으려고 하지 않습니다."

박복영은 사뭇 난처한 표정으로 만석이 말을 거들었다.

"지사님께서 여기까지 나오셔서 말씀을 하시는데도 믿지 않는다면 그런 불경이 어딨습니까?"

서장이 발끈했다.

"일이 원체 우여곡절이 많았다보니 그렇지 않습니까? 그러면 지사님께서 확답을 하셨다고 소작인들에게 말씀을 전하겠습니다. 시골 사람들이란 원래 단순해서 이것이 아니면 저것이라고 흑백이 명백해야 믿지 않습니까? 그렇게 전해도 앞으로 설마 지사님 체모에 손상되는 일이야 없겠지요? 하하."

박복영은 서장을 향해 은근한 어조로 능갈을 쳤다. 만석이의 변모없는 태도에 박복영의 능갈맞은 태도가, 잘들 논다 하게 갈마들이가 손발이 척척 맞아떨어졌다.

"하하, 잘될 게요."

지사는 스스럼없이 껄껄 웃었다.

"감사합니다. 지사님의 이런 깊으신 배려에 그저 감복할 뿐입니다."

박복영은 크게 고개를 주억거렸다. 자기 말에 대한 확답으로 받아들이고 있다는 태도였다.

"그리고 소작료도 소작료지만, 이 일 때문에 십여 명의 소작회 간부들이 광주형무소에 애매하게 갇혀 있습니다. 이 일도 함께 해결되지 않으면……"

"그것도 이미 내가 말씀드렸소."

서장은 만석이의 말을 황급히 채뜨렸다. 주변머리 없이 뜬머슴 이죽이듯 자꾸 씨부리는 게 도무지 불안해서 못 견디겠는 모양이었다.

두 사람은 요정을 나와 한참 걷다가 서로 돌아봤다. 비슬비슬 웃었다. 웃음소리는 차츰 커졌다. 두 사람은 허리를 꺾으며 한참 웃었다.

그들이 풍선을 타고 목포 선창을 떠나자 이건 또 꼭 그렇게 약속이라도 한 듯 군함이 목포항을 떠나고 있었다.

일주일 뒤인 8월 30일, 박복영·서광호·이만석 세 사람은 다시 경찰서로 들어갔다. 서장이 또 만나자고 했던 것이다. 서광호는 지사가 다녀갔던 삼 일 뒤인 지난 22일 공판에서 윤두석과 함께 벌금 팔십 원씩을 물고 풀려났었다. 그날로 같이 지정됐던 서태석 등 13인의 재판은 9월 1일로 연기되었다.

서장실에 안내된 세 사람은 잠시 어리둥절했다. 서장실에는 광주노농회 간부 서정희와 함께 뜻밖에 문재철이 앉아 있었고, 서장 자리에는 낯모르는 사람이 버티고 앉아 있었다.

"전남 경찰부 고등과장님이십니다. 인사하십시오."

서장의 소개로 세 사람은 고가(古賀) 과장에게 꾸벅 고개를 숙였다. 고가는 싸늘한 눈으로 세 사람을 쏘아보고 있었다.

"조그마한 섬이 왜 그리 시끄러운가?"

고가는 냉랭한 눈초리로 세 사람을 보며 내뱉었다. 이 자리가 어떤 자린지 알 수가 없고, 지금 이 소리가 어쩌자는 소리인가 짐작이 가지 않아 세 사람은 멍청하게 서 있었다.

"그리 앉으시오."

서장이 웃는 얼굴로 자리를 권했다. 세 사람은 절간에 들어온 새댁처럼 시키는 대로 했다.

"읽어보고 도장 찍으라고 해!"

고가는 봉투를 하나 서장한테 던졌다. 서장이 받아 박복영에게 건넸다.

'소작료 조정 약정서'

박복영은 손이 떨렸다. 약정서에는 이미 문재철의 도장이 찍혀 있었다.

1. 지주 문재철과 소작인 간의 소작료는 4할로 약정하고 지주는 소작인에게 금 2,000원을 기부한다.
2. 대정(大正) 12년도(1923년) 소작료는 향후 3년에 걸쳐 무이자로 분할 상환한다.
3. 구속 중인 쌍방 인사에 대해서는 9월 1일 공판정에서 쌍방이 고소를 취하한다.
4. 도괴된 비석은 소작인의 부담으로 복구한다.

박복영이 만석이에게 낮은 소리로 내용을 설명해주었다. 세 사람은 멍청한 표정이었다. 얼음장 같은 서장실의 분위기 때문인지, 너무 거짓말 같아 실감이 안 가는지 뚝배기에 든 두꺼비처럼 눈알만 멀뚱거리고 있었다.

"그만하면 조용하겠는가?"

고가가 냉랭하게 물었다.

"고맙습니다."

이견을 달 여지가 없었다. 이천 원의 덤은 이쪽에서는 생각지도 못했던 것이었다. 문재철은 넋 나간 표정으로 벽에다 눈을 꽂고 있었다. 그러고 보니 불만인 쪽은 문재철일 것이고, 지금의 고압적인 분위기도 어쩌면 그에게 강박하던 분위기의 연장인지 모른다는 생각이 들었다.

"이의 없지요? 어서 도장 찍으시오."

서장이 말했다. 서광호와 만석이는 도장이 없어 지장을 찍었다. 서장이 문재철과 박복영에게 약정서를 한 장씩 나누어 주었다.

"이제 양쪽에서는 약정한 조건을 잘 이행할 것이며, 더이상 사회에 물의를 일으키는 일이 없도록 하시오. 알았소?"

고가는 싸우고 난 어린애들에게 다짐을 받듯 양쪽에서 다짐을 받았다.

"이제 가보시오."

고가가 일어섰다.

박복영이 문재철 곁으로 갔다.

"그동안 걱정이 많았소."

"그만두오."

박복영이 내민 손을 뿌리쳤다.

제12장   만석이의 눈물

추석날(9월 12일)이었다.

암태도에는 요란스러운 승리의 환희보다는 오히려 허탈감이 감돌았다.

너무나 오래 끌었고 또 너무 드세게 싸웠던 다음이라 일이 이렇게 끝장이 나고 보니 뭔가 좀 싱겁다는 느낌뿐, 이겼다는 실감이 얼른 안겨오지 않는 모양이었다.

태풍이 지난 뒤의 좀 어수선하고 허전한 기분 그대로였다. 추석이 다가오자 명절 기분이 곁들여져 좀 술렁거렸다.

수곡리 문찬숙이 단고리 박복영 집을 찾아왔다.

"어제 석방된 간부들 집을 다녀오는 길입니다. 생각보다는 건강들이 괜찮은 것 같아 마음이 좀 가볍습니다."

"그 동네 사람들도 크게 탈 있는 사람은 없지요?"

"예, 다 괜찮습니다. 그런데 서회장이며 나머지 사람들도 19일에 석방되는 것이 틀림없겠지요?"

"서광설 변호사의 말이라니 틀림없을 것입니다. 판사가 부러 귀띔을 해준 것 같습니다."

지난 1일 구형 공판이 있었다. 소작료 조정 약정서가 교환된 바로 이틀 뒤여서 박복영과 문찬숙은 약정서에 약정했던 고소취하서를 부랴부랴 만들어 공판 개정 직전에 제출했었다. 그러나 공판은 진행되어 일단 구형은 떨어졌다.

서태석 징역 3년, 서창석·박필선·김연태·손학진 등이 각각 징역 1년, 나머지는 모두 8월씩이었고, 지주 측은 문명호가 11월, 문민순 10월, 문재봉이 벌금 50원이었다.

그런데 어제 1년 이상의 구형을 받은 다섯 명만 남기고 나머지는 풀어줬던 것이다. 소작인들은 풀려난 사람들에 대한 기쁨보다는 나오지 못한 사람들에 대한 걱정이 더 컸다. 고소취하서만 들어가면 금방 풀려날 줄 알았다가 이렇게 늦게 풀어주면서 또 꼬리를 남겼기 때문에 불안했다.

"이제 나머지 사람들만 풀려나오면 소작쟁의는 일단 마무리가 되는 셈인데, 어떻습니까, 이쪽 사람들 감정은?"

"이쪽은 어떻든 이긴 쪽이니까, 여유가 생겼다면 생겼지요."

"이제 남은 일은 모두가 서로 감정을 누그리는 일이겠는데, 같이 노력을 해야 하지 않겠습니까?"

"아무렴요."

그때 고백화씨도 와서 자리를 같이했다. 술상이 나왔다.

"먼저 크게 꼬인 매듭부터 푸는 것이 순서일 것 같습니다."

"서동수하고 서만수 얘깁니까?"

"그렇습니다."

"그 일은 이쪽에서 면목이 없게 됐습니다. 글쎄 이런 일에 여편네를 내쫓는 사람이 어딨습니까?"

고백화씨였다.

"원체 외곬인데다 고집이 황소고집들이어서 통 뉘 말을 들어먹지 않으니, 우리도 속수무책이었습니다. 하여간 노력을 합시다."

"그런 이야기가 나왔으니 말인데, 와촌 박종식이 아들 일은 어떻게 되겠습니까? 자살했느니, 어쨌느니 하는 소리들은 헛소문이겠지요."

고백화씨가 웃으며 물었다.

"그런 것 같은 눈치는 아닙니다. 그런데 그 작자도 워낙 외고집이어서……"

"모두 고집들이 말썽입니다. 나도 거들겠지만 서동수하고 서만수 일은 고백화씨가 책임을 지시고, 문삼만이는 문선생이 책임을 지십시오."

"허허. 화해라는 것이 결국 새로 중매 서는 일이 돼버렸구면."

고백화씨가 웃었다.

"단단히 추켜들고 나서야 할 것 같습니다. 나는 삼만이 그 작자를 만났습니다마는 아직도 지르퉁 코를 숙이고 있는 것이 어지간히 다잡지 않아서는 안 될 것 같습니다."

"그러니까 문선생은 벌써 손을 쓰셨군요. 그 중매는 성사만 되면 버선이 한 켤레만 아닐 것이니 그때는 나눠 신읍시다. 서동수나 서만수 처가에서도 버선이 여러 켤레 나올 판이니, 나는 개평만 뜯어도 올겨울 버선 걱정은 안 해도 되겠군. 하하."

"그런 일이 어지간히 풀리면, 형무소에 갔다 온 사람들에게도 우리가 자리를 같이 한번 만들어줄 수도 있지 않겠습니까?"

"그것도 좋습니다. 그리고 나머지 사람들은 이렇게 하면 어떻겠습니까? 19일 서태석씨 등이 석방되는 날, 소작인들은 대대적인 환영잔치를 벌이자는 이야기들입니다. 꼭 환영회나 쟁의에 이긴 자축연이라기보다 그동안 너무 앙상하게만 살아왔으니 계젯김에 풍물도 잡히고 한바탕 뛰고 놀자는 것이지요. 그때 수곡리 사람들도 같이 나오면 어떨까요? 술이나 음식은 소작회에서 장만하겠으니 거기서는 풍물만 치고 나오면 되겠습니다."

"글쎄요. 기회는 좋습니다만 원체 감정들이 얽히고설켜놔서 그때까지 풀릴는지가 문제 아니겠습니까? 이제 꼭 일주일밖에 안 남았는데……"

"하여간 노력하는 데까지는 해봅시다. 가만있자 쇠뿔은 단김에 빼랬더라고, 우리들이 이렇게 모였으니 서동수나 서만수는 오늘 한번 같이 만나보면 어떻겠습니까?"

그때 김용학이 들어왔다.

"마침 잘 왔소."

박복영은 김용학한테 여태 했던 이야기를 대강 하며 의견을 물었다.

"서동수는 이야기가 쉽게 안 될 것입니다. 우선 만수나 한번 불러다 말을 해보시는 것이 좋을 것 같습니다."

"그런가, 그러면 쉬운 데서부터 이야기를 해보지."

박복영은 만수를 부르러 보냈다.

"만수만이라도 이야기가 먹혀들면, 우리들이 그를 앞세우고 가서 어제 석방된 우리 쪽 사람들도 위로하고 삼만이까지도 만났으면 좋겠습니다만……"

"그렇습니다. 무엇보다 어제 석방된 이들은 이런 것하고 관계없이도 찾아갔어야 하는 것인데, 내가 불민했습니다. 그러고 보니 우리가 문선생보다 한발 늦었습니다그려. 하하."

"원 별말씀을."

"그런데 문삼만이 딸은 병원에서 애를 떼고 벌써 다른 데로 시집을 보냈다는데요. 목포 옥산병원에서 애 뗀 것을 본 사람이 있답니다."

김용학이었다.

"누가 봤어요?"

"신석리 사람이 그 병원에 갔다가 봤답니다."

"그 봤다는 사람한테 직접 들었소?"

"그렇지는 않습니다만 확실한 것 같아요."

"그래서 그 작자가 그렇게 지르퉁했나?"

문찬숙은 이맛살을 찌푸리며 고개를 갸웃거렸다.

"그럼 시집은 어디로 보냈다는 거요?"

박복영이 물었다.

"거기까지야 알 수 없지요."

좀 어두워진 문찬숙의 얼굴이 얼른 펴지지 않았다.

"그건 그렇고, 신석리 만석이 처가 위독하다던데 요새는 좀 어쩐
답니까?"

박복영이 화제를 돌렸다.

"오늘낼한다는 것 같습니다. 목포 병원에도 데려가보고 여기저
기 뛰어다니며, 심지어는 지리산인가 어디에 가서 웅담까지 구해
다 써봤답니다마는 백약이 무효랍니다."

"허, 또 어느새 지리산까지 갔다 왔그만."

"금슬이 보통 금슬이 아니라는데, 그러다가 마누라를 잃으면 온
전할는지 모르겠어요."

"죽고 사는 일만은 인력으로 못 하는 걸 어떡하나. 세상만사가
물레바퀴 돌듯 한다더니, 한쪽에서는 중매가 어떻고 하는데 또 한
쪽에서는 사람이 죽어가고……"

고백화씨는 자기의 나이를 생각하는 듯 목소리에 애조를 띠었다.

그때 만수가 들어왔다. 꾸벅꾸벅 인사를 했다.

"어서 오게. 이리 올라앉아."

고백화씨가 자리를 내주었다.

"소작인들 가운데서 문가들을 젤 사람으로 안 보는 사람이 자네
라더니 나한테 인사하는 걸 보니 이제 문가를 조금은 사람으로 본
다는 소린가?"

문찬숙의 익살에 만수는 비시시 웃었다.

"자, 문가 술 한잔 받게. 사람으로 봐준 답렐세."

모두 웃었다.

"마누라 안 끼고 자도 잠자리가 허전하지 않던가? 혹시 고자는 아니겠지?"

고백화씨의 능청에 만수는 골을 붉혔다.

"문씨들하고 화해를 하기로 했어. 그러자면 자네부터 마누라를 데려와야겠네."

고백화씨가 단도직입적으로 말을 잘랐다.

"혼자 가기는 쑥스럴 것이고 우리가 같이 가주겠네. 장인·장모한테 잘못했다고 사과하면 끝나는 일 아닌가? 곁에서 이만큼 나서 주기도 쉽잖은 일이니 두말 말고 같이 가세."

고백화씨가 고압적으로 아퀴 지었다.

"달리 할 말 없지?"

박복영이 다그쳤다.

"알겠습니다."

만수는 입안엣소리로 대답했다. 세 사람은 그 달음으로 나섰다.

"이 집에 신랑이 드는데 대삿집이 왜 이리 적적하나?"

문찬숙이 너스레를 떨며 들어섰다. 만수 처가 식구들은 웬 사람들인가 놀랐다가, 그 속에서 만수를 발견하고 그 자리에 굳고 말았다. 만수 아내는 손으로 얼굴을 싸쥐고 부엌으로 몸을 숨겼다.

만수 장인은 손님들을 방으로 맞아들였다.

"사위 절부터 받게."

만수가 너부죽이 절을 했다.

"장모는 사위 절 안 받으려나?"

장모도 들어와 절을 받았다.

"이 사람이 워낙 말이 짧으니 내가 대신 사과를 하겠소."

박복영이 나섰다.

"뭐든 워낙 외곬으로만 생각하는 사람이라 결기가 지나쳐서 그동안 근심을 끼쳤습니다. 이런 일은 나잇살이나 먹은 우리들이 미리 단속을 했어야 하고, 그때 당장 발랐어야 하는 것인데 거기까지 미치지 못한 것을 미안하게 생각합니다. 동네가 시끄러우니 잠시 친정에 보낸 것으로 치고 기왕지사는 피차 잊어버리십시오. 비 온 뒤에 땅이 굳어지더라고 장가를 두 번 든 셈이니 앞으로는 정분도 배로 더할 것이고, 아끼기도 두 벌로 아껴줄 것입니다."

박복영은 너름새 있게 말을 맺었다.

"이렇게까지들 마음을 써주시니 감사합니다."

만수는 눈만 내리깔고 있었다.

"어르신네들이 이만큼 나서주시는데 딴소리를 해서 뭣 하겠는가마는, 성질이 아무리 외곬이라 하더라도 무슨 일이든지 앞뒤를 가릴 만큼은 가려가면서 해야지, 자네 처가 소작쟁의하고 무슨 상관이 있다고 생사람을 쫓아낸단 말인가? 문가들 중에서는 설친 사람도 없지 않았네마는 나는 딸년 처지 생각해서 남의 핀잔을 뒤집어쓰면서도 뒤로만 나돈 사람일세. 세상에 날벼락도 유분수지 어째서 싸움은 지주하고 하면서 벼락은 애먼 사람한테 때린단 말인가? 박복영씨 말도 점잖고 또 이렇게까지들 크게 맘을 써주시는데 그 앞에서 토를 달아 뭣 하겠는가마는, 하여간 앞으로나 이런 일 생각하며 오손도손 살게."

"알았습니다."

만수는 수긋하게 한마디 했다.

술상이 들어왔다. 간단히 한잔씩 하고 나왔다. 석방된 사람들 집을 돌아 문찬숙의 집으로 갔다. 문삼만을 부르러 보냈다.

술상과 함께 문삼만이 들어왔다. 두 사람을 보더니 표정이 굳어졌다.

"이분들이 오늘 만수를 데려왔네. 여편네를 데려가기로 했어."

"그 죽일 놈이 무슨 낯짝으로 여길 기어들었습니까?"

삼만이는 빠듯 성깔을 부렸다.

"지금부터는 죽일 놈 소리부터 빼게. 이제는 죽일 놈도 없고 살릴 놈도 없네. 더구나 이분들은 그동안 꼬이고 뒤틀린 일을 바로잡자 해서 만수를 달래가지고 여기까지 오신 분들이야. 이런 분들에게 치하를 하는 것이 옳지, 감정부터 퉁기는 것은 예의가 아닐세. 이분들이 누구 고지 먹었다고 이런 구지레한 덤터기를 쓰고 여기까지 다니겠나? 그러지 않아도 지주 체면에 묶여 우리 문가들이 그동안 의젓잖은 짓을 해왔는데, 이 마당에 와서까지 때 묻은 고리짝 챙기듯 묵은 감정을 되씹어서 이익 될 것이 뭣인가? 지주하고 소작인들은 문서에 도장 찍고 싸움을 끝냈어. 우리도 이제 손잡고 화해할 때야. 자, 잔 받고 박복영씨한테로 돌리게."

문찬숙은 점잖게 나무라고 나서 잔을 건넸다. 문삼만은 고개 밑으로 잔을 받았다. 따로 크게 깔고 있는 자락이 있다보니 좀처럼 표정을 풀려들지 않았다. 술을 받아 들이켜고 나서 박복영한테로 잔을 넘겼다. 잠깐 무거운 침묵이 흘렀다.

"자네가 박종식이 아들 만잰가 그 아이를 두들겨 패서 다리를 상해놨다는 것은 터무니없는 헛소문이라며?"

문삼만은 눈을 들었다.

"그때 나한테 들켰더라면 다리만 부질러놨을 줄 압니까? 허리 몽둥이를 꺾어놨을 겁니다."

이를 악물며 내쐈다.

"허허. 그럼 지금도 그 아이를 만나면 허리 몽둥이를 꺾을 텐가?"

문찬숙은 웃으며 말했다. 문삼만은 대답하지 않았다. 고백화씨와 박복영은 문삼만의 표정만 살피고 있었다.

"그때 두들겨 패는 것을 당할머니가 말려서 도깨비들한테 업혀보냈다는 소문이던데, 그러니까 그런 터무니없는 소문들은 도깨비들이 내고 다니는 게로구먼."

문찬숙은 비시시 웃으며 능청을 떨었다.

"미친것들."

"자네가 너무 드세게 나오니까 그런 터무니없는 소문이 난 거야. 그러면 목포 옥산병원에서 애를 뗐다는 것도 도깨비들이 내고 다닌 소문인가?"

"뭐요? 어떤 놈들이 그런 사람 죽일 소리를 합디까?"

문삼만은 또 빠듯 성깔을 냈다.

"하하. 그것도 역시 도깨비들이 내고 다닌 헛소문이었구먼. 심지어는 연엽이가 자살을 했다는 소문도 있네. 원래 물은 낮은 데로 흐르고 정은 괴는 데로 쏠리는 걸세. 그것을 막는 것은 순리를 어기는 일이야. 흐르는 물은 못 막아. 잠시는 막히는 것 같아도 내중에는 둑을 무너뜨리고 말아. 못 막을 것을 막으니까 둑이 터져서 자네도 창피를 뒤집어썼고 집안 망신이라면 집안 망신까지 시키지 않았나. 그놈들이 부모 몰래 야합을 한 것은 잘못이라고 하세. 허지만 서로 떨어질 수 없는 사이를 나무에서 생가지 찢어내듯 억지로 떼어 두 가슴에 피멍을 들여놨으니 그것은 죄가 아닌 줄 아나? 그것이 꼭 부모 된 도리겠어? 지금이라도 예 갖춰 보내면 흠이 없어지네. 지금 장대 같은 사내놈 하나가 눈알을 화등잔같이 밝히고 자네 거취만 노려보고 있어. 이 손바닥만 한 섬에서 그런 놈하고 평생 원수가 될 판인데, 그러고도 마음 편히 살 수 있겠어? 또 아까 도깨비 얘기는 뭔 줄 아는가? 당할머니나 도깨비까지도 편들 만큼 모두가 원하는 일이란 소리야. 바로 그게 세상 사람들의 인심일세. 인심이 그렇게 쏠린 일을 자네 혼자 가로막고 있어."

문삼만은 고개를 깐 채 듣고만 있었다.

"잔 받읍시다."

박복영이 잔을 내밀었다. 역시 고개 밑으로 잔을 받았다.

"계제를 따지기로 하면 이런 일에야 우리는 제삼잡니다."

박복영이 갈마들었다.

"그러나 소작쟁의로 감정들이 얽혀들었고, 그 때문에 막힌 일이니 쟁의가 끝난 이 마당에서는 이런 일도 그 뒷마무리가 아니겠는가 해서 나섰습니다. 서동수나 서만수 일만 하더라도 그렇습니다. 그들이 일을 저질렀다는 말을 듣고 그때 서태석씨도, 소작쟁의는 한때 끝나면 말 일인데 이런 일로 한 여자의 일생을 망쳐놓다니 그런 지각없는 짓이 어딨느냐고 야단을 쳤습니다만, 이제 일이 끝났으니 지주하고도 유감이 없고 수곡리 사람들하고야 더 말할 것도 없습니다. 그래서 전같이 웃고 살아야 하겠는데, 이런 일이 한 가지씩 맺혀 있으면 전체 감정이 제대로 안 풀립니다. 내가 여기서 하고 싶은 이야기는 바로 이 점입니다. 이런 일이 한 가지씩 풀려서 마지막 서동수 일만 제대로 되면 다른 감정들은 저절로들 잦아질 것입니다."

문삼만은 여전히 고개를 숙인 채 가타부타 말이 없었다.

"내가 옛날이야기 하나 할까요. 이것은 문씨 집안 이야기니까 알고 계실 것이고, 혹시 여기 계신 어느 분 선조일지도 모르겠습니다."

고백화씨가 웃으며 차근히 이야기를 시작했다.

"이 동네 총각이 우리 동네 박씨 집안으로 혼담이 있었습니다."

문찬숙은 짐작이 가는지 빙그레 웃고 있었다.

"그런데 이 총각이 자기와 혼담이 오가고 있는 언니보다 그 동생이 마음에 있었어요. 어머니한테 속마음을 털어놨지만, 그게 될 법이나 한 얘기냐고 펄쩍 뛰고, 그래 속이 달아 있는데 동네 총각들이 꾀를 하나 귀띔했습니다. 이 총각이 만만찮은 단기가 있었던가 하루는 우물가에 기다리고 있다가 이 처녀가 물을 길러 물동이를 이고 오자 쫓아 나가서 입을 쪽 맞추고 달아나버렸습니다. 물동이를 이고 있었으니 꼼짝없이 당했지요."

모두 웃었다. 그러나 문삼만은 웃지 않았다.

"그 처녀 집에서는 이놈을 죽인다 살린다 야단이 났지만 하는 수 없이 언니를 서둘러 시집을 보내고 그 총각을 맞아들였더랍니다."

모두 껄껄 웃었다. 역시 문삼만은 웃지 않았다.

"바로 그게 자네 증조부 이야기 아닌가? 하하."

그때야 문삼만은 조금 웃으려다 말았다.

"그러면 문씨들은 박씨들한테 이미 증조부 때부터 그런 빚이 있었구먼요. 하하."

박복영의 말에 다시들 웃었다.

"하여간 우리가 여기 온 것은 그 일을 바로 이 자리에서 담판을 하자고 온 것이 아닙니다. 아까 박복영씨 말마따나 이 섬 전체가 화해하자는 것이니 마음을 한번 넓게 가지고 깊이 생각해보십시오."

그날 저녁 암태도 동네마다에서는 모처럼 흥겨운 강강술래 소리가 퍼져나갔다. 기동리 처녀와 새댁들은 모두 만수 집으로 몰려들었다. 만수가 너무 엉뚱한 짓을 했었기 때문에 만수 아내의 처지를 퍽이나 안쓰럽게 생각해오던 다음이라, 만수가 아내를 데려왔다는 소문이 퍼지자 모두 내 일같이 기뻐하며 몰려든 것이다.

처녀들과 새댁들은 여기서도 서동수 아내 이야기와 연엽이 이야기로 한참 이러쿵저러쿵 속닥이다가 달이 높이 떠오르자 강강술래 판이 어우러졌다.

만수 아내의 손도 잡아다 끌어넣었다.

    강강술래
        강강술래
    우리 아배가 심은 나무
        강강술래
    우리 어매가 물을 주어
        강강술래

동편으로 뻗은 가지

    강강술래

무슨 열매가 열었는가

    강강술래

달도 열고 해도 열어

    강강술래

해는 떠서 낮을 밝혀

    강강술래

달은 떠서 밤을 밝혀

    강강술래

온 세상을 밝히는데

    강강술래

우리 님은 어디 가고

    강강술래

날 밝힐 줄 모르는가

    강강술래

강강술래 소리는 청청한 달빛을 타고 암태도 산천으로 퍼졌다. 언제 들어도 구성지고 처량한 가락이었다. 오래오래 맺힌 한이 소리마다 서려 마음자리 밑바닥에 울컥한 정감으로 부딪쳐오기도 하고, 여태까지 잊어버리고 살아왔던 한없이 그립고 아쉬운 것들을 문득문득 되살려오기도 하는 가락이었다.

천냥짜리 처녀를 두고
만길 담장을 뛰어넘다
곤때 묻은 자주 조끼
치닷푼을 찢었다네
우리 집에 들어를 가서
우리 어매 야단을 치면
뭣이라고 대답할까
뒷동산에 유자나무
유자 따러 올라가다
찢었다고 일러주게
그리해도 안 들거든
나의 방에 던져노면
청사 당사 고운 실로
흠침 없이 감쳐줌세

강강술래는 진강강술래에서 중강강술래를 거쳐 자진강강술래로 바뀌면서는 뛰기 시작한다.

마당이 욱신욱신하게 뛰며 돌았다. 한바탕 흥겹게 뛰고 난 처녀들은 숨을 돌렸다가 다시 늘어서서 개구리타령에 이어 둥덩이타령으로 넘어갔다.

둥덩에 덩 둥덩에 덩
당기 둥덩에 둥덩에 덩

둥덩에 덩 둥덩에 덩
당기 둥덩에 둥덩에 덩

꼬방꼬방 장꼬방에
지추 닷 말을 심었더니
우리 동생 연엽이가
서당 선비를 눈에 걸고
알게 캐다 모르게 캐다
지추 닷 말을 다 캐갔네.

둥덩에 덩 둥덩에 덩
당기 둥덩에 둥덩에 덩

딸아 딸아 막내딸아
맨발 벗고 샘에 가냐
논 팔아서 신 사주랴
밭 팔아서 신 사주랴
당기 둥덩에 둥덩에 덩

둥덩에 덩 둥덩에 덩
당기 둥덩에 둥덩에 덩

옥양목 버선 곤버선
옥양목 버선 곤버선
신을 줄 모르면 내던져두제
신었다 벗었다 생급살 맞는다
당기 둥덩에 둥덩에 덩

　둥덩에 덩 둥덩에 덩
　당기 둥덩에 둥덩에 덩

이 방 저 방을 댕기다가
시압씨 붕알을 밟아서
조대통 맞고 쫓겨를 났네
당기 둥덩에 둥덩에 덩

　둥덩에 덩 둥덩에 덩
　당기 둥덩에 둥덩에 덩

　다음 날 암태도에는 슬픈 소식이 전해졌다. 만석이 아내가 죽은
것이다. 모두 숙연한 표정들이었다. 만석이라면 이 근래 암태도 사
람들 가운데서는 모르는 사람이 없었다. 그 아내의 미모와 부부간
의 금슬이 널리 소문이 났던데다, 그가 아내를 빼돌려 도망친 옛날
이야기 같은 일화까지 있다보니 암태도 사람들은 더 애석해했다.
　소작회 간부들은 모두 조문을 갔다. 만석이는 초췌한 몰골에 넋

이 나간 꼴로 멍청하게 앉아 있었다. 평소에는 익살과 능청으로 사람을 웃겼고, 성깔이 나면 대쪽 쪼개듯 내질렀으며 더구나 이 근래는 소작인들의 맨 앞장을 서서 그토록 드세게 싸웠던 만석이가, 눈이 쑥 들어가게 야윈 모습으로 앉아 있는 모습은 너무나 쓸쓸해 보였다. 더구나 어린 상주의 꼴은 만석이의 모습을 더 쓸쓸하게 했다. 조문객들은 절을 하고 나서 만석이와 오래 대좌하지 못하고 고개를 돌리며 돌아서고 말았다.

상여 꾸미는 곁에서 서성거리고 있던 춘보는 조문을 하고 나오는 소작회 간부들을 보더니 젖은 눈을 저쪽으로 돌렸다.

문찬숙도 조문을 왔다가 동구 앞에서 박복영을 만났다.

"삼만이 그 작자가 생각을 누그렸습니다."

올가망하던 박복영은 귀가 번쩍 뜨였다.

"듣던 중 반가운 소식입니다."

"서동수는 어떻습니까?"

"서태석씨나 나와서 말을 하면 좀 먹혀들려는지 지금은 좀……"

박복영은 민망스런 표정이었다.

"하하. 노력해봅시다. 그런데 삼만이 이 지독한 작자는 그동안 딸을 경기도에다 숨겨뒀어요. 하하."

"경기도?"

"문영감 땅이 경기도에도 있잖습니까? 거기 마름으로 나가기로 약속이 됐던 모양입디다. 그래 미리 거기 소작인 집에다 맡겨논 것이지요."

문찬숙은 어이없다는 듯 웃었다.

"허허. 그런 뒤가 있어서 그렇게 어거지를 썼그만요."

"하여간 데려오기로 했습니다. 그런데 그자는 지금 몸이 안 좋아서 원행을 할 수가 없고, 그 댁네는 그런 나들이할 만한 위인이 못 되고, 이달이 산달이라고 눈물만 찔끔거리고 있는데 데려올 사람이 마땅찮습니다."

"그러면 남편 될 놈이 데려오면 되잖겠습니까?"

"으음, 그 생각을 못 했군. 그놈이면 꽁무니에 불 단 듯 쫓아가겠지요. 하하."

19일, 서태석 등 마지막 남았던 다섯 명의 소작회 간부들이 석방되어 오는 날이었다. 환영잔치가 거판스럽게 준비되고 있었다. 소작회에서는 돼지를 예닐곱 마리나 눕히고 푸짐하게 술도 빚었다.

환영회는 단고리 보통학교 운동장에서 열기로 했다. 그러나 일단 배 올 시간에 맞춰 모두 남강 선창으로 나가 배에서부터 맞아 이리 오기로 했다. 수곡리 사람들은 많이 누그러지기는 했으나 여기에 나오는 데까지는 이르지 못했다.

단고리 사람들은 키다리 집에서 농악 준비를 하고 있었다. 키다리는 단고리 설쇠여서 풍물은 그가 간수하고 있었다. 풍물재비들이 모여들어 풍물을 손봤다. 꽹과리·징·장구·북·버꾸 등을 모두 꺼내 북·장구 등 볕을 쬘 것은 볕을 쬐고, 끈을 손볼 것은 손봤다.

"테밖에 없는 버꾸는 뭣 하자고 들고 나서?"

버꾸는 좀이 슬어 쓸 만한 것은 하나도 없었다.

"버꾸를 흥으로 치지 소리로 치나요?"

젊은 축들은 버꾸를 멋들어지게 한바탕 휘둘러 보였다.

—깨갱 깨갱 깨갱깽 깽깽

　키다리는 꽹과리를 두들겼다. 설쇠답게 풍물을 하나씩 점검을
해나갔다.

　　—징 징 징

　새로 싸맨 징채로 징을 치며 소리를 들어봤다.

　"쇠재비는 쇠 치레보다 채 치레를 하랬는데, 내 것 아니라고 아
무것으로나 두들겨 패니 쇠가 제대로 견뎌나야지. 이 징 깨지면 우
리 생전에는 이만한 징 장만하기 어려울 거야."

　이 징은 자기가 나주(羅州)까지 가서 맞춰 온 거라는 게 평소 그
의 자랑이었다.

　"이제 소리나 한번 맞춰봅시다."

　젊은 축들이 손이 간지러워 아까부터 발싸심이었다.

　"가만있어. 지금 치고 나서면 모두 흥에만 떠서 미친놈 양철통
두들기듯 두들기기만 할 판인데, 징끈 하나도 제대로 안 매고 나섰
다가 떨구면 뉘 동네 징이 깨질 거여."

　그때 동구 짬에서 풍물 소리가 요란스럽게 울려왔다.

　"텃골 사람들이다."

　조무래기들이 소리를 지르며 골목을 쏟아져나갔다.

　텃골 사람들은 제방에 늘어서서 이쪽을 향해 한바탕 신나게 두
들겨댔다. 먼저 나왔다는 인사 겸 어서 나오라는 재촉이었다. 그들
은 고깔까지 화려하게 만들어 쓰고 있었다.

　기동리 사람들은 다시 가던 길을 가기 시작했다.

　'농자천하지대본(農者天下之大本)' 등 여러 가지의 깃발을 앞세

우고 풍물꾼들 뒤를 따라 동네 사람들이 수없이 따르고 있었다.

'암태도 소작회 만세(岩泰島小作會萬歲)'

'소작 간부 석방 만세(小作幹部釋放萬歲)'

'서태석 회장 만세(徐邰晳會長萬歲)'

깃발을 휘날리며 풍물 소리도 요란하게 제방에 늘어서 가는 군중들의 모습은 장관이었다.

깃발만 앞세우고 가는 동네도 있었다. 탄금이나 해당같이 풍물이 없는 조그마한 동네 사람들이었다.

"도창리 사람들도 나섰다."

"뭘 꾸물거리고 있어, 망건 쓰다 파장되겠어."

── 깨갱 깨갱 깨갱깽 깽깽

비로소 키다리가 판을 일으키고 나섰다. 농악대는 징소리·꽹과리 소리를 신나게 울리면서 동네를 한 바퀴 돌았다.

그때 동구 쪽으로 또 넘어오는 패가 있었다. 신석리 사람들이었다. 그들도 아까 기동리 사람들처럼 제방에 멈춰 서서 이쪽을 향해 신바람나게 두들겨댔다. 삐, 삐, 징 소리와 꽹과리 소리 속에서 새납 소리가 청승을 떨었다. 신석리에는 이 새납을 잘 부는 사람이 있어 그게 그들 농악대의 큰 자랑거리였다.

신석리 사람들이 가던 길을 가고, 단고리 사람들이 뒤를 이었다. 들판 건너편에는 도창리 농악대의 뒤를 이어 도창리 사람들이 나서고 있었다. 행렬은 꼬리에 꼬리를 잇고 있었다.

푸른 가을 하늘을 이고 누렇게 익어가는 들판을 가로질러 몰려가는 소작인들의 행렬은 끝이 없었다. 어린애들도 따라나섰고 동네 개들도 한몫 덩달아 신이 나서 어린애들을 따르고 있었다. 풍물 소리는 들판을 채우고 하늘을 채웠다.

버꾸재비 젊은 축들은 벌써부터 흥에 겨워 네 활개를 휘두르며 좁은 길을 멋대로 휘저었다. 들판의 벼들도 흥에 떠서 홍청홍청 파도를 일으키고 있었다.

하늘은 때리면 깽깽 꽹과리 소리가 날 듯 째지게 푸르고, 누런 들판에 쏟아지는 햇살에는 진득진득 엿 같은 기름기가 흘렀다.

남일환 도착 시각이 가까워오자 남강 선창은 사람들로 가득 차 버렸다. 소작인들뿐만 아니고 암태 사람들은 거진 몰려들었다. 꽹과리 소리 징 소리가 섬을 떠메고 가는 것 같았다. 사람과 깃발과 꽹과리 소리와 섬이 한 덩어리가 되어 빙글빙글 돌고 있었다.

"남일환이다!"

"와아!"

벗섬 끝 저쪽에 남일환이 물새같이 하얀 모습을 아스라하게 드러냈다. 꽹과리 소리가 한결 신명이 났다.

어느 동네나 버꾸재비 젊은 축들은 비좁은 놀이판을 신바람 나게 휘젓고 있었다.

남일환이 가까워지고 있었다. 갑판 위에 늘어섰던 사람들이 손을 흔들었다.

"서태석씨다, 만세."

우둥둥, 깽깽, 꽹과리 소리에 섞여 만세 소리가 하늘을 찔렀다.

"서창석이다, 만세."

박필선·김연태·손학진 등의 모습도 알아볼 수 있었다. 그 곁에는 비리 마중 나갔던 김용학 등 간부들이 늘어서 있었다.

다시 풍물 소리가 가락을 맞추고 버꾸재비들은 선창 끝에서 설쳤
다. 종선이 나갔다. 조금 때는 배가 선창에 접안을 할 수가 없었다.

"어이쿠."

선창 끝에서 뛰놀던 놈 하나가 바다로 풍덩 빠져버렸다. 와촌 이
곤이였다. 손을 잡아 건져냈다. 경황 중에도 버꾸를 쥐고 있었다.
물에 쫄딱 젖은 꼴은 도무지 꼴이 아니었다. 그러나 나오자마자 다
시 뛰기 시작했다. 폭소가 터졌다.

종선이 배에 닿았다.

서태석이 맨 먼저 내렸다.

"서회장 만세."

우둥둥, 깽깽깽, 요란스런 꽹과리 소리와 함께 만세 소리가 터졌
다. 한 사람 한 사람 종선으로 내릴 때마다 함성 소리는 바다에 떠
있는 배를 뒤엎을 것 같았다.

마중 나갔던 소작위원들이 내릴 때도 마찬가지였다.

"저것 만재 아니냐?"

와촌 정환이가 소리를 질렀다.

"만재다. 야 만재야, 느그 각시 데리고 오냐?"

이곤이가 소리를 질렀다. 만재가 내렸다. 풍물 소리 말소리가 뚝
그쳤다. 만재를 뒤따르고 있는 여자가 있었다. 떠나갈 듯하던 선창
가는 꺼진 듯 조용했다. 여자는 강보에 어린애를 안고 있었다. 만재
가 애를 받아 내렸다.

"우하하, 저 도둑놈, 애까지 한꺼번에 둘이나 챘구나."

"박만재 만세."

선창은 다시 떠나갈 듯 함성이 쏟아졌다. 풍물 소리가 다시 요란을 떨었다.

천지가 개벽이라도 한 것 같았다. 그런데 이 자리에 한 사람 보이지 않는 얼굴이 있었다. 만석이였다.

그는 저 벗섬 건너 박달산 기슭 바닷가 자기 아내 묘 곁에 우두커니 앉아 바다를 건너다보고 있었다. 묘 앞에는 한 가닥의 문어발 안주와 함께 잔에 술이 따라져 있고, 그 곁에는 하얀 사기 두루미병이 주인처럼 쓸쓸하게 앉아 있었다. 멀리 남강 쪽에서는 흐드러진 풍물 소리가 아스라하게 들려오고 있었다.

아까 남일환이 이 앞을 지날 때에는 그의 눈에서 두 줄기 눈물이 소리 없이 흘러내렸다.

만석이 입에서는 이내 진양조 한 가락이 구슬프게 흘러나왔다. 노랫소리는 햇볕을 재재발기고 있는 푸른 바다 위로 멀리 울려가고 있었다.

| 작가의 말 |

이 소설은 역사적인 사건인 암태도(岩泰島) 소작쟁의(小作爭議)를 소설화한 것으로 『창작과비평』에 1979년 겨울호부터 이듬해 여름호까지 3회에 분재했던 것인데, 거기다 원고지 300장 정도를 더 보태 썼다.

이 사건은 1920년대 소작쟁의 가운데서 가장 유명했던 것이기 때문에 관심 있는 사람들에게는 잘 알려져 있었으나, 이것이 보다 널리 일반에게 알려진 것은 박순동(朴順東)씨의 「암태도 소작쟁의」라는 논픽션을 통해서다. 이 글은 1969년 『신동아(新東亞)』 9월호 논픽션 모집에 당선됐던 것인데 그후 청년사에서 단행본으로 출간되기도 했다. 이 소설은 박순동의 논픽션과 현지 취재를 통한 구체적인 사실을 바탕으로 구상된 것으로, 실제의 사실을 충실하게 살리면서 소설로 형상화했다. 따라서 여러 명의 가공인물이 있다.

내가 이 사건을 소설화하려고 마음먹은 것은 이 사건 자체의 극적인 발전과정도 흥미롭거니와 반봉건적(反封建的)·반일적(反日的) 순수한 민중운동이 암태도라는 작은 단위의 섬에서 또 아주 밀도 있게 진행되어 민중의 의지를 관철시킨 것이 통쾌했기 때문이다. 매몰되었던 일상성에서 깨어나 자기의 삶을 찾아 몸부림치는 것은 인간의 가장 본래적인 신선한 모습일 것이다.

나는 이 소설을 쓰면서 우리 국민의 80퍼센트를 차지했던 농민이 이 지경에 빠져 있었던 1920년대나 그 사정이 더 험했던 1930년대에 우리나라에서 어떤 소설이 쓰여지고 있었던가를 자꾸 생각했다. 소설은 어떤 의미로건, 인간을 일깨우지는 못한다 하더라도 잠재우는 기능을 해서는 안 된다는 생각이다. 이것은 문학의 예술로서의 존재방식 이전의 문제다. 실상 나는 참여니 뭐니 할 때, 더구나 오늘 같은 사회적 조건 속에서 소설이 어느 만큼 그런 기능을 할 수 있을까 회의를 느끼는 사람이다. 소설이란 것은 그런 참여적 기능에 대한 환상까지를 포함해서 결국 작가 자신의 카타르시스가 아닐까 싶은 것이다. 그러나 작가의 이런 개인적 취향이나 태도야 어떻든, 소설이라고 해서 조금이라도 역사나 사회의 발전에 역기능을 해서는 안 되는 것이라면 그런 환상은 윤리적인 태도가 아니겠는가?

이 소설에서 지주는 아주 강팍한 사람으로 나타나 있다. 그러나 그것은 문재철(文在喆)씨 전 생애의 일부에 속하며, 그는 그후 독립자금을 내고 육영사업을 하는 등 민족적 각성을 한다. 따라서 이 소설에서의 모습은 역사적 전환기에 자기의 기득권을 보호하려는 당시 한국 지주의 한 전형일 뿐이다.

이 소설의 중요 인물인 박복영(朴福永)씨가 솜장수로 위장, 독립기금을 마련하기 위해 그에게 접근했을 때 거액(벼 200가마, 보리 100가마, 누룩 50동)을 내놨으며, 무엇보다 그는 1941년에 현 목포 문태(文泰)고등학교를 설립했다. 요사이 눈으로 보면 토지자본을 학원기업(學園企業)으로 전환시킨 것이지만, 그때의 경제적 조건으로는 이것은 순수한 사회적 공익사업이었다. 당시의 민족적 열망에 따라 이런 막대한 자금을 들여 학교를 세웠다는 것은 그의 큰 변모였다.

이 소설의 주인공 서태석(徐邰晳, 1885.6.17~1943.6.12)씨는 지금도 암태도 사람들뿐만 아니고 신안군의 여러 섬에서는 전설적인 인물로, 심지어는 속담에까지 오르내릴 만큼 영웅화되어 있다. 그는 그후 자은(慈恩)이나 도초(都草) 등의 소작쟁의에도 간여했고, 하의도(荷衣島) 농지반환(農地反還) 사건에 앞장을 섰다가 또 옥살이를 했다. 이 사건은 조선총독부 제4대 총독이었던 야마나시 한조(山梨半造)가 옛날 궁토(宮土)였던 하의도 농토를 부당하게 가로채서 일본인 도쿠다 야시치(德田彌七)에게 팔아먹은 것을 되찾으려는 것이었는데, 여기에는 당시 폭력배로서 상애회(相愛會)란 친일단체를 조직, 그 두목으로 서슬이 퍼랬던 박춘금(朴椿琴)이란 자까지 간여했을 만큼 큰 사건이었다. 1931년 서태석씨는 하의도 쇼가쓰 도모스케(諸葛奉佐)와, 총독을 그만두고 당시 일본 나고야에 거주하고 있던 야마나시를 방문, 담판하고 돌아오는 길에 체포되어 신의주(新義州) 감옥에서 3년간이나 부당한 옥살이를 했다.

448

출감한 뒤로도 민족운동을 계속했으나 그동안의 심한 고문과 옥살이로 건강을 해쳐 1940년경부터는 정신이상으로 폐인이 되어 압해도(押海島) 장감리(長甘里)에 사는 여동생 서계초(徐繼草)씨에게 의탁해 있다가 해방을 2년 앞두고 1943년 세상을 떴다. 그동안 그 묘의 이장과 공덕비 건립이 암태도 사람들의 숙원이었으나 여태 미루어오다가, 암태도 신석리 출신 김천달(金千達)씨 등에 의해 묘는 재작년(1979년)에 암태면 기동리 오산 선산으로 이장하고 공덕비는 위의 김씨 등에 의해 현재 건립이 추진되고 있다.*

박복영씨는 그후 자은 소작쟁의의 배후 조종자로 몰려 1년간 옥살이를 하고 그후에도 독립투쟁을 했다. 그런데 앞서 언급한 박순동의 논픽션에서는 암태도 소작쟁의를 박복영씨가 주도한 것으로 되어 있으나, 그것은 그 글 집필 당시 생존해 있던 박복영씨의 이야기에 너무 의존했기 때문이고, 이 소설의 중요 인물 중 한 사람인 서동오(徐東吾)씨나 기타 조사한 것에 따르면 그것은 사실과 다르다. 암태 사건의 주인공을 굳이 가려낸다면 그것은 두말할 것도 없이 서태석씨다. 박복영씨는 청년회장으로 큰 역할을 했고 또 서태석씨 등 간부들이 감옥에 들어간 뒤로 그의 역할은 컸지만, 우선 그는 나이도 서태석씨보다 여섯 살이나 아래였고 면민들의 신망에

---

* 서태석은 노무현 정부 시절인 2003년 8월 독립유공자로 인정되어 건국훈장 애국장이 추서되었고, 암태면 기동리 선산에 있던 그의 묘는 2008년 3월 대전국립현충원 애국지사 제3묘역으로 이장되었다. 기동리의 서태석 묘지 터에는 가묘(假墓)와 '의사 서태석 선생 추모비(義士徐郤哲先生追慕碑)' '암태도 농민항쟁 사적비'가 남아 있다. 한편 1998년 암태면에 6.74미터 높이로 조성된 '암태도 소작인 항쟁 기념탑'에는 쟁의에 앞장선 서태석을 비롯한 농민 43인의 이름과 『암태도』의 작가 송기숙의 글이 새겨져 있다. ─편집자(2022.12)

있어서나 지도력으로 보아 서태석씨와는 비교가 되지 않았다.

이 사건의 역사적인 사실에 더 관심이 있는 사람은 박순동의 논픽션의 이런 점을 염두에 두고 이 소설과 비교해보면 될 것이다.

이 소설에서는 지난번 『자랏골의 비가(悲歌)』(창작과비평사 1977)와는 달리 사투리는 민요 등 불가피한 몇 군데서만 사용하고 모두 표준말을 썼다. 그리고 일반 독자들에게는 좀 생소할지 모르는 우리의 토착어가 다소 사용되었는데, 그것은 사투리가 아니고 거의 사전에 있는 표준어다.

1981년 11월

송기숙

암태도

초판 1쇄 발행 • 1981년 11월 30일
개정판 1쇄 발행 • 2023년 1월 5일

지은이 / 송기숙
펴낸이 / 강일우
책임편집 / 박지영 정편집실
조판 / 박아경
펴낸곳 / (주)창비
등록 / 1986년 8월 5일 제85호
주소 / 10881 경기도 파주시 회동길 184
전화 / 031-955-3333
팩시밀리 / 영업 031-955-3399 · 편집 031-955-3400
홈페이지 / www.changbi.com
전자우편 / lit@changbi.com